C000147572

Mancher findet sein Herz nicht eher,
als bis er seinen Kopf verliert.

Friedrich Nietzsche

Wilfried Hildebrandt

Geliebte Feindin – verhasste Freunde

Roman

© 2019 Wilfried Hildebrandt
Umschlag: Uwe Malow
Korrektorat: Ingrid Gabriel-Abraham

Verlag & Druck: tredition GmbH, Halenreie 40-44, 22359 Hamburg

ISBN
Paperback 978-3-7497-3481-8
Hardcover 978-3-7497-3482-5
e-Book   978-3-7497-3483-2

Das Werk, einschließlich seiner Teile, ist urheberrechtlich geschützt. Jede Verwertung ist ohne Zustimmung des Verlages und
des Autors unzulässig. Dies gilt insbesondere für die elektronische
oder sonstige Vervielfältigung, Übersetzung, Verbreitung und öf-
fentliche Zugänglichmachung.

Die Handlung dieses Romans ist frei erfunden. Jede Ähnlichkeit
mit tatsächlichen Ereignissen und lebenden oder verstorbenen Personen wäre zufällig.

Lob und Kritik bitte an wilhil1@vodafone.de

Kapitel 1

Die ehemalige HO-Gaststätte „Zum Oderdampfer" ein Restaurant zu nennen, wäre eine Beleidigung für alle Restaurants dieser Welt gewesen, denn sie war die übelste Spelunke der ganzen Stadt, wenn nicht sogar ganz Deutschlands. Die Luft war derartig rauchgeschwängert, dass die seit Jahren nicht mehr geputzte Lampe wie der trübe Mond in einer Nebelnacht schimmerte. Aber auch an den hellsten Sonnentagen drang kaum Licht in den Schankraum. Schuld daran waren die blinden Fenster. Die schmutzigen Gardinen waren wahrscheinlich zum letzten Mal vom VEB Rewatex gewaschen worden, und dieser Volkseigene Betrieb für Textilreinigung existierte seit 27 Jahren nicht mehr. Hier hinein verirrte sich kaum jemand. Wenn es dennoch einmal passierte, dass müde Wanderer einkehren wollten, so wurden sie spätestens beim Öffnen der Kneipentür von den ihnen entgegenströmenden Rauchschwaden, dem Gestank nach Schweiß und verschüttetem Bier sowie dem Gegröle der Gäste am Stammtisch dermaßen abgeschreckt, dass sie schleunigst die Tür von außen schlossen und das Weite suchten.

Drei vierschrötige Männer saßen schon seit einigen Stunden um den runden Stammtisch herum. Sie waren alle über 50 Jahre alt, hatten Glatzen und an allen sichtbaren Hautpartien die übelsten Tätowierungen. Außerdem trugen sie schwarze Kleidung der Marke Thor Steinar sowie Springerstiefel an ihren Füßen. Ein Vierter, der erst später dazu gekommen war, passte vom Äußeren gar nicht zu ihnen, denn er sah ausgesprochen sympathisch aus, ja man konnte ihn einen gutaussehenden jungen Mann nennen. Er war modern gekleidet, hatte eine sportliche Figur und war wesentlich jünger als seine Tischgenossen. Trotz der äußerlichen Unterschiede schien er sich aber in Gesellschaft der Glatzen recht wohl zu fühlen.

Die Diskussion der vier Männer ging um das Thema „2. Weltkrieg". Einer der Älteren hatte gerade wortreich ausgeführt, dass die russischen Soldaten, die er „Iwans" nannte, arme Schweine gewesen seien, die bei ihren Sturmangriffen nicht einmal Waffen gehabt hätten. So sei es für die Deutsche Wehrmacht ein Leichtes gewesen, sie der Reihe nach abzuschießen. Dadurch hätten sie es den Deutschen beim Russlandfeldzug besonders leicht gemacht. Allerdings hätten die Deutschen auf jeden Fall gegen die Iwans gewonnen.

Ein anderer ergänzte, dass die Amis und die Tommys, wie er die Briten nannte, keine guten Kämpfer und tapfere Krieger gewesen seien. Sie hätten sich nur auf ihre Materialüberlegenheit verlassen und jede Stellung der Deutschen erst stundenlang beschossen, bevor sie sich aus ihren Schützengräben gewagt hätten. Aber dennoch hätte ihnen die Deutsche Wehrmacht keinen Millimeter deutschen Boden geschenkt.

„Die Franzmänner warn doch längst besiecht und hatten ja keene Armee mehr", schwadronierte der dritte Schwarzgekleidete.
„Det die sich hinterher als Siejer uffjespielt ham, ist die jrößte Sauerei!"
„Nur die Deutschen waren richtije tapfre Soldaten, die Feinde warn allet Feichlinge", fasste einer der Älteren zusammen.

Der Jüngste im Bunde lauschte ehrfürchtig, denn er hatte von all dem anscheinend noch nie etwas gehört. Als er jedoch fragte, warum Deutschland den Krieg verloren hätte, wenn alle Feinde so feige oder schlecht ausgerüstet waren und die deutsche Armee nur aus Helden bestanden hätte, wurde er niedergebrüllt und wegen seiner Unwissenheit ausgelacht.
„Mensch Kleena, die janze Welt hatte sich jejen det Deutsche Reich vaschworn, weil wir einfach die überlejene Rasse sind. Da konnten ooch unser jenialer Führer und die Helden vonne Deutsche Wehrmacht und die SS und die SA keen Blumtopp jewinn."

Mit zunehmendem Alkoholpegel wurden die Männer immer lauter. Da sie unter sich waren, nahmen sie überhaupt kein Blatt vor den Mund. Sie ließen ihrer rechtsradikalen Gesinnung freien Lauf und es schien schließlich so etwas wie einen Rundgesang an ihrem Tisch zu geben. Statt zu singen, durfte jeder, wenn er an der Reihe war, eine Beschimpfung von Ausländern, Juden oder Homosexuellen von sich geben, was ihnen außerordentlich viel Spaß zu machen schien. Dass es ihnen nicht an Toleranz mangelte, zeigten sie, indem notfalls auch eine Herabwürdigung von Frauen und Behinderten akzeptiert wurde. Alle Verbalinjurien quittierten die anderen mit lautem Johlen. Bei jedem neuen Bier oder Schnaps wurde auf „USA" angestoßen. Da sie so stark alkoholisiert auch noch ihre allerletzten Hemmungen verloren zu haben schienen, wählten sie immer öfter auch die Langform dieser Abkürzung, die da lautete „Unser Seliger Adolf". Sie ereiferten sich, indem sie Kanaken, Fidschis, Negern, Polacken und all dem anderen Ungeziefer eine gute Reise in die Hölle wünschten. Auf keinen Fall sollte sich dieses Gesocks in Deutschland breitmachen.

Plötzlich sagte der Jüngste mit einem sehr unglücklichen Gesichtsausdruck: „Also Männer, morgen ist es soweit. Drückt mir bloß die Daumen, dass ich heil aus der beschissenen Polackei zurückkomme." Sie stießen diesmal auf seine Reise nach Polen an und grölten dabei alle auf einmal. Nachdem wieder etwas Ruhe eingekehrt war, fragte einer der Älteren scheinheilig: „Mit wat fährst'n hin nach Blauberch, Frank?" Der Gefragte staunte über die Frage und antwortete: „Mit meinem Auto." Das war geradezu eine Steilvorlage für den anderen und so lautete seine nächste Frage: „Und mit wat kommste zurück, Kleena?" Wieder wurde gegrölt und vor Lachen so kräftig auf den Tisch geschlagen, dass ein halbvolles Bierglas umfiel. Frank lachte gequält mit, denn er wollte sich nur ungern vorstellen, dass sein schöner Golf polnischen Diebesbanden in die Hände fallen könnte.

Als die Kneipe um Mitternacht schloss, setzte der Wirt Frank und seine drei Kumpane kurzerhand an die frische Luft. Sie verabschiedeten sich vor der Kneipentür mit einem dreifachen „Sieg Heil!". Beim obligatorischen Hitlergruß knallten sie die Hacken zusammen, und wenn Frank nicht so betrunken gewesen wäre, hätte er dabei ganz sicher den Schmerz in den Knöcheln gespürt, als diese zusammenprallten. Dann traten sie alle schwankend den Heimweg an.

Frank hatte es nicht weit. Sein Elternhaus lag direkt an der Oder. Als er ins Haus polterte, wurde seine Mutter wach. Sie stand auf und ging ihm entgegen.

„Junge, warum kommst du so spät? Du weißt doch, dass du morgen sehr früh raus musst. Und dann hast du auch noch so viel getrunken. Die da drüben warten doch nur darauf, einen Deutschen einzusperren, wenn er betrunken Auto fährt."

Frank winkte ab.

„Ja, ja, ich weiß. Ist doch alles scheißegal, die Polacken machen mich morgen sowieso fertig. Gute Nacht, Mutti."

***

Am Montagmorgen hatte er tatsächlich Mühe, aufzustehen und sich für die Reise fertigzumachen. Laut Navigationssystem sollten es nur knappe 100 Kilometer bis Niebieska Góra sein, aber er fuhr ins Feindesland, da zählte jeder Kilometer doppelt und dreifach.

Als Frank sein Gepäck im Auto verstaut hatte, überprüfte er noch einmal seine Unterlagen. Für ihn war ein Zimmer in einem Hotel am westlichen Stadtrand gebucht worden. Er nahm an, dass es sich um eine ganz üble Absteige handeln würde, denn es war schließlich ein polnisches Hotel. Vorsichtshalber hatte er sich mehrere Spraydosen mit Mitteln gegen Flöhe und anderes Ungeziefer eingepackt. Dass die Polen dreckig und verlaust waren, hatten ihm seine Freunde ausführlich geschildert. Aus Angst, ihr Sohn könne verhungern, hatte seine Mutter ihm eine Kühltasche mit Lebensmitteln gepackt, denn in Polen gab es ja bekanntlich nichts zu essen, und wenn doch, dann nur einen ganz erbärmlichen Fraß. Zum Schlafen hatte er sich eine Luftmatratze und einen Schlafsack eingepackt, denn keine zehn nackten Neger würden ihn dazu bringen, in ein polnisches Hotelbett zu steigen.

Nachdem sich Mutter und Sohn verabschiedet hatten, als ginge er zum Schafott, stieg er in seinen Golf und fuhr davon. Nach wenigen Minuten hatte er die Stadtbrücke erreicht, die Fritzfurt mit Stułice verband. Seit Polen im Jahr 2004 in die EU aufgenommen worden war, gab es keine Grenzkontrollen mehr, sodass man ohne Stopp ins Nachbarland gelangte. Viele seiner Nachbarn und Kollegen fuhren häufig über die Grenze, um preiswert zu tanken und sich billig frisieren zu lassen oder essen zu gehen. Frank hatte das nie getan und hegte auch nicht die Absicht seine Meinung jemals zu ändern. Sein Hass auf alles Polnische war so groß, dass er lieber in Deutschland mehr bezahlte, als den Polen sein gutes Geld in die gierigen Rachen zu werfen. Wenn nicht diese verdammte Dienstreise gewesen wäre, hätten ihn keine zehn Pferde nach Polen gebracht.

Er hatte sich lange vergeblich geweigert, nach Polen zu fahren, aber er war nun mal der zuständige Projektingenieur seiner Firma für das neue Wasserwerk in Blauberg, bei dem es jetzt Probleme beim Bau gab. Deshalb musste er als Verantwortlicher vor Ort sein, um zu gewährleisten, dass das Vorhaben erfolgreich und pünktlich abgeschlossen werden konnte. Sein Chef hatte ihn gewaltig unter Druck gesetzt, indem er ihm gesagt hatte, dass man als knapp dreißigjähriger Junggeselle ja wohl keinen nachvollziehbaren Grund habe, nicht nach Polen zu fahren. Im Übrigen hinge der Fortbestand der Firma vom Gelingen dieses Projekts ab. Der Chef hoffte im Erfolgsfall auf weitere Aufträge aus dem Nachbarland. Frank hatte nie verstanden, wie man mit diesen Untermenschen und Betrügern jenseits der Grenze Geschäfte machen konnte. Das waren doch keine seriösen Vertragspartner. Da hätte man ja gleich mit den Buschnegern in einem afrikanischen Kral zusammenarbeiten können. Allerdings stand es nicht allzu gut um ihre Auftragslage in Deutschland. Deshalb waren sie auf das Ausland angewiesen, wollten sie eine Pleite vermeiden.

Seine Freundin Nicole, die Tochter seines Freundes Kurt Ogrodnik, hatte ihn ebenfalls gewarnt und eindringlich gebeten, nicht nach Polen zu fahren, denn sie hatte gehört, dass es dort Verbrecher gebe, die es vor allem auf Deutsche und deren Hab und Gut abgesehen hätten. Als er sich tags zuvor von ihr verabschiedet hatte, waren bei ihr Tränen geflossen. Er sah noch ihr ansonsten hübsches Gesicht von herablaufender Wimperntusche entstellt vor seinem geistigen Auge. Sie fürchtete wahrscheinlich ernsthaft, ihn nie wieder zu sehen. Ihr Vater hatte ihr die schrecklichsten Geschichten über Polen erzählt. Wenn der recht hatte, dann waren die schlimmsten menschenfressenden Wilden in der Südsee ausgesprochene Chorknaben gegen diese Monster, die jenseits der Grenze hausten.

Als er die Grenze nach Polen passiert hatte, schaute er angewidert auf die Verkehrsschilder. Sie waren nicht nur kleiner als die deutschen, sondern sie hatten auch Zusatzschilder mit total unlesbaren Texten. Das war ja keine Sprache, sondern eine völlig sinnlose Aneinanderreihung von seltsamen Zeichen. Von seinem Opa wusste er, dass dies alles einst zum Deutschen Reich gehört hatte, aber nach dem Krieg einfach Polen zugeschlagen worden war. Die Großeltern hatten einmal eine Reise zu Opas Elternhaus in Posen gemacht. Sie kamen von dort sehr niedergeschlagen zurück. Der Großvater konnte nur immer wieder sagen: „Was haben die nur aus unserem schönen Land gemacht!" Es musste dort wohl furchtbar ausgesehen haben.

Frank war gerade ein paar Minuten auf polnischen Straßen unterwegs, da hielt ihn eine Polizeistreife an. Die Polizisten versuchten zuerst auf Polnisch, dann auf Englisch mit ihm zu sprechen, da

Frank aber Polnisch nicht konnte und Englisch auch nicht verstand, wechselten sie zu schlechtem Deutsch. Sie verlangten barsch Führerschein, Fahrzeugpapiere und Personalausweis von ihm. Er stieg aus, denn er hoffte, dass so seine Restalkohol-Fahne nicht auffallen würde. Dann reichte er den polnischen Polizisten die verlangten Papiere. Die ganze Angelegenheit machte ihn durch und durch wütend, denn er war sich keiner Schuld bewusst. Dass er noch jede Menge Restalkohol in sich hatte, konnten sie von außen ja wohl nicht bemerkt haben. Schlangenlinien war er jedenfalls nicht gefahren. Ihm war klar, dass es sich nur um eine dieser typischen Schikanen der polnischen Polizei handeln konnte, von denen er schon öfter gehört hatte. Wahrscheinlich würden sie ihm gleich eine dicke Strafe aufbrummen, aber wenn er die bezahlen würde, bekäme er mit Sicherheit keine Quittung. Das Geld würden sich die beiden Polizisten grinsend in ihre eigenen Taschen stecken. Sollte er sich jedoch weigern zu zahlen, dann würden sie ihn mitnehmen und je nach Lust und Laune in den Knast stecken und womöglich foltern oder ihn irgendwo im Wald aus dem Polizeiwagen schmeißen, um ihm dann in den Rücken zu schießen. Im Polizeibericht würde dann stehen „Auf der Flucht erschossen". Beides waren keine rosigen Aussichten und deshalb war er von vornherein fest entschlossen zu zahlen.

Soweit war es jedoch noch nicht. Die Polizisten hatten seine Dokumente in ihr Auto mitgenommen, wo sie sie mittels eines Gerätes einzuscannen schienen. Dann kam einer von ihnen damit zurück. Er reichte Frank die Papiere, während er fragte: „Pan Schulz, Sie wissen, warum wir Sie haben angehalten?" Frank wusste es nicht und schüttelte den Kopf. Der Polizist belehrte ihn daraufhin. „In Polen Sie müssen auch am Tag fahren mit Licht. Wenn nicht, kosten 100 Złoty Strafe."
Frank schluckte. Er hatte zwar schon davon gehört, dass es in Polen diese schwachsinnige Vorschrift gab, hatte aber nach der Grenze überhaupt nicht daran gedacht, die Fahrzeugbeleuchtung einzu-

schalten. Das fing ja gut an! Wie er schnell im Kopf ausrechnete, waren es umgerechnet 25 Euro, die diese verfluchten Wegelagerer von ihm haben wollten. Frank suchte nach seinem Portemonnaie, aber der Polizist winkte ab.

„Nächste Mal Strafe, heute noch nicht. Do widzenia!"

Damit war anscheinend die ganze Sache erledigt, denn die Polizisten stiegen in ihr Auto und fuhren davon. Auch Frank stieg wieder ein. Er wunderte sich, dass er mit einer Verwarnung davongekommen war. In Deutschland hätte er ganz sicher die Strafe zahlen müssen. Wollten sich diese Polacken bei den Deutschen auf diese Weise einschleimen? Da waren sie bei Frank aber an der falschen Adresse. Er würde seine Meinung über dieses furchtbare Land und seine noch furchtbareren Bewohner ganz sicher nie und nimmer ändern.

Während er mit eingeschaltetem Licht weiterfuhr, überlegte er erneut, warum sie ihn nicht bestraft hatten. Wahrscheinlich wagten sie es nicht, denn sie wussten, dass er ihnen geistig weit überlegen war. Allein schon, wie ihr Deutsch geklungen hatte, war ein Zeichen ihrer Blödheit. Sie hatten aus gutem Grund Angst davor, ihn als Angehörigen der Herrenrasse zu bestrafen.

Es fuhr sich gut in Polen, denn die Straßen waren in einem fabelhaften Zustand und nicht so voll wie die in Deutschland. So dauerte es gar nicht lange, bis er in Niebieska Góra angekommen war. Er regte sich über diesen Namen auf, den die Polen der Stadt Blauberg gegeben hatten. So ein Kauderwelsch konnte doch kein normaler Mensch aussprechen! Auch die Straßennamen waren für Deutsche alles andere als gut lesbar, aber mithilfe seines Navigationsgerätes fand er schnell das Hotel, in dem er während seines Aufenthaltes in Polen untergebracht war.

Der Rezeptionist sprach ausgezeichnet deutsch, was Frank allerdings gar nicht zur Kenntnis nahm, denn er fand das ganz normal. Seinen Golf hatte er auf dem hoteleigenen bewachten Parkplatz abgestellt, von dem er hoffte, dass dieser sicher war. Von dort trug er das Gepäck in sein Zimmer und packte schon das Wichtigste aus. Er hatte wohlweislich nur seine ältesten Kleidungsstücke mitgenommen, denn dass er in Polen bestohlen werden würde, war für ihn so sicher, wie das Amen in der Kirche, in die er niemals ging.

Er hatte ein sehr schönes, helles Zimmer bekommen und als er darin nach dem erwarteten Schmutz und dem Ungeziefer suchte, wurde er bitter enttäuscht. Alles sah sauber und ordentlich aus. Er vermutete, dass sein Blick infolge seines Katers stark getrübt sei. Außerdem war ihm klar, dass man Bakterien, Viren, Läuse und Flöhe mit bloßem Auge sowieso nicht sehen könnte. Dass Polen sauber machen könnten, hielt er für völlig ausgeschlossen. Wie geplant, sprühte er deshalb das gesamte Zimmer sowie das Bad mit seinem mitgebrachten Insektenspray ein. Nachdem sich der dadurch ausgelöste Hustenanfall etwas gelegt hatte, blies er die mitgebrachte Luftmatratze mit dem Mund auf, denn er hatte die Pumpe zu Hause vergessen. Zwar wurde ihm vom Pusten schwindlig, aber das war halb so schlimm. Auf keinen Fall wollte er in einem polnischen Hotelbett schlafen. Er war sich ganz sicher, dass er sich darin die schlimmsten Krankheiten und die widerlichsten Parasiten holen würde. Dann packte er seinen Schlafsack aus, den er sich einst für einen Campingurlaub gekauft hatte und rollte diesen auf der neben dem Bett liegenden Luftmatratze aus.

Als er mit all dem fertig war, ging er in die Hotelhalle. Von dort sollte er um 10 Uhr abgeholt und zur Baustelle gebracht werden. Der Fahrer traf pünktlich ein, was Frank sehr wunderte, denn dass Polen niemals pünktlich sind, wusste in Deutschland schließlich jedes Kind. Der Chauffeur kam auf ihn zu und fragte: „Pan Schulz?" Frank verbesserte: „Herr Schulz." Der Fahrer nickte und wies auf den Hoteleingang, wobei er sagte: „Dobrze. Proszę Pana."

Frank folgte dem Polen, wobei er sich maßlos ärgerte, dass dieser einfach polnisch mit ihm sprach. Das konnte ja heiter werden!

13

Wenn die hier alle in dieser unkultivierten Art und Weise mit ihm umgingen, würde er ganz schnell seine Zelte abbrechen und nach Hause zurückfahren. Sie sollten sich darüber im Klaren sein, dass er ausschließlich hier war, um ihnen aus der Patsche zu helfen. Es schien ja hier nur unfähige Bauleute zu geben, denen er erst mal das kleine Einmaleins beibringen müsste. Er würde diesen polnischen Idioten erst mal zeigen, wie man in Deutschland arbeitet und Probleme löst.

Als Frank auf dem Beifahrersitz saß und die Autotür geschlossen hatte, ging es los. Nach einer kurzen ziemlich rasanten Fahrt kamen sie bei der Baustelle an. Frank stieg aus und folgte dem Kraftfahrer, der ihn zu einer der Baracken führte.

Im Inneren gab es eine Art Baubesprechung, an der einige ältere Männer und eine junge Frau teilnahmen. Der Fahrer grüßte auf Polnisch und stellte Frank als „Pan Schulz" vor, dann zog er sich zurück. Einer der Herren gab Frank die Hand und sagte: „Witam Panie Schulz!" Dann fuhr er fort: „Czy Pan mówi po polsku?" Als er Franks abweisenden Gesichtsausdruck sah, versuchte er es auf Englisch. „Do you speak English, Mr. Schulz?" Frank musste auch diesmal den Kopf schütteln, denn sein Englischunterricht lag lange zurück, weshalb seine Sprachkenntnisse nur noch rudimentär waren. Er hatte später niemals einen Versuch unternommen, sie wieder aufzufrischen. Als Deutscher sah er es überhaupt nicht ein, dass er eine andere Sprache lernen sollte. Wer nach Deutschland kam, hatte gefälligst deutsch zu sprechen und Frank hatte bisher nicht im Traum daran gedacht, je einen Fuß in ein fremdes Land zu setzen. Weil nun die Möglichkeiten des Polen erschöpft waren, rettete die einzige Frau in der Runde die Situation. Sie ging auf Frank zu, reichte ihm die Hand und sagte: „Herzlich Willkommen, Herr Schulz. Schön, dass Sie hier sind. Ich hoffe auf gute Zusammenarbeit. Ich heiße Milena Opalka." Frank war mehr als verblüfft, gab es doch unter all diesen ungebildeten Polen tatsächlich eine, die richtig gut deutsch sprach. Sofort hellte sich sein Gesicht auf und unbewusst lächelte er sie freundlich an.

Während er ihre Hand schüttelte, schaute er sie sich genauer an. Sie war etwas kleiner als er, sehr schlank, hellblond und unglaublich hübsch. In seiner Vorstellung waren Polinnen bisher immer alte, zahnlose Bauernfrauen mit Kopftuch gewesen. So hatte sie jedenfalls sein Opa beschrieben, und solche hatte er in Fritzfurt auch immer gesehen. Jetzt sah er zum ersten Mal eine hübsche junge Polin. Er musste sich mächtig zusammenreißen, um seinen Blick wieder von ihr zu lösen.

Sie stellte nun ihre Kollegen als die Herren Ogrodnik, Kaczmarek und Koslowski vor und Frank musste noch einmal Hände schütteln. Er wunderte sich sehr, dass die drei Polen deutsche Nachnamen hatten, denn sie hießen genauso wie seine drei Freunde in Fritzfurt.

Die Gruppe, zu der nun auch Frank gehörte stand vor einer großen Bauzeichnung und beriet über das Problem, zu dessen Lösung Frank beitragen sollte. Die polnische Kollegin betätigte sich als Dolmetscherin, weshalb sie sich eng an Franks Seite hielt, um ihm die Übersetzung ins Ohr zu flüstern, was ihm nicht unangenehm war.

Als ihm das Problem klargeworden war, gingen sie hinaus auf die Baustelle, um sich vor Ort weiter zu besprechen. Die Lösung war jedenfalls nicht auf Anhieb zu finden und so bat Frank darum, sich die Baupläne an einem ruhigen Ort ansehen zu können. Er hoffte, auf diese Weise schnell zu einem Ergebnis zu kommen, um danach sofort wieder nach Hause fahren zu können. Allerdings benötigte er Milena als Dolmetscherin, denn die Beschriftungen der Zeichnungen waren ausnahmslos in Polnisch abgefasst. Milena erwies sich als sehr große Hilfe. Sie beherrschte nicht nur hervorragend die deutsche Sprache, sondern sie entpuppte sich auch als echte Expertin des Bauwesens. Ihre Fachkenntnisse waren exzellent, wie er erstaunt feststellte.

Franks inneres Ich wehrte sich dagegen, dass ihm die Gesellschaft der Polin Milena so angenehm war. Sie war aber auch eine ausgesprochene Schönheit, roch sehr verführerisch und ihre Stimme klang äußerst angenehm. Bei ihr störte ihn nicht einmal der kleine Akzent, der sich fast nur darin bemerkbar machte, dass sie das R rollte. Er musste ehrlich zugeben, dass diese Frau drauf und dran war, ihn in seinem Pauschalurteil über Polinnen zu verunsichern, aber er verwarf diesen Gedanken schnell wieder. Es gab schließlich überall Ausnahmen. Ein Neger hatte es ja sogar als Präsident bis ins Weiße Haus in Washington geschafft. Deshalb hieß es noch lange nicht, dass Neger gute und kluge Menschen waren. Und nur, weil Milena nicht dumm war, hieß es nicht, dass alle Polen intelligent waren. Frank war sich sicher, dass Milena eine sehr seltene Ausnahme sein musste.

Da er sich nur ihren Vornamen gemerkt hatte, sprach er sie auch nur mit diesem an. Sie nannte ihn Frank und es dauerte nicht lange, da duzten sie sich.

Nachdem sie gemeinsam stundenlang die Maße auf den polnischen Zeichnungen mit denen auf Franks mitgebrachten Zeichnungen verglichen hatten, ohne auch nur die kleinste Differenz zu finden und es draußen bereits dunkel wurde, stand er auf und beendete den Arbeitstag. Ihm wurde schmerzlich bewusst, dass er seine mitgebrachten Lebensmittel im Hotelzimmer gelassen hatte, da er der irrigen Annahme war, das Problem im Nullkommanix lösen zu können.

Als er sie fragte, wie er denn jetzt in sein Hotel käme, bot sie ihm an, ihn in ihrem Auto dorthin zu bringen. Diese Einladung nahm er gerne an und so saß er bald auf dem Beifahrersitz ihres hochmodernen und komfortablen BMW. Wenn er ehrlich war, musste er zugeben, dass sein eigener so geliebter fahrbarer Untersatz dagegen eine alte, mickrige Karre war oder eine Nuckelpinne, wie sein Opa immer zu sagen pflegte. Schon auf der Anreise und der morgendlichen Fahrt zur Baustelle war ihm aufgefallen, welche schicken neuen Autos in Polen fuhren. Er erklärte sich das damit, dass es sich dabei ausnahmslos um die in Deutschland gestohlenen Fahrzeuge handelte. Dass Milena ihr Auto geklaut haben könnte, schloss er jedoch kategorisch aus. Das traute er ihr nicht zu, ohne zu wissen, warum. Er konnte sich höchstens vorstellen, dass sie in gutem Glauben ein gestohlenes Auto gekauft hatte.

Vor dem Hotel angekommen, bedankte er sich fürs Mitnehmen und bei der Verabschiedung hätte er sie fast geküsst. So verführerisch und attraktiv wie sie war, musste er seine ganze Beherrschung aufbieten, sich auf das Handgeben zu beschränken. Als sie davonbrauste, schaute er ihr noch lange sinnend nach. In seinem Kopf schwirrten die Gedanken, wie ein aufgescheuchter Bienenschwarm umher. Wenn er ganz ehrlich war, musste er zugeben, dass er sich in Milena verliebt hatte. Er verstand sich selbst nicht mehr, denn das passte überhaupt nicht zu ihm und seinem Weltbild von der überlegenen deutschen Rasse und den polnischen Untermenschen. Deshalb verwarf er dieses Gefühl sofort wieder und nahm sich vor, ihr am nächsten Tag mit mehr Distanz zu begegnen.

Im Hotel erlebte er eine unangenehme Überraschung, denn der diensthabende Portier sprach nicht deutsch. Als Frank seinen Zimmerschlüssel verlangte, indem er laut und deutlich „Dreihunderteinundvierzig" sagte, erwiderte der Hotelangestellte: „In English, please." Frank rief daraufhin erregt: „Drei-vier-eins!" Soweit kam es noch, dass er als Deutscher nicht verstanden wurde! Der Rezeptionist hatte jetzt tatsächlich verstanden und händigte Frank den richtigen Schlüssel aus, was dieser mit den Worten „Na also, geht doch" quittierte.

In seinem Zimmer trank er zwei Flaschen warmes Bier aus seinem Proviant. Er hatte nicht die Absicht, sich mit dem polnischem Bier zu vergiften, das gut gekühlt in der Minibar stand. Gegen den Hunger aß er zwei der belegten Brote, die seine Mutter ihm mitgegeben hatte. Besonders gut schmeckten sie nicht mehr, nachdem sie einen Tag im warmen Hotelzimmer gelegen hatten. Er hoffte, dass der Bierschinken noch nicht verdorben war, denn der roch schon irgendwie unangenehm und schmeckte eklig. Der Käse auf der anderen Stulle war hart geworden und hatte sich stark verbogen. Nach diesem wenig festlichen Mahl ging er in die Dusche und untersuchte sie auf Ungeziefer. Als er keins fand, duschte er. Die bereitliegenden Handtücher des Hotels ignorierte er sicherheitshalber. Auch dabei war er autark, denn er hatte sich sein eigenes Handtuch mitgebracht, wenn er auch zugeben musste, dass die vom Hotel viel ansehnlicher und weicher waren sowie wesentlich besser rochen als seines. Mutti hatte ihm aber auch das schlechteste und älteste Handtuch mitgegeben, das sie finden konnte. Es war rosa und mit Blümchen bedruckt. Vom jahrelangen Gebrauch war es an mehreren Stellen schon ausgesprochen fadenscheinig geworden. Aber dafür, dass es ihm mit Sicherheit in Polen entwendet werden würde, war es gerade gut genug.

Dann blies er noch einmal die Luftmatratze auf, bis sie richtig prall war und kroch in seinen Schlafsack. Er schlief auch schnell ein, wachte aber mitten in der Nacht schweißgebadet wieder auf. Schuld daran war der Schlafsack, der für kalte Nächte im Zelt konstruiert war und nicht für warme Hotelzimmer. Einmal wach, pustete er die Luftmatratze wieder auf, da sie inzwischen einen Teil ihrer Luft verloren hatte, sodass er schon an manchen Stellen Kontakt mit dem harten Fußboden hatte.

Am nächsten Morgen wurde er von seinem Handy geweckt, auf dem er als Klingelton den Badenweiler, Hitlers Lieblingsmarsch, installiert hatte. Franks Chef rief aus Deutschland an, um zu fragen, ob sein Mitarbeiter schon eine Lösung für das Problem gefunden habe. Frank antwortete, dass er noch dabei sei, die Unterlagen durchzuarbeiten, um herauszufinden, wo die blöden Polacken Mist gebaut hätten. Der Chef bat ihn daraufhin, diese Wortwahl zu unterlassen, insbesondere, wenn er mit den polnischen Vertragspartnern spreche, was Frank ihm widerwillig versprach.

Zum Frühstück ging er nicht, obwohl es im Übernachtungspreis inbegriffen war, denn er befürchtete von dem grauenhaften Fraß, der dort höchstwahrscheinlich angeboten wurde, krank zu werden. Er aß wiederum lieber etwas von den mitgebrachten Lebensmitteln. Leider waren seine Brötchen inzwischen zäh wie Leder und die Leberwurst roch widerlich, aber das schien ihm das kleinere Übel zu sein, wenn er an die polnische Kohlsuppe oder was sonst im Hotel als Frühstück serviert wurde, dachte. Auf etwas Warmes zu trinken musste er zu seinem Glück nicht verzichten, denn Mutti hatte ihm auch eine Thermosflasche mit warmem Kaffee mitgegeben. Sie hatte wirklich an alles gedacht.

Nach dem Frühstück duschte er wieder. Sein Handtuch war noch vom Vorabend feucht und nach dem erneuten Abtrocknen war es richtig nass. Trotzdem steckte er es in seinen Koffer, denn er war ganz sicher, dass es ihm gestohlen werden würde, wenn er es hängenließ. Das wäre ja nicht so schlimm gewesen, aber er befürchtete, noch eine Nacht in dieser Absteige verbringen zu müssen, was erneutes Duschen erforderlich machen würde. Er schloss den Koffer ab und hoffte inständig, dass sie ihm nicht den ganzen Koffer wegnehmen würden, während er unterwegs war.

Danach wartete er wieder auf seine Abholung. Tatsächlich kam auch bald der Fahrer von gestern, der freundlich auf Polnisch mit „Dzień dobry" grüßte. Frank antwortete mit einem mürrischen „Tach". Dann fuhren sie zur Baustelle.

Dort erwartete ihn wieder das Team von gestern. Zu seinem Erstaunen schienen sie alle die deutsche Grußformel „Guten Morgen" gelernt zu haben, um sie nun zu benutzen. Frank grüßte ebenfalls, dann fragte ihn einer der Bauingenieure etwas auf Polnisch. Franks Blick ging hilfesuchend zu Milena, die die Frage übersetzte.

„Herr Koslowski möchte wissen, ob du schon den Fehler gefunden hast."

Frank schüttelte den Kopf.

„Ich möchte heute direkt auf der Baustelle die Maße überprüfen. Das wird doch hoffentlich möglich sein."

Ohne die anderen zu konsultieren, antwortete Milena, dass dies natürlich möglich sei. Wenn er wolle, könnten sie sofort aufbrechen. Er nickte und sie sprach noch einige Worte zu ihren Kollegen, dann verließen beide gemeinsam die Baubaracke.

Auf der Baustelle herrschte rege Betriebsamkeit. Es war nicht einfach, die notwendigen Messungen durchzuführen, gelang ihnen aber schließlich doch. Mit ihren Messergebnissen kehrten sie zurück und Frank verglich diese mit den Maßen auf den Zeichnungen. Er konnte keine Differenz feststellen. Alles war exakt gemäß der Zeichnungen gebaut worden. Aber warum passte dann diese verdammte Pumpe nicht durch das Haupttor? Er bat Milena, die technischen Daten der Pumpe zu besorgen. Vielleicht hatten sie eine andere Pumpe genommen, als die, die er im Projekt angegeben hatte. Sie kam mit den Unterlagen zurück, seine Hoffnung wurde jedoch zerstört. Die Pumpe war genau die geplante. Aber wo war denn nur der Fehler? Plötzlich zeigte Milena auf die Maße im Prospekt der Pumpe und auf die Maße der Bauzeichnung. Er schaute sie ratlos an. Sie sagte: „Sieh dir mal die Maßeinheiten an." Er blickte noch einmal genauer hin und dann sah er, was sie meinte. Die Pumpe kam aus den USA und die Maße waren in Inch und Foot angegeben. Bei der Erarbeitung des Projekts hatte er das zwar bemerkt, aber offensichtlich bei der Umrechnung in metrische Maße einen Fehler gemacht. Er schaute sie ziemlich verzweifelt an. Wenn er seinen Fehler zugab, wäre das das Ende seiner Karriere als Bauingenieur gewesen. Nach einer Weile sagte Milena: „Wir müssen das Haupttor noch einmal abreißen und größer wieder aufbauen." Das war Frank auch klar, aber er wusste, dass diese Baumaßnahme andere nach sich ziehen und zusätzliche Kosten verursachen würde. Er grübelte fieberhaft, wie er unbeschadet aus dieser Nummer herauskam.

Während er vergebens nach einer Lösung suchte, lächelte sie ihn plötzlich an.

„Ich glaube, ich habe eine Lösung."

Er blickte sie skeptisch an.

„Und wie sollte die aussehen?"

„Das Dach ist doch noch nicht geschlossen. Wenn wir einen Kran anfordern, kann der die Pumpe in das Gebäude heben."

Er war zwar froh, dass sich die Sache anscheinend so unkompliziert lösen ließ, wusste aber immer noch nicht, wie er sich herausreden konnte, ohne zuzugeben, dass er sich verrechnet hatte. Sein verzweifelter Blick entging Milena nicht, sie hatte jedoch auch für dieses Problem eine Lösung parat.

„Ich sage, dass ich den Pumpentyp geändert habe, nachdem die Ausschreibung heraus war."

„Aber dann bekommst du doch Ärger", wandte er ein, jedoch sie winkte lächelnd ab.

„Mir tun sie schon nichts. Ich bin doch ihre Lieblingskollegin."

Frank war baff. Diese Frau hatte anscheinend für alle Probleme eine Lösung und war sogar so großzügig, ihn nicht zu verraten, sondern den Kopf für ihn hinzuhalten. Warum tat sie das? Wie er wusste, waren Polen doch gemein und hinterhältig. Warum nahm sie die Schuld auf sich? Hatte sie sich etwa in ihn verliebt? Das war die einzige Erklärung für ihr Verhalten. Andererseits konnte er sich durchaus vorstellen, dass sie wirklich eine Sonderstellung hatte und ihr deshalb niemand den Kopf abreißen würde. Sie war nicht nur die einzige Frau im Team, sondern darüber hinaus auch eine sehr schöne. Wenn jemand mit ihr böse sein sollte, brauchte sie ihn nur mit ihren großen grün-grauen Augen anzuschauen und wenn das noch nicht half, hatte sie immer noch die Möglichkeit ihren tollen Busen richtig in Szene zu setzen, dann war kein Mann mehr in der Lage, mit ihr zu schimpfen.

Nachdem Milena der Bauleitung den angeblichen Grund für das Problem und ihren Lösungsvorschlag unterbreitet hatte, gab es eine Weile eine etwas erregte Diskussion auf Polnisch, bei der Frank nur hoffte, dass sich Milenas Ärger in Grenzen halten würde. Als sie sich genauso verhielt, wie er es vorher vermutet hatte, wurden die Stimmen der Herren leiser und freundlicher. Nachdem der Disput beendet war, blickte sie ihn lächelnd an und sagte: „Da das Problem jetzt gelöst ist, könntest du eigentlich wieder nach Hause fahren. Aber wenn du willst, kannst du auch noch hierbleiben, bis die Pumpe eingebaut ist." Wie in Trance starrte er sie an und nickte. Als er wieder sprechen konnte, antwortete er: „Ich bleibe noch."

Milena zuliebe überwand Frank am Mittag seine Abscheu vor polnischem Essen, denn er fühlte sich verpflichtet, sie zum Essen einzuladen, nachdem sie ihm so sehr geholfen hatte. Deshalb fragte er sie, ob es in der Nähe ein gutes Restaurant gebe, in dem sie zu Mittag essen könnten, obwohl er absolut sicher war, dass das nicht der Fall sein würde. Ihr zuliebe hätte er Kröten und Spinnen gegessen, falls es nichts Appetitlicheres geben sollte. Sie nickte.
„Ja, komm mit. Ich zeige dir, wo man gut essen kann."

Sie verließen die Baustelle zu Fuß. In der Nähe gab es ein Restaurant, das sich zwar als Restauracja bezeichnete, aber zumindest äußerlich einen guten Eindruck machte. Sie traten ein, setzten sich an einen Tisch am Fenster und kaum saßen sie, da kam auch schon die Bedienung. Die Speisekarten, die sie erhielten, waren in Polnisch, Englisch und Deutsch verfasst, sodass Frank kein Problem hatte, sich ein Gericht auszusuchen. Er konnte seine Bestellung sogar in Deutsch aufgeben.

Nachdem sie die gewünschten Gerichte bestellt hatten, sagte er: „Ich bin dir sehr dankbar. Ohne dich hätte ich wahrscheinlich meinen Job verloren. Wie kann ich das gutmachen?" Sie schüttelte den Kopf.

„Du musst nichts gutmachen. Ich freue mich, dass ich dir helfen konnte, denn du bist so ein netter Mensch. Im Gegensatz zu vielen deiner Landsleute hast du keine Vorurteile uns Polen gegenüber. Ich mag dich einfach. Außerdem liebe ich Deutschland und die Deutschen. Sie sind so fleißig und zuverlässig und alles ist so gut organisiert."

Beschämt senkte er seinen Blick und war froh, seine Abneigung gegen Polen ihr gegenüber nicht zum Ausdruck gebracht zu haben. In seinem Inneren kämpften jetzt zwei große Gefühle gegeneinander. Sein Hass gegen die Polen stritt mit dem freundschaftlichen, fast liebevollen Gefühl, das er Milena entgegenbrachte. Ein leiser Zweifel machte sich bei ihm breit. War sie wirklich die einzige Ausnahme in diesem Land oder gab es noch mehr gebildete und freundliche Polen? Er hatte ausgesprochene Angst, Letzteres bestätigt zu bekommen. Er konnte unmöglich mit so einem falschen Bild des Nachbarlandes und seiner Bevölkerung aufgewachsen sein. Seine Eltern, Großeltern und sämtliche Freunde dachten wie er. Die konnten sich doch nicht alle irren!

Bis die Speisen serviert wurden, hatten sie Zeit, sich zu unterhalten. Frank wollte vor allem wissen, warum Milenas Kollegen auf der Baustelle nicht deutsch sprachen, obwohl sie doch deutsche Namen trugen. Milena antwortete erstaunt mit einer Gegenfrage.

„Wie kommst du darauf, dass meine Kollegen deutsche Namen haben?"

Er erzählte ihr daraufhin, dass seine drei Freunde in Fritzfurt ebenfalls Ogrodnik, Kaczmarek und Koslowski hießen. Milena staunte und sagte: „Das sind sicher Polen, die nach Deutschland ausgewandert sind. Die würde ich gerne kennenlernen. Vielleicht sprechen sie noch polnisch." Frank schauderte es bei dem Gedanken, dass sie seine Freunde treffen würde. Milena kam jetzt auf den ersten Teil seiner Frage zurück.

„Du wolltest wissen, warum meine Kollegen nicht deutsch sprechen? Dann kann ich dich auch fragen, warum du nicht polnisch und englisch sprichst?"
Frank antwortete entrüstet: „Warum sollte ich eine Fremdsprache lernen? Als Deutscher spreche ich schließlich eine Weltsprache, die auf der gesamten Erde verstanden und gesprochen wird." Milena schaute ihn belustigt an. „Du scheinst noch nicht viel in der Welt herumgekommen zu sein, denn sonst wüsstest du, dass Deutsch keine Weltsprache ist – genau wie Polnisch.

Das sah er zwar anders und ärgerte sich maßlos, dass sie Deutsch und Polnisch in einem Atemzug erwähnte, als wenn man diese beiden Sprachen in irgendeiner Weise miteinander vergleichen könne. Dazwischen lagen schließlich Welten. Deutsch war eine Kultursprache, in der Goethe und Schiller geschrieben hatten, während es seiner Meinung nach keinen polnischen Dichter oder Denker gab. Um aber nicht mit ihr zu streiten, veränderte er seine Fragestellung.
„Warum sprichst du aber so gut deutsch?"
Sie lächelte und sah dabei wunderschön aus.
„Ganz einfach: Ich habe in Hannover Architektur studiert."
Sie wurden unterbrochen, als der Kellner das Essen servierte und anschließend „Smacznego!" sagte. Frank schaute Milena verärgert an, als er sagte: „Ich habe doch noch gar nicht angefangen zu essen. Wie kommt dieser Kerl dazu mir zu sagen, dass ich nicht so schmatzen soll?" Sie lachte und erklärte ihm, dass „Smacznego" „Guten Appetit" auf Polnisch heißt. Nun lachten sie gemeinsam und aßen vergnügt ihr Fischfilet, das sie beide übereinstimmend bestellt hatten. Zu Franks Erstaunen war alles sehr schmackhaft. In ihm kamen die nächsten Zweifel auf. Diesmal fragte er sich, ob es nötig gewesen war, Essen aus Deutschland mitzubringen.

Er aß schnell, während sie die Mahlzeit genoss. Als er längst seinen Teller leergegessen hatte, legte sie ihr Besteck beiseite, obwohl ihr Teller noch halbvoll war. Wenn sie immer so wenig aß, war es kein Wunder, dass sie so schlank war, dachte er.

Als die Rechnung kam, war diese wesentlich niedriger, als es Frank erwartet hatte. Er zückte seine Kreditkarte, wies den Kellner auf Deutsch an, 10 Prozent Trinkgeld zu addieren, was dieser sofort verstand. Frank hatte sich vor Jahren geärgert, dass er zu seinem Girokonto eine Kreditkarte bekam, die er bisher noch nie benutzt hatte. Jetzt war er froh darüber, dass er sie hatte, denn es machte die Bezahlung wesentlich einfacher, als wenn er in Euro bezahlen würde und schon vorher wüsste, dass der Ober falsch umrechnen würde.

Nachdem die Rechnung beglichen war, verfiel Frank wieder in Grübeleien, als er versuchte zu verarbeiten, was er an diesem Tag erlebt hatte. Milena weckte ihn abrupt aus seinen Gedanken, indem sie ihm unter dem Tisch zärtlich an sein Bein stieß. Als er hochschaute, sah er in ihr lachendes Gesicht. Sie fragte: „Wo warst du denn eben? Ich dachte schon, du bist eingeschlafen." Die Stelle, an der sie ihn angestupst hatte, tat nicht weh, sondern war im Gegenteil immer noch in angenehmer Weise präsent. Von ihr ging eine warme Welle von Glück durch seinen Körper. Hatte er anfangs gedacht, dass er einfach nur scharf auf sie sei, so überkam ihn jetzt die Erkenntnis, dass er ernsthaft verliebt in sie war. Natürlich war ihre sexuelle Anziehungskraft nicht ohne Wirkung auf ihn geblieben, aber die hatte er damit abgetan, dass er sich manchmal sogar mit dem Gedanken erwischte, Negerinnen sexy zu finden und sich alles Mögliche mit ihnen ausmalte. Jedoch bei Milena war es mehr, das ihm gefiel. Es war ihre Art, mit ihm zu sprechen, ihr Wissen und nicht zuletzt natürlich ihre selbstlose Hilfe für ihn, als ihm das Wasser bis zum Hals gestanden hatte.

„Was machen wir denn nun mit dem angebrochenen Tag?", fragte er, als sie das Restaurant verlassen hatten. „Gibt es hier irgendetwas, das man sich anschauen kann?" Sie nickte.

„Hier gibt es viele Sehenswürdigkeiten. Wenn du willst, fahren wir zum Weinberg im Stadtzentrum."
Dass es in Blauberg einen Weinberg gab, hätte er nicht erwartet. Umso neugieriger war er, diesen zu sehen.

Wieder stiegen sie in Milenas tolles Auto. Es roch noch ganz neu und wenn es wirklich unrechtmäßig erworben war, dann musste es direkt beim Händler gestohlen worden sein. Milena war eine gute Autofahrerin und er fühlte sich absolut sicher bei ihr. Außerdem war er froh, dass er nicht fahren musste, denn die Polen fuhren ziemlich temperamentvoll. Als Beifahrer konnte er intensiver aus dem Fenster schauen und sich einen Eindruck von der Stadt, ihren Bauwerken und Menschen verschaffen. Er war von allem positiv überrascht, denn eigentlich hatte er erbärmlich dahinvegetierende Geschöpfe in Elendskaten erwartet, aber er sah nur normale Häuser und sehr gut gekleidete Menschen. Deshalb konnte er auch seinen ersten Verdacht nicht aufrechterhalten, dass der Weg von seinem Hotel zur Baustelle durch ein besonders reiches Stadtviertel geführt hätte.

Nach kurzer Fahrt waren sie am Ziel. Vor ihnen lag mitten in der Stadt der Weinberg. Wieder war Frank froh, nicht selbst fahren zu müssen, denn Milena kannte sich gut aus und lenkte ihr Auto virtuos auf den Parkplatz vor dem Restaurant mit dem Namen **Palmiarnia Restauracja**.

Im Inneren konnte man gemütlich unter Palmen und zwischen anderen exotischen Pflanzen sitzen und die verschiedensten Köstlichkeiten genießen. Der herbeieilende Kellner sprach deutsch und Milena und Frank waren sich zufällig wieder einig bei der Bestellung. Sie orderten je eine Tasse Kaffee und ein Stück Erdbeertorte mit Sahne. Es dauerte nicht lange und das Bestellte wurde serviert. Es war köstlich und Frank bereute jetzt ernsthaft, dass er Lebensmittel aus Deutschland mitgebracht hatte. Wenn es so weitergehen sollte, würde er fast alles wieder mit nach Hause nehmen oder besser gleich hier wegwerfen, damit seine Mutter nicht auf die Idee käme, dass er in Polen gehungert hätte.

Während sie die leckeren Tortenstücke verzehrten, sprachen sie über Gott und die Welt sowie über sich. Frank erfuhr auf diese Weise, dass Milena in Stulice aufgewachsen war, wo ihre Mutter immer noch lebte. Er erzählte, dass er mit seiner Mutter in Fritzfurt lebe. Sie stellten eine ganze Menge an Gemeinsamkeiten fest. Beide waren 29 Jahre alt, wobei Milena etwa neun Monate älter war als Frank und bald ihren 30. Geburtstag feiern würde.

So verlebten sie einen sehr vergnüglichen Nachmittag zwischen tropischen Pflanzen. Im Verlauf des Gesprächs kamen sie sich immer näher und es fiel Frank schwer, seine Gefühle für Milena zu verbergen. Er konnte kaum einen Blick von ihr wenden, weshalb er auch immer mehr von ihren körperlichen Reizen bemerkte. Er wusste gar nicht, was ihm am meisten an ihr gefiel, ihr halblanges blondes Haar, ihr außerordentlich hübsches Gesicht oder ihr perfekter Körper mit den bestgeformten Brüsten, die er jemals gesehen hatte. Auch ihre Beine waren große Klasse. Normalerweise kam er bei Frauen gut an und konnte jede haben, denn er war ein gutaussehender und freundlicher junger Mann. Wäre sie eine Deutsche gewesen, hätte er nicht gezögert, sie in die Arme zu nehmen und ihre sinnlichen Lippen zu küssen. Dabei wäre er sicher gewesen, dass sie sich nicht gewehrt, sondern seine Zärtlichkeiten erwidert hätte. Aber sie war eine Polin und damit eine Ausländerin, sodass sich eine intime Beziehung zwischen ihm und ihr von vorn herein verbot, wobei er den Ausdruck „von vorn herein" in diesem Zusammenhang irgendwie unpassend fand. Er wusste genau, was seine Kumpels zu dieser Situation sagen würden.
„Einfach ficken die Alte, aber nich ohne Jummi, sonst holst de dir wat weg bei die Polenschlampe!"
Wieder bekam Frank Zweifel an dem, was ihm seine älteren Freunde und seine Familie über Polen berichtet und geraten hatten. Sein Weltbild begann ebenso zu wanken, wie er und seine Freunde,

wenn sie alkoholisiert aus dem „Oderdampfer" kamen. Aber war Milena denn eigentlich maßgebend für alle Polinnen? Sie war zugegebenermaßen attraktiv und gebildet, aber das waren manche Negerinnen, Fidschi-Frauen und Kopftuchträgerinnen auch. Trotzdem waren ihre Heimatländer Dreckslöcher und deren Bewohner waren nichts weiter als Abschaum. Er musste aufpassen, dass er sich von Milena nicht täuschen ließ. Sie war in Wirklichkeit auch nichts anderes als eine Polin – allerdings eine verdammt reizvolle.

Es war schon dunkel, als sie das Restaurant verließen und in Milenas Auto stiegen. Sie fuhr ihn wieder zu seinem Hotel und vor dem Eingang hatte er das Gefühl, dass ein Handschlag nicht die richtige Form der Verabschiedung von dieser tollen Frau wäre. Deshalb folgte er seinem Instinkt und beugte sich zu ihr herüber, um ihr einen Kuss auf die Wange zu geben. Sie ließ es geschehen und umarmte ihn sogar dabei. Das ermutigte ihn, einen Schritt weiterzugehen und sie auf den Mund zu küssen. Sie sträubte sich nicht, blieb aber passiv.

Als er ausstieg, lächelte sie ihm nach und als er „Tschüss" sagte, erwiderte sie „Cześć". Es störte ihn nicht im Geringsten, dass sie polnisch geantwortet hatte. Er fand es sogar irgendwie sexy und geheimnisvoll.

In seinem Hotelzimmer lockte das weiche Bett und er fragte sich, ob er wirklich noch einmal das ganze Prozedere der Schädlingsbekämpfung durchziehen und das Kampieren auf der harten Luftmatratze wiederholen sollte. Auch im nüchternen Zustand fand er weder Schmutz noch Ungeziefer. Hier war alles so sauber, dass er sich gar nicht vorstellen konnte, dass es in diesem Zimmer und in diesem Bett eine Laus oder anderes Getier aushalten würde. Diese Überlegungen führten ihn zu der Erkenntnis, dass es eine Schnapsidee gewesen war, im Hotelzimmer auf einer Luftmatratze in einem Schlafsack zu nächtigen. Er ließ die noch verbliebene Luft aus der Luftmatratze, rollte den Schlafsack zusammen und beschloss, die kommende Nacht bequem im Bett zu verbringen.

Ein Blick in die Minibar zeigte, dass diese immer noch gut gefüllt war und so genehmigte er sich eine Flasche polnisches Bier, wobei er feststellte, dass es gar nicht so schlecht schmeckte. Wahrscheinlich hatten sie die Rezeptur in Deutschland geklaut, war die für ihn einzige logische Erklärung. Während er den Gerstensaft in kleinen Schlucken konsumierte, dachte er erst über den heutigen Tag und dann über seine gesamte Situation nach.

Er versuchte, das Sachliche vom Emotionalen zu trennen, was ihm jedoch außerordentlich schwer fiel. Sachlich war er fein raus. Milena hatte seinen Fehler auf sich genommen und so trug er formal keine Schuld an dem Problem. Deshalb konnte er auch seinem Chef gegenüber behaupten, alles richtig gemacht zu haben, sodass seiner Karriere im Betrieb nichts mehr im Wege stehen sollte. Auf der anderen Seite gab es Milena, von deren Schönheit und Klugheit er tief beeindruckt war. Sie war nicht irgendeine abstrakte Traumfrau, sondern sie bestand aus Fleisch und Blut. Und was das Beste war, sie mochte ihn, wenn sie nicht sogar auch verliebt in ihn war. Er konnte jetzt förmlich seinen vor siebzehn Jahren verstorbenen Vater hören, wie der in Anbetracht der nahen Grenze zu Polen immer warnend gesagt hatte: „Junge, nimm dich in Acht! Diese minderwertigen Frauen suchen doch nur nach jemandem aus der überlegenen Rasse, der sie heiratet und ihnen ein gutes Leben ermöglicht. Sie versuchen, dich ins Bett zu kriegen, um dich dann auszunutzen." Frank bemerkte jetzt erst, dass er damals nie gefragt hatte, woher sein Vater das so genau wusste.

Frank war verwirrt wie noch nie in seinem Leben. Bis vorgestern war alles so einfach gewesen. Da hatte er noch gewusst, was richtig und was falsch war. Er gehörte zur überlegenen deutschen Herrenrasse und hinter den Landesgrenzen lebten niedere Kreaturen. Diese Dienstreise schien ein Höllentrip für ihn zu werden, denn er musste zu den Todfeinden ins Nachbarland. Aber dann war alles ganz anders gekommen. Die Polizisten hatten ihn nicht bestraft, obwohl er ohne Licht gefahren war, das Hotel war überaus sauber und komfortabel und er hatte eine polnische Schönheit kennengelernt, die seinen Standpunkt vollends erschütterte. Polen war kein unterentwickeltes Land und seine Bewohner waren allem Anschein nach keine Untermenschen. Auch ihre Sprache schien nicht so unkultiviert zu sein, wie seine Freunde es immer behaupteten, denn schließlich sprachen die Polen miteinander, ohne Hände und Füße zu Hilfe zu nehmen, und verstanden einander trotzdem.

Er wurde aus seinen Gedanken gerissen, als sein Smartphone wieder den Badenweiler Marsch intonierte. Sein Chef rief an, um zu fragen, wie der Stand der Dinge sei. Frank berichtete, dass die Polen eine falsche Pumpe bestellt hätten, aber er, Frank, eine Lösung für das Problem ausgearbeitet habe. Auf die Frage, wann er zurückkommen würde, antwortete er, dass er lieber noch morgen vor Ort sein würde, um den Einbau der Pumpe zu überwachen. Der Chef war mit der Verlängerung der Dienstreise einverstanden und brachte seine Erleichterung darüber zum Ausdruck, dass die Schuld nicht bei Frank lag und damit auch nicht bei seiner Firma.

Da es noch früh am Abend war, hatte Frank keine Lust, schon schlafen zu gehen und so verließ er das Hotel noch einmal, um einen Stadtbummel zu machen. Noch vor zwei Tagen hätte er nicht im Traum daran gedacht, sich freiwillig unter Polen zu begeben. Jetzt wagte er das Abenteuer und war zuversichtlich es zu überleben.

Als er sich dem Zentrum näherte, war er erstaunt, wie viele Menschen auf der Straße waren. Dagegen war Fritzfurt abends direkt eine Geisterstadt. Er schlussfolgerte messerscharf, dass sich auf deutscher Seite niemand auf die Straße traute, weil alle Angst vor ausländischen, insbesondere polnischen Räubern hatten. Diese

Angst war auf der polnischen Seite natürlich absolut unbegründet, denn dass Deutsche über die Grenze kämen, um zu stehlen oder zu morden war ausgeschlossen. Auch vor Flüchtlingen musste hier niemand Angst haben, denn Flüchtlinge nahm dieses Land nicht auf, weil die polnische Regierung in dieser Beziehung schlauer war als die bescheuerten regierenden Gutmenschen in der deutschen Hauptstadt.

Er setzte sich in eine Bar und bestellte ein Bier. Es gab eine recht große Auswahl und er hätte sogar deutsches Bier haben können, aber er bestellte ein polnisches, da es viel preiswerter war. Dann beobachtete er das Treiben in der Fußgängerzone, um erstaunt festzustellen, dass die Menschen, die er sah, eine unglaubliche Lebensfreude und Leichtigkeit ausstrahlten. Er war zwar noch nie im Ausland gewesen, hatte aber gehört, dass dieses Gefühl vor allem in südlichen Ländern vorherrschen solle. Außerdem fiel ihm auf, dass die Polen ziemlich schick gekleidet waren und dass die Frauen überwiegend sehr gut aussahen. Er fragte sich, warum er in Fritzfurt immer nur alte, hutzelige Polinnen mit Kopftuch gesehen hatte. Er konnte sich dieses Phänomen nur damit erklären, dass er die jungen, hübschen Polinnen gar nicht als solche erkannt hatte.

Nach einer Weile des Sinnierens fiel ihm ein, dass seine Eltern damals, als Frank noch ein Kind war, ein Theater-Abonnement gehabt hatten. Einmal war sein Vater krank geworden. Deshalb musste Frank seine Mutter ins Theater begleiten und sich die Operette „Der Bettelstudent" ansehen. Er konnte sich an nicht viel erinnern, außer an die Zeile „Der Polin Reiz bleibt unerreicht". Dieser Satz prägte sich bei ihm deshalb so ein, weil sich doch alle um ihn herum darin einig waren, dass Polinnen hässliche, zahnlose Hexen waren.

Nach dem dritten Bier zahlte Frank bei dem gut deutsch sprechenden Kellner in Euro und war erneut erstaunt, wie niedrig die Rechnung war. Für das Geld hätte er in Deutschland höchstens einen Apfelsaft bekommen. Er stand auf und schlenderte zu seinem Hotel zurück. Der Portier kannte ihn inzwischen schon, sodass die Frage nach der Zimmernummer entfiel.

Er duschte und trocknete sich mit einem der herrlichen Hotelhandtücher ab, dann ging er in das bequeme, kuschelige Bett, aber an Schlafen war noch lange nicht zu denken. In seinem Kopf kreisten die Gedanken immer nur um ein Thema. Sollte denn alles falsch sein, was er von Kindheit an von seinen Eltern und seinen übrigen Verwandten und Freunden über Ausländer und besonders über Polen gelernt hatte? Er konnte es nicht glauben. Die waren doch nicht alle blöd! Aber warum sollten sie ihn so angelogen haben? Die ganze Sache erinnerte ihn an Weihnachten in seiner Kindheit. Da wussten auch alle Erwachsenen, dass es keinen Weihnachtsmann gab, aber ließen ihn lange im Glauben an die Existenz dieses weihnachtlichen Geschenkeverteilers. Noch in der 5. Klasse hatte er sich mit einem Klassenkameraden geprügelt, weil dieser die Existenz des Weihnachtsmannes abgestritten hatte. Genauso hatte es sich mit dem Klapperstorch verhalten. Furchtbar lange hatte er seinen Eltern geglaubt, dass dieser Vogel die Babys brächte. Aber jetzt war er kein Kind mehr, dem man absurde Geschichten erzählen konnte. Er war ein erwachsener studierter Mann, der wissen wollte und sollte, was wirklich los war. Mit dem Vorsatz, nach seiner Rückkehr seine Mutter zu fragen, woher sie ihre schlechte Meinung über Polen hätte, schlief er schließlich doch noch ein.

Kapitel 2

Mittwoch 9 Uhr in Deutschland. In dem Dörfchen Klein Kiesel-witz, das in der unmittelbaren Nachbarschaft von Fritzfurt lag, hielt kurz nach Öffnung der dortigen Sparkassenfiliale ein schwarzer SUV, dem zwei dunkel gekleidete Gestalten entstiegen. Bevor sie die Bank betraten, rollten sie Sturmmasken über ihre Gesichter und jeder, der sie sah, brauchte nicht viel Fantasie, um zu wissen, dass sie die Sparkasse überfallen wollten. Aus diesem Grund brachten sich alle Umstehenden schnell in Sicherheit. Einige zückten in gehöriger Entfernung ihr Handy und riefen die Polizei an.

Als die beiden Vermummten fast an der Tür zur Sparkasse angekommen waren, fragte einer von ihnen: „Hast du die Pistole?" Der Gefragte schaute erschrocken zu seinem Kumpan, um dann zu antworteten: „Nee, ick dachte, du hast die." Es blieb ihnen also nichts anderes übrig, als noch einmal zum Auto zurückzugehen, um die Waffe zu holen. Unterwegs blieben sie erstaunt stehen, denn auf halbem Weg zwischen Bank und Auto lag die Pistole im Sand. Einer von ihnen musste sie dort verloren haben. Der kleinere der beiden Bankräuber bückte sich und hob sie auf. Begleitet von Flüchen und gegenseitigen Beschuldigungen setzten sie ihren Weg zur Bank fort. Sie betraten den kleinen Schalterraum, in dem sich nur wenige Menschen aufhielten. Der bewaffnete Räuber bedrohte die beiden Bankangestellten mit der Pistole und verlangte die Herausgabe des gesamten vorhandenen Geldes, während der andere einen großen Seesack aufhielt, in den die Beute hineinsollte. Sie bemerkten nicht, wie sich hinter ihren Rücken die noch vorhandenen Bankkunden aus dem Staub machten, um nicht etwa als Geisel genommen zu werden.

Die Bankangestellten schienen angewiesen worden zu sein, im Falle eines Überfalls nichts zu riskieren, sondern das Geld ohne

Widerstand herauszugeben. Allerdings entsprach die Höhe des gegenwärtigen Barbestands nicht annähernd den Wünschen der ungebetenen Kunden. Das erbeutete Geld bedeckte kaum den Grund des Behältnisses und man musste schon sehr genau hinsehen, um es am dunklen Boden des Sackes überhaupt wahrzunehmen. Mit dieser kleinen Beute wollten sich die beiden Bankräuber jedoch nicht zufriedengeben, sodass es zu einer verbalen Auseinandersetzung kam.

„Det kann doch nich allet sin! Det könnta uns doch nich erzähln! Los raus mit die Kohle, ooch die aus'n Tresor. Dalli, dalli!"

Die beiden Angestellten der Sparkasse schüttelten bedauernd die Köpfe.

„Wir haben hier keinen Tresor. Wir sind doch nur eine kleine Außenstelle. Das Geld in der Kasse ist das einzige, was wir Ihnen geben können."

Nun hatten die beiden Räuber aber wirklich genug von dieser Taktik. Der Waffenträger erhob die Pistole, richtete sie zur Decke und drückte ab, aber außer einem Klick war nichts zu hören. Der verhinderte Schütze schaute seinen Partner wütend an. „Haste die Wumme etwa nich jeladen, du Vollfosten?"

Der andere Räuber schüttelte den Kopf.

„Nee, ick dachte, det hast du jemacht."

In Anbetracht der unerwarteten Schwierigkeiten sahen die beiden Vermummten nun keine andere Möglichkeit mehr, als den geordneten Rückzug anzutreten, wobei der Waffenträger weiterhin den Pistolenlauf auf die Bankmitarbeiter richtete, ohne diese jedoch noch sonderlich einzuschüchtern. Einer von ihnen drückte ganz offensichtlich den Alarmknopf und die beiden Verbrecher waren froh, dass sie noch rechtzeitig aus dem Schalterraum herausgekommen waren, denn jetzt waren alle Türen verschlossen. Sie rannten so schnell sie konnten zum Auto und wollten einsteigen, aber da gab es das nächste Problem.

„Hast du den Schlüssel?"

„Nee, ick dachte du!"

Ein Blick durchs Autofenster zeigte ihnen, dass der Schlüssel im Zündschloss steckte. Ein eingebauter Sicherheitsmechanismus hatte aber dafür gesorgt, dass sich die Autotüren von außen nicht mehr öffnen ließen und so waren sie ausgesperrt. Sie überlegten einen Moment vergeblich, wie sie auch ohne Schlüssel in das Auto einsteigen könnten. Dann hörten sie die Sirene eines Polizeiwagens und versuchten zu Fuß zu fliehen. Weit kamen sie jedoch nicht, denn inzwischen hatte ein Streifenwagen der Polizei den Tatort erreicht. Es war ein Leichtes für die beiden Polizisten, die Flüchtigen einzuholen und festzunehmen. Zusammen mit ihrer dürftigen Beute wurden die beiden grandiosen Versager in das Polizeiauto verfrachtet, dann ging es ab zum Polizeirevier. Der SUV wurde später auf einen Abschleppwagen gehievt und kam zur Untersuchung in die Kriminaltechnik.

Die beiden Delinquenten diskutierten während der gesamten Fahrt den soeben schiefgegangenen Überfall. Die Polizisten mussten sich bis zum Erreichen des Polizeireviers lautstarke Dialoge anhören.

„Du Flachzange, du bist doch zu blöd, 'n Loch in den Schnee zu pissen!"

„Halt die Schnauze, du Vollidiot! Wejen sonne wie dir ham wa den Kriech valorn!"

„Und welche wie dir hätten se damals an de Wand jestellt, wejen Sabotage!"

Kapitel 3

Am Mittwochmorgen ging Frank mit einiger Skepsis in das Hotelrestaurant zum Frühstück. Der Kaffee dort war gut und das Rührei schmeckte vorzüglich zusammen mit dem polnischen Brot. Außer knusprigen Brötchen gab es eigentlich alles, was sein Herz begehrte. Frank war noch nie in einem Hotel gewesen, sodass er keinen Vergleich hatte, aber er musste zugeben, dass er sich an diesen Luxus gewöhnen könnte. Es tat ihm leid, dass er am vorigen Morgen sein altes zähes Brötchen gegessen hatte, anstatt in das Hotelrestaurant zu gehen. Immerhin zahlte seine Firma ja auch für das Frühstück.

Nachdem er sein Frühstück beendet hatte, wartete er wieder auf den Kraftfahrer, der ihn an den beiden zurückliegenden Tagen abgeholt hatte, aber der kam nicht. Frank sah immer öfter mit zunehmendem Ärger auf seine Uhr. Als sein Unmut fast in Wut übergegangen war, kam plötzlich Milena durch die Drehtür in die Lobby und all sein Ärger war verflogen. Sie kam auf ihn zu und er traute seinen Augen nicht. Sie sah heute noch schöner aus als gestern und vorgestern. Als sie ihn zur Begrüßung umarmte und küsste, spürte er ihre großen festen Brüste an seinem Körper und genoss ihre Nähe sowie den betörenden Duft, der sie umgab. Als sie sich wieder voneinander gelöst hatten, fragte er staunend: „Wie kommt es denn, dass du mich heute abholst?" Sie lächelte ihn an und antwortete: „Ich dachte, du freust dich, wenn du mich morgens schon siehst." Während er zustimmend nickte, sagte sie: „Heute kommt der Kran, der die Pumpe in das Gebäude stellt. Wir können direkt zur Baustelle fahren und dabei zusehen, wenn du willst." Er war einverstanden und so stieg er erneut in ihr Auto, dann fuhren sie zur Baustelle.

Sie kamen gerade rechtzeitig, als der große Autokran startbereit war. Er hob die tonnenschwere Pumpe wie einen Tischtennisball in die Höhe und platzierte sie genau dort, wo sie hingehörte. Nach etwa einer halben Stunde konnte der Fahrer die Stützen seines Autokrans wieder einfahren und die ganze Angelegenheit war erledigt. Wie ein eventueller späterer Austausch der Pumpe ablaufen sollte, wollte Frank sich lieber jetzt nicht vorstellen.

Er atmete auf, als der Kran weg war, denn damit war sein Fehler ausgemerzt und er konnte ohne Angst zurück nach Hause fahren. Doch da kam plötzlich zu der Freude ein Gefühl der Wehmut in ihm auf, hatte er sich doch in Polen und speziell bei Milena sehr wohlgefühlt und wäre gern noch länger geblieben. Das ging aber nicht, denn es bestand keine dienstliche Notwendigkeit mehr. Er blickte zu ihr und hatte den Eindruck, dass auch sie sich gerade mit dem Gedanken an die bevorstehende Trennung herumschlug.

Sie sagte: „Ich bringe dich zum Hotel. Willst du dich vorher noch von meinen Kollegen verabschieden?" Er hatte eigentlich keine Lust dazu, aber dann stimmte er doch zu. Er wollte nicht als unhöflicher Stoffel im Gedächtnis der polnischen Bauingenieure hängenbleiben. So gingen sie zu dem Container, in dem die Bauleitung residierte. Milena sagte etwas zu ihren Kollegen und sie alle gaben ihm die Hand und bedankten sich auf Polnisch, dass er zu ihnen gekommen war und das Problem gelöst hatte, wie Milena übersetzte. Frank war davon peinlich berührt, denn schließlich hatte er das Problem erzeugt und gelöst hatte es Milena, die auch noch die Schuld auf sich genommen hatte, aber das wussten sie zum Glück nicht.

Während ihrer Fahrt zum Hotel überlegte er, was er sagen sollte. Er wusste, dass er tief in ihrer Schuld stand und sich gar nicht genug bedanken konnte, aber andererseits wollte er sich vor ihr auch nicht zu klein machen. Schließlich war sie nur eine Polin und er war Deutscher. Dieser Unterschied musste gewahrt werden. Deshalb schwieg er.

Aus heiterem Himmel fragte sie ihn plötzlich, ob er zu Hause eine Frau oder Freundin hätte. Er nickte und erzählte ihr von Nicole. Zwar hatte er das Gefühl, dass es unklug war, ihr in dieser Hinsicht die Wahrheit zu sagen, aber schon an diesem Nachmittag würde er wieder in Deutschland sein, würde Nicole in seine Arme schließen und dann würde er Milena und Polen aus seinem Gedächtnis löschen. Warum sollte er also jetzt bei ihr so tun, als sei er frei und ungebunden? Sie nahm seine Mitteilung ohne sichtbare Emotion auf und schaute nur geradeaus auf die Straße.

Auf dem Parkplatz vor seinem Hotel stiegen sie aus. Er nahm sie noch einmal in den Arm, dankte ihr für alles und verabschiedete sich. Bevor sie auseinandergingen, gab sie ihm einen Zettel mit ihrer Adresse und ihrer Handynummer, dann drückte sie ihm einen zärtlichen Kuss auf den Mund, drehte sich um, stieg in ihr Auto und fuhr davon.

Er blieb noch eine Weile stehen, sah ihr hinterher, um dann auf den Zettel zu starren. Er hatte ihren Nachnamen bisher nicht verstanden und las ihn nun zum ersten Mal. Sie hieß also Milena Opalka und wohnte in Niebieska Góra. Obwohl er sicher war, sie zum letzten Mal gesehen zu haben, steckte er den Zettel in seine Brieftasche. Er wusste nicht, warum er ihn nicht gleich in den nächsten Papierkorb warf. Irgendetwas hinderte ihn daran.

Nachdem er sein Zimmer geräumt und die Rechnung bezahlt hatte, verstaute er das Gepäck in seinem Auto und fuhr los in Richtung Heimat. Diesmal dachte er sogar daran, das Licht einzuschalten. Während er fuhr, zog er eine Bilanz dieser Reise. Angefangen bei den Polizisten, die ihn wegen Fahrens ohne Licht gestoppt hatten, über die Meisterung der Probleme auf der Baustelle, bis zum Kennenlernen von Milena war alles ausgesprochen positiv verlaufen. Alle seine Sorgen waren unnötig gewesen, denn die Polen waren nett, das Hotel war gut und das Wichtigste war, dass sein Auto weder beschädigt noch gestohlen worden war.

Ohne die zulässige Geschwindigkeit zu überschreiten, erreichte er recht schnell die Grenzstadt Stulice. Er freute sich auf zu Hause und auf seine Freunde. Heute Abend würde er mit ihnen beim Bier zusammensitzen und ihnen von seinen Erlebnissen berichten. Sie würden wahrscheinlich staunen, dass die polnischen Bauingenieure dieselben Nachnamen hatten wie sie.

Inzwischen war er wieder im Empfangsbereich seines Lieblingssenders und hörte zu seinem Erstaunen den folgenden Bericht:

„In Klein Kieselwitz kam es heute Morgen zu einem bewaffneten Banküberfall. Dieser blieb aber durch das beherzte und schnelle Eingreifen der zuständigen Polizei erfolglos. Die beiden deutschen Täter wurden mitsamt ihrer Beute gestellt. Das zur Tat benutzte Fluchtfahrzeug wurde sichergestellt. Obwohl die Nummernschilder gefälscht waren, konnte die Polizei den Besitzer des Autos anhand der Fahrgestellnummer ausfindig machen. Dieser wurde verhört, gab jedoch zu Protokoll, bis dahin nicht bemerkt zu haben, dass sein Auto von dem üblichen Platz verschwunden sei. Er zeigte deshalb erst in diesem Moment den Diebstahl seines Kraftfahrzeugs an. Auf die Frage, warum die Diebe und Räuber einen Originalschlüssel für das angeblich gestohlene Auto hatten, konnte er keine befriedigende Antwort geben. Er stritt aber ab, das Fahrzeug mit steckengelassenem Zündschlüssel auf der Straße vor seiner Tür abgestellt zu haben. Er konnte einen Originalschlüssel vorweisen, konnte aber nicht sagen, wo der zweite Schlüssel geblieben sei."

Frank schüttelte den Kopf. Entweder war dieser Typ ein Schussel oder er hatte mit den Bankräubern gemeinsame Sache gemacht. Was ihn wunderte, war, dass erwähnt wurde, dass es sich um deutsche Täter handelte. Wahrscheinlich wollte man damit von der großen Kriminalität der Ausländer ablenken, war seine Erklärung.

Auf jeden Fall war er froh, dass die Verbrecher nicht zum Zuge gekommen waren, denn er hatte auch ein Konto bei der Sparkasse.

Kapitel 4

In Słubice gab es einen Stau in Richtung Grenzübergang. Viele polnische Fahrzeuge vor Frank wendeten und fuhren wie in Panik zurück. Sollte es heute etwa Kontrollen an der Grenze geben und die Schmuggler hatten die Hosen voll? Das konnte Frank nicht beunruhigen, denn er war sich keiner Schuld bewusst. Als er die Brücke über die Oder überquert hatte, bemerkte er vor sich eine größere Menge schwarz gekleideter vermummter Typen mit Baseballschlägern, Knüppeln und Eisenstangen, die ein Spalier bildeten. Jedes Auto, das aus Polen kam, musste eine Art Spießrutenlauf absolvieren, bei dem die Vermummten mit ihren Schlaginstrumenten darauf einprügelten. Die Fahrer vor ihm gaben Vollgas, aber kein Fahrzeug blieb gänzlich ohne Beulen und bei vielen splitterte Glas. Frank meinte, der Sache auf den Grund gehen zu müssen. Deshalb hielt er unmittelbar vor den Rowdys an, stieg aus und ging auf sie zu. Er wollte wissen, was das alles sollte, aber nach Diskussionen war den Typen offensichtlich nicht zumute. Ohne Vorwarnung schlugen einige von ihnen auf Frank ein, während die anderen sich an seinem Auto zu schaffen machten. Als er von einem Baseballschläger getroffen zu Boden ging, hörte er noch Scheiben klirren und befürchtete, dass es die von seinem geliebten Golf sein könnten, dann wurde er ohnmächtig.

***

„Komm zu dir, Kleena!", waren die ersten Worte, die er hörte. Er lag auf dem Asphalt und schaute ins Gesicht seines Freundes Bernd Kaczmarek. Auch Kurt Ogrodnik und sein dritter Freund Peter Koslowski waren bei ihm. Die Meute der Hooligans hatte sich verzogen und hinter seinem Auto ertönte ein gewaltiges Hupkonzert. Er blickte mühsam um sich und stellte fest, dass sein Auto immer noch an der Stelle stand, an der er es verlassen hatte, aber es war schrecklich zugerichtet. Die Freunde halfen ihm hoch und er bemerkte, dass auch sie schwarz gekleidet waren und Schlagwaffen in ihren Händen hatten. Er fragte ungläubig: „Habt ihr hier mitgemacht?" Sie antworteten nicht, sondern brachten ihn zu seinem Auto. Sämtliche Scheiben waren zersplittert und es gab überall tiefe Beulen im Blech. Auch Franks Kopf war voller Beulen, aber im Gegensatz zu den Beulen am Auto gingen diese nach außen.

Die Freunde platzierten ihn auf der Rückbank seines Autos, dann setzte sich einer von ihnen ans Steuer und die anderen beiden stiegen ebenfalls ein. Unter ihren Füßen und beim Hinsetzen knirschten unzählige Glassplitter. Wegen der fehlenden Frontscheibe fuhren sie sehr langsam zu Franks Elternhaus, das zum Glück nicht weit vom Grenzübergang entfernt war. Es fiel Frank schwer zu sprechen, aber dennoch fragte er, warum sie ihn überfallen hatten. Die Freunde erklärten ihm, dass es nicht um ihn gegangen wäre, sondern dass sie es den Polen und den Deutschen, die in Polen tanken gewesen waren, mal richtig zeigen wollten. Der direkte Anlass der Aktion war aber, dass das Auto ihres Freundes Herrmann gestohlen wurde und sie sicher waren, dass dies nur die Polen getan haben konnten. Frank war zu schwach, um zu antworten. Er wollte nur noch nach Hause.

Als sie ihn ins Haus brachten und seine Mutter ihn so sah, war sie der Verzweiflung nahe.
„Ich habs ja gewusst! Diese verdammten Polen! Das sind doch keine Menschen! Was haben sie nur mit dir gemacht, mein armer Junge?"

Die drei Freunde entfernten sich grinsend und Franks Mutter begann die Wunden ihres Sohnes zu versorgen. „Mutti, das waren nicht die Polen, das waren Deutsche hier in Fritzfurt," stöhnte Frank. Mehr konnte er nicht herausbringen, denn seine Lippen waren zu geschwollen.

Kapitel 5

Frank verbrachte die schrecklichste Nacht seines bisherigen Lebens. Er hatte überall Schmerzen und konnte deshalb nicht schlafen. Immer wieder ging es ihm durch seinen brummenden Schädel, dass seine Freunde, mit denen er so viele Abende zusammen vergnügt beim Bier gesessen hatte, dabei mitmachten, wenn auf deutsche Autos und Mitbürger eingeprügelt wurde. Er hätte es durchaus verstanden, wenn es nur gegen Polen gegangen wäre. Schließlich klauten diese ständig die Autos der Deutschen, aber dass die Kumpels sich auch an Deutschen und sogar an ihm vergriffen hatten, ging zu weit.

Seine Mutter kümmerte sich die ganze Nacht aufopferungsvoll um ihn, obwohl sie eigentlich am nächsten Morgen früh zur Arbeit gehen musste. Um acht Uhr rief sie zuerst bei ihrem Chef an, um ihm mitzuteilen, dass sie krank sei, dann entschuldigte sie Frank bei dessen Chef.

Inzwischen waren Franks Lippen ein wenig abgeschwollen, sodass er auf die Fragen seiner besorgten Mutter antworten konnte. Er berichtete ihr, wie gut er es in Polen angetroffen hatte, wobei er allerdings Milena und seinen Fehler nicht erwähnte. Dann erzählte er ihr von den Vorfällen am Grenzübergang. Er sagte, dass er die ganze Sache anzeigen würde, wenn nicht seine Freunde dabei gewesen wären. Seine Mutter konnte sich die Tatbeteiligung der drei Freunde nicht vorstellen. Schließlich kannte sie sie schon seit mehr als 30 Jahren, denn sie waren auch schon Freunde ihres verstorbenen Mannes gewesen.

Am Nachmittag kamen Peter und Bernd, zwei von Franks Freunden, um nach ihm zu sehen. Als sie sein geschwollenes Gesicht und die blauen Flecke sahen, feixten sie und hätten sich totlachen können. Frank fand das gar nicht lustig und fragte mühsam, was es zu lachen gebe, wenn ein Freund zusammengeschlagen worden sei. Sie bagatellisierten jedoch die ganze Angelegenheit und nahmen gar nicht zur Kenntnis, wie schlecht es Frank wirklich ging.

„Warum habt ihr denn die Leute an der Grenzbrücke überfallen?", wollte Frank wissen. Seine Freunde sahen sich vielsagend an, dann sagte einer: „Wir mussten doch det scheiß Polenpack 'ne Abreibung verpassen, weil die unsern Kamerad Herrmann sein Auto jeklaut ham."

„Woher wollt ihr denn wissen, dass es Polen waren, die das Auto gestohlen haben?", war Franks naheliegende Frage.

„Sach ma, dir ham se wohl int Gehirn geschissen und verjessen umzurühr'n! Wer soll denn sonst Autos klauen, wenn nich de Polacken?"

„Aber warum habt ihr mich und andere Deutsche auch zusammengeschlagen?"

„Wir wollten jleich mal alle die 'n Denkzettel verpassen, die immer in de Polackei fahrn. Da jeht een anständjer Deutscher nämich nich hin!"

„Aber ich war auch da und ich bin ein anständiger Deutscher!"

„Ja, du warst einfach zur falschen Zeit am falschen Ort, wie man so sacht. PP – Persönlichet Pech."

Frank hatte Mühe zu sprechen, bemerkte aber dennoch mit leiser Stimme: „Ihr seid gut! Ich hätte tot sein können, wenn ihr mich nicht gerettet hättet." Die beiden grinsten.

„Na, da siehste ma, wat wir für jute Freunde sind."

Dann verabschiedeten sie sich, versprachen aber, am nächsten Tag wiederzukommen.

Nachdem sich die beiden auch von Franks Mutter verabschiedet hatten, wandte diese sich wieder ihrem Sohn zu. Kopfschüttelnd sagte sie: „Ich verstehe das alles nicht. Warum haben denn unsere Freunde dabei mitgemacht, harmlose Deutsche zu überfallen?" Frank erwiderte: „Sie wollten die Polen für das Klauen des Autos ihres Freundes Herrmann bestrafen. Gleichzeitig wollten sie es auch den Deutschen abgewöhnen, ihr gutes Geld in Polen auszugeben." Seine Mutter schüttelte den Kopf.

„Aber dich haben sie doch auch zusammengeschlagen und du musstest dienstlich nach Polen!"

„Ja, Mutti, auf Einzelschicksale kann man keine Rücksicht nehmen, wenn es um eine große Sache geht!"

„Ist das deine ehrliche Meinung?", fragte sie, aber er antwortete nicht, denn er wusste es selbst nicht. Auch war er viel zu erschöpft, um nachzudenken.

***

Als es Frank nach zwei Tagen wieder etwas besser ging, versuchte er die Geschehnisse einigermaßen sachlich zu rekapitulieren. Alles hatte damit begonnen, dass er aus dienstlichen Gründen nach Polen musste, wo er sich sehr wohlgefühlt hatte. Als er danach die Grenze nach Deutschland passiert hatte, war er von schwarzgekleideten Typen überfallen worden. Sie schlugen ihn zusammen und beschädigten sein Auto so stark, dass es nur noch Schrott war, wie er inzwischen erfahren musste. Unter diesen Schlägern waren auch seine drei Freunde, die ihn zwar vor Schlimmerem bewahrt, aber trotzdem mitgemacht hatten. Frank nahm an, dass man ihn noch stärker verletzt oder sogar getötet hätte, wenn die Drei nicht eingegriffen hätten.

Im Radio hatte er gehört, dass es am Tag seiner Rückreise am Grenzübergang eine Demonstration gegeben hätte. Die herbeigerufene Polizei sei erst eingetroffen, als die Demonstration bereits beendet gewesen sei. Frank hätte nur zu gern gewusst, warum die Polizei erst aufgetaucht war, nachdem sich die Schläger vom Tatort entfernt hatten und warum das Ganze in der Pressemitteilung als Demonstration bezeichnet wurde. Er sah diese Aktion als Überfall oder besser gesagt als Übergriff auf harmlose Passanten an.

Bei einem der nächsten Krankenbesuche erfuhr er von seinen Freunden, dass Herrmanns Auto dasjenige war, das als Fluchtfahrzeug bei dem misslungenen Banküberfall benutzt worden war.

Als sie fort waren, analysierte Frank die ganze Sache. Da es sich bei den Bankräubern und Autodieben den Presseberichten zufolge um Deutsche handelte, war die These vom Tisch, dass es Polen waren, die das Auto von Herrmann gestohlen hatten. Wie Frank im Radio hörte, wurde auch darüber spekuliert, warum der Bestohlene den Diebstahl erst angezeigt hatte, als die Polizei ihn am Nachmittag aufgesucht hatte, weil er im Verdacht stand, an dem Banküberfall beteiligt gewesen zu sein. Seine Behauptung, bis dahin nicht bemerkt zu haben, dass ihm jemand sein Auto samt Schlüssel entwendet hatte, war absolut unglaubwürdig. Wie Frank aus leidvoller Erfahrung wusste, hatte Herrmann doch seine Freunde bereits am Vormittag aufgehetzt, alle Autos, die über die Grenze kamen zu attackieren, um deren Besitzer für den Diebstahl seines Autos zu bestrafen. Frank wurde den Verdacht nicht los, dass Herrmann sein Auto freiwillig für den Überfall zur Verfügung gestellt hatte und das Angenehme mit dem Nützlichen verbinden wollte. Wahrscheinlich wäre er im Erfolgsfall an der Beute aus dem Bankraub beteiligt gewesen und hatte gleichzeitig einen willkommenen Anlass gefunden, die Menschen am Grenzübergang angreifen zu lassen. Für diese Vermutung sprach vor allem die Tatsache, dass die Autodiebe und Bankräuber im Besitz eines Originalschlüssels gewesen waren.

Franks Analyse der Geschehnisse der letzten Tage wurde unterbrochen, als seine Mutter das Zimmer betrat. Besorgt fragte sie: „Meinst du, dass du morgen wieder arbeiten gehen kannst?" Er nickte, denn er hatte sich schon überlegt, dass er andernfalls zum Arzt gehen müsste, was unangenehme Fragen nach sich ziehen würde. Anknüpfend an seine Gedanken fragte er: „Sag mal Mutti, warum sind wir eigentlich so gegen Polen? Ich hatte, ehrlich gesagt, einen sehr guten Eindruck von dem Land und seinen Menschen." Sie sah ihn lange an, bevor sie antwortete: „Ja, im ersten Moment sind die Polen höflich und nett, aber in Wirklichkeit sind sie falsch und hinterlistig." Er war erstaunt über diese Aussage und wollte Konkretes von ihr wissen.

„Wann und wo hast du denn solche schlechten Erfahrungen mit Polen gemach?"

Sie konnte ihre Tränen kaum zurückhalten, als sie sagte: „Ich hatte eine Freundin, die war mit einem Polen zusammen und hat von ihm sogar ein Kind bekommen. Er hat ihr versprochen, sich von seiner polnischen Frau scheiden zu lassen, um danach sie zu heiraten, aber eines Tages war er weg und tauchte nie wieder auf."

Frank wollte wissen, ob er diese Freundin auch kenne, aber seine Mutter schüttelte den Kopf und erzählte weiter, dass diese Freundin weggezogen sei und den Kontakt abgebrochen habe. Sie hatte es in Fritzfurt nicht mehr ausgehalten, denn alle wussten, dass sie es mit einem Polen getrieben habe und sie wollte ihrem Kind nicht die Zukunft verbauen.

Diese Antwort war zwar nicht befriedigend für Frank, aber er sah, wie sehr die ganze Diskussion seine Mutter aufregte und so unterließ er es nachzufragen. Er wollte ihr jedoch auch seine Erfahrungen, die er in Polen gemacht hatte, vermitteln, weshalb er nun doch über seinen Rechenfehler und Milena berichtete. Seine Mutter hörte mit wachsendem Erstaunen zu und bemerkte, dass ihr Sohn mit einer gewissen Begeisterung von Milena sprach. Sie hielt es für ihre Pflicht, ihren Sohn zu warnen, denn sie wollte nicht, dass er unglücklich werden würde.

„Du hast doch deine Nicole. Sie ist ein gutes deutsches Mädchen mit der richtigen Gesinnung. Du hast sie doch hoffentlich nicht mit so einer Polenschlampe betrogen. Das würde ich dir nie verzeihen."

Frank war unangenehm berührt von der Ausdrucksweise seiner Mutter.

„Milena ist keine Polenschlampe, Mutti. Ich habe dir doch erzählt, wie sie mir geholfen hat und wie intelligent sie ist. Sie hat in Hannover studiert und spricht sehr gut deutsch. Wenn ich Nicole mit ihr vergleiche, dann gehen eigentlich alle Punkte an Milena."

Ohne Milena zu kennen, war seine Mutter anderer Meinung und betonte: „Aber Nicole ist eine Deutsche und Milena ist nur eine Polin, das ist es, was zählt!"

Frank wollte den Streit mit seiner Mutter nicht eskalieren lassen. Er sah ein, dass sie schlechte Erfahrungen gemacht hatte, aber er konnte ihre Meinung nicht teilen, nach allem, was er in Polen erlebt hatte.

***

Am nächsten Tag erschien Frank wieder zum Dienst. Er hatte sich das Auto seiner Mutter geborgt, um zur Arbeit nach Hochofenstadt zu fahren. Nachdem alle Kollegen seine Blessuren gesehen hatten und er erzählen musste, wo er sich diese zugezogen hatte, berichtete er dem Chef über seine Dienstreise. Er ließ aus verständlichem Grund seinen eigenen Fehler unerwähnt und schilderte nur das, was ihm nützlich war. Der Chef freute sich und dankte Frank für seinen Einsatz. Zu dem Überfall an der Grenze riet er Frank jedoch, bei der Polizei Anzeige zu erstatten, denn das war schließlich keine Bagatelle. Frank versprach, darüber nachzudenken, war sich aber sicher, dass er es nicht tun würde, denn er konnte unmöglich seine besten Freunde verpfeifen.

Der Chef entließ ihn mit einer neuen Aufgabe. Diesmal ging es um eine Verteilerstation im östlichen Brandenburg, sodass eine Dienstreise nach Polen vorerst sehr unwahrscheinlich war. Frank erwischte sich dabei, dass er das bedauerte.

***

An diesem Abend traf sich Frank zum ersten Mal seit seiner so dramatisch zu Ende gegangenen Reise wieder mit seinen Freunden im „Oderdampfer". Zu seinem Erstaunen hatte sich die Anzahl der Stammtischgäste verdoppelt. Die drei Neuen kannte er nur flüchtig.

Er wurde mit Gejohle empfangen und musste erzählen, was er in Polen erlebt hatte. Er berichtete wahrheitsgemäß, ohne Milena und seinen Fehler zu erwähnen. Die Freunde schauten ihn ungläubig an. Sie hatten einen Horrorbericht über Dreck, Verbrecher und Elend erwartet und nun zeichnete Frank ein ganz anderes Bild. Bernd fragte: „Du hast keen Ärjer mit die Miliz da drüben jekricht?" Frank konnte nur noch einmal seine Begegnung mit der polnischen Polizei schildern, aus der er straffrei herausgekommen war, obwohl er ohne Licht gefahren war. „Und wat fürn Fraß hat et da jejeben?", wollte Peter wissen. „Von wegen Fraß! Ich habe selten so gut gegessen wie in Polen", konnte Frank nur antworten.

Die Freunde folgten offensichtlich dem Spruch „Meine Meinung steht fest! Bitte verwirr mich nicht mit Tatsachen". Sie gingen zum nächsten Thema über und das war der Diebstahl von Herrmanns Auto. Dass er es zurückbekommen hatte, war der einzige Konsens zwischen Frank und seinen Freunden. Als er jedoch anmerkte, dass sich der Diebstahl durch Polen nicht bestätigt hatte, wurde er von den anderen lautstark unterbrochen.
„Schon ma wat von Lüjenpresse jehört, du Vollfosten?"
Immer noch waren sie der Auffassung, dass die Polen und die Deutschen, die die Grenze passiert hatten, die Abreibung durchaus verdient hatten. Als Frank dem widersprach und sein Erlebnis an der Grenzbrücke schildern wollte, kam er nicht lange zu Wort, denn sie überboten sich in Ausrufen, wie „Du Opfer" und „Heul doch!". Die Freunde schienen keinerlei Mitleid mit ihm zu haben. Weder seine Verletzungen noch der Totalschaden seines Autos beeindruckten sie in irgendeiner Weise. Warum war er auch nach Polen gefahren? Selber schuld!

In diesem Moment hatte Frank die Lust verloren, weiter mit diesen Typen zusammenzusitzen und zu trinken. Er stand wortlos auf, legte 20 Euro auf den Tisch und verließ die Gaststätte. Er hörte sie noch rufen „Hau doch ab, du Weichei!", dann war er auf der Straße. Auf dem Heimweg überlegte er, ob er nicht doch Anzeige erstatten sollte. Er musste ja die Freunde nicht explizit als Tatbeteiligte benennen.

***

Am nächsten Tag sah er endlich Nicole wieder. Er war schon traurig gewesen, dass sie die ganze Zeit nur angerufen, ihn aber nicht besucht hatte. Als er sie küsste, hatte er ein schlechtes Gewissen, denn er musste an Milena denken, die er auch geküsst hatte. Außerdem stellte er fest, dass Nicole weder so gut aussah wie Milena noch so gut roch. Ihre mangelnde Intelligenz hatte ihn schon so manches Mal zur Verzweiflung gebracht. Trotzdem lächelte er sie liebevoll an, während sie sich zu ihm aufs Sofa setzte. Er fragte: „Wie ist es dir denn ergangen ohne mich?" Sie zuckte mit den Schultern. Was sollte sie auch sagen? Ihr Leben bot keine nennenswerten Höhepunkte. Sie antwortete deshalb mit einer Gegenfrage. „Wie war deine Reise?"
Er hatte vorher lange überlegt, ob er ihr von Milena erzählen sollte, war aber zu dem Schluss gekommen, dass er es nicht tun werde. Die Sache war erledigt, denn er würde Milena nie wiedersehen. Warum sollte er unnötig die Pferde scheu machen? So berichtete er von der Polizeikontrolle, dem erstklassigen Hotel und der Arbeit, wobei er auch ihr gegenüber die Erwähnung seines Fehlers unterließ. Sie hörte mit erstauntem Gesichtsausdruck zu. Als er fertig war, fragte sie: „Und du hast in Polen gar nichts Schlechtes erlebt? Du bist nicht beklaut oder überfallen worden?" Als er dies bestätigte, war sie sehr verwundert.
„Aber man sieht dir doch jetzt noch an, dass du geschlagen worden bist. Warum sagst du mir denn nicht die Wahrheit?"

Nun erzählte er ihr, wie es ihm bei der Rückkehr nach Deutschland gegangen war. Sie konnte es kaum glauben, dass Deutsche so etwas tun würden.

„Hast du denn eine Ahnung, wer das war?"

Er nickte traurig.

„Dein Vater sowie Bernd und Peter waren dabei."

Ihr Gesicht verfinsterte sich.

„Was redest du denn da für einen Mist! Mein Vater würde bei so was nie mitmachen!"

Nun war es an ihm, böse zu gucken.

„Natürlich hat er mitgemacht. Er hat mich zusammen mit den anderen nach Hause gebracht, nachdem sie mich vorher halbtot geschlagen hatten."

Sie stand auf und ging zur Tür. Als er fragte, was los sei, rief sie empört: "Was erlaubst du dir, meinen Vater schlechtzumachen! Du solltest ihm dankbar sein, dass er dich nach Hause gebracht hat. Mir reichts jedenfalls mit dir, ich gehe und komme nie wieder!"

Nachdem sie lautstark das Haus verlassen hatte, blieb er enttäuscht allein auf dem Sofa sitzen. Er hatte sich das Wiedersehen mit Nicole wahrlich anders vorgestellt. Er hatte Sekt kaltgestellt und sich schon auf einen tollen Abend mit ihr gefreut. Unter anderem hatte er eine Packung Kondome bereitgelegt. Nun war Nicole weg. Aber bedauerte er das wirklich aus vollem Herzen? Er war sich nicht mehr sicher, nachdem er Milena kennengelernt hatte. Wie so oft im Leben war auch in diesem Fall das Bessere der Feind des Guten.

Da er nun unerwartet viel Zeit hatte, beschloss er, sich um sein schrottreifes Auto zu kümmern. Als Erstes rief er bei der Versicherung an, um den Schaden zu melden. Dort wurde ihm allerdings mitgeteilt, dass er erst eine Anzeige bei der Polizei erstatten müsse, um von der Versicherung Geld zu bekommen.

In dieser Nacht fand er kaum Schlaf. Immer wieder gingen ihm die Geschehnisse der letzten Tage durch den Kopf. Er wusste nicht, wie er sich verhalten sollte. Würde er eine Anzeige bei der Polizei erstatten und dabei seine Freunde belasten, so hätte er diese gegen sich und verlöre mit Sicherheit Nicole endgültig. Im anderen Fall hätte er keine Chance, wenigstens einen Teil des Kaufpreises für ein neues Auto von der Versicherung zu bekommen. Er würde selbst mit der zu erwartenden Versicherungssumme Schwierigkeiten bei der Finanzierung eines einigermaßen neuen Fahrzeugs haben, aber ohne dieses Geld war es absolut aussichtslos.

***

Als der Morgen anbrach, war er unausgeschlafen, hatte sich jedoch endlich durchgerungen, den Überfall zur Anzeige zu bringen. Allerdings wollte er keine Namen von Tatbeteiligten nennen. Er rief seinen Chef an, um ihm mitzuteilen, dass er später kommen würde, dann fuhr er mit dem Wagen seiner Mutter zum Polizeirevier von Fritzfurt.

Bei der Polizei traf er auf ungläubiges Erstaunen. Anscheinend war er der Erste, der eine Straftat im Zusammenhang mit der sogenannten Demonstration anzeigte. Zwar war bei der Polizei bekannt geworden, dass es eine Schlägerei in der Nähe des Grenzüberganges gegeben hatte, aber weder Zeugen noch Geschädigte hatten sich bisher gemeldet. Der Polizeibeamte, der die Anzeige aufgenommen hatte, holte anschließend seinen Vorgesetzten und Frank musste die ganze Geschichte noch einmal erzählen. Allerdings schien es ihm, als glaube der Revierleiter ihm seine Version nicht, denn er fragte ständig nach und versuchte Widersprüche in Franks Aussage zu finden. Frank hatte den Eindruck, dass er ein Beschuldigter sei, der ins Kreuzverhör genommen wurde.

Nach zwei Stunden stand er vor dem Revier und hatte ein Aktenzeichen von der Polizei, das er bei der Versicherung nennen konnte, um Geld für ein neues Auto zu bekommen.

An seinem Arbeitsplatz konnte er sich nicht richtig konzentrieren, denn er musste ständig an das Polizeiverhör denken. Zu seiner Verwunderung hatte ihn keiner der Beamten gefragt, ob er einen der Täter erkannt hätte oder wenigstens beschreiben könne. Das Bestreben, den Vorfall aufzuklären, war anscheinend nicht allzu groß. Wenigstens hatte er damit auch nicht seine Freunde belasten müssen. Aber waren das eigentlich noch seine Freunde? Wenn er es sich richtig überlegte, hatten sie sich als ziemlich miese Typen gezeigt. Bis zu seiner Dienstreise hatten sie lediglich gegen Neger und andere unerwünschte Eindringlinge gekämpft, was er voll und ganz verstanden und unterstützt hatte, denn diese hatten nichts in Deutschland zu suchen. Wenn die Kumpels aber jetzt auch die deutsche Bevölkerung terrorisierten, war für Frank eine rote Linie überschritten. Er beschloss, nicht mehr zu den Treffen im „Oderdampfer" zu gehen. Selbst den Verlust seiner Freundin Nicole nahm er billigend in Kauf. Schon sein Opa hatte immer gesagt: „Auch andere Mütter haben schöne Töchter." Frank hatte keine Angst, zukünftig ohne Freundin zu bleiben, denn bisher war er bei den Frauen immer gut angekommen, da er ein gutaussehender junger Mann war. Zu guter Letzt gab es ja auch noch Milena. Plötzlich konnte er sich mit ihr sogar eine gemeinsame Zukunft vorstellen, obwohl sie Polin war.

Kapitel 6

Einige Wochen später waren Frank seine Verletzungen nicht mehr anzusehen, er hatte Geld von der Versicherung bekommen und sich dafür einen ziemlich alten gebrauchten Golf gekauft. Auch in dienstlicher Hinsicht hatte er wieder Fuß gefasst. Sein Projekt war fertiggestellt, wobei er dieses Mal akribisch darauf geachtet hatte, keine Fehler zu machen. Eine Milena, die seine Schusseligkeit vertuschte, würde es wohl nie wieder geben.

Zu seiner Überraschung rief ihn sein Chef an einem Donnerstagnachmittag zu sich, um ihm mitzuteilen, dass das Wasserwerk in Niebieska Góra fertiggestellt sei und man den zuständigen Projektingenieur zur Eröffnungsfeier einlade. Als Frank zögerte, ließ der Chef keinen Zweifel daran, dass er erwarte, dass Frank an der Einweihung teilnehmen werde. Immerhin winkten zahlreiche Anschlussaufträge aus Polen, denn es gab dort noch viele veraltete Wasserwerke und andere Versorgungseinrichtungen, die nicht mehr dem heutigen Standard entsprachen.

Frank zierte sich ein wenig, stimmte dann aber zu. Er verschanzte sich hinter der Pflichterfüllung, aber wenn er ganz ehrlich zu sich war, musste er zugeben, dass die Hoffnung auf ein Wiedersehen mit Milena eine nicht unerhebliche Rolle bei seiner Entscheidungsfindung spielte.

Mit seinen Freunden hatte er schon länger keinen Kontakt mehr. Nachdem er nicht mehr zu den Treffen im „Oderdampfer" gegangen war, waren sie noch einige Male zu ihm nach Hause gekommen und seine Mutter hatte sie aus alter Freundschaft immer eingelassen, aber Frank wollte diese Typen nicht mehr sehen und ließ sich stets verleugnen. Einmal lauerten sie ihm vor seiner Tür auf, als er von der Arbeit nach Hause kam. Sie wollten wissen, warum er sich neuerdings von ihnen fernhielt und er verwies auf die Aktion am Grenzübergang. Das ließen sie jedoch nicht gelten, denn für sie waren seine Verletzungen und sein total demoliertes Auto kein Grund, ihnen die Freundschaft zu kündigen. Da Frank jedoch hart blieb, gaben sie schließlich nach, jedoch nicht, ohne ihm mitzuteilen, dass sie sich bitter rächen würden, wenn er sie verraten sollte. Ihnen schien mittlerweile zu dämmern, dass er eine Menge über sie wusste, denn sie hatten in der Kneipe immer mit ihren Heldentaten geprahlt. Einmal hatten sie ein Wohnheim für Asylbewerber in Hochofenstadt angezündet und nur bereut, dass kein einziger Flüchtling dabei umgekommen war. Oft kamen sie auch grölend und feixend in den „Oderdampfer" und berichteten stolz, dass sie am Bahnhof Neger, Fidschis und Kanaken geklatscht hätten. Wenn zu ihrem Ärger keine Ausländer verfügbar gewesen waren, dann mussten eben Schwule oder Behinderte dran glauben. Das machte zwar weniger Spaß, aber in der Not frisst der Teufel ja bekanntlich Fliegen. Damals hatte Frank die Berichte seiner Freunde mit aufrichtiger Bewunderung angehört und nur bedauert, dass er nicht dabei sein konnte. Die taten wenigstens etwas für das deutsche Vaterland! Er konnte sich nur damit entschuldigen, dass er den ganzen Tag arbeiten musste, während seine Freunde von Harz IV lebten und daher über viel Freizeit verfügten.

Nachdem er jedoch selbst zum Opfer geworden war, hatte seine Begeisterung für derartige Taten stark nachgelassen. Er hatte dadurch das schreckliche Gefühl kennengelernt, grundlos zusammengeschlagen und verletzt zu werden. Er wusste nun, dass solche Aktionen auch Unschuldige wie ihn treffen konnten und das war nicht in seinem Sinne. Außerdem wusste er jetzt aus eigener Erfahrung, dass die Schläge und Tritte, wie sie seine Freunde verteilten, nicht so harmlos waren, wie sie es ihm immer weisgemacht hatten, sondern erhebliche Schmerzen verursachten. Dabei war er sich bewusst, dass er noch Glück gehabt hatte, denn ohne Hilfe durch die drei früheren Freunde wäre die ganze Sache womöglich noch viel schlimmer für ihn ausgegangen.

***

Franks Vorbereitung auf seine zweite Dienstreise nach Polen unterschied sich ganz wesentlich von der beim ersten Mal. Er nahm keinen Proviant mit und auch den Insektenschutz ließ er zu Hause, genau wie Schlafsack und Luftmatratze. Diesmal holte er auch nicht die ältesten Kleidungsstücke aus dem Schrank, um sie in den Koffer zu packen, sondern er wählte moderne und gute Garderobe aus, mit der er bei der Einweihungsfeier mit Sicherheit eine gute Figur machen würde.

Diese Reise begann er ohne Restalkohol und in Polen fuhr er mit Licht, wie es Vorschrift war. Die Verkehrsschilder sahen schon viel vertrauter aus, als beim ersten Mal, obwohl er die Zusatzschilder immer noch nicht entziffern konnte. Bald hatte er das Hotel in Niebieska Góra erreicht, checkte ein und trug sein Gepäck aufs Zimmer. Alles war ihm schon so vertraut, als sei er gestern erst hier gewesen.

Nachdem er sich im Hotelzimmer einigermaßen eingerichtet hatte, nahm er den Zettel mit Milenas Telefonnummer, den er immer noch in seiner Brieftasche hatte und rief sie einem Instinkt folgend an. Sie meldete sich etwas unsicher mit „Tak, słucham" und er antwortete: „Hallo Milena, hier ist Frank. Ich bin wieder in Polen. Wie geht es dir? Sehen wir uns morgen bei der Einweihungsfeier?" Sie war im ersten Moment überrascht, dann antwortete sie: „Ja, ich werde auch dabei sein. Fein, dass du anrufst. Wollen wir heute etwas zusammen unternehmen?" Wenn er die Wahl hatte, den Rest dieses Tages allein zu verbringen oder mit Milena zusammen zu sein, zog er eindeutig die zweite Möglichkeit vor, also stimmte er zu. Sie hörte sich an, als freue sie sich.

„Dobrze, dann hole ich dich nach meiner Arbeit ab. Bist du wieder im selben Hotel?"

Er bejahte das und sie verabredeten sich für den späten Nachmittag. Als er den Hörer auflegte, spürte er sein Herz bis an den Hals klopfen. Er freute sich wie ein kleines Kind auf das Wiedersehen.

Weil es gerade Mittag war, ging er in das Hotelrestaurant essen. Dort wurde er von einem sehr freundlichen Kellner bedient, der auch deutsch sprach. Auf der mehrsprachigen Speisekarte fand er auf Anhieb ein Gericht, das er mochte und das ihm tatsächlich auch sehr gut schmeckte. Er zahlte in Euro und gab dem Kellner ein gutes Trinkgeld.

Nach dem Essen machte er einen Spaziergang durch die Fußgängerzone von Niebieska Góra, die er von seinem letzten Besuch schon ein wenig kannte. Dabei hatte er genau dasselbe Gefühl, das er in jeder deutschen Fußgängerzone gehabt hätte, abgesehen von der Tatsache, dass er nicht verstand, was um ihn herum geprochen wurde. Das war allerdings kein Nachteil, wie er zugeben musste.

So verbrachte er den Nachmittag bei schönem Wetter im Freien. Gegen 15 Uhr ging er in ein Restaurant, um Kaffee zu trinken. Der dort angebotene Kuchen war so unwiderstehlich, dass er ein Stück davon bestellte. Zwar sprach die Serviererin nicht deutsch, aber trotzdem funktionierte die Verständigung gut. Er zeigte einfach, welchen Kuchen er wollte und „Kaffee" schien ein Wort zu sein, das auch in Polen verstanden wurde.

Als er gegen 16 Uhr zu seinem Hotel zurückkehrte und die Lobby betrat, traute er seinen Augen nicht. Da saß Milena schon in einem der bequemen Ledersessel und wartete auf ihn. Ihm schien es, dass sie noch hübscher geworden war. Als er direkt auf sie zusteuerte, bemerkte sie ihn und sprang freudig auf. Sie umarmte und küsste ihn voller Hingabe. Er war so überwältigt von dieser herzlichen Begrüßung, dass er im ersten Moment gar nichts sagen konnte. Er genoss ihren wundervollen Geruch und ihren warmen weichen Körper so dicht an dem seinen in vollen Zügen.

Als sie sich endlich wieder voneinander gelöst hatten, setzten sie sich nebeneinander auf eine Ledercouch. Beide fragten gleichzeitig: „Wie geht es dir?" und beide antworteten lachend: „Gut." Er fragte: „Was wollen wir unternehmen? Hast du einen Plan?" Sie hatte tatsächlich einen und den erläuterte sie ihm.

„Wir können zur Odra fahren. Da kenne ich ein romantisches Plätzchen, an dem wir den Sonnenuntergang beobachten können. Was meinst du?"

Er schaute sie nachdenklich an.

„Meinst du die Oder?"

Sie nickte und bevor er fragen konnte, ob sie in Richtung Grenze fahren würden, fiel ihm noch rechtzeitig ein, dass die Oder nicht nur der Grenzfluss zwischen Polen und Deutschland ist, sondern überwiegend durch Polen fließt. Das hatte er zwar mal im Erdkundeunterricht gelernt, aber schon lange wieder vergessen, weil es ihn damals nicht interessiert hatte. Er stimmte zu und so durfte er wieder in Milenas tollem Auto Platz nehmen.

Die Oder war tatsächlich nur eine halbe Stunde entfernt vom Hotel und sie gelangten schnell an den von Milena ausgesuchten Ort. Sie hatte nicht zu viel versprochen, denn es war tatsächlich ein lauschiges Fleckchen mit Blick aufs Wasser. Sie waren durch Büsche vor dem Wind und neugierigen Blicken geschützt. Trotz der für Anfang April normalen, also etwas kühlen Witterung war es angenehm warm, denn sie wurden von der Sonne beschienen. Milena hatte vorgesorgt und holte eine Decke aus dem Auto, auf die sie sich setzen konnten. Außerdem beförderte sie einen großen Picknickkorb zutage, dem sie allerlei leckere Sachen entnahm. Frank ärgerte sich sofort, dass er zum Kaffee das Stück Kuchen gegessen hatte. Er wollte doch auf keinen Fall in Polen zunehmen. Um Milena nicht zu beleidigen, griff er dennoch zu und musste feststellen, dass alles hervorragend schmeckte und Appetit auf mehr machte. Zwar wusste er nicht, was die von ihr so genannten Pierogi tatsächlich enthielten, aber er vertraute Milena und hatte keine Angst sich zu vergiften. Als ob der Genuss noch nicht groß genug war, zauberte sie plötzlich eine Flasche Sekt hervor. Auf dem Etikett stand Krimskoye, was Frank nichts sagte. Er kannte nur deutschen Sekt verschiedener Marken. Milena sah seinen fragenden Blick und erklärte ihm, dass es sich um Krimsekt handle, der sehr gut sei. Sie füllte die mitgebrachten Plastikkelche, dann stießen sie an und tranken. Frank schmeckte der Sekt nicht so gut wie der, den er gewöhnlich trank. Der Krimsekt war ihm nicht süß genug, aber er tat ihr zuliebe so, als wäre es ein großer Genuss für ihn.

Inzwischen war die Sonne schon fast hinter dem Horizont verschwunden und trotz der vielen Mücken stieg die romantische Stimmung ins Unermessliche. Als Milena zu frieren begann, kuschelte sie sich bei ihm an und er legte fürsorglich seinen Arm um ihre halbnackten Schultern. Niemand von ihnen hätte sagen können, von wem die Initiative ausgegangen war, als ihre Münder zueinander fanden und sie sich lange und intensiv küssten. Die Hand seines freien Arms entwickelte plötzlich ein Eigenleben und begann auf Milenas Haut herumzuwandern, um sich schließlich im Wasserfallausschnitt ihres Shirts anzusiedeln. Den direkten Kontakt mit ihrer rechten Brust verhinderte nur noch ihr hauchdünner BH. Nachdem er sich eine Weile mit der indirekten Berührung ihrer Brust zufrieden gegeben hatte, suchte er schließlich einen direkten Zugang zu ihrem Busen, den er auch fand. Sie machte nicht den Eindruck, als ob sie unter seiner Annäherung litt, sondern bestärkte ihn durch wohlige Laute und intensivere Küsse.

Gern hätte Frank weitergemacht, aber die Mücken wurden unerträglich. Da er nun keine Hand mehr frei hatte, um die lästigen Blutsauger zu erschlagen oder wenigstens zu verscheuchen, musste er notgedrungen kapitulieren. Zuerst zog er seine Hand aus ihrem Shirt zurück, dann nahm er seinen Arm von ihren Schultern. So konnte er nach den Mücken schlagen, die sich bei ihm niedergelassen hatten. Bei ihr traute er sich das nicht, denn er hatte Angst, sie könne seine Schläge falsch verstehen.

Da es ohnehin schon spät war und es langsam empfindlich kühl wurde, verstauten sie das gesamte Picknickzubehör im Kofferraum von Milenas Auto und stiegen ein. Bevor sie losfuhr, fragte sie: „Fahren wir zu dir ins Hotel oder zu mir nach Hause?" Weil er neugierig auf ihr Zuhause war, entschied er sich für die Fahrt zu ihr.

Ihre Wohnung befand sich in einem modernen Mehrfamilien-haus im dritten Stock. Sie schloss die Tür auf und betrat vor ihm ihr Apartment. Dann führte sie ihn ins Wohnzimmer, wo er auf ei-ner bequemen Couch Platz nahm. Er sah sich verstohlen um und war überrascht, wie geschmackvoll das Zimmer eingerichtet war und wie aufgeräumt und sauber es bei ihr aussah. Da war keine Spur von Russisch-Polen oder polnischer Wirtschaft, wie sein Opa es immer genannt hatte, wenn es irgendwo unordentlich ausgese-hen hatte. Sie unterbrach seine Gedanken, indem sie fragte: „Was möchtest du trinken?" Er antwortete mit einer Gegenfrage.
„Was hast du denn?"
Sie sagte nichts, sondern nahm ihn mit in ihre moderne Küche, die Frank auch sehr gut gefiel. Dort zeigte sie ihm die verfügbaren Ge-tränke. Er entschied sich für Bier und sie schloss sich ihm an.

Als sie nebeneinander auf der Couch saßen, stellte sie die Frage, die schon die ganze Zeit im Raum stand.
„Hast du noch deine Freundin Nicole?"
Er war sehr erstaunt, dass sie sich den Namen gemerkt hatte. Mit gutem Gewissen konnte er antworten: „Nein, wir haben uns ge-trennt. Ich habe schon eine ganze Weile keinen Kontakt mehr mit ihr." Er sah ihr an, dass sie gern gefragt hätte, warum es zu der Trennung gekommen war, es aber nicht wagte. Deshalb erklärte er ungefragt: „Sie hat sich von mir getrennt, weil ich ihren Vater kriti-siert habe." Milena schaute ungläubig.

„Weil du ihren Vater kritisiert hast, verlässt sie dich?"

Er nickte. Einen Moment lang kämpfte er mit sich, dann erzählte er von seinem unschönen Erlebnis an der Oderbrücke. Er sagte ihr auch, dass die drei Schläger Freunde seines Vaters waren und dass einer davon der Vater von Nicole sei. Sie schüttelte verständnislos den Kopf.

„Aber da hast du doch jedes Recht der Welt, ihren Vater zu kritisieren. Du hättest ihn und seine Freunde sogar anzeigen müssen."

Er wusste, dass sie recht hatte, aber er verwies auf die Rettungsaktion. Darauf schüttelte sie nur den Kopf und erwiderte: „Das ist so, als wenn dich einer ins Wasser schmeißt und dich dann kurz vor dem Ertrinken rettet." Dieser Vergleich war ihm auch schon durch den Kopf gegangen, sodass er nur müde nickte. Aus naheliegenden Gründen konnte er ihr nicht die ganze Wahrheit über seine Beziehungen zu Nicoles Vater und den anderen Freunden sagen.

Er beendete die Diskussion über diese unerfreuliche Angelegenheit, indem er sie zu sich heranzog und küsste. Sie erwiderte seine Zärtlichkeiten und so dauerte es nicht lange, da waren sie im Schlafzimmer, wo sie Milenas Bett auf dessen Tauglichkeit für ein Liebespaar testeten. Einen Moment lang bedauerte Frank, keine Kondome bei sich zu haben, aber er tröstete sich mit dem Gedanken, dass Milena so eine kluge und moderne Frau war, dass sie ganz sicher die Pille nahm. Der großartige Sex, den er sich mit ihr versprach, ließ keinen Platz für Bedenken bezüglich einer ungewollten Schwangerschaft. Auch der Umstand, dass sie Polin war, spielte für ihn jetzt keine Rolle mehr. Er war einfach nur bis über beide Ohren verliebt in Milena und alles andere war ihm egal.

Erschöpft schliefen sie mitten in der Nacht ein. Als er am nächsten Morgen gegen acht Uhr aufwachte, konnte er sein Glück immer noch nicht fassen. Milena lag nackt neben ihm und er betrachtete sie in aller Ausführlichkeit. Er hatte bisher immer nur besonders hübsche Freundinnen gehabt und Nicole war bislang die attraktivst von ihnen gewesen, aber Milena war einfach eine ganz andere

Klasse. Ihr Gesicht war auch im Schlaf schön und alles an ihr machte Lust auf mehr. Trotzdem siegte sein Pflichtbewusstsein, denn er dachte an die Feierlichkeit, deretwegen er angereist war. Deshalb küsste er Milena zärtlich wach. Sie öffnete die Augen, sah ihn verliebt an und lächelte zauberhaft.

Vorsichtig wies er sie darauf hin, dass es Zeit zum Aufstehen sei und sie nicht mehr viel Zeit hätten. Er bezweifelte, dass er es noch schaffen würde, zum Hotel zu fahren, um sich frischzumachen und umzuziehen. Sie sah das viel lockerer.
„Duschen kannst du bei mir und umziehen musst du dich nicht. Du siehst doch gut aus, wenn du das wieder anziehst, was du gestern getragen hast."
Da war er zwar anderer Meinung, denn er hatte für dieses feierliche Ereignis extra seinen guten Anzug eingepackt, aber der befand sich in seinem Hotelzimmer.

Um Zeit zu sparen, beschlossen sie gemeinsam zu duschen, was sich allerdings als keine gute Idee erwies. Das lag nicht daran, dass Milenas Duschkabine zu eng war, sondern daran, dass sie sich gegenseitig einseiften und wuschen, wobei sie kein Ende fanden. Während er danach mit Bedauern wieder die Kleidung vom Vortag anzog, was sehr schnell ging, machte sie eine Modenschau aus der Auswahl ihrer Garderobe. Einerseits freute es ihn, dass sie sich ihm so frei und offen mit und ohne Kleid präsentierte, aber andererseits zeigte die Uhr, dass sie keine Zeit für solche Spielchen hatten, wenn sie pünktlich zur Einweihungsfeier erscheinen wollten. So sagte er bei jedem Kleidungsstück, das sie ihm vorführte: „Ja, das sieht toll aus! Behalt es an." Sie aber war skeptisch, zog sich wieder aus, um ein anderes Kleid anzuziehen. Auf seine Ungeduld reagierte sie ganz gelassen.
„Wir kommen noch früh genug. Denkst du, dass in Polen irgendetwas pünktlich beginnt?"

Endlich war sie mit ihrem Äußeren zufrieden und sie konnten losfahren. Er war ein bisschen sauer, dass sie sich so viel Zeit genommen hatte, er aber in seinen Klamotten von gestern auf die Feier gehen musste.

***

Die Einweihungsfeier fand in einem großen Zelt statt, das unmittelbar neben dem neuen Wasserwerk aufgebaut worden war. Entgegen Milenas Meinung war die Feier schon in vollem Gange, als sie eintrafen. Allerdings nahm niemand Anstoß an ihrem verspäteten Erscheinen, vielmehr wurde Frank freundlich von den ihm bereits bekannten polnischen Bauingenieuren Ogrodnik, Kaczmarek und Koslowski begrüßt. Sie stellten ihn einem anderen Herrn vor, der sehr seriös gekleidet war und recht gut deutsch sprach. Er drückte Frank wohlwollend die Hand und sagte: „Ich freue mich, Sie endlich persönlich kennenzulernen, Herr Schulz. Wie ich von der Bauleitung erfuhr, hat Ihr Einsatz dazu beigetragen, dass unser Wasserwerk pünktlich fertig geworden ist. Ich danke Ihnen im Namen der Woiwodschaft Lubas." Dann ließ er Franks Hand wieder los und ging zum nächsten Gast weiter. Frank schaute Milena fragend an.
„Wer war denn das?"
Sie erklärte ihm, dass dieser Herr der Woiwode von Lubas sei. Er schaute sie erneut ratlos an und deshalb erklärte sie weiter: „Ein Woiwode ist so etwas, wie bei euch der Ministerpräsident eines Bundeslandes." Frank war die Ehrung peinlich, denn schließlich hatte er Mist gebaut und Milena hatte die Kastanien für ihn aus dem Feuer geholt. Sie ließ sich jedoch nichts anmerken, sondern zeigte weiter ihr bezauberndstes Lächeln.

Bei einer solchen Einweihung wurde natürlich auch für das leibliche Wohl gesorgt. Nachdem Frank und Milena ohne Frühstück aufgebrochen waren, nahmen sie das umfangreiche Speisenangebot des Büfetts gern in Anspruch und aßen sich erst einmal satt.

Im Verlauf der Feier musste Frank manche Hand schütteln und manches Gespräch führen. Einige seiner Gesprächspartner sprachen deutsch, bei den anderen übersetzte Milena. Frank war sehr beeindruckt, wie höflich die Polen miteinander und mit ihm umgingen. Er hatte vergleichbare Feierlichkeiten in Deutschland erlebt, die nicht so kultiviert verlaufen waren. Immer öfter zweifelte er an dem Weltbild, das ihm von seinen Vorfahren und Freunden vermittelt worden war.

Als die Feier zu Ende war, verabschiedeten sich viele von Frank und Milena und sie übersetzte, sofern das nötig war, dass sich alle auf weitere gute Zusammenarbeit freuten. Frank wurde den Eindruck nicht los, dass die meisten Männer allerdings mehr an einem Kontakt mit Milena interessiert waren und ihn als Alibi für eine ausführliche Verabschiedung von ihr benutzten, die jeweils mit einem anscheinend in Polen obligatorischen Handkuss verbunden war.

Fast als Letzte verließen die beiden das Zelt, in dem die Eröffnungsfeier stattgefunden hatte. Sie blickten noch einmal auf das neue Wasserwerk, das sie zusammengeführt hatte und stiegen schließlich in Milenas Auto, mit dem sie ihn zum Hotel brachte. Auf dem Hotelparkplatz stellte sie ihr Auto ab, stieg mit ihm aus und begleitete ihn in die Lobby. Nachdem er seinen Zimmerschlüssel bekommen hatte, fragte er unschuldig lächelnd: „Möchtest du dir vielleicht mal mein Zimmer ansehen?" Sie sah ihn schelmisch an und antwortete: „Dlaczego nie?" Er verstand auf Anhieb, dass dies keine Absage war.

Kaum hatten sie die Zimmertür hinter sich geschlossen, fielen sie auch schon wieder übereinander her, als hätte es die vorige Nacht nicht gegeben. Sie tobten sich auf dem bis dahin unbenutzten herrlich breiten Hotelbett aus und hörten nicht, wie das Zimmermädchen mehrmals klopfte und dann die Tür aufschloss. Die junge Dame starrte erschrocken auf die beiden Nackten und schrie:

„Boże mój!" Milena fauchte: „Wynocha!" und das Zimmermädchen verließ fluchtartig den Raum. Frank schaute betrübt drein, denn ihm war jetzt alles vergangen, aber Milena hatte gleich wieder eine aufmunternde polnische Redensart auf Lager, indem sie „No to co!" sagte und gleich darauf die Übersetzung „Na und!" hinzufügte. Dann widmete sie sich wieder Frank mit vollem Körpereinsatz.

So blieben sie bis zum Abend im Bett und liebten sich so oft es ging. Als sie erschöpft nebeneinanderlagen, begannen sie sich über ihre gemeinsame Zukunft Gedanken zu machen. Die Handynummern brauchten sie nicht mehr auszutauschen, denn durch Franks Anruf hatte sie seine Nummer bereits erhalten und gleich gespeichert. Sie überlegten lange, wann und wo sie sich wiedersehen könnten. Nun sah sich Frank gezwungen, Farbe zu bekennen, indem er beichtete, dass seine Mutter große Vorurteile gegen Polen hatte. Er entschuldigte sich dafür bei Milena und hoffte auf deren Verständnis. Das bekam er schneller, als er es erwartet hatte, denn sie musste zugeben, dass ihre Mutter nicht gut auf die Deutschen zu sprechen war. Das war eine für Frank sehr schwer nachzuvollziehende Haltung. Deshalb fragte er, welchen Grund sie denn dazu hätte. Milena wusste es nur ungenau. Ihre Mutter hatte ihr lediglich erzählt, dass die Deutschen ihr den Mann weggenommen hätten. „Was heißt das denn", war Franks naheliegende Frage, „haben sie ihn gekidnappt?" Milena wusste es auch nicht genauer. Sie äußerte den Verdacht, dass ihr Vater ihre Mutter verlassen hatte, um mit einer Deutschen zusammenzuleben. Frank musste an seine Mutter denken, die ihm die Geschichte von ihrer Freundin erzählt hatte. Er sagte: „Es ist doch aber nicht normal, dass man wegen seines eigenen ganz individuellen Schicksals eine ganze Nation hasst." Milena stimmte zu.
„Da hast du recht. In jedem Land gibt es nette Menschen und Arschlöcher."

Frank staunte erneut, wie umfangreich ihr deutscher Sprachschatz war.

Milena erzählte ihm, dass sie ihre Mutter in Stulice häufig besuche und so wäre es naheliegend gewesen, dass sie sich dort oder in Fritzfurt mit Frank träfe, aber in beiden Städten konnten sie höchstens zusammen essen gehen oder im Park Händchen halten, eine Bleibe hätten sie nicht. Sie wollten jedoch mehr, nachdem sie einmal damit begonnen hatten.

Nach vielem Hin und Her kamen sie schließlich zu dem Schluss, dass sich nur Milenas Wohnung in Niebieska Góra als Liebesnest eignete. Nun standen sie endlich auf, zogen sich an und gingen in das Hotelrestaurant, wo sie zusammen zu Abend aßen. Dieses vorerst letzte gemeinsame Essen hatte für sie beide den Charakter einer Henkersmahlzeit. Trotzdem ließen sie es sich schmecken und plauderten sehr intensiv miteinander.

Frank fand es wichtig und richtig, Milena etwas aus seinem Leben zu erzählen.
„Die ersten Jahre meines Lebens bin ich in Fritzfurt bei meinen Eltern sehr behütet aufgewachsen. Die Idylle wurde jedoch zerstört durch die Auswirkungen der Wende und der Wiedervereinigung, bei der in unserer Familie alles drunter und drüber ging. Das Glühlampenwerk, in dem mein Vater eine Leitungsfunktion innegehabt hatte, wurde bald nach der Wiedervereinigung geschlossen. Er versuchte eine Zeitlang vergeblich wieder eine Stelle zu bekommen. Allerdings versuchten das Tausende von anderen DDR-Bürgern zu dieser Zeit ebenfalls. Irgendwann gab er es auf, sich zu bewerben und fiel in ein tiefes Loch. Meine Mutter war in der DDR eine Konsum Verkäuferin gewesen, die nach Schließung ihrer Verkaufsstelle schnell wieder eine Anstellung bei einem der neuen Supermärkte fand. Allerdings reichte ihr Gehalt nicht aus, um die Familie zu ernähren. Vaters Arbeitslosengeld und die spätere Arbeitslosenhilfe standen nicht zur Verfügung, denn die gingen regelmäßig für

seinen Schnaps, sein Bier und seine Zigaretten drauf. In meiner Erinnerung an diese Zeit ist mein Vater entweder abwesend oder betrunken gewesen. Dabei war seine Abwesenheit der weitaus angenehmere Zustand, denn wenn er zu Hause war, setzte es oft Schläge für meine Mutter. Wenn ich als Kind schreiend versuchte, meiner Mutter gegen den grundlos wütenden Vater beizustehen, bezog ich ebenfalls Prügel. So war der plötzliche Tod meines noch gar nicht so alten Vaters sowohl für mich als auch für meine Mutter eine ausgesprochene Erlösung. Zuerst genossen wir nur die Wiederherstellung des häuslichen Friedens, aber dann fand meine Mutter in Vaters Unterlagen eine Lebensversicherung und bald darauf erfolgte die Auszahlung der nicht unbeträchtlichen Versicherungssumme. So hatte die vermeintlich ärgerliche Tatsache, dass meinem Vater kurz nach der Wende von einem windigen Versicherungsvertreter aus dem Westen eine solche Versicherung aufgeschwatzt worden war, doch noch etwas Gutes. Das Geld kam mir zugute, weshalb ich sorgenfrei mein Abitur machen konnte, um dann zu studieren. Nachdem ich nun ein gutverdienender Bauingenieur bin, unterstütze ich meine Mutter, wo ich nur kann."

Auch Milena hatte einiges von sich zu erzählen.
„Ich bin bei meiner Mutter auf der anderen Seite der Oder, in Stułice aufgewachsen. An meinen Vater kann ich mich nicht erinnern. Meine Mutter hat mir nur erzählt, dass er sie wegen einer Deutschen verlassen hätte. Er war eines Tages nicht mehr zurück nach Hause gekommen, nachdem er zu der Deutschen gegangen war. Das Schimpfwort, das meine Mutter damals für diese Deutsche verwendet hat, verschweige ich dir lieber, denn ich will dich nicht beleidigen. Meine Mutter teilte nun das Schicksal Tausender alleinerziehender Mütter. Da ihr Gehalt als Lehrerin nicht reichte, brauchte sie noch einen zweiten Job als Putzfrau. Als sehr gute Schülerin bekam ich zum Glück ein Stipendium und konnte trotz knapper Haushaltskasse Architektur studieren. Auch ich unterstütze jetzt meine Mutter so gut wie möglich."

Zum Schluss machten sie Fotos voneinander und ein gemeinsames Selfie. In Franks Hotelzimmer kam Milena lieber nicht noch einmal mit, denn sie ahnte, dass sie dann erneut eine Nacht mit ihm verbringen würde. Das wollte sie vermeiden, denn sie brauchte dringend wieder richtigen Schlaf, um am nächsten Tag ausgeruht arbeiten zu gehen. Außerdem war sie noch wund von den letzten beiden Tagen.

Deshalb verabschiedeten sie sich schließlich schweren Herzens vor dem Hotel, dann stieg Milena in ihr Auto und brauste davon. Diesmal waren sie jedoch fest entschlossen, einander wiederzusehen. Frank kehrte nachdenklich in sein Zimmer zurück, und während er packte, ging ihm die neueste Wendung in seinem Leben durch den Kopf. Dabei war er sich absolut sicher, dass es nicht allein Milenas körperliche Reize waren, die ihn so verliebt in sie machte, sondern es gab eine ganz tiefe Übereinstimmung zwischen ihnen, wie er sie bis dahin noch nie mit einem anderen Menschen erlebt hatte. Er vermutete so etwas wie eine Seelenverwandtschaft.

***

Nachdem er die Rechnung bezahlt hatte, verließ er das Hotel, stieg in sein Auto und fuhr davon. Er musste lachen bei dem Gedanken, dass er sich vor ein paar Wochen wohl nicht getraut hätte im Dunkeln in Polen zu fahren. Jetzt war ihm alles vertraut und er fühlte sich ausgesprochen wohl in diesem Land. Sollte das etwa auch auf die Liebe zu Milena zurückzuführen sein?

Kurz vor dem Grenzübergang nach Deutschland fühlte er eine Nervosität, denn er hatte Angst erneut Opfer von vermummten Schlägern zu werden. Er nahm sich vor, beim geringsten Anzeichen einer Gefahr zu wenden und den Autobahn-Grenzübergang zu benutzen. Seine Befürchtungen waren jedoch grundlos, denn diesmal gab es kein Problem und nach wenigen Minuten parkte er vor seinem Elternhaus.

Als er das Haus betrat, kam ihm seine Mutter schon entgegen. Sie musterte ihn prüfend, um erleichtert aufzuatmen, als sie feststellte, dass er wohlbehalten und offensichtlich glücklich aus Polen zurückgekommen war. Sie umarmte ihren Sohn und fragte: „Na, wie war deine Reise?" Er fasste sich kurz und antwortete nur: „Diesmal war alles gut." Über Milena wollte er später erzählen. Er wusste, dass er Mutti schonend darauf vorbereiten musste, dass es mit Milena etwas Ernstes war.

Die Mutter hatte Abendbrot gemacht, und obwohl Frank schon in Niebieska Góra gegessen hatte, setzte er sich mit seiner Mutter an den Tisch, um noch einmal eine Mahlzeit zu sich zu nehmen, die man wohl eher ein Nachtmahl nennen konnte.

Während sie aßen, erzählte er über den Verlauf seiner Reise, wobei er auch Milenas Anteil an seiner plötzlichen Zuneigung zu Polen nicht verschwieg. Er unterschlug lediglich den ausgiebigen Sex, den sie miteinander gehabt hatten. So detailliert musste seine Mutter nicht über sein Liebesleben informiert sein.

Wie er es befürchtet hatte, verfinsterte sich das Gesicht seiner Mutter mit jedem Satz, in dem Milena vorkam. Sie schob schließlich den Teller von sich, denn ihr war anscheinend der Appetit vergangen. Frank versuchte, ihr klarzumachen, dass es in Polen gute und schlechte Menschen gibt – genau wie in Deutschland. Leider blieben jedoch alle seine Bemühungen erfolglos, seine Mutter beharrte auf ihrer Meinung, dass alle Polen schlechte Menschen seien. Zur Bekräftigung wies sie darauf hin, dass auch ihr gesamtes Umfeld so dachte. Die konnten ja schließlich nicht alle falsch liegen. Darauf hatte Frank nur einen sehr drastischen Vergleich.
„Leute, fresst Scheiße! Millionen Fliegen können sich nicht irren."
Seine Mutter fand das weder lustig noch zutreffend, sondern nur eklig und stand auf, um wortlos in ihrem Zimmer zu verschwinden. Er konnte diesen Hass nicht mehr nachvollziehen. Nur weil

Muttis Freundin Pech mit einem Polen gehabt hatte, konnte man doch kein ganzes Volk verdammen.

Als er allein war, nahm er sein Handy und wählte Milenas Nummer. Sie meldete sich diesmal gleich auf Deutsch, denn sie wusste nun, wer sie anrief. Nachdem ihr Frank gesagt hatte, dass er unversehrt zu Hause angekommen sei und es ihm gut ginge, turtelten sie noch eine Weile. Er dachte nicht an die Kosten, sondern versuchte, sie so lange wie möglich im Gespräch zu halten. Nach etwa einer Stunde musste er dann aber doch Schluss machen, weil sein Akku leer war.

Als er schließlich im Bett lag, konnte er lange nicht einschlafen. Immer wieder gingen ihm die Ereignisse der letzten beiden Tage durch den Kopf. Zum ersten Mal im Leben hatte er das Gefühl, seine große Liebe gefunden zu haben. Gleichzeitig musste er daran denken, welche Vorurteile er bis vor wenigen Wochen gegen Polen und eigentlich alles, was nicht deutsch war, gehabt hatte. Er konnte sich selbst nicht mehr verstehen. Am meisten belastete ihn, dass er diesen Hass entwickelt hatte, ohne jemals eigene Erfahrungen mit Ausländern gemacht zu haben. Erneut versuchte er analytisch an die Sache heranzugehen. Von wem hatte er denn eigentlich seine Meinung? Da war in erster Linie die Familie. Seine Großeltern väterlicherseits waren in den letzten Kriegswochen aus ihrer Heimatstadt Posen vor der immer näher rückenden Front geflüchtet und nach Fritzfurt an der Oder gekommen. Das war jedoch das Schicksal von Millionen von Menschen am Ende des zweiten Weltkrieges gewesen, wie Frank wusste. Außerdem waren seine Großeltern nicht vor den Polen geflohen, sondern vor der Roten Armee. Später war dann sein Opa einmal in die alte Heimat gereist und war erschüttert zurückgekommen. Die Polen hatten angeblich die gesamte Stadt in einen Trümmerhaufen verwandelt. Frank überlegte, ob es nicht möglich war, dass diese Ruinen das Ergebnis des Krieges waren. Warum sollten denn die Polen intakte Gebäude zerstören? Wahrscheinlich waren sie nur nicht so schnell, wie die Deutschen beim Wiederaufbau gewesen. Frank hatte jedenfalls bei seinen beiden Reisen nach Polen keine Trümmer gesehen.

Danach dachte er über seinen Vater und dessen Freunde nach, die für viele Jahre auch seine Freunde gewesen waren. Konnte man deren Urteil überhaupt ernst nehmen? Der Überfall auf alle Menschen, die die Grenze passiert hatten, ließ Frank an dem Verstand der ehemaligen Kumpels zweifeln. Solange sie vorgegeben hatten, die Heimat gegen Eindringlinge zu verteidigen, hatte er sie noch verstanden, aber als sie wahllos auf Menschen und Autos eingeprügelt hatten, war in ihm der Verdacht aufgekommen, dass es ihnen nur um Gewaltausübung ging. Die nächste Frage war, warum sein Vater mit diesen Typen befreundet gewesen war. Konnte es sein, dass er mit dieser Art zu denken sympathisiert hatte? Frank vermutete jedoch eher, dass sich die Typen erst später derartig negativ entwickelt hatten. Er war nachträglich heilfroh, dass er bei ihren Aktionen nie mitgemacht hatte, wobei er die Vorsilbe „heil" gleich wieder verwarf. Zwar war er auch der Meinung gewesen, dass Ausländer nichts in Deutschland zu suchen hätten, aber Flüchtlingsheime abfackeln und Neger klatschen, konnte und wollte er nicht. Da er im Gegensatz zu den damaligen Freunden einen Arbeitsplatz hatte, kamen solche Aktionen für ihn schon aus Zeitgründen gar nicht infrage, aber er war jetzt fest überzeugt, dass Zeitmangel nur eine Ausrede gewesen war. In Wirklichkeit lehnte er Gewalt in jeder Form ab.

***

Nach einer kurzen Nacht mit unruhigem Schlaf erwachte Frank total unausgeschlafen um sechs Uhr morgens. Er duschte und zog sich an. Dann ging er in die Küche, wo seine Mutter gewöhnlich schon dabei war, das Frühstück zu bereiten. Heute war er allein und nichts war vorbereitet. Er erschrak und klopfte an die Schlafzimmertür seiner Mutter. Als sie nicht antwortete, betrat er besorgt ihr Zimmer. Er sah sie so gekleidet dasitzen, wie sie ihn gestern

Abend verlassen hatte. Offensichtlich war sie gar nicht ins Bett gegangen, sondern hatte sich in einen Sessel gesetzt und die ganze Nacht geweint. Frank nahm sie in den Arm und sagte: „Mutti, wir müssen die ganze Sache noch mal in Ruhe besprechen. Glaub mir, du siehst da etwas falsch." Sie bekam sofort wieder einen Weinkrampf. Nachdem sie sich etwas erholt hatte und wieder sprechen konnte, antwortete sie: „Ich will doch nur, dass du nicht enttäuscht wirst. Man kann den Polen nicht trauen. Sie sind alle Katholiken und Katholiken lügen und betrügen, wo sie nur können."

Frank verließ kopfschüttelnd das Zimmer seiner Mutter. Mit ihr war über dieses Thema einfach nicht zu reden. Eigentlich hatte er vorgehabt, Milena einzuladen und sie seiner Mutter vorzustellen, aber daran war jedenfalls in der nächsten Zeit nicht zu denken. Er kochte Kaffee und bereitete sich selbst sein Frühstück zu, dann verließ er das Haus und fuhr zur Arbeit.

Dort angekommen, wartete schon sein Chef mit einer Überraschung auf ihn.

„Herr Schulz, ich habe einen Anruf vom Büro des Woiwoden von Lubas bekommen, in dem er Ihre Verdienste um die Fertigstellung des Wasserwerks gepriesen hat. Lubas will uns künftig mehr Aufträge erteilen. Sie haben offensichtlich dort einen sehr guten Eindruck hinterlassen. Ich habe deshalb entschieden, Sie als den Koordinator für alle weiteren Projekt in Polen zu ernennen. Das würde allerdings für Sie heißen, dass Sie sich öfter in Polen aufhalten müssten, um zum Beispiel die Baufortschritte zu überwachen. Sind Sie dazu bereit?"

Frank war sprachlos. Das kam ihm so gelegen, dass er an eine göttliche Fügung glaubte, obwohl er Atheist war. Als er sich gefangen hatte, versuchte er seine Begeisterung zu verbergen und antwortete sachlich und ruhig, dass er es sich überlegen würde.

Während Frank an seinem Projekt, der Verteilerstation, weiterarbeitete, ging ihm das von seinem Chef Gesagte nicht aus dem

Sinn. Wenn er zusagte, würde er die Möglichkeit haben, seine geliebte Milena sehr oft zu sehen und er brauchte nicht einmal Urlaub zu nehmen, um sie zu besuchen. Außerdem würden seine Reisen zu ihr als Dienstreisen gelten und somit von der Firma bezahlt werden.

In der Mittagspause verließ er das Büro und ging spazieren. Als er weit genug gegangen war und nicht mehr befürchten musste, belauscht zu werden, rief er Milena an. Sie meldete sich mit „Witaj kochanie!" und klang dabei so zärtlich, dass er sicher war, sie hätte etwas Liebes gesagt. Er berichtete ihr von dem Angebot, das ihm sein Chef soeben gemacht hatte und sie war sofort begeistert.
„Das wäre schön! Dann können wir uns oft sehen und du bekommst noch Geld dafür."
Er lachte.
„Ich würde auch ohne Bezahlung zu dir kommen, wenn du noch willst."
Sie war entrüstet.
„Natürlich will ich! Was denkst du denn?"
Er lachte erfreut und versprach ihr, die neue Aufgabe anzunehmen, dann beendeten sie ihr Gespräch, nicht ohne sich noch einmal gegenseitig ihre Liebe zu erklären.

Nach der Pause suchte Frank seinen Vorgesetzten auf, um ihm zu sagen, dass er die neue Aufgabe übernehmen wolle. Der Boss freute sich sehr und drückte Frank die Hand. Dann wies er die Chefsekretärin an, Frank einen permanenten Dienstreiseauftrag auszuschreiben, damit dieser nicht für jede Reise einen neuen Antrag stellen müsste.

Beschwingt arbeitete Frank am Nachmittag an seinem Projekt weiter. Sein Glück wäre vollkommen gewesen, wenn ihm nicht der Gedanke an seine Mutter das Herz schwer gemacht hätte. Er konnte es nicht begreifen, dass sie sich so sehr gegen seine Beziehung zu Milena sperrte. Ihm war klar, dass er mit seiner neuen Aufgabe bei ihr auch keine Freude auslösen würde, weshalb er vorerst ihr gegenüber nichts davon erwähnen wollte.

Früher als sonst beendete er seinen Dienst und fuhr nach Hause. Seine Mutter war schon oder immer noch anwesend. Er begrüßte sie freundlich, aber sie grüßte nur sehr kurz zurück. Als er versuchte, mit ihr ins Gespräch zu kommen, wich sie aus und schwieg. Seine Frage, was in aller Welt sie so sehr gegen Polen hatte, dass sie die große Liebe ihres Sohnes nicht akzeptierte, beantwortete sie nicht. Man sah es ihr an, dass sie den ganzen Tag geweint hatte. Frank war ratlos, was er tun sollte. Er konnte doch seine Liebe zu Milena nicht beenden, nur weil seine Mutter es so wollte. Andererseits wollte er auch seine Mutter nicht unglücklich machen. Er musste herausfinden, was sie wirklich gegen Polen hatte. Das Schicksal ihrer Freundin allein konnte doch nicht solche gravierenden Auswirkungen auf ihr eigenes Verhältnis zu Polen haben. Seine berufliche Neuigkeit verschwieg er ihr vorsichtshalber, um sie nicht noch mehr aufzuregen.

Er hatte sich gerade in sein Zimmer zurückgezogen, da hörte er Stimmen im Haus. Kurz darauf klopfte es an seine Zimmertür. Er ging zur Tür und öffnete diese. Draußen stand einer seiner ehemaligen Freunde, Kurt Ogrodnik, der Vater von Nicole.

„Tach Frank, haste ma 'n paar Minuten Zeit? Ick muss mit dir sprechen."

Frank trat zur Seite, um seinen Gast einzulassen. Sie setzten sich in zwei Sessel und Frank fragte kurz und unhöflich: „Was willst du?"

Kurt erwiderte: „Also pass ma uff, uns jefällt dein Verhalten in die letzte Zeit nich. Du kommst nich mehr zu unsere Treffen, hast mich bei meine Tochter anjeschwärzt und du bist verdächtig oft in Polen. Deine Mudda hat mir erzählt, det du da 'ne Freundin hast. Det jeht ja nu ja nich! Du kannst dir doch nich mit diesen Abschaum inlassen! Wenn du se mal flachjelecht hast, ist et ja in Ordnung, aber du kannst doch kene echte Beziehung zu sonne Polenschlampe ham." Frank reichte es jetzt. „Ich glaube du gehst jetzt besser!", lautete seine höfliche und unmissverständliche Aufforderung, aber der Kerl blieb einfach sitzen und redete sich förmlich in Rage.

„Du scheinst nich zu wissen, wat du deine Mudda antun tust. Sie is damals von een Polen sitzenjelassen worn, in den se unsterblich vaknallt wa. Wenn dein Vadda nich jewesen wäre, hätt se sich bestimmt det Leben jenomm. Und nu kommst du und sachst, det du eene Polin liebst. Nich nur, det du meine Tochter verlässt, sondern du begehst och noch Rassenschande, du Schwein! Is dir det eijentlich klar?"

Jetzt reichte es Frank endgültig. Er stand auf und schrie: „Mach sofort, dass du rauskommst!" Dann ging er zur Tür, um diese zu öffnen. Der sogenannte Freund stand langsam auf. Während er sich zur Tür begab, hob er warnend den rechten Zeigefinger und sagte: „Pass uff, wat du sachst und tust! Wir werden dir im Aure behalten und wenn du deine Mudda unjlücklich machst, krist du et mit uns zu tun. Det sind wir dein Vadda schuldig."

Als er weg war, musste Frank erst einmal tief durchatmen. Er konnte es nicht glauben, was er soeben gehört hatte. Seine Mutter war also auch von einem Polen verlassen worden. Warum hatte sie ihm das nicht gesagt, als sie von ihrer Freundin erzählt hatte. Oder war sie etwa diese Person, die sitzengelassen worden war und hatte sie ihm nicht die volle Wahrheit gesagt? Aber es gab ja kein Kind, das sie bekommen hatte, sonst hätte Frank ja einen Bruder oder eine Schwester haben müssen. Es mussten zwei verschiedene Schicksale sein, die seine Mutter und deren Freundin damals ereilt hatten. Er war jetzt fest entschlossen, sie danach zu fragen, wenn der „alte Freund" aus dem Haus war, mit dem sie im Flur noch sprach.

Endlich war der Kerl weg und Frank verließ sein Zimmer. Seine Mutter stand noch im Flur und weinte schon wieder. Frank nahm sie in den Arm, führte sie ins Wohnzimmer und sagte, als sie beide nebeneinander auf dem Sofa saßen: „Mutti, jetzt lass uns doch endlich mal vernünftig miteinander sprechen. Was ist denn der wirkliche Grund deiner Abneigung gegen Polen? Das kann doch nicht nur die schlechte Erfahrung deiner Freundin sein. Kurt Ogrodnik hat mir eben erzählt, dass auch du einmal von einem Polen sitzengelassen worden bist." Sie schaute ihn lange an, dann sagte sie: „Ja, das stimmt. Ich war damals auch einmal bis über beide Ohren in einen Polen verliebt. Er wollte sich von seiner polnischen Frau scheiden lassen und mich heiraten. Am Abend vor seiner angeblichen Scheidung war er noch bei mir. Er ging fort und wollte zurückkommen, wenn er frei wäre. Dann habe ich ihn nie mehr wiedergesehen. Ich war damals so traurig, dass ich Selbstmordgedanken hatte, aber dann war dein Vater plötzlich da und hat mich gerettet."

Noch einmal nahm Frank Anlauf, um mit seiner Mutter über Milena zu sprechen. Er schilderte noch einmal die Situation, in der sie ihm an so entscheidender Stelle geholfen hatte. Weiterhin lobte er ihre Klugheit sowie ihre Beherrschung der deutschen Sprache. Überzeugen konnte er seine Mutter jedoch nicht. Sie schüttelte immer nur weinend den Kopf. Er fragte: „Warst du eigentlich überhaupt schon jemals in Polen?" Sie sah ihn entsetzt an, als sie laut „Nein" schrie. „Würdest du mit mir mal einen kleinen Ausflug über die Grenze machen?", war seine nächste Frage. Sie schaute wie vom Blitz getroffen.
„Niemals!"
Er konnte es nicht begreifen, woher diese mit abgrundtiefem Hass verbundene Angst kam, gab aber fürs Erste auf, sie überzeugen zu wollen.

Immerhin setzten sie sich zum gemeinsamen Abendbrot zusammen an den Küchentisch. Sie aßen schweigend bis Franks Handy klingelte. Milena rief an, weshalb er lieber in sein Zimmer ging, um ungestört mit ihr sprechen zu können. Er erzählte ihr, dass er die Aufgabe in Polen übernommen habe und sie freute sich sehr. Dann erzählte sie ihm, dass sie mit ihrer Mutter telefoniert habe. Dabei habe sie vorsichtig ihre Bekanntschaft mit einem deutschen Bauingenieur erwähnt, aber die Mutter hätte sich sofort furchtbar aufgeregt und sie davor gewarnt, sich mit einem Deutschen einzulassen. Die seien nämlich alle Heiden und deshalb sei ihnen nicht zu trauen. Frank erzählte zusammenfassend, wie seine Mutter reagiert hatte. Er war sich jedoch mit Milena einig, dass sie sich ihre Liebe nicht von ihren Müttern kaputtmachen lassen würden. Dann beendeten sie ihr Gespräch, nicht ohne noch etliche Küsse durch den Äther zu schicken.

In dieser Nacht schlief Frank besser, denn er träumte von einer Zukunft mit Milena. Im Traum lief alles gut, denn ihre beiden Mütter waren glücklich über das schöne junge Paar und die vielen Enkelkinder, die es ihnen geschenkt hatte. Als der Wecker klingelte, war Frank ausgesprochen traurig, wieder in der realen Welt angekommen zu sein. Er hätte zu gern noch ein bisschen weiter geträumt.

Kapitel 7

Es war Freitag und Frank freute sich schon auf das Wochenende. Im Büro wurde er erneut angenehm überrascht, denn der Chef hatte kurzfristig entschieden, dass ein anderer Kollege an seinem Projekt weiterarbeiten sollte, damit Frank sofort nach Polen fahren konnte. Es gab eine Ausschreibung für ein zu errichtendes Heizkraftwerk in Czarpów Zachodniapolska, an der der Chef teilnehmen wollte. Zuerst musste aber jemand die spätere Baustelle besichtigen, um herauszufinden, ob der Bau problemlos möglich sein würde. Frank fackelte nicht lange, sondern gab seinem wenig begeisterten Kollegen sofort einige notwendige Informationen sowie die bisher fertiggestellten Zeichnungen und Berechnungen zu dem angefangenen Projekt, dann verschwand er von seinem Arbeitsplatz, um zu der angegebenen Adresse in Polen zu fahren. Unterwegs hielt er an und telefonierte mit Milena, die sich zwar freute, dass er nach Polen kam, aber derzeit ihre Baustelle nicht verlassen konnte, sodass sie einander nicht sehen würden. Das wollte Frank jedoch nicht hinnehmen und so fragte er, ob sie denn nach Feierabend und am bevorstehenden Wochenende Zeit für ihn haben würde. Als sie dies bejahte, kündigte er sich für 18 Uhr bei ihr an und sie freuten sich beide auf das Wiedersehen. Ihre Adresse kannte er ja bereits, sodass er kein Problem haben würde, sie zu finden. Nach dem Telefonat fuhr er nach Hause, wo er einen kurzen Zwischenstopp einlegte, um seiner Mutter Bescheid zu sagen, dass er am Wochenende unterwegs sein würde. Da sie nicht zu Hause war, legte er ihr einen Zettel mit dem Hinweis auf seine Abwesenheit und einem lieben Gruß hin. Weil er hoffte, die beiden nächsten Tage und Nächte bei Milena zu verbringen, packte er sich vorsorglich seine kleine Reisetasche mit allem, was er für das Wochenende bei Nacht und am Tag benötigen würde.

Auf seinem Weg nach Czarpów Zachodniapolska nutzte er zum ersten Mal eine der zahlreichen polnischen Wechselstuben, um sich endlich polnisches Geld zu besorgen und nicht überall mit Euro bezahlen zu müssen. Obwohl er den Umrechnungskurs kannte, freute er sich, wie viele Złoty er für sein Geld bekam, denn inzwischen kannte er ja die Preise in den polnischen Restaurants.

Gegen Mittag traf er in Czarpów Zachodniapolska ein, wo er sich sofort auf die Suche nach der zukünftigen Baustelle machte. Er fand sie auch relativ schnell, stieg aus dem Auto und besichtigte das abgesperrte Gelände, wozu er an einer Stelle den Zaun etwas auseinanderbiegen musste. Zum Schluss machte er noch einige Handyfotos, dann wollte er sich wieder ins Auto setzen und nach Niebieska Góra zu Milena fahren, aber daraus wurde vorerst nichts, denn plötzlich tauchten drei Uniformierte auf, die sich für ihn zu interessieren schienen. Sie kamen näher und einer sprach ihn barsch an: „Co Pan tu robi?" Frank verstand zwar nichts, konnte sich aber denken, worum es ging. Er erklärte wild gestikulierend: „Ich seien Bauingenieur aus Deutschland. Ich besichtigen Stelle von neues Heizkraftwerk. Wir Ausschreibung mitmachen." Während er hilflos in die Runde schaute, sagte einer der Männer: „Warum sprechen Sie denn so ein schlechtes Deutsch? Woher kommen Sie wirklich?" Frank hätte vor Scham in den Erdboden versinken mögen. Er antwortete dem Fragenden diesmal in korrektem Deutsch: „Entschuldigung. Ich komme tatsächlich aus Deutschland und mein Betrieb will sich an der Ausschreibung für dieses Heizkraftwerk beteiligen. Ich bin hier, um mich über die Gegebenheiten zu informieren."
Der deutsch sprechende Pole nickte verständnisvoll, belehrte Frank jedoch: „Sie haben das umzäunte Gelände ohne Erlaubnis betreten. Das dürfen Sie nicht. Bitte wenden Sie sich in Zukunft vorher an diese Adresse, wenn Sie hier hinein wollen." Dabei übergab er Frank eine Visitenkarte mit der Adresse und der Telefonnummer der zuständigen Gemeindeverwaltung – jedenfalls stand da das

Wort **Gmina**, was sehr nach Gemeinde klang. Frank war selbst überrascht, dass er plötzlich ein polnisches Wort verstand. Er bedankte sich bei den freundlichen Polen und bat noch einmal um Entschuldigung, dann verabschiedete er sich von dem Trupp, stieg ins Auto und fuhr davon.

Da es nicht weit bis nach Niebieska Góra war, traf er bereits am frühen Nachmittag vor Milenas Haus ein. Er fand einen Parkplatz in ihrer Straße und stellte sein Auto ab, dann schlenderte er ein wenig durch die Stadt. Weil er noch nicht zu Mittag gegessen hatte, suchte er sich ein Restaurant, das seinen Ansprüchen zu genügen schien. Leider waren die Speisekarten in dieser Gaststätte nur in Polnisch und Englisch abgefasst, was er beides nicht verstand, sodass er nicht wusste, was er bestellen sollte. Der Ober sprach auch nicht deutsch, und das erschwerte die Auswahl noch zusätzlich. Frank starrte eine Weile in die Speisekarte, ohne auch nur den Hauch einer Ahnung zu haben, welches Gericht in Frage kommen könnte. Dann sah er sich im Restaurant um in der Hoffnung, auf einem Teller auf einem anderen Tisch etwas zu finden, das ihm irgendwie bekannt vorkam. Als der Ober wieder an Franks Tisch kam, um die Bestellung aufzunehmen, zeigte dieser nur auf einen Nachbartisch, an dem ein einzelner Herr saß, der ein Schnitzel mit Pommes frites aß. Der Kellner fragte etwas, das nach „Kotlet" und „Frytki" klang und Frank nickte, denn er nahm an, dass damit Kotelett und Pommes Frites gemeint waren. Zu trinken bestellte er ein Bier und wusste sogar schon, dass das **Piwo** auf Polnisch heißt. Er bekam tatsächlich ein Schnitzel mit Pommes und dazu ein Bier. Es schmeckte alles gut, sodass er auch diesmal wieder beim Trinkgeld nicht kleinlich war. Der Kellner bedankte sich mit „Thank you, Sir".

Da an Milenas Ankunft noch lange nicht zu denken war, wanderte Frank ein wenig durch die umliegenden Straßen, bis er an ein großes Einkaufszentrum kam. Aus Interesse und um die Zeit totzuschlagen, ging er hinein und musste einmal mehr feststellen, dass in Polen eigentlich alles wie in Deutschland aussah. Er hatte das Gefühl sich in irgendeiner deutschen Shopping Mall zu befinden, so ähnlich waren sich die Geschäfte und die Menschen, die dort kauften und verkauften. Es waren die meisten internationalen Ladenketten vertreten, die er aus Fritzfurt kannte. Interessant war für ihn auch, dass es die modernsten Fernseher und andere elektronische Geräte wie in Deutschland zu kaufen gab. Die Polen lebten also bei Weitem nicht so hinter dem Mond, wie er und seine Freunde es immer angenommen hatten.

Je länger er sich in Polen aufhielt, umso vertrauter wurde ihm auch die Sprache. Er hatte in der Schule trotz der Wiedervereinigung bis zum Abitur Russisch gelernt und in diesem Fach gute Leistungen gezeigt. Das lag vor allem daran, dass seine Russischlehrerin sehr jung und hübsch gewesen war, weshalb er sich in sie verliebt hatte. Dieses damals erworbene Wissen verhalf ihm jetzt dazu, bestimmte Ähnlichkeiten zwischen Russisch und Polnisch zu erkennen. Dies nutzte er nun, indem er versuchte, die lateinischen Buchstaben in kyrillische zu übertragen. Auf diese Weise gelang es ihm in vielen Fällen die Bedeutung des Gelesenen zu erkennen. Schwieriger war es mit dem Verstehen des gesprochenen Wortes. Da konnte er vorerst noch keine Erfolge verzeichnen.

Er verließ das Einkaufszentrum und schlenderte die Straße entlang. Dort schaute er sich die Menschen an, die ihm begegneten und hatte nicht ein einziges Mal das Gefühl, dass diese heruntergekommen oder zerlumpt aussahen. Zwar gab es Bettler, aber die gab es in Deutschland ebenfalls, wie er wusste. Es war alles wie bei einem Gang durch das Zentrum einer deutschen Stadt. Zu seiner größten Überraschung stand er plötzlich vor einem Autohaus. Entgegen den gängigen deutschen Vorurteilen musste es auch Polen geben, die ihr Auto ganz legal kauften. Er wünschte, er könnte seine ehemaligen Freunde dazu überreden, einmal einen Fuß über die Grenze zu setzen und sich da umzuschauen. Ihre Vorurteile und ihre Ablehnung müssten doch dann abgebaut werden.

Inzwischen war es später Nachmittag geworden. Frank lenkte seine Schritte in Richtung Milenas Wohnung, da er hoffte, dass sie schon zu Hause sei. Seine Hoffnung war nicht unbegründet, denn während er lief, klingelte sein Handy. Er war froh, Hitlers Lieblingsmarsch inzwischen durch eine gängige, unbelastete Melodie als Klingelton ersetzt zu haben. Milena rief an, um ihm mitzuteilen, dass sie zu Hause sei. Sie hatte sein geparktes Auto gesehen und wusste daher, dass er schon in der Nähe sein musste.

Nachdem das Gespräch beendet war, beschleunigte er seine Schritte und war innerhalb von zehn Minuten vor ihrem Haus. Er stürmte die Treppe hoch und klingelte. Sie schien schon hinter der Tür gestanden zu haben, denn sie öffnete sofort und ließ ihn ein. Sie schaffte es gerade noch hinter ihm die Wohnungstür zu schließen, bevor er begann, sie auszuziehen und ins Schlafzimmer zu drängen. Kaum waren sie im Bett, ließen sie ihrer Lust freien Lauf und hatten Sex, als gäbe es kein Morgen. Frank konnte sich nicht erinnern, jemals auf eine seiner früheren Freundinnen so scharf gewesen zu sein, wie er es jetzt auf Milena war. Vielleicht lag es ja daran, dass sie einander nicht täglich sahen.

Am späten Abend waren sie zusammen in Milenas Küche. Er saß am Küchentisch und trank ein Bier, während sie etwas kochte, das sie Bigos nannte. Sie sagte, dass es sich dabei um ein polnisches Nationalgericht handele. Frank roch vor allem Sauerkraut, während der Topf auf dem Herd vor sich hin köchelte. Bis das Essen fertig war, unterhielten sie sich. Er erzählte ihr von dem Gespräch, das er mit Kurt Ogrodnik geführt hatte und von seiner Mutter, die partout nicht einsehen wollte, dass es in Polen genauso viele gute Menschen gab, wie in jedem anderen Land der Erde, und dass Milena die beste und schönste Polin war. Sie lächelte errötend und sah dabei so verführerisch aus, dass er am liebsten gleich in der Küche noch einmal über sie hergefallen wäre, zumal sie auf seinen ausdrücklichen Wunsch nur mit einem Hauch von Nichts bekleidet war. Sie wehrte sich jedoch, denn sie musste ständig umrühren, damit das Essen nicht anbrannte. Als das Gericht fertig war, servierte sie es und Frank sah, dass es sich um einen Eintopf bestehend aus Sauerkraut, Kassler und Wurststückchen handelte. Er war eigentlich kein Eintopfesser, aber Milena konnte er nichts abschlagen, weshalb er wenigstens kostete. Ihrem Vorbild folgend aß er dazu leckeres polnisches Brot und das Ganze schmeckte ihm wider Erwarten sehr gut. Sie sagte zwar, dass Bigos noch besser schmecke, wenn er am nächsten Tag noch einmal aufgewärmt werde, aber er war auch so schon von diesem Gericht begeistert.

Als sie mit dem Essen fertig waren, gingen sie ins Wohnzimmer, wo sie sich zusammen auf die Couch setzten und Wein tranken. Frank berichtete von der Begegnung mit den Wachleuten am Vormittag. Selbstironisch ließ er auch die Passage nicht aus, in der er sich mit seinem vermeintlichen Deutsch für Ausländer blamiert hatte. Milena lachte und erzählte ihm, dass sie damals in Hannover auch die Erfahrung gemacht habe, dass die Deutschen zu Ausländern immer besonders laut und ohne Grammatik gesprochen hatten. Frank sagte: „Ich habe den Eindruck, dass Polnisch so ähnlich wie Russisch ist, nur mit lateinischen Buchstaben. Kannst du mir nicht ein bisschen Polnisch beibringen, damit ich mich besser verständigen kann, wenn ich jetzt öfter in Polen bin?" Sie sah ihn lächelnd an, als sie erwiderte: „Sag bloß keinem Polen, dass Polnisch und Russisch sich ähneln, da bekommst du großen Ärger. Natürlich kann ich dir helfen bei einigen typischen Ausdrücken, aber einen Sprachkurs solltest du lieber bei der Volkshochschule machen." Er nickte, denn eigentlich war auch er der Meinung, dass sie ihre gemeinsame Zeit nicht mit Lernen vergeuden sollten. Deshalb zog er sie zu sich heran, küsste sie und schon waren seine Hände unter ihrem transparenten Hemdchen.

Nach einer weiteren wilden Nacht saßen beide am Frühstückstisch und überlegten, wie sie das Wochenende am besten verbringen könnten. Milena machte einige Vorschläge für Ausflüge in die nähere Umgebung. Da Frank noch so gut wie nichts in Polen kannte, war er mit allem einverstanden und freute sich vor allem, mit Milena zusammen zu sein.

Sie schlug vor, nach **Wilkia Góra** zu fahren. Er konnte sich nichts darunter vorstellen, war aber zu jeder Schandtat bereit, wenn sie nur mit seiner geliebten Milena zusammen stattfinden würde. Nach etwas mehr als zwei Stunden hatten sie das Ziel der Reise erreicht. Milena zeigte auf die Berge und sagte: „Das sind die **Sudety**." Frank schaute etwas verwirrt.

„Meinst du Sudeten? Unter Sudeten habe ich mir immer die Menschen vorgestellt, die in Polen oder in der Tschechoslowakei gelebt haben, aber keine Berge".

Sie lachte.

„Das, was du meinst, sind die Sudetendeutschen. Die nannte man so, weil sie **w Sudetach w Czechosłowacji** gelebt haben."

Solchermaßen belehrt, stieg Frank aus und schaute sich die Gegend genauer an. Die Berge fand er imposant und die Stadt gefiel ihm auch sehr gut. Er war in seinem Leben noch nie richtig verreist gewesen und daher leicht zu begeistern. Weil aber sehr viele Menschen, vor allem aus Deutschland, in der Stadt unterwegs waren, nahm er an, dass ihn Milena wirklich in eine besonders attraktive Gegend ihres Landes geführt hatte.

Sie suchten sich einen Wanderweg, der sie in die Berge führte und wanderten drauflos. Leider war ihr Schuhwerk absolut nicht zum Bergwandern geeignet, sodass sie schließlich umkehren mussten. Nach drei Stunden waren sie wieder zurück am Ausgangspunkt und fanden ein schönes Restaurant, in dem sie sich stärken konnten.

Nach dem Essen waren sie auch nicht faul, sondern fuhren mit dem Auto nach Paracz, von wo aus sie mit der Seilbahn auf die Schneekoppe fuhren. Da Frank noch nie im Gebirge gewesen war, wurde er von dem sich ihm bietenden Anblick total überwältigt. Durch Milena lernte er eine ganz neue Welt kennen, die viel schöner und bunter war, als seine bisherige. Er staunte, dass ihn auch die verschiedenen Sprachen, in denen sich die Touristen in dieser Gegend unterhielten, nicht im Geringsten störten. Er wusste genau, dass er noch vor vier Wochen empört auf diese Sprachenvielfalt reagiert hätte.

Nach diesem schönen und ereignisreichen Tag in den Bergen fuhren sie glücklich und ein wenig abgekämpft zurück zu Milenas Wohnung. Trotz der Erschöpfung ließen sie es sich jedoch nicht nehmen, auch in dieser Nacht ihre Zweisamkeit zu genießen.

Am Sonntag wollten sie nicht erneut so weit fahren wie am Vortag. Deshalb besuchten sie das Ethnografische Museum in der Nähe, in dem über die Geschichte des Weinbaus in dieser Region informiert wurde. Obwohl Frank eigentlich kein Museumsgänger war, fand er die Anlage dieses Freilichtmuseums und das Dargebotene sehr interessant. Er fühlte sich besonders dadurch angesprochen, dass über die deutsche Geschichte dieses Ortes genauso informiert wurde wie über die polnische.

Am Montagmorgen standen sie früh auf, frühstückten zusammen, dann startete Milena zu ihrer Baustelle. Frank stieg wieder in seinen alten Golf, um zu seinem Arbeitsplatz in Hochofenstadt zu fahren. Er war voller Eindrücke und Glücksgefühle. Dabei wusste er, dass all das, was er jetzt erlebte, ohne Milena niemals möglich gewesen wäre. Deshalb trug er außer seiner Verliebtheit auch eine große Portion Dankbarkeit in seinem Herzen. Zum ersten Mal im Leben hoffte er, dass er mit einer Freundin für immer und ewig zusammenbleiben würde.

Vorsichtshalber wählte er diesmal den Autobahngrenzübergang, um seinen alten Freunden nicht erneut in die Hände zu fallen, falls sie wieder eine Aktion an der Stadtbrücke geplant hatten. So kam er unbeschadet bei seiner Firma an und berichtete dem Chef über seine Erkenntnisse bezüglich der potenziellen neuen Baustelle und zeigte seine Fotos. Der Chef war zufrieden und gab

Frank den Auftrag, sofort ein Angebot für die entsprechende europaweite Ausschreibung auszuarbeiten und es dann abzugeben.

***

Nachdem Frank zehn Tage später mit der Erarbeitung dieses Angebots fertig war, überraschte er seinen Chef mit der Mitteilung, dass er die Unterlagen persönlich im zuständigen Amt in Polen abgeben wolle. Der Chef war einverstanden und so hatte Frank schon wieder einen Grund nach Polen zu fahren.

Zu Hause teilte er seiner Mutter nun endlich mit, welche neue Aufgabe er übernommen hatte und sie brach sofort in Tränen aus. Nachdem sie wieder sprechen konnte, fragte sie, ob er wieder bei dieser Milena schlafen würde. Weil er das bejahte, schluchzte sie gleich noch lauter. Als sie sich wieder etwas beruhigt hatte, fragte sie zu seiner Verwunderung nach Milenas Nachnamen. Er antwortete bereitwillig, denn er freute sich über das aufkommende Interesse seiner Mutter an seiner Freundin und hoffte, dass die beiden einander bald kennenlernen und mögen würden. Leider hatte er sich geirrt, denn als er antwortete, dass seine Freundin Milena Opalka hieß, war die Reaktion seiner Mutter ein lauter Aufschrei der Verzweiflung. Frank sah sie verwundert an, denn mit dieser Reaktion hatte er nicht gerechnet. Mutti konnte doch Milena unmöglich kennen, da sie sich immer nur in Deutschland aufgehalten hatte. Warum dann dieser Gefühlsausbruch? Er konnte sie jedoch nicht mehr fragen, denn sie hatte fluchtartig das Zimmer verlassen und sich in der Toilette eingeschlossen. Er klopfte an die Tür und versuchte, ein Gespräch mit ihr durch das Holz zu führen, aber es war vergebens. Er hörte sie laut weinen und jammern, konnte sich jedoch keinen Reim darauf machen. Nach einer Weile gab er es auf, durch die Toilettentür beruhigend auf sie einzureden. Vielmehr packte er ein paar Sachen ein, setzte sich in sein Auto und fuhr nach Niebieska Góra zu Milena.

***

Da sie sich telefonisch verabredet hatten, erwartete Milena ihn schon in ihrer Wohnung. Als sie ihm die Tür öffnete, war er sprachlos, denn sie hatte sich ein ganz besonders verführerisches Outfit zugelegt. Nachdem sie bisher in jeder Kleidung sehr sexy ausgesehen hatte, konnte Frank nur staunen, dass mit dem Negligee, das sie jetzt trug eine weitere Steigerung möglich war. Er nahm sie zärtlich in den Arm und küsste sie. Dann schlossen sie die Wohnungstür und gingen ins Wohnzimmer. Sie tranken etwas zusammen, dann trieb sie ihr Verlangen ins Schlafzimmer. Sie sah einfach zu reizvoll aus, als dass er sich lange beherrschen konnte.

Nachdem sie sich ausgiebig miteinander beschäftigt hatten, bekam er Hunger und so gingen sie in die Küche, wo Milena die schon vorbereiteten Klöpse aufwärmte, was sie ihm so mitteilte. Er lachte und sagte, dass es eigentlich Klopse heißt, worauf sie staunte und sagte, dass es ja auch Möpse heiße. Er war aber sicher, dass Klopse und Möpse nicht nur grammatikalisch sehr verschiedene Dinge sind. Zu seinem größten Erstaunen zeigte sie ihm in ihrem Wörterbuch, dass die Mehrzahl von Klops tatsächlich Klöpse oder Klopse heißt. Sein lakonischer Kommentar war: „Jetzt sprichst du sogar auch noch besser deutsch als ich!"

Beim anschließenden Verzehr der **Klopsiki, wie die Fleischbällchen auf Polnisch heißen**, erzählte Frank von dem Gespräch, das er vor seiner Abfahrt mit seiner Mutter geführt hatte. Er teilte Milena seine Beobachtung mit, dass die Mutter sich so extrem aufgeregt hatte, als er ihr den Namen Opalka genannt hatte. Das erweckte bei ihm den Eindruck, dass sie Milena kannte. Milena schüttelte den Kopf. Sie war niemals in Fritzfurt gewesen, außer in der Bahn, wenn sie zwischen Stułice und Hannover gependelt war. „Und deine Mutter", war seine naheliegende Frage, „kann sie die kennen?" Milena konnte sich das nicht vorstellen.

„Nachdem meine Mutter ihren Mann an eine Deutsche verloren hatte, hasste sie Deutschland. Da ist sie ganz sicher nicht über die Grenze gegangen."

Frank kam ein Gedanke.

„Könnte denn dein Vater der damalige polnische Freund von meiner Mutter gewesen sein?"

Milena schaute verwirrt.

„Also meine Mutter hat mir immer erzählt, dass mein Vater uns im November 1987 verlassen hat, als ich gerade ein halbes Jahr alt war."

Frank dachte nach.

„Ich bin im Februar 1988 geboren. Spätestens seit meiner Zeugung ungefähr im Mai 1987 muss aber meine Mutter schon mit meinem Vater zusammen gewesen sein, also kann sie eigentlich nicht deinen Vater als Freund gehabt haben."

Sie beendeten ihre Spekulationen mit der Gewissheit, dass die Geschichten ihrer beiden Mütter nicht das Geringste miteinander zu tun hatten. Trotzdem wollte Milena ihre Mutter beim nächsten Besuch noch einmal befragen, wie es damals genau gewesen war.

Am nächsten Morgen setzte Frank seinen Plan in die Tat um, indem er mit Milena, die sich extra freigenommen hatte und zudem sexy angezogen war, zum Bauamt nach Czarpów Zachodniapolska fuhr, wo er das Angebot seiner Firma persönlich abgeben wollte. Milena sollte ihn begleiten, um zu dolmetschen. Außerdem hatte er die Hoffnung, dass sein Angebot bevorzugt werden würde, wenn er eine polnische Freundin bei sich hätte. Er hoffte, die Unterlagen bei einem männlichen Verantwortlichen abgeben zu können, der Milenas Schönheit und ihren Charme zu würdigen wüsste.

Als sie mit Milenas BMW vor dem Verwaltungsgebäude in Czarpów Zachodniapolska angekommen waren, hübschte sich Milena noch einmal auf, indem sie den Lippenstift benutzte und ihr Oberteil glattzog, das durch den Sicherheitsgurt etwas unordentlich geworden war. Durch diese Aktion setzte sie ihre atemberaubende Figur perfekt in Szene. Frank sah ihr mit großem Interesse zu. Er war immer wieder überrascht, wie es der schönen Milena gelang, mit wenigen Handgriffen noch schöner zu werden.

Schon beim Suchen im Gebäude machte es sich bezahlt, dass Milena an seiner Seite war, denn ohne sie hätte er das zuständige Dezernat wohl nie gefunden. Als sie endlich vor der richtigen Tür standen, klopfte er an und wartete, bis von innen ein deutliches „Proszę" zu hören war. Inzwischen wusste er schon, dass dies „Bitte" heißt. Beide traten ein und Milena erklärte, was sie wollten, während Frank die Unterlagen übergab. Der Beamte gab Milena zur Begrüßung einen Handkuss und schien Feuer und Flamme für sie zu sein, sodass er gar nicht auf den großen Umschlag achtete, den ihm Frank überreichte, sondern nur Augen für die schöne Begleiterin hatte. Er sprach eine Weile mit ihr auf Polnisch, wobei es ihm schwerfiel, ihr in die Augen zu sehen, da sein Blick geradezu magisch von ihrem Dekolletee angezogen wurde. Als sie sich verabschiedeten, gab er beiden die Hand und lächelte wohlwollend, während er Franks Unterlagen mit Schwung hinter sich in einen großen Korb warf. Frank hoffte inständig, dass es sich dabei nicht um den Papierkorb handele.

Draußen blickte Frank Milena fragend an. Sie sah ausgesprochen zuversichtlich aus, als sie sagte: „Ich glaube, er hat angebissen. Ihr bekommt den Auftrag." Frank war skeptisch, denn er bezweifelte, dass der Beamte überhaupt noch wusste, welchen Umschlag er abgegeben hatte, aber sie beruhigte ihn, indem sie sagte: „Du warst ganz bestimmt der einzige Deutsche, der in polnischer Begleitung bei ihm war und Unterlagen abgegeben hat. Daran kann er sich später ganz sicher erinnern." Frank dachte allerdings, dass wohl eher Milena den bleibenden Eindruck hinterlassen hatte. Er war jedenfalls sehr gespannt, wie die Sache ausgehen würde.

Erneut verlebten sie ein wundervolles Wochenende miteinander, das leider wieder viel zu schnell vorüberging, wie es Wochenenden gewöhnlich an sich haben.

Am Montagmorgen begleitete Milena ihn wieder zu dem Platz, an dem er sein Auto geparkt hatte. Dort verabschiedeten sie sich lange und ausgiebig. Während sie zu ihrem Auto ging und einstieg, schaute er ihr sehnsuchtsvoll hinterher. Dann startete er nach Hochofenstadt. Während der Fahrt dachte er nur an Milena, die wieder zu ihrer Baustelle fuhr, wo sie von ihren männlichen Kollegen wahrscheinlich schon ungeduldig erwartet wurde, wie er etwas eifersüchtig vermutete.

Unterwegs ging ihm vieles durch den Kopf. Da war erstens sein Dienstauftrag, den er erledigt hatte. Er war sich nicht sehr sicher, ob sein Plan aufgehen würde. Der Mann vom Bauamt war zwar begeistert von Milena gewesen, das stand außer Frage. Aber ob er diese Begeisterung auf Franks Angebot übertragen würde, war ungewiss. Zum Zweiten war da noch die Sache mit Milena und seiner Mutter. Obwohl er fest entschlossen war, mit Milena zusammenzubleiben, wollte er aber auch nicht mit seiner Mutter brechen. Er verstand einfach nicht, warum sie sich so sehr gegen seine Beziehung mit seiner polnischen Freundin sperrte. War es wirklich nur ihr Hass auf alles, das polnisch war oder ging es doch direkt gegen Milena? Wenn Letzteres richtig war, blieb die Frage, woher sie Milena kennen konnte. Es war ein Jammer, dass er mit ihr nicht vernünftig über dieses Thema sprechen konnte.

Vor lauter Grübeln hatte er wieder vergessen, die Scheinwerfer einzuschalten, was er schleunigst nachholte, bevor er zum zweiten Mal angehalten werden würde. Ungehindert passierte er den Grenzübergang und fuhr direkt zu seinem Wohnhaus. Als er davor anhielt, traute er seinen Augen nicht. In großen Lettern war auf die Fassade gesprüht:

Scheiß Pollenficker wir machen dir vertich!

So sehr er sich auch ärgerte, musste er doch über die Recht-schreibung lachen. Da er ahnte, dass einer seiner alten Freunde sich da ausgelassen hatte, war das für ihn eine ausgesprochene Rechts-Schreibung. Er stieg aus und ging ins Haus, wo er seine Mutter wiederum weinend antraf. Als sie ihn sah, rief sie erregt: „Da siehst du, was du angerichtet hast! Jetzt machen sie uns fertig, weil du unbedingt mit dieser Polenschlampe ins Bett gehen musst." Frank war schockiert darüber, wie seine Mutter über seine Beziehung zu Milena sprach und dass sie ihm die Schuld dafür gab, dass irgend-welche Idioten ihr Haus beschmiert hatten. Er ging schweigend in den Schuppen, holte den Eimer mit der übriggebliebenen weißen Farbe vom letzten Anstrich der Fassade sowie einen Pinsel heraus und nachdem er zwei Fotos von der Inschrift gemacht hatte, be-gann er sie zu übermalen. Als er damit fertig war, widmete er sich wieder seiner Mutter. Vorwurfsvoll sagte er: „Woher wissen denn Papas Freunde von meiner Beziehung zu Milena? Davon hast doch du diesen Nazis erzählt. Jetzt haben wir den Salat." Sie schaute ihn wütend an.

„Warum nennst du diese guten alten Freunde Nazis? Was ist denn in dich gefahren?"

Frank schüttelte den Kopf über so viel Naivität.

„Wenn das keine Nazis sind, dann weiß ich nicht, wen man sonst Nazi nennen könnte. Sie setzen Asylunterkünfte in Brand, fangen Ausländer am Bahnhof ab, um sie zu verprügeln und haben sogar mich zusammengeschlagen und mein Auto demoliert, und das nur deshalb, weil ich in Polen war."

Seine Mutter war mit seiner Argumentation nicht einverstanden.

„Dass sie Ausländer vertreiben, finde ich sehr wichtig, denn sonst nistet sich dieses Gesindel doch hier ein und verschlingt unser Geld und vergewaltigt deutsche Frauen. Dass du da in eine Aktion rein geraten bist, war ein unglücklicher Zufall und nicht deren

Schuld. Du solltest ihnen eigentlich dankbar sein, dass sie dich nach Hause gebracht haben."

Es hatte offensichtlich keinen Zweck weiter über dieses Thema zu diskutieren, denn sie war zu sehr überzeugt von dem, was sie sagte, als dass man es ihr ausreden konnte. Deshalb versuchte er das Gespräch auf Milena zu bringen.

„Mutti, sag mir doch bitte mal, was du gegen Milena hast. Geht es nur darum, dass sie Polin ist oder hast du noch andere Gründe? Mir schien es so, als ob du dich besonders aufgeregt hast, als ich dir Milenas Nachnamen nannte. Kennst du sie oder ihre Familie?"

Seine Hoffnung, darauf eine vernünftige Antwort zu bekommen, war vergebens, denn sie begann wieder laut zu weinen und rannte aus dem Zimmer. Frank hätte verzweifeln können, dass er mit seiner Mutter nicht mehr vernünftig reden konnte. Das war vor seiner Bekanntschaft mit Milena anders gewesen, da besprachen sie alle Probleme miteinander in einer vertrauensvollen Atmosphäre. Das Verhalten seines Vaters in dessen letzten Lebensjahren und sein Tod hatten Mutter und Sohn damals fest zusammengeschweißt. Deshalb konnte Frank das jetzige Verhalten seiner Mutter noch weniger verstehen und war nur enttäuscht und traurig.

Kapitel 8

Nach einem schweigend verbrachten Abend und einer wenig erholsamen Nacht fuhr Frank am nächsten Morgen müde zur Arbeit. Er wollte und konnte seinem Chef vorerst nur vermelden, dass er die Unterlagen übergeben hatte, und dass man nun auf einen Bescheid warten müsse. Milenas Schützenhilfe bei dieser Aktion erwähnte er nicht. Sein Chef überraschte ihn mit einer neuen Sonderaufgabe, indem er ihn aufforderte, auf Firmenkosten und während der Arbeitszeit Polnisch zu lernen. Frank hatte noch gar nicht zugesagt, da gab ihm sein Vorgesetzter bereits einen Briefumschlag mit einer Adresse in Stułice, zu der er bereits an diesem Nachmittag gehen sollte, um die Sprache der Nachbarn zu erlernen. Der Boss war wahrscheinlich mit Recht der Meinung, dass man die Sprache bei einem Muttersprachler bedeutend besser lernt als bei einem deutschen Lehrer. Deshalb wollte er, dass sein Mitarbeiter Frank Schulz zu einer pensionierten Lehrerin gehen sollte, die im Fritzfurter Tageblatt annonciert hatte.

Frank steckte den Brief ungesehen ein und las erst einmal seine E-Mails. Es sammelte sich immer einiges an, wenn man mal einen Tag nicht im Dienst war.

Nachdem er seinen elektronischen Posteingang gesichtet und einige wichtige Mails beantwortet hatte, schaute er auf die Adresse auf dem Kuvert und erschrak, denn die Lehrerin, bei der er sich melden sollte, hieß Jadwiga Opalka. Er hatte Milena nie nach dem Vornamen ihrer Mutter gefragt, aber da diese Dame in Stułice wohnte, von Beruf Lehrerin war und Opalka hieß, war es durchaus möglich, dass es sich um Milenas Mutter handelte. Allerdings wusste er nicht, ob Opalka in Polen ein häufiger Name war oder eher selten vorkam, aber er war fast sicher, dass es sich um Milenas Mutter handelte. Einen Moment lang überlegte er, ob er Milena anrufen sollte, um sie nach dem Vornamen ihrer Mutter zu fragen, aber dann entschied er, es nicht zu tun und sich überraschen zu lassen.

Nach dem Mittagessen fuhr er los und war gegen 14 Uhr bei der angegebenen Adresse. Er stieg aus, ging ins Haus und klingelte an der Tür, die das Schild mit dem Namen „Opalka" trug. Während der wenigen Sekunden, die es dauerte, bis die Tür geöffnet wurde, schlug sein Herz bis an den Hals, so gespannt war er. Die Tür ging auf und er stand plötzlich einer älteren Ausgabe von Milena gegenüber. Frau Opalka war für ihr Alter noch sehr schön. Sie machte einen ausgesprochen gepflegten Eindruck und er sah, dass sie ebenso grau-grüne Augen wie Milena hatte. Er war sich sofort sicher, Milenas Mutter vor sich zu haben. Sie begrüßte ihn mit „Dzień dobry". Frank antwortete ebenfalls mit „Dzień dobry", denn diese Begrüßungsformel hatte er schon ganz nebenbei gelernt. Er gab ihr seinen Brief, den sie öffnete, um den Inhalt zu überfliegen. Danach fragte sie: „Pan Schulz?" Als er dies bejahte, machte sie eine einladende Geste, wozu sie „Proszę bardzo" sagte.

Er betrat den engen Flur, wo er sich artig die Schuhe auszog. Dann folgte er ihr in ein kleines, hübsch eingerichtetes Zimmer. Sie setzte sich an den Wohnzimmertisch und deutete auf den gegenüberstehenden Stuhl. Dazu sagte sie: „Proszę usiądź." Frank hatte schon gehört, dass die Fremdsprachenlehrer heutzutage nichts mehr in der Muttersprache der Schüler erläutern, sondern alles in der zu lernenden Sprache sagen. Deshalb wunderte er sich auch nicht, dass Frau Opalka nur polnisch mit ihm sprach, er hätte allerdings zu gern gewusst, ob sie überhaupt Deutsch konnte. Als Nächstes stellte sie sich vor und fragte nach seinem Namen.
„Nazywam się Opalka. Jak się Pan nazywa?"
An dieser Stelle war er bereits völlig überfordert und konnte nur aus dem Zusammenhang auf die Bedeutung des Gesagten schließen.

Nach einer langen Stunde, in der er viel gelernt und drei Tassen Tee getrunken sowie fünf Kekse gegessen hatte, verließ er erschöpft, aber frohgemut seine neue Lehrerin. Zum Abschied sagte sie: „Do widzenia, do jutra." Er antwortete: „Do widzenia." Dann ging er zum Auto und fuhr nach Hause. Unterwegs kreisten seine Gedanken um diese bemerkenswerte Fügung des Schicksals. Er hatte mit großer Sicherheit Milenas Mutter kennengelernt. Sein Vater hatte ihm damals immer gesagt: „Wenn du wissen willst, wie deine Frau später aussehen wird, schau dir ihre Mutter an." Das Aussehen von Frau Opalka gab auf jeden Fall Grund zu der Hoffnung, dass Milena auch im Alter noch eine schöne Frau sein würde. Sollten sich ihre blonden Haare später einmal grau färben, wie die ihrer Mutter, so sah er darin kein Problem. Neben dem tollen Äußeren war ihm auch ihre nette Art sehr angenehm aufgefallen. Wenn sie wirklich etwas gegen Deutsche hatte, dann konnte sie es sehr gut verbergen. In der Stunde, die er mit ihr verbracht hatte, war sie sehr freundlich mit ihm umgegangen. Aber wahrscheinlich war sie es als ehemalige Lehrerin gewohnt, zu allen Schülern nett zu sein, ganz gleich, ob diese ihr sympathisch waren oder nicht. Immerhin verdiente sie Geld mit dem Unterricht und da konnte sie es sich nicht erlauben, ihre Kunden zu vergraulen. Die große Frage war jetzt aber, ob er Milena von seinem Unterricht bei ihrer Mutter erzählen sollte oder nicht. Er wusste es nicht, wollte aber nicht voreilig sein und so beschloss er, Milena vorerst nichts von seinen Polnischlektionen zu erzählen.

Zu Hause erwartete ihn wieder das neuerdings übliche Elend, indem seine Mutter immer noch mit Leichenbittermiene herumlief und von Zeit zu Zeit einen Seufzer ausstieß. Er fragte gar nicht mehr, warum sie das tat und versuchte auch nicht mehr, mit ihr über seine Beziehung zu sprechen. Er hoffte, dass die Zeit ihr helfen würde, darüber hinwegzukommen. In seinem Zimmer nahm er sein Handy und rief Milena an. Sie war auch gerade zu Hause angekommen und freute sich über seinen Anruf. Sie sprachen eine

Weile über Belanglosigkeiten wie das Wetter, dann turtelten sie so miteinander, dass jemand, der das Gespräch abgehört hätte, wahrscheinlich dunkelrot geworden wäre. Zum Schluss erzählte sie ihm, dass ihre Mutter am Sonntag Geburtstag hätte und sie, Milena, deshalb nach Stułice kommen würde. Sie schlug vor, dass sie sich bei dieser Gelegenheit mit ihm treffen könnte, bevor sie zur Mutter gehe. Sie kannte ein schönes Restaurant, in dem sie Mittag essen könnten. Frank stimmte erfreut zu. Er hatte gar nicht damit gerechnet, sie so bald wiederzusehen. Bevor sie das Gespräch beendeten, musste er noch eine Frage loswerden. Er wollte unbedingt wissen, was eigentlich dieses „Do jutra" bedeutet. Sie staunte, antwortete dann aber: „Bis morgen." Schnell fügte sie hinzu: „Do niedzieli" Ehe er fragen konnte, was das nun wieder heiße, legte sie lachend auf.

Ein Wörterbuch für Polnisch hatte er nicht, aber plötzlich fiel ihm ein, dass es auf dem Handy einen Übersetzer gab. Er hatte diesen noch nie benutzt und konnte sich kaum vorstellen, dass er da auch polnische Wörter finden würde, aber damit war er einem Irrtum aufgesessen. Entgegen seiner bisherigen Meinung schien Polnisch eine Sprache wie jede andere zu sein. Als er jedoch versuchte, das Wort, das er von Milena gehört hatte, einzugeben, scheiterte er daran, dass er nicht wusste, wie es geschrieben wurde. Auch mit dem von ihm gesprochenen Wort konnte der Übersetzer nichts anfangen, dazu sprach er es wahrscheinlich zu falsch aus. Er würde Milena beim nächsten Telefonat oder am Sonntag fragen müssen, was das hieß. Dass er morgen wieder zum Polnischunterricht erwartet werden würde, wusste er jetzt jedenfalls.

Das Abendbrot fand wieder in einer nicht gerade entspannten Atmosphäre statt. Er erzählte lieber nichts von seinem Unterricht jenseits der Grenze und seine Mutter schwieg sich ebenfalls aus. Sie aß fast nichts, sondern schluchzte alle zehn Sekunden; man hätte eine Atomuhr damit eichen können, so präzise erfolgten ihre Seufzer. Er konnte es schon nicht mehr hören. Schließlich sagte er: „Mutti, jetzt mach doch mal halblang! Ich bin 29 Jahre alt und du musst mich nicht mehr behüten und beschützen wie ein kleines Kind. Ich weiß noch nicht, ob ich für immer mit Milena zusammenbleibe, aber niemand weiß, ob es für immer ist, wenn man frisch verliebt ist. Falls wir uns wieder trennen sollten, so liegt das garantiert nicht daran, dass sie Polin ist." Seine Mutter reagierte nicht. Sie war offenbar in eine tiefe Depression gefallen.

Am nächsten Nachmittag ging Frank zum zweiten Mal zum Polnischunterricht. Frau Opalka war eine sehr gute Pädagogin, denn er hatte nicht das Gefühl, in der Schule zu sein, sondern er lernte ganz nebenbei. Sie sprach mit ihm nur polnisch und er fand das ganz normal. Der Lerninhalt an diesem Tag wurde dadurch vermittelt, dass ihm **Pani Opalka**, wie er sie nennen sollte, die Wochentage und Monate an ihrem Kalender zeigte, vorlas und ihn die Aussprache üben ließ. Dabei erfuhr er durch Zufall und ganz nebenbei, was **„Niedzieli"** bedeutete, denn der Tag war rot markiert, woraus er messerscharf schloss, dass es sich um den Sonntag handelte. Er trank nun nicht mehr eine Tasse Tee oder eine Tasse Kaffee bei ihr, sondern **filiżankę herbaty albo filiżankę kawy**. Die polnische Sprache fand er zunehmend schöner, je mehr er lernte und konnte sich gar nicht vorstellen, dass er sie einmal als unkultiviert bezeichnet hatte.

Mit zunehmender Freude besuchte er nun täglich die Polnischlektionen. Er konnte diese Stunde ganz locker nehmen, denn es gab keine Zensuren und nicht einmal einen tadelnden Blick von seiner Lehrerin, wenn er etwas vom Gelernten wieder vergessen hatte. Außerdem hatte er immer das Gefühl, Milena nah zu sein, wenn er bei ihrer Mutter war.

***

Am Wochenende gab es keinen Unterricht, sodass er den Samstag zu Hause verbrachte. Seine Mutter musste arbeiten und kam erst am späten Abend heim. Frank hatte ein leckeres Abendessen gekocht und hoffte, dass er sie damit aus ihrer Lethargie herausholen könne, aber diese Rechnung ging nicht auf. Sie aß nur wenig, schwieg dabei und saß gramgebeugt am Tisch. Als Frank fragte, wie ihr Tag gewesen sei, sprang sie schluchzend auf und eilte in ihr Zimmer. Frank hatte langsam die Nase voll. Dieses Verhalten ging ihm wirklich zu weit. Wenn sie nicht vorher mit Nicole einverstanden gewesen wäre, hätte er gedacht, dass sie ganz allgemein eifersüchtig auf seine Freundin sei, wie er das bisweilen von anderen alleinerziehenden Müttern gehört hatte. Aber mit Nicole hatte es nie Probleme gegeben, sondern seine Mutter war immer sehr lieb zu ihr gewesen. Es musste also etwas Spezielles sein, das sie so wütend auf Milena und deren Verbindung mit Frank machte. Aber was war das denn nur? Er konnte es sich einfach nicht vorstellen, dass seine Mutter wegen dieser einen schlechten Erfahrung eine Verbindung ihres Sohnes zu einer Polin kategorisch ablehnte. Er aß zu Ende, dann räumte er den Tisch ab und ging in sein Zimmer. Von dort telefonierte er wieder ausführlich mit Milena und beide brachten ihre Freude auf das Wiedersehen am nächsten Tag zum Ausdruck. Im Chor sagten sie zum Schluss des Gesprächs: „Do jutra."

Als Frank seiner Mutter am nächsten Morgen mitteilte, dass er zum Mittag nicht zu Hause sein würde, reagierte sie nur mit einem müden Schulterzucken. Er versuchte noch einmal mit ihr ins Gespräch zu kommen, indem er sagte: „Mutti, was soll ich denn bloß machen, damit du wieder lachst?" Sie sah ihn verzweifelt an, dann antwortete sie ungewohnt barsch: „Das weißt du ganz genau. Triff dich nicht mehr mit diesem Polenweib und alles wird bei uns wieder wie früher sein."

Wortlos verließ Frank sein Elternhaus, stieg ins Auto und fuhr über die Grenze, obwohl es noch zu früh war, um sich mit Milena zu treffen. Aber das Wetter war schön und so schlenderte er durch die Straßen von Stułice. Als er ein Einkaufszentrum erreichte, staunte er, dass es auch am Sonntag geöffnet war. Er ging hinein und sah sich um. Bei seinem Rundgang geriet er unvermittelt in die Damenabteilung einer Textilhandelskette. Als er diese gerade wieder verlassen wollte, erblickte er plötzlich Milena. Er sah ihr eine Weile von Weitem belustigt zu, wie sie Kleider von Ständern nahm und in einem Gang mit Kabinen verschwand, dann wieder herauskam, die Kleider zurückhängte und neue in eine andere Kabine mitnahm. Irgendwann hatte er genug vom Zuschauen. Als sie wieder einmal aus der Kabine kam, passte er sie lachend ab und sie begrüßten sich zärtlich. Sie holte sich erneut einige Kleider und wie selbstverständlich begleitete er sie in die Umkleidekabine. Mit Freude sah er zu, wie sie sich auszog, um eines der Kleider anzuprobieren. Da es ihr zu groß war, drückte sie es ihm in die Hand und gab ihm den Auftrag, ihr das gleiche Kleid eine Nummer kleiner zu bringen. So brauchte sie sich nicht jedes Mal zwischendurch anzuziehen und die Kabine zu verlassen. Er war sofort dazu bereit, suchte den betreffenden Kleiderständer und fand auch das gewünschte Kleid mit der richtigen Größe. Er nahm es an sich und ging zu dem Gang mit den Kabinen zurück. Er öffnete die Kabinentür nur so weit, dass er gerade hindurchschlüpfen konnte. Als er Milena das Kleid geben wollte, stand da zu seinem Schreck eine fremde halbnackte Frau, die laut schrie, nachdem sie den ersten Schock überwunden hatte. Frank bat stotternd um Verzeihung, aber es half nichts, denn im Nu erschien eine Verkäuferin und kurz danach ein Warenhausdetektiv, der sich in aller Ruhe den Ort des Geschehens ansah – vor allem die halbnackte Kundin. Erst als diese sich etwas übergezogen hatte, zerrte er Frank auf dem Gang zwischen den Umkleidekabinen. Alle anderen Kundinnen streckten die Köpfe heraus, um zu sehen, was da los war. Auch Milena schaute verwundert aus der Kabine, die derjenigen gegenüber lag, die Frank gerade versehentlich betreten hatte. Sie sah, wie Frank abgeführt wurde und ihre anfängliche Erheiterung ging schnell in Mitleid über. Eilig zog sie sich an und lief hinter dem unter Protest mitgeschleiften Frank her, bis sie die Tür erreichte, hinter der der

Detektiv mit ihm soeben verschwunden war. Sie klopfte energisch an, aber es dauerte eine Weile bis eine Frau die Tür öffnete und fragte: „Czego chcesz?" Milena dachte jedoch nicht daran, diese Frage zu beantworten, vielmehr stürmte sie mit der Bravour einer Löwenmutter, der man ihr Junges weggenommen hat, in den Raum. Dort sah sie nämlich Frank mit Handschellen gefesselt auf einem Stuhl sitzen. Vor ihm stand der Detektiv, der gerade die Faust erhob, vermutlich um Frank damit ins Gesicht zu schlagen. Wie von einem Katapult abgeschossen schnellte Milena auf den Detektiv zu, riss ihn zu Boden und drehte ihm den Arm auf den Rücken, sodass er kampfunfähig liegenblieb. Die Kaufhausangestellte hatte indessen schon ihr Handy am Ohr, um die Polizei zu rufen. Als Milena den Mann wieder losließ, sprang er auf und es kam zu einem erregten Wortwechsel, dem Frank nicht folgen konnte, da er auf Polnisch geführt wurde. Auf Handgreiflichkeiten verzichtete der Detektiv lieber, da er wohl ahnte, dass er den Kürzeren ziehen würde.

Nach dem Eintreffen der Polizei, versuchten alle Parteien gleichzeitig, den Polizisten mitzuteilen, was sich ihrer Meinung nach ereignet hatte. Die Ordnungshüter lösten das Problem, indem sie Frank und Milena mittels Handschellen verbanden und sie ins Polizeiauto verfrachteten. Der Detektiv fuhr in seinem eigenen Auto hinterher. Auf der Polizeiwache mussten Milena und Frank nebeneinander auf der Arme-Sünder-Bank Platz nehmen. Der Detektiv saß auf der anderen Seite des Tisches zusammen mit zwei Polizisten.

Es begann ein Verhör, dem Frank mangels Sprachkenntnissen nicht folgen konnte, aber er vertraute Milena voll und ganz. Er hörte an ihrer energischen Stimme, dass sie sich vehement ins Zeug legte. Am Ende wurden lediglich die Personalien aller Beteiligten aufgenommen, dann durften sie gehen. Inzwischen war es später Nachmittag geworden. Zu dieser Zeit hätte Milena längst bei ihrer Mutter am Kaffeetisch sitzen müssen. Deshalb mussten sie sich schnell voneinander verabschieden und ein neues Treffen verabreden, dann trennten sich ihre Wege.

Frank fuhr traurig nach Hause, denn er hatte sich schon so sehr auf das Zusammensein mit Milena gefreut. Dass es in dieser Form stattfinden würde, hatte er nicht ahnen können, er musste aber zugeben, dass er selbst daran schuld war. Er hätte wohl etwas genauer hinsehen sollen, bevor er in die Umkleidekabine gestürmt war. Für solche Überlegungen war es nun aber zu spät, denn er erreichte gerade sein Wohnhaus und Milena saß wahrscheinlich an dem Tisch, den er inzwischen auch schon zur Genüge kannte.

Zwar hatte er noch nicht zu Mittag gegessen, aber eigentlich war ihm auch der Appetit vergangen. Auch das traurige Gesicht seiner Mutter förderte nicht gerade seine Lust, etwas zu essen. Er verzog sich in sein Zimmer und las das Buch weiter, das er schon vor Wochen angefangen hatte. Beim Lesen schweifte er jedoch ständig ab, denn die Ereignisse dieses Tages ließen ihn nicht los. Am stärksten war ihm im Gedächtnis geblieben, wie Milena sich auf den Wachmann gestürzt hatte, als dieser sich gerade anschickte, Frank mit der Faust zu traktieren. Erstens imponierte ihm ihre wilde Entschlossenheit und zweitens war er stolz, dass sie sich so vehement für ihn eingesetzt hatte. Er konnte sich gar nicht vorstellen, wie die ganze Geschichte ausgegangen wäre, wenn Milena nicht eingegriffen hätte. Wahrscheinlich hätte er wieder einige Blessuren erlitten und wäre darüber hinaus auch noch als Sittenstrolch eingelocht worden. Andrerseits wäre er ohne Milena natürlich niemals in eine Umkleidekabine gestolpert, in der sich gerade eine fremde Dame umzog. Wenn er noch an das entsetzte Gesicht der halbnackten Frau dachte, musste er lachen. Auch das Verweilen des Detektivs in der Kabine, bis die Dame ihren Busen bedeckt hatte, war urkomisch. Ja, hinterher konnte man immer über solche Missgeschicke lachen. Auf jeden Fall wollte er bei seiner nächsten Polnischstunde Frau Opalka fragen, was „Verzeihung" auf Polnisch heißt.

Sehr ungünstig war es für ihn, dass er Milena an diesem Abend nicht anrufen durfte, da sie bei ihrer Mutter war. So musste er bis zum nächsten Tag warten, um dann in aller Frühe mit ihr zu telefonieren.

***

Es war der 1. Mai und Milena war wieder bei sich zu Hause in Niebieska Góra. Auch in Polen wurde an diesem Tag nicht gearbeitet und so beschlossen die beiden Verliebten per Telefon, sich zu treffen und das am Vortag Versäumte nachzuholen.

Sie trafen sich in Stułice, wo sie bei schönstem Wetter spazieren gingen und auch das Essen von gestern nachholten. Sie lachten gemeinsam über Franks verkorksten Besuch in ihrer Umkleidekabine, dann überlegten sie, wann und wo sie sich zum nächsten Mal treffen könnten. Schließlich einigten sie sich auf den nächsten Samstag in Stułice, allerdings ohne solche Aktionen wie am letzten Sonntag. Sie wollten wieder zusammen essen, um dann ein wenig spazieren zu gehen. Danach plante Milena ihre Mutter zu besuchen.
„Mama ist sehr einsam und darum will ich ihr wenigstens am Wochenende ein wenig Gesellschaft leisten."
Er schmunzelte heimlich, denn er wusste, dass ihre Mutter gar nicht so einsam war, wie Milena annahm. Immerhin hatte sie an jedem Werktag mindestens einen Schüler, mit dem sie sich unterhalten konnte, wenn auch etwas stockend und einseitig. Eigentlich hätte er es fairer gefunden, wenn Milena über ihn und seinen Unterricht bei ihrer Mutter Bescheid gewusst hätte, aber er wollte in der Mutter-Tochter-Beziehung nichts kaputtmachen.

So verließ er weiterhin an jedem Werktag seinen Arbeitsplatz in Ofen, wie Hochofenstadt von den Einheimischen genannt wurde, um Polnischunterricht bei Frau Jadwiga Opalka zu nehmen. Inzwischen war er mit den polnischen Bezeichnungen der Lebensmittel, des Geschirrs und der Zimmereinrichtung schon sehr vertraut. Er saß bei ihr nicht mehr auf dem Stuhl am Tisch, sondern na krześle przy stole. Mittlerweile wusste er auch, dass die Polen sich mit dem Wort „Przepraszam" entschuldigen. Er war ein äußerst gelehriger Schüler und hatte den Eindruck, dass seine Lehrerin sehr zufrieden mit ihm war. Sie konnte nicht wissen, dass er auch ein ganz persönliches Interesse an dem Erlernen der polnischen Sprache hatte. Bei jedem Wort, das Frau Opalka sprach, hörte er Milena, denn die Stimmen von Mutter und Tochter waren zum Verwechseln ähnlich. Als er am Freitag von seiner Lektion nach Hause fuhr, war er unheimlich stolz auf sein Wissen und nahm sich vor, Milena am nächsten Tag mit polnischen Vokabeln zu überraschen.

Als sich Frank und Milena am darauffolgenden Samstag in Stułice trafen, war das Wetter schön und sie spazierten nach der üblichen Begrüßung Hand in Hand durch den Park nadodrzański. Frank stellte die Frage, die ihm schon seit ihrer letzten Begegnung auf der Seele lag.
„Wie hast du den Detektiv so schnell zu Boden gerungen? Kannst du Judo?"
Milena lachte.
„Ich habe den braunen Gürtel in Kung Fu."
Frank erschrak und sagte lachend: „Da kann ich es mir ja gar nicht erlauben, mit dir zu streiten." Sie schaute ihn schelmisch an und fragte: „Wolltest du das denn?" Er schüttelte lachend den Kopf.
„Wer mit einer solchen Frau, wie dir streitet, der hat es nicht anders verdient, als unsanft auf den Fußboden befördert zu werden."

Nach dem Spaziergang suchten sie sich ein nettes Restaurant, in dem sie ihr Mittagessen einnehmen wollten. Frank versuchte die Bestellung ausschließlich auf Polnisch zu tätigen, was ihm auch gut gelang und Milena staunen ließ.
„Seit wann sprichst du so gut polnisch?"
Er lächelte vielsagend.
„Ich nehme seit zwei Wochen Unterricht."

Sie wollte Einzelheiten erfahren, aber er schwieg beharrlich, denn er wollte sie weder belügen, noch wollte er seine Bekanntschaft zu ihrer Mutter preisgeben.

Als sie gegessen hatten, überlegten sie, was sie mit dem angebrochenen Tag anfangen könnten. Frank schlug vor, über die Grenze zu gehen, damit er ihr seine Heimatstadt zeigen könne. Da das Restaurant, in dem sie gegessen hatten, dicht am Grenzübergang war, gingen sie zu Fuß über die Brücke, die die Oder überspannt und Fritzfurt mit Słubice verbindet. Frank vermied es, seinem Elternhaus zu nahe zu kommen. Vielmehr zeigte er Milena einige Sehenswürdigkeiten, wie das Rathaus, die Marienkirche und die River University, an der junge Menschen aus aller Welt einträchtig miteinander studierten. Nach einem Spaziergang im Pücklerpark besuchten sie den Grenzturm, wo sie in der 24. Etage im Turm-Restaurant Kaffee tranken und den herrlichen Ausblick genossen.

Frank bedauerte, dass die Geschäfte am Samstagnachmittag geschlossen waren, aber Milena war nicht traurig, denn sie hatte ohnehin nicht die Absicht gehabt in Fritzfurt einzukaufen. „In Deutschland", sagte sie, „sind mir die Sachen zu unmodern und dann noch überteuert." Frank staunte zwar über diese Aussage, war jedoch von Milenas Geschmack überzeugt, sodass er annahm, dass sie recht hatte.

Am späten Nachmittag machten sie sich auf den Rückweg. Jedoch kurz bevor sie die Brücke über die Oder erreichten, traf das ein, was Frank schon den ganzen Tag über insgeheim befürchtet hatte; sie liefen seinen früheren Freunden in die Arme. Frank versuchte ein direktes Zusammentreffen zu vermeiden, indem er mit Milena die Straßenseite wechselte, aber es gab kein Entrinnen, denn die drei Kerle kamen ebenfalls über den Fahrdamm und versperrten ihnen den Weg. Frank grüßte kurz und versuchte die Situation zu entschärfen, aber er sah, dass es keinen Sinn hatte. Die Drei waren auf Krawall gebürstet und freuten sich förmlich auf eine Auseinandersetzung. Nicoles Vater fragte scheinheilig: „Is det deine polnische Freundin?" Als Frank dies bestätigte, begann sein Beinaheschwiegervater ihn zu beschimpfen, zu schubsen und mit der Faust zu attackieren, während die anderen beiden auf Milena losgingen. Sie versuchten ihr an die Brust und zwischen die Beine zu grapschen, aber Frank konnte ihr nicht helfen, da er Mühe hatte, die Schläge seines Gegners zu parieren. Allerdings hatte er auch nicht das Gefühl, dass Milena Hilfe benötigte, denn er hörte nur Schmerzensschreie aus männlichen Kehlen. Als diese verstummt waren, stand Milena plötzlich vor ihm und es war eine Sache von Sekunden, bis auch Nicoles Vater auf dem Straßenpflaster lag und seine Hände an die empfindlichste Stelle seines männlichen Unterleibs presste.

Um diese Zeit herrschte reges Treiben in der Stadt und so war diese handgreifliche Auseinandersetzung nicht ohne Zeugen geblieben. Mindestens einer der Zuschauer hatte die Polizei gerufen, die auch erstaunlich schnell anrückte. Die drei Angreifer hatten sich inzwischen vom Boden erhoben und begannen sofort auf die Polizisten einzureden. Sie beschuldigten Frank und Milena sie grundlos angegriffen und verletzt zu haben. Deshalb erstatteten sie Anzeige wegen schwerer Körperverletzung in drei Fällen. Obwohl der gesunde Menschenverstand das Gegenteil nahelegte, wenn man sich die Größen- und Gewichtsverhältnisse der Konfliktparteien ansah, verlangten die Polizisten die Ausweise von Milena und Frank zu sehen. Beide kamen zwar der Aufforderung nach, aber Frank konnte sich nicht verkneifen zu fragen, warum nicht auch die Ausweise der drei Gegner kontrolliert wurden. Er wurde barsch zurechtgewiesen, dass es Sache der Polizei sei, wen sie kontrolliere. Als die Polizisten sahen, dass es sich bei Milena um eine Polin handelte, war für sie die Angelegenheit klar. Sie fesselten Milenas Arm an den Arm von Frank und schon waren beide wieder mit Handschellen verbunden. Dann verfrachteten sie das Paar in das Polizeiauto, um es mit auf die Wache zu nehmen. Franks Protest nützte nichts. Die Polizisten waren Beamte und Beamte dürfen bekanntlich nichts annehmen – nicht einmal Vernunft. Unter grölendem Gelächter der drei Schläger verließ der Polizeiwagen mit den beiden Polizisten sowie Milena und Frank den Schauplatz des Geschehens.

Auf der Wache wurden sie nacheinander von dem Revierleiter verhört, bei dem Frank vor einigen Wochen die Anzeige wegen des Überfalls an der Grenze aufgegeben hatte. Der glaubte ihnen offensichtlich kein Wort. Er vermutete nun sogar, dass Franks kürzlich erstattete Anzeige die Vortäuschung einer Straftat sei, um Geld von der Versicherung für sein wahrscheinlich von ihm selbst beschädigtes Auto zu bekommen. Der Polizeichef hatte die drei Gestalten ja nicht gesehen, sodass er nur das glaubte, was ihm seine Untergebenen berichtet hatten. Franks Anzeige gegen die drei Schlägertypen, deren Namen Frank diesmal nannte, nahm die Polizei gar nicht auf. Frank hatte den Verdacht, dass die Kontrahenten bei der örtlichen Polizei bestens bekannt waren und von dieser geschützt wurden.

Nach Feststellung ihrer Personalien und Androhung eines Strafverfahrens wurden Milena und Frank auf freien Fuß gesetzt. Als sie das Revier verlassen hatten, meinte Milena vorwurfsvoll: „Das ist heute das zweite Mal innerhalb einer Woche, dass ich deinetwegen verhaftet worden bin. Soll das jetzt immer so weitergehen?" Er lachte gequält, erwiderte aber nichts. Stattdessen hatte er einen Entschluss gefasst. Er nahm sie bei der Hand und ging mit ihr schnurstracks zu seinem Elternhaus. Er hatte jetzt endgültig die Nase voll davon, auf die Gefühle anderer Rücksicht zu nehmen, während alle anderen hemmungslos auf seinen Gefühlen herumtrampelten. Seine Mutter würde sich über kurz oder lang sowieso mit dem Gedanken vertraut machen müssen, dass er mit Milena zusammen war und diesen Zustand sehr lange aufrecht zu erhalten gewillt war.

Als er die Tür aufschloss, traute er seinen Augen nicht. Da saßen die drei Kerle, die er einst als seine Freunde bezeichnet hatte, am Küchentisch, tranken sein Bier und diskutierten mit seiner Mutter. Sie waren genauso erstaunt wie er, einander so schnell wiederzusehen. Frank brachte wortlos Milena in sein Zimmer, dann ging er zurück in die Küche, wo er seiner Wut freien Lauf ließ. Er sprach sehr laut und deutlich, als er sagte: „Mutti, ich möchte, dass diese drei Schläger sofort unser Haus verlassen und nie wieder hierherkommen. Sie haben mich heute zum zweiten Mal überfallen und wollten mich verprügeln und nur weil meine Freundin Kung Fu kann, sind wir nicht von ihnen zusammengeschlagen worden. Mich verbindet nichts mehr mit diesen Nazis und ich möchte dich bitten, dass auch du den Kontakt mit ihnen abbrichst!" Seine Mutter war starr vor Schreck und verstand die Welt nicht mehr. Wieder kam sie mit der alten Leier, dass diese drei sympathischen Männer doch schon Freunde ihres verstorbenen Mannes gewesen waren und dass sie ihr in den schweren Stunden nach dessen Tod mit Rat und Tat zur Seite gestanden hatten. Sie konnte es sich nicht vorstellen, dass diese netten Leute ihren Sohn bedroht oder gar geschlagen hätten. Die drei Typen lachten sich kaputt und machten keinerlei Anstalten, sich zu entfernen. Vielmehr fragte einer von ihnen: „Wem ham die Bullen denn mitjenomm? Uns doch nich, sondern euch, weil ihr uns überfalln und zusammjeschlaren habt!" Nun wurde aber auch Franks Mutter hellhörig.
„Mein Sohn und seine Freundin haben euch überfallen und zusammengeschlagen? Das glaubt ihr doch wohl selber nicht!"
Nach diesem Satz herrschte betretene Stille, bis Frau Schulz fortfuhr zu sprechen.
„Ich glaube, ihr geht jetzt wirklich besser, ich habe mit meinem Sohn etwas zu besprechen."
Nicoles Vater sagte zu seinen Kumpels: „Los Jungs wir jehn, wenn wir hier nich mehr erwünscht sind." Zu Frank sagte er im Weggehen: „Dir und deine Polenfotze kriegen wir noch, daruf kannste een lassen!" Frau Schulz war erschüttert über diese Ausdruckswei-

se und rief mit aller ihr noch zur Verfügung stehenden Kraft: „Raus!"

Als die ungebetenen Gäste draußen waren schloss Frank die Tür hinter ihnen ab. Dann berichtete er der Mutter, was er und Milena an diesem Tag erlebt hatten. Sie war fassungslos, denn so etwas hatte sie nicht für möglich gehalten. Als sie sich einigermaßen beruhigt hatte, holte Frank seine Freundin, die immer noch in seinem Zimmer wartete, in die Wohnküche. Die Mutter war zu erschöpft zum Protestieren und gab Milena wortlos die Hand. Zwar ohne jegliche Freundlichkeit, aber immerhin gab es auch keinen offensichtlichen Hass. Milena und Frank setzten sich an den Tisch, an dem eben noch die drei Nazis gesessen hatten.

Milena hielt es jetzt für angemessen, sich erst einmal vorzustellen.
„Mein Name ist Milena Opalka. Ich komme aus Niebieska Góra oder Blauberg, wenn Ihnen das lieber ist. Dort habe ich Ihren Sohn kennengelernt und wir haben uns ineinander verliebt."
Franks Mutter nickte matt. Das wusste sie schließlich alles schon. Sie hatte es offenbar aufgegeben, gegen die Beziehung ihres Sohnes zu einer Polin zu kämpfen. Frank wusste nicht, ob der persönliche Eindruck, den Milena hinterließ, dabei den Ausschlag gab. Wahrscheinlich hatte seine Mutter nicht damit gerechnet, dass ihre eventuelle spätere Schwiegertochter eine so gut aussehende und wohlerzogene junge Frau war. Nach einem kurzen Moment begann Frau Schulz mit brüchiger Stimme zu sprechen.
„Frau Opalka, ich habe eine Bitte. Ich würde gern wissen, wer Ihre Eltern sind."
Milena war verwundert. Warum wollte Franks Mutter wissen, wer ihre Eltern waren? Zögernd antwortete sie: „Meine Mutter ist Jadwiga Opalka und mein Vater war Milan Opalka." Frau Schulz horchte auf.
„Ihr Vater **war** Milan Opalka? Ist er denn schon tot?"
Milena blickte traurig.

„Ich weiß es nicht. Als ich noch ganz klein war, ist er eines Tages verschwunden. Warum fragen Sie?"

Sie bekam keine Antwort, denn Franks Mutter stand unvermittelt auf und ging aus dem Zimmer. Nachdem sie die Tür zu ihrem Zimmer hinter sich geschlossen hatte, hörte man bis in die Küche deutlich ihr Schluchzen. Milena schaute Frank fragend an, aber der wusste auch nicht, warum sich seine Mutter so verhielt.

„Seitdem ich ihr von dir erzählt habe, ist sie so komisch. Zuerst war es wohl nur, weil du Polin bist, aber inzwischen scheint noch etwas anderes dazugekommen zu sein. Möglicherweise verbindet sie eine negative Erinnerung mit dem Namen Opalka. Wir haben zwar festgestellt, dass meine Mutter nicht die Frau sein kann, wegen der dein Vater euch verlassen hat, aber vielleicht war er vorher mit meiner Mutter zusammen. Dann hat er sie verlassen und deine Mutter geheiratet."

Milena machte plötzlich ein sorgenvolles Gesicht.

„Sonst wärst du möglicherweise mein Halbbruder."

Frank erschrak bei dem Gedanken bis ins Mark. Er wollte diese Angelegenheit jedoch nicht in der Küche besprechen. Deshalb ging er gemeinsam mit Milena in sein Zimmer, wo er Papier und einen Bleistift aus einer Schublade holte, um einen zeitlichen Ablauf der Ereignisse vor dreißig Jahren aufzuzeichnen. Der sah folgendermaßen aus:

2. April 1988	Herbert und Anita heiraten
15. Februar 1988	Franks Geburt
30. November 1987	Milan verschwindet
11. Mai 1987	Milenas Geburt
Mai 1987	Franks Zeugung
August 1986	Milenas Zeugung

Da Franks Mutter gesagt hatte, dass der Pole sie verlassen hätte, bevor sie ihren Herbert kennengelernt habe und Herbert laut Geburtsurkunde als Franks Vater feststand, war es sehr unwahrscheinlich, dass Muttis polnischer Freund Franks Vater war. Ganz ausgeschlossen war es aber dennoch nicht, denn sie konnte ja theoretisch auch zwei Liebhaber gleichzeitig gehabt haben, was Frank seiner Mutter allerdings überhaupt nicht zutraute. Vor allem blieb die Frage offen, warum und wohin Milenas Vater im November 87 verschwunden war. Zu Franks Mutter jedenfalls nicht, denn dann hätte sie ja nicht Herbert geheiratet, sondern wohl eher den Polen, den sie nach eigener Aussage so sehr geliebt hatte. Es gab also tatsächlich noch Klärungsbedarf, aber dazu müssten die Mütter der beiden Liebenden endlich mit der Sprache herausrücken.

Milena schaute auf die Uhr und erschrak. Sie hatte sich doch für den Nachmittag mit ihrer Mutter verabredet und es war bereits 18 Uhr. Deshalb wollte sie so schnell wie möglich zurück nach Stułice, um ihr Auto zu holen und doch noch bei ihrer Mutter vorbeizuschauen.

Frank brachte sie bis zu dem Parkplatz vor dem Restaurant, wo ihr Auto stand. Dabei dachte er selbstironisch, dass Milena eigentlich gar keinen Beschützer benötigte, denn sie hatte bereits in zwei Fällen gezeigt, dass sie sehr wohl selbst in der Lage war, sich und zusätzlich auch ihren Begleiter zu verteidigen. Trotzdem wollte er sicher sein, dass sie gut zu ihrem Auto kam. Als er ihren BMW sah, rief er zu ihrer Verwunderung: „Tam jest twój samochód!" Sie freute sich, wie viel er schon auf Polnisch sagen konnte. Am Auto angekommen, flüsterte sie ihm ins Ohr: „Kocham cię." Er hatte verstanden und flüsterte zurück: „Ich liebe dich auch." Noch nie in seinem bisherigen Leben hatte er eine Liebeserklärung auf Polnisch bekommen und er hoffte sehr, dass es für Milena die erste deutsche Liebeserklärung war, die sie bekam. Sie küssten sich lange und intensiv, dann stieg sie in ihr Auto und fuhr davon. Er wusste genau, wohin sie jetzt fuhr, denn in wenigen Minuten würde sie genau an jenem Tisch sitzen, an dem er an jedem Werktag Polnisch lernte.

Frank ging zurück nach Hause und dachte, während er lief, fieberhaft darüber nach, wie er seine Mutter dazu bringen könnte, mit ihm über ihre Abneigung gegen alles Polnische sowie über ihre Beziehung zu dem Polen, der sie verlassen hatte, zu sprechen. Zu Hause musste er allerdings zu seinem Bedauern feststellen, dass sie sich schon hingelegt hatte und deshalb nicht mehr ansprechbar war.

In seinem Zimmer surfte er noch im Internet, bis ein Anruf von Milena kam, in dem sie ihm mitteilte, dass sie gut nach Hause gekommen sei und jetzt ins Bett gehen werde. Sie versprach, ganz intensiv an ihn zu denken und vielleicht sogar von ihm zu träumen. Frank wünschte ihr eine gute Nacht und sagte ihr, dass auch er die Absicht habe von ihr zu träumen. Dann legten sie auf.

An Schlaf war für ihn lange nicht zu denken, denn die Ereignisse des zu Ende gehenden Tages gingen ihm wieder und wieder durch den Kopf. Er konnte es nicht fassen, dass sie von den Nazis – anders konnte er diese Banditen jetzt wirklich nicht mehr nennen – überfallen und dann von der Polizei als Angreifer festgenommen worden waren. Es widersprach doch dem gesunden Menschenverstand, dass ein Pärchen drei große kräftige Kerle angriff. Auch war es bemerkenswert, wie schnell die Polizei angerückt war. Als die Vermummten den Grenzübergang blockiert hatten, war die Polizei erst viel zu spät vor Ort gewesen, um noch irgendeinen Sachverhalt aufzunehmen. Dabei lag der Grenzübergang viel dichter am Polizeirevier, als die Stelle, an der sie sich mit den Nazis geprügelt hatten.

Trotz seiner Grübeleien fand Frank schließlich in den Schlaf. Er hatte jedoch das Gefühl, gerade erst eingeschlafen zu sein, da klirrte es erst und rumste sofort danach gewaltig, sodass er hochschreckte. Nachdem er das Licht eingeschaltet hatte, sah er die Bescherung: Eine Fensterscheibe war zerbrochen und auf dem Fußboden lag ein Stein, der in Papier eingewickelt war. Frank ging so schnell wie möglich zum Fenster, um zu sehen, wer ihm den nächtlichen Gruß gesandt hatte, aber es war zu spät. Weit und breit war niemand mehr zu sehen. Auch Franks Mutter war durch den Lärm aufgewacht und stand plötzlich in seinem Zimmer. Frank nahm den Stein und entfernte den Gummiring, mit dem das Papier am Stein befestigt war. Als sie die aus einem Schreibheft herausgerissene Seite entfaltet hatten, lasen sie:

„Wehr Polenweiber fikt is ein Folksvereter! Wir machen euch vertich bis ir nich mer krauchen könt und euch die Lußt ferget euch an das Deutsche Folk zu versündien!!!!!

Deuschland erwache!!!!!

Heil Hitler!!!

Die waren Deutschen"

Frank und seine Mutter sahen sich entsetzt an. Frank konnte sich sehr gut vorstellen, von wem dieser nächtliche Gruß stammte und sagte das seiner Mutter. Diese war sehr skeptisch. Sie konnte es immer noch nicht glauben, dass die lieben alten Freunde ihres verstorbenen Mannes zu solchen Taten und Ausdrücken fähig waren, wenngleich sie auch schon einen Vorgeschmack beim Abgang der Drei bekommen hatte. Frank zögerte jedoch nicht lange und rief die Polizei an.

Diese rückte bald darauf in Gestalt zweier Uniformierter und eines Kriminalbeamten an. Einer der Uniformträger machte auf Anweisung des Kommissars Fotos der eingeschlagenen Scheibe und der Scherben, die im Zimmer lagen. Der Stein, der als Wurfgeschoss gedient hatte, wurde von den Polizisten nur mit Gummihandschuhen angefasst und in eine Plastiktüte verpackt. Genauso erging es dem zugehörigen Bekennerschreiben. Der andere Uniformierte suchte inzwischen den Vorgarten nach Spuren ab. Der Kriminalpolizist sprach nicht in der ortsüblichen Mundart, sondern hatte einen für Frank fremden Dialekt. Er war etwa 40 Jahre alt, hatte sich als Ludwig Giersiepen vorgestellt und seinen Ausweis gezeigt. Jetzt befragte er Frank und dessen Mutter. Frank erzählte, was sich an diesem Tag ereignet hatte, angefangen mit dem Überfall durch die drei Rowdys mit anschließender Verhaftung von Frank und Milena, über die Bedrohung durch genau diese Personen bis hin zur nächtlichen Attacke auf sein Fenster. Er erwähnte auch die Farbschmiererei vor einigen Tagen und nannte diesmal die Namen der Verdächtigen. Der Kriminalist hörte geduldig zu und machte sich Notizen. Dann verließen die Beamten den Tatort mit der Zusicherung des Kommissars, dass Familie Schulz über den Stand der Ermittlungen informiert werden würde.

Als die Polizei fort war, fragte Frank seine Mutter, ob sie immer noch glaube, dass die drei alten Freunde Unschuldslämmer seien, was diese nach allem, was geschehen war, verneinen musste. An Schlaf war für beide nicht mehr zu denken, weshalb sie sich ins Wohnzimmer setzten und miteinander sprachen. Nachdem die Mutter nun am eigenen Leibe erfahren hatte, wie weit diese Typen gingen, hoffte Frank, dass er mehr von ihr über diese Menschen erfahren würde. Er konnte sich kaum vorstellen, dass sie erst nach der Wende zu Rechtsradikalen geworden waren. Seine Mutter behauptete jedoch, dass es Nazis in der DDR nicht gegeben habe. Die Freunde wären vielmehr gegen die DDR und den Sozialismus gewesen, was allerdings damals eine typische Haltung der meisten Menschen in der DDR gewesen sei, die ja am Ende zu Maueröffnung und Wende geführt hatte. Nach der Wiedervereinigung seien viele arbeitslos geworden, so auch Franks Vater und dessen Freunde. Sie hätten viel zu viel Zeit gehabt, die sie vor allem zum gemeinsamen Saufen genutzt hätten, was Herbert Schulz zum Verhängnis geworden war. Warum sie jetzt gegen den Rest der Familie Schulz kämpften, wollte Franks Mutter überhaupt nicht in den Kopf. Dass sie von Franks Liebe zu einer Polin nicht begeistert waren, verstand sie gut, aber dann sollten sie sich doch einfach von Frank zurückziehen, anstatt ihn und seine Mutter zu schikanieren.

Nachdem sich Frank mit seiner Mutter in diesem Punkt einig war, witterte er Morgenluft. Er hielt den Zeitpunkt für richtig, jetzt wieder nach den Gründen für den Polenhass seiner Mutter zu fragen. Leider war sein Versuch nicht von Erfolg gekrönt, denn die Mutter machte gleich wieder dicht und das Gespräch war schlagartig beendet. Frank fand das zutiefst bedauerlich, konnte aber nichts daran ändern. Deshalb ging er wieder ins Bett und hoffte, doch noch einmal einschlafen zu können. Zum Glück war es warm und das Loch in der Scheibe war kein Problem für die Raumtemperatur. Er ließ nun das defekte Fenster offen und schloss das intakte, das bis dahin offen gestanden hatte.

***

Am Sonntagmorgen rief er Milena an, erzählte ihr aber erst einmal nichts von dem nächtlichen Vorfall, sondern erkundigte sich nur, wie es ihr gehe. Dann konnte er sich aber doch nicht beherrschen und fragte, ob sie mit ihrer Mutter über die Vorgänge vor 30 Jahren gesprochen hätte. Milena wollte jedoch am Telefon nicht darüber reden, sondern vertröstete ihn auf ihre nächste Begegnung.

***

Nachdem Frank am Montagmorgen eine Glaserei angerufen hatte, um einen Termin für die Reparatur seiner Fensterscheibe zu bekommen, fuhr er zur Arbeit nach Ofen. Sein Chef hatte anscheinend nur auf ihn gewartet, denn er überfiel ihn sofort mit der guten Nachricht, dass ihre Firma den Zuschlag für das Heizkraftwerk in Polen bekommen hatte. Der Chef ließ keinen Zweifel daran, dass dieser Erfolg ausschließlich Franks Engagement zu verdanken sei. Er legte das Projekt deshalb vertrauensvoll in Franks Hände und wünschte ihm viel Erfolg. Den Polnischunterricht sollte Frank unbedingt fortführen, denn die Sprachkenntnisse schienen seinem Chef enorm wichtig zu sein. Um trotzdem rechtzeitig mit der Ausarbeitung der Baupläne fertig zu werden, bekam Frank Verstärkung durch eine junge Kollegin.

So begann Frank gemeinsam mit seiner neuen Mitarbeiterin schleunigst mit der Bearbeitung seines neuen Projekts und nahm sich insgeheim fest vor, alle Zahlen doppelt und dreifach zu überprüfen, bevor er die Zeichnungen weitergab. Zum Mittag beendete er seine Arbeit im Betrieb und ging essen. Danach setzte er sich in sein Auto und fuhr nach Stułice zu seiner Polnischlehrerin. Da sie vor kurzem Geburtstag hatte, was er eigentlich gar nicht wissen durfte, und ihm noch Zeit blieb, machte er einen kleinen Abstecher zu einem Blumenladen. Er wusste zwar nicht, was Blumenstrauß auf Polnisch heißt, aber die Verständigung mit der Verkäuferin klappte auch so ganz gut, indem er auf den gewünschten Strauß zeigte. Er bezahlte das schöne Bukett, das er ausgesucht hatte und ging damit zum Haus von Frau Opalka.

Als er vor ihrer Tür stand, hatte er das Gefühl, dass in der Wohnung gesprochen wurde. Sollte sie vor ihm noch einen andern Schüler haben, der mit seiner Lektion noch nicht fertig war? Er klingelte und als ihm kurz danach geöffnet wurde, traute er seinen Augen nicht, denn in der Tür stand diesmal die Original-Milena und schaute ihn verwundert an.
„Was willst du denn hier bei meiner Mutter?"
Er hatte sich schnell wieder unter Kontrolle und antwortete: „Ich lerne hier Polnisch." Milena schüttelte missbilligend den Kopf.
„Warum hast du mir nicht erzählt, dass du bei meiner Mutter Polnisch lernst?"
Ehe Frank antworten konnte, rief von drinnen Frau Opalka: „Kto tam jest? Czy to jest Pan Schulz?" Frank rief in die Wohnung: „Tak!" Nun ließ ihn Milena ein, schloss hinter ihm die Tür und folgte ihm ins Wohnzimmer. Frank begrüßte seine Lehrerin und überreichte den soeben erstandenen Blumenstrauß, den sie sofort

an ihre Tochter weitergab. Diese suchte eine Vase und stellte die Blumen ins Wasser, während sich die Beschenkte artig mit den Worten „Dziękuję bardzo za piękny bukiet" bedankte. Nun war es an Frank, Milena zu fragen: „Und was machst du jetzt hier? Musst du nicht arbeiten?" Sie ging nicht auf diese Frage ein, sondern schaute ihn zweifelnd an. Sollte er wirklich nicht gewusst haben, dass es ihre Mutter war, bei der er Polnisch lernte? Das konnte sie sich beim besten Willen nicht vorstellen, denn außer dem Namen sprach auch die Ähnlichkeit für eine nahe Verwandtschaft von Jadwiga und Milena.

„Du willst mir doch nicht erzählen, dass du nicht gewusst hast, dass du bei meiner Mutter Polnisch lernst. Hast du sie dir mit Absicht ausgesucht?"

Frank wollte wenigstens den Rest seiner Glaubwürdigkeit retten.

„Ich wurde von meinem Chef hierher geschickt. Der hatte wohl die Annonce deiner Mutter im Fritzfurter Tageblatt gelesen. Ehrlich gesagt, habe ich mir schon gedacht, dass sie deine Mutter ist, aber ich war mir nicht sicher."

Frau Opalka hatte die ganze Zeit zugehört, jetzt fragte sie in gutem Deutsch: „Herr Schulz, warum haben Sie mir nicht gesagt, dass Sie meine Tochter kennen?" Frank erschrak förmlich, wie gut sie deutsch sprach.

„Ich war mir nicht sicher, dass Sie Milenas Mutter sind und es war ja auch für den Unterricht unwichtig."

Nachdem sich die Gemüter beruhigt hatten, saßen alle drei um den Wohnzimmertisch von Frau Opalka und unterhielten sich auf Deutsch, denn Franks polnisches Vokabular war für derartige Gespräche noch nicht ausreichend. Wo sich Milena und Frank kennengelernt hatten, wusste Jadwiga bereits, aber sie wollte unbedingt herausfinden, wie gut die beiden einander kannten. Frank hielt sich mit Antworten lieber zurück, da er nicht wusste, ob Milena es wollte, dass ihre Mutter die ganze Wahrheit erfuhr. Milena war auch sparsam mit Informationen und berichtete nur von ihrer

Begegnung beim Bau in Niebieska Góra und der daraus entstandenen Freundschaft. Man sah es ihrer Mutter jedoch an, dass sie mehr als Freundschaft vermutete.

Während sie Tee tranken und Kekse aßen, schalteten Jadwiga und Milena wieder auf Polnisch um und unterhielten sich mit Frank in ihrer Muttersprache. Das war schon etwas seltsam für ihn, denn mit Milena hatte er bis auf wenige Worte immer nur deutsch gesprochen. Trotzdem war es eine besonders schöne Unterrichtsstunde für ihn, denn er war mit seiner geliebten Milena zusammen, was er sehr genoss. Er musste nur achtgeben, dass er sie nicht allzu verliebt ansah, damit ihre Mutter nicht merkte, wie tief ihre Beziehung schon war.

Nach dieser besonderen Lerneinheit verabschiedete sich Frank wie gewöhnlich auf Polnisch von Frau Opalka und Milena brachte ihn zur Tür. Vor dem Weggehen küssten sie sich so versteckt und leise, dass Frau Opalka es nicht sehen und hören konnte. Frank machte das Zeichen für Telefonieren und Milena nickte. Sie wartete bis sich die Haustür hinter ihm geschlossen hatte, dann ging sie zurück ins Zimmer. Mutter und Tochter hatten jetzt viel miteinander zu besprechen.

Kapitel 9

Frank war noch gar nicht lange zu Hause, da klingelte es und der Kriminalpolizist aus der letzten Nacht stand vor der Tür. Er sagte, er hätte noch ein paar Fragen. Frank bat ihn herein und sie setzten sich an den Küchentisch, wo der Kommissar seine Akten ausbreitete. Er begann seine Befragung mit dem Überfall am Grenzübergang.

„Herr Schulz, Sie haben angezeigt, dass beim Grenzübertritt aus Polen Vermummte Ihr Auto demoliert haben. Könnten Sie sich vorstellen, wer das getan haben könnte?"

Frank staunte, dass er jetzt danach gefragt wurde. Er hatte sich eine, wie er meinte, diplomatische Antwort zurechtgelegt.

„Wie ich schon Ihren Kollegen auf dem Revier sagte, waren die Angreifer alle maskiert und es waren sehr viele."

Der Polizeibeamte nickte, aber man sah ihm an, dass er nicht ganz überzeugt war.

„Ihre früheren Freunde waren nicht zufällig dabei?"

Frank schluckte, dann erzählte er, wie sie ihn nach Hause gebracht hatten. Er ließ auch nicht unerwähnt, dass er schwer verletzt worden war. Der Kriminalist schüttelte den Kopf.

„Und das haben Sie nicht gleich angezeigt? Ehrlich gesagt, ist das für mich ein Indiz dafür, dass Sie wussten, dass Ihre Bekannten daran beteiligt gewesen sind. Waren diese bei Ihrer Rettung denn auch schwarz gekleidet?"

Frank fühlte sich ertappt und nickte schuldbewusst.

„Ja, sie waren ganz sicher dabei, aber da sie mir vielleicht sogar das Leben gerettet haben, wollte ich sie nicht anzeigen."

Kommissar Giersiepen nickte verständnisvoll und fuhr mit seiner Befragung fort.

„Wie kommt es denn, dass Sie diese Männer jetzt nicht mehr zu Ihren Freunden zählen?"

Frank zögerte nun nicht mehr, die ganze Wahrheit auszupacken. „Seitdem ich eine polnische Freundin habe, schikanieren und bedrohen sie mich. Der gestrige Überfall war der vorläufige Höhepunkt in ihrer Wut gegen mich."
Der Kriminalist wusste nun genug und verabschiedete sich freundlich von Frank und dessen Mutter, die inzwischen nach Hause gekommen war und den Rest der Befragung mitangehört hatte.

„Ich finde, es war nicht richtig, dass du unsere Freunde bei der Polizei verraten hast. Es verstößt nicht nur gegen unsere Ehre, sondern das wird uns außerdem neue Probleme bereiten", sagte Frau Schulz zu ihrem Sohn, als der Beamte abgefahren war. Frank fürchtete Letzteres zwar auch, aber er hatte endgültig die Nase voll davon, immer nur zu schweigen, um die Gegner nicht noch mehr zu reizen. Zur Mutter sagte er: „Sie müssen ja nicht wissen, was ich der Polizei gesagt habe. Ich hoffe, dass du es ihnen nicht erzählst."
Die Mutter war beleidigt.
„Natürlich werde ich es ihnen nicht erzählen, aber wohl fühle ich mich nicht."
Da sie gerade im Gespräch waren, versuchte Frank erneut, seine Mutter über ihre damalige Beziehung zu einem Polen und der daraus resultierenden Abneigung gegen alles, was polnisch war, auszufragen. Aber auch dieser Versuch war vergebens, denn sie wollte nichts sagen und verschwand in ihrem Zimmer.

Frank ging resigniert in sein Zimmer und überlegte angestrengt, wie er diese Mauer des Schweigens bei seiner Mutter einreißen könnte. Obwohl er so etwas eigentlich zutiefst verabscheute, wollte er das nächste Mal, wenn sie abends lange arbeiten musste, in ihren Unterlagen nachsehen, ob er irgendeinen Hinweis auf ihren polnischen Freund finden würde. Allerdings hatte er keine allzu große Hoffnung, denn wenn sie so wütend auf diesen gewesen war und hinterher Herbert Schulz geheiratet hatte, hatte sie wohl kaum ein Andenken an ihren polnischen Freund aufgehoben. Aber wer weiß? Vielleicht war doch die Sentimentalität so groß, dass sie sich von irgendetwas aus dieser Zeit nicht trennen konnte.

Mitten in der Nacht hörte er einen Knall. Zuerst dachte er, dass wieder jemand in der Umgebung Feuerwerk abbrenne, aber dann sah er Flammen vor seinem Fenster. Seine Befürchtung, dass sein Auto in Flammen stand, wurde zur traurigen Gewissheit, als er aufstand und ans Fenster trat. Aber nicht nur sein Auto brannte lichterloh, sondern die Flammen griffen auch schon auf den Wagen seiner Mutter über, der danebenstand. Von da war es nur noch ein Meter Abstand zur Hauswand, und wenn das Feuer auf die Holz-fenster und die Dachbalken übergreifen würde, wäre das ganze Haus in Gefahr. Frank versuchte die Aufregung zu dämpfen und einen kühlen Kopf zu bewahren. Er wählte mit dem Handy die Nummer der Feuerwehr und während er auf eine Verbindung wartete, eilte er in das Zimmer seiner Mutter. Da ihr Zimmer auf der anderen Seite des Hauses lag, hatte sie noch gar nichts von dem Feuer mitbekommen. In dem Moment, als er direkt neben ihrem Bett stand, meldete sich der Notruf der Feuerwehr, sodass Frank um Hilfe bitten konnte. Er musste noch einige Zusatzanga-ben machen, dann war der Anruf beendet. Die Mutter, die inzwi-schen auch verstanden hatte, was passiert war, stand schon neben dem Bett. Frank rannte in den Garten, wo er den Gartenschlauch vom Rasen hinter dem Haus holte, um mit diesem die Wand, vor der das brennende Auto stand, zu bespritzen. Er hatte damit auch Erfolg, denn das Feuer griff nicht auf das Haus über. Als die Feuer-wehr eingetroffen war, übernahm diese das Löschen der inzwi-schen fast vollständig ausgebrannten Autos und Frank konnte sich um seine Mutter kümmern. Diese saß im äußersten Winkel des Gartens und wimmerte vor sich hin. Frank beruhigte sie, indem er ihr sagte, dass das Haus nicht in Mitleidenschaft gezogen worden war. Sie stieß unter Schluchzen hervor, dass sie es ja gleich gewusst hätte, dass Franks Verrat nicht gut gehen würde. Nun hatten sie die Bescherung, aber er musste ja immer mit dem Kopf durch die Wand.

Die Feuerwehr fuhr weg, hinterließ jedoch sicherheitshalber eine Brandwache. Es folgten die Brandermittler der Polizei sowie derselbe Kommissar, der zuletzt am Nachmittag bei Frank gewesen war und Frank fragte sich, ob der Mann niemals Feierabend hatte. Der Beamte schaute sich den Schaden an, der aus zwei ausgebrannten Autos bestand und schüttelte den Kopf. Dann fragte er Frank und dessen Mutter, ob sie nach seinem Weggang mit irgendjemandem über Franks Aussage gesprochen hätten, denn er hielt das Ganze für einen Racheakt. Als beide versicherten, niemandem davon erzählt zu haben, machte der Kriminalist ein sehr nachdenkliches Gesicht. Nachdem die Brandermittler ihre Arbeit beendet hatten, verließen sie gemeinsam mit Kommissar Giersiepen das Grundstück der Familie Schulz. Die Nachbarn, die durch die Flammen und die folgende Unruhe ebenfalls geweckt worden waren und die geschaut hatten, ob sie helfen könnten, waren ebenfalls befragt worden, ob sie etwas Verdächtiges gesehen hätten, bevor sie wieder in ihre Häuser zurückgekehrt waren.

Es war ein seltsames Bild. Frank und seine Mutter saßen mitten in der Nacht in ihrem Garten. Zum Glück war es eine ungewöhnlich warme Frühlingsnacht, sodass ihre recht dürftige Kleidung ihnen wahrscheinlich keine Erkältung bescheren würde. Die Mutter jammerte ständig vor sich hin: „Ich habs ja gewusst, ich habs ja gewusst! Du hättest sie nicht verraten dürfen."
Frank konnte es fast nicht mehr ertragen und unterbrach ihre Jammerei, indem er versuchte, wieder etwas Logik in die Angelegenheit zu bringen.
„Der Kommissar hat nicht ohne Grund gefragt, ob wir mit jemandem über meine Aussage gesprochen haben. Da das nicht so war, muss es doch ein anderer den Nazis gesteckt haben und das kann nur jemand von der Polizei gewesen sein. Ich hatte ja sowieso

schon die ganze Zeit das Gefühl, dass die Polizei mit denen unter einer Decke steckt."

Frau Schulz war immer noch nicht überzeugt, dass es sich bei den alten Freunden um Nazis handelte. Sie sah immer nur das Gute in anderen Menschen, jedenfalls, wenn es sich um Deutsche handelte.

***

Während die Mutter ihre Arbeitsstelle in Fritzfurt problemlos zu Fuß erreichen konnte, würde Frank eine Zeitlang mit der Bahn zur Arbeit fahren müssen. So schnell wie möglich musste er sich schon wieder nach einem neuen fahrbaren Untersatz umsehen, vorher jedoch erneut den Schaden bei der Versicherung melden. Ein Aktenzeichen hatte er diesmal schon, denn der Kommissar hatte es ihm gleich gegeben. Zu seinem Arbeitsplatz in Hochofenstadt konnte Frank zum Glück mit der Regionalbahn fahren, aber wenn er wieder nach Polen musste, würde es schwierig für ihn werden.

Als Frank am nächsten Morgen beim Versicherungsmakler anrief, hörte er förmlich, wie dieser tief einatmete. Wahrscheinlich war Frank zu seinem schlechtesten Kunden geworden, indem er schon zum zweiten Mal innerhalb kurzer Zeit den Totalschaden seines Autos melden musste. Dass der Wagen von Franks Mutter bei derselben Gesellschaft versichert und ebenfalls abgefackelt worden war, verstärkte den Ärger des Versicherungsmitarbeiters mit Sicherheit noch zusätzlich. Aber es half alles nichts, die Schäden mussten bezahlt werden. Wie ihre nächsten Beitragsrechnungen aussehen würden, konnte Frank nur erahnen, denn die Versicherung würde sie mit Sicherheit hochstufen.

Als Nächstes musste Frank seinen Chef informieren, dass er heute nicht zur Arbeit kommen könne. Der Chef war nicht begeistert und machte Druck wegen der Fertigstellung des Projekts für Czarpów Zachodniapolska. Frank versprach, sich mit großer Intensität dieser Aufgabe zu widmen, sobald er seine persönlichen Dinge erledigt hätte.

Nach diesem unerfreulichen Gespräch wartete Frank auf den Abtransport der Autowracks, der von der Versicherung organisiert werden sollte. Seine Mutter war zu ihrem Supermarkt gegangen und Frank hatte Sehnsucht nach Milena. Er rief sie an und erzählte ihr, was sich in der letzten Nacht ereignet hatte. Sie war erschüttert und wusste nicht, was sie Frank zum Trost sagen sollte. Sie wiederholte nur immer wieder: „Wir leben im 21. Jahrhundert und nicht im Mittelalter!" Ihm fiel noch ein, dass er den Polnischunterricht für diesen Nachmittag absagen musste, aber keine Telefonnummer hatte. Deshalb bat er Milena, ihrer Mutter Bescheid zu sagen, was diese auch versprach. Sie verabschiedeten sich hastig voneinander, denn der Abschleppwagen des Autofriedhofs fuhr vor und Frank musste das Tor öffnen.

Nachdem die Autowracks weggeschafft worden waren, fasste Frank einen spontanen Entschluss. Er raffte sich auf und ging direkt in die Höhle des Löwen, indem er seinem Fastschwiegervater einen Besuch abstattete. Mit ihm, so glaubte Frank, konnte man noch am besten reden, vor allem, wenn die Kumpels nicht dabei waren. Frank holte unterwegs einen Sechserpack des Lieblingsbieres seines früheren Freundes, dann steuerte er auf dessen Haus zu. Die Tür war nicht abgeschlossen und so betrat Frank wie schon so oft, als er noch mit Nicole zusammen war, das Haus. Hatte er es früher nie bemerkt oder war es neu, dass es drinnen furchtbar stank? Wenn er nicht so ein wichtiges Anliegen gehabt hätte, wäre er wieder ins Freie geflüchtet, um Luft zu bekommen. Jetzt aber ging er tapfer weiter. Wie erwartet, war Kurt Ogrodnik zu Hause und saß vor dem Fernseher. Er schaute irgendeine Dokusoap im Privatfernsehen. Dazu trank er Bier und rauchte. Frank grüßte höflich, als er das Zimmer betrat, aber der Kerl grüßte nicht zurück, ja schaute nicht einmal hoch. Frank war sich sicher, dass es das schlechte Gewissen war, das darin zum Ausdruck kam. So setzte er sich mit an den Tisch und stellte zwei Flaschen des mitgebrachten Bieres darauf, nachdem er einige leere Flaschen beiseitegeschoben hatte. Nicoles Vater ließ sich dadurch nicht beim Fernsehen stören und erst als eine Werbepause die sinnlose und leicht zu durchschauende Handlung des Films unterbrach, frage er barsch: „Wat willste denn?" Er machte dabei ein Gesicht, als hätte er schreckliche Blähungen. Frank hatte inzwischen die beiden Flaschen geöffnet, schob eine davon zu seinem Gesprächspartner hinüber, sagte „Prost" und trank einen Schluck aus der anderen. Dann fragte er mit erzwungener Freundlichkeit: „Was soll das, Kurt? Warum fackelt ihr uns nachts die Autos ab und steckt fast noch unser Haus in Brand? Was haben wir euch denn getan?" Sein Gegenüber sah ihn verächtlich an.

„Du weeßt janz jenau, wat du uns jetan hast. Seitdem du die polnische Nutte hast, is dir plötzlich meene Tochta nich mehr jut jenuch und du kommst ooch nich mehr zu unsern Stammtisch. Det Schlimmste is, det du uns bei de Polente anjezeicht hast. Sowat macht man nich! Wir ham et dir nie spürn lassen, det du een halber Polacke bist, aber jetzt isset aus. Du wolltest Kriech und nu haste Kriech. Und dein Bier kannste jleich wieder mitnehm und alleene saufen."

Frank war baff.

„Ihr habt angefangen, als ihr mich am Grenzübergang überfallen und hinterher noch ausgelacht habt! Und wieso sagst du, dass ich ein halber Pole bin? Du kennst doch meine Eltern."

Ogrodnik lachte höhnisch.

„Frach ma deine Mudda, wer wirklich dein Vadda war und jetzt hau ab und lass mir in Ruhe! Und dein Bier kannste wieda mitnehm, sonst jieß ick et weg!"

Ohne Bier verließ Frank wie in Trance das Haus eines seiner Widersacher. Er hoffte einen schlechten Traum zu haben, denn was er gerade gehört hatte, konnte ja nicht wahr sein. Sein Vater sollte nicht Herbert Schulz sein, sondern ein Pole. War also doch der polnische Freund seiner Mutter sein leiblicher Vater und sie hatte schnell Herbert geheiratet, als sie schwanger war und der Pole sie verlassen hatte? Aber woher wusste Kurt Ogrodnik davon? Hatte Herbert Wind davon bekommen und in seinem Suff mit seinen Freunden darüber gesprochen? Frank schwirrte der Kopf von all diesen Fragen und er wäre fast in ein Auto gelaufen, als er unachtsam eine Straße überquerte. Bevor er sein Haus erreichte, kam ein Anruf von Milena. Sie war ein wenig aufgeregt, wollte jedoch am Telefon nicht sagen, warum. Vielmehr bat sie um ein baldiges Wiedersehen – lieber heute als morgen. Er hörte ihr zu, war aber nicht bei der Sache, sodass sie nach einer Weile fragte: „Frank, bist du noch da?" Er antwortete hastig: „Ja, ja, ich höre. Schlag vor, wann und wo wir uns sehen können. Ich bin ja leider derzeit ohne fahrbaren Untersatz, deshalb muss ich dich bitten herzukommen." Sie stimmte zu, wollte aber wegen der schlechten Erfahrungen, die sie in Fritzfurt gemacht hatte, lieber nicht über die Grenze kommen. Schließlich einigten sie sich auf den folgenden Samstag. Sie wollten sich vor dem Restaurant in Stuřice treffen, in dem sie schon einmal zusammen zu Mittag gegessen hatten.

Inzwischen stand er vor seiner Haustür und schloss sie auf. Das Haus war leer, seine Mutter war also noch bei der Arbeit. Er wusste nicht, wie lange sie heute arbeiten musste, aber er hatte kein Lust untätig herumzusitzen, bis sie nach Hause kommen würde. Also machte er sich daran, ihre Dokumente durchzusehen, die sie akkurat in dicken Ordnern gesammelt hatte. Der erste Ordner betraf offensichtlich die Zeit in der DDR, die anderen sieben waren voll mit Dokumenten aus der Zeit nach der Wiedervereinigung. Ihn interessierte vor allem der erste Ordner. In diesem waren die Unterlagen so abgelegt, dass die neuesten oben waren. Es begann mit dem Kündigungsschreiben und einem Arbeitszeugnis der Konsumgenossenschaft, bei der sie bis kurz nach der Wiedervereinigung gearbeitet hatte. Danach folgten verschiedene schon recht vergilbte Blätter auf Papier von derartig schlechter Qualität, dass man es heute nicht einmal mehr als Recyclingpapier bezeichnen würde. Es wimmelte da von Schreiben, auf denen der werten Kollegin Schulz zu Gehaltserhöhungen und Prämierungen gratuliert wurde. Nach vielen Seiten, die die Mitgliedschaft von Herrn und Frau Schulz im Elternkollektiv der Klasse ihres Sohnes Frank betrafen, stieß er endlich in den ihn wirklich interessierenden Bereich vor. Da war die Heiratsurkunde vom 2. April 1988. Aus ihr ging hervor, dass Herbert Schulz und Anita Seeliger getraut worden waren und von da an den gemeinsamen Familiennamen Schulz führten. Wie weiter in den Unterlagen zu sehen war, sollte auch das gemeinsame Kind Frank Seeliger fortan den Namen Schulz führen. Frank wunderte sich, warum er nicht gleich den Namen Schulz bekommen hatte, wurde aber durch das nächste Dokument über den Grund informiert. Dabei handelte es sich um Herberts Vaterschaftsanerkennung vom 20. März 1988 für Frank. Trotzdem hieß Frank weiterhin Seeliger, wie seine Mutter. Frank nahm an, dass es in der DDR nicht die Möglichkeit gegeben hatte, den Kindern bei einer nichtehelichen Geburt sofort den Nachnamen des Vaters zu geben. Dann kam das interessanteste Dokument an die Reihe, Franks erste Geburtsurkunde. Auf ihr war lediglich Anita Seeliger verzeichnet, die Zeile mit dem Namen des Vaters war durchgestrichen. Nachdem Frank alle wichtigen Unterlagen angeschaut und mit dem Smartphone abfotografiert hatte, schloss er den Aktenordner wieder und stellte ihn an die Stelle, von der er ihn weggenommen hatte. Einen wesentlichen Erkenntnisgewinn hatte ihm seine heimliche Schnüffelei bedauerlicherweise nicht gebracht.

Im Internet schaute Frank nach, ob man für eine Vaterschaftsanerkennung in der DDR eigentlich irgendeinen Beweis für die erklärte Vaterschaft antreten musste, wie zum Beispiel einen DNA-Test. Er fand nichts dergleichen und war sich auch ziemlich sicher, dass es damals noch gar keine DNA-Tests gegeben hatte – vor allem nicht in der DDR. Es schien vielmehr so gewesen zu sein, dass jeder Mann behaupten konnte, der Vater eines Kindes zu sein, wenn die Kindsmutter damit einverstanden war. Also konnte Herbert Schulz einfach erklären, Franks Vater zu sein, und da Anita

Seeliger dem zugestimmt hatte, war das Ganze amtlich. Aber warum sollte jemand ein Kind anerkennen, das er nicht gezeugt hatte? Frank kannte eigentlich nur Fälle, in denen Männer eine Vaterschaft abstritten, um sich vor den fälligen Unterhaltszahlungen zu drücken.

Nun nahm Frank noch einmal den Zettel mit der Chronologie zur Hand, den er mit Milena neulich angelegt hatte. Zu dieser Aufstellung fügte er noch das Datum der Vaterschaftserklärung hinzu, sodass sie jetzt so aussah:

2. April 1988	Herbert und Anita heiraten
20. März 1988	Vaterschaftsanerkennung
15. Februar 1988	Franks Geburt
30. November 1987	Milan verschwindet
11. Mai 1987	Milenas Geburt
Mai 1987	Franks Zeugung
August 1986	Milenas Zeugung

In seinen Grübeleien wurde er unterbrochen, als seine Mutter das Haus betrat. Sie schloss hinter sich die Tür sorgfältig zu. Darin sah Frank ein Zeichen ihrer Angst, denn sie schlossen sonst niemals die Haustür ab. Er ging ihr entgegen, um sie zu begrüßen. Dann setzten sie sich zusammen an den Küchentisch und tranken Kaffee. Frank nutzte die Gelegenheit, um über seinen Besuch bei Nicoles Vater zu berichten. Sie hörte ihm mit erstauntem Blick zu, als er erzählte, dass er gefragt habe, warum die Bande sie so terrorisierte. „Und was hat er geantwortet?", fragte sie. Frank wollte vorsichtig auf sein Ziel zugehen und antwortete erst mal, dass sich diese Typen im Recht fühlten, weil Frank sie bei der Polizei verraten hätte. Die Mutter nickte.

„Siehst du, ich habe es dir doch gesagt, du hättest das nicht tun dürfen."

Frank war da allerdings ganz anderer Meinung.

„Im Gegenteil, ich habe viel zu lange damit gewartet, sie anzuzeigen. Seit Jahren prahlen sie damit, Menschen zu überfallen und Flüchtlingsunterkünfte anzuzünden, wozu ich geschwiegen habe. Dann haben sie mich zusammengeschlagen und mein Auto zerstört und ich habe sie wieder nicht angezeigt, aber jetzt ist mal Schluss. Wenn uns jemand die Autos vor der Tür ansteckt und dabei in Kauf nimmt, dass unser Haus Feuer fängt, dann müssen wir uns doch wehren."

Seine Mutter war immer noch nicht überzeugt und widersprach ihm mit dem inzwischen weidlich abgedroschenen Argument, dass es sich aber doch um die ältesten Freunde der Familie handele, die es seit der Wiedervereinigung schwer gehabt hätten und ihr trotzdem immer hilfreich zur Seite gestanden hätten, wenn sie nicht mehr weitergewusst hätte. Das war für Frank die erhoffte Steilvorlage.

„Sag mal Mutti, wissen diese drei Typen mehr über mich als ich selbst?"

Sie schaute ihn unsicher an.

„Wie kommst du denn darauf?"

Er hatte nun endlich die Gelegenheit zu fragen, was ihm die ganze Zeit schon auf der Seele lag.

„Warum sagt mir Kurt Ogrodnik heute, dass ich ein halber Pole bin und dass ich dich fragen soll, wer wirklich mein Vater war?"

Anitas Augen weiteten sich in jähem Entsetzen, sie wurde blass und bekam fast keine Luft mehr. Als sie wieder sprechen konnte, fragte sie stockend: „Das hat er gesagt?" Frank bestätigte seine soeben gemachte Aussage und fragte: „Mutti, willst du mir nicht endlich mal reinen Wein einschenken? Ich glaube, ich bin lange genug belogen worden."

Nachdem sie eine Weile geweint hatte und Frank befürchtete, sie würde sich wieder in ihr Zimmer zurückziehen, begann sie zu sprechen.

„Ja, jetzt werde ich dir die ganze wahre Geschichte erzählen. Vielleicht verstehst du dann, warum ich mich so aufrege, wenn es um Polen und um deine Geliebte geht."

Was seine Mutter nun berichtete, erzeugte bei Frank den Eindruck, einen schlechten Film anzuschauen.

„Wir schrieben das Jahr 1987. Ich arbeitete als Verkäuferin in der Konsum-Verkaufsstelle nahe der Stadtbrücke. Fast täglich kaufte ein junger gutaussehender Pole in unserem Geschäft Lebensmittel ein, die er mit über die Grenze nahm, da es in Polen um die Lebensmittelversorgung nicht gut bestellt war. Er sprach gut deutsch und manchmal unterhielten wir uns ein paar Minuten miteinander. Dabei erfuhr ich, dass er im Glühlampenwerk in Fritzfurt arbeitete und mit seiner Familie in Stułice wohnte. Meine Verkaufsstelle lag direkt zwischen dem Werk und dem Grenzübergang, weshalb er zufällig immer in diesem Konsum einkaufte. Er sah nicht nur sehr gut aus, sondern war auch sehr höflich und freundlich zu mir und ich freute mich immer darauf ihn zu sehen. Auch er fand mich offenbar ganz nett und so ergab es sich, dass wir etwas ausführlicher miteinander plauderten, wenn der Laden leer war, was allerdings selten vorkam. Eines Tages lud er mich zum Essen ein und wir gingen in ein Restaurant in Fritzfurt. Beim Essen erzählte er mir, dass er sich mit seiner Frau nicht mehr verstehe und sich am liebsten scheiden lassen würde, aber das sei im streng katholischen Polen sehr schwer. Er tat mir leid und so lud ich ihn zu mir nach Hause ein, damit er sich bei mir einmal richtig ausheulen konnte. Schließlich konnten wir im Laden nicht lange ungestört miteinander sprechen und in einem Restaurant war es ebenfalls kaum möglich, sich über persönliche Dinge zu unterhalten, da meist fremde Leute mit am Tisch saßen. Ich lebte auch damals schon hier in meinem Elternhaus und war sehr allein, denn meine Eltern waren Jahre zuvor bei einem Autounfall umgekommen, wie du weißt. Der Pole besuchte mich immer öfter und es war für mich sehr schön, wieder einmal einen Menschen um mich zu haben nach all den Jahren der Einsamkeit. Zwar war ein gewisser Herbert Schulz schon lange hinter mir her, aber ich mochte ihn nicht so sehr. Er war ein ziemlich hohes Tier in der Partei und ich wollte mit so einem Bonzen eigentlich nichts zu tun haben. Wochenlang hatte ich mit dem Polen nur ein freundschaftliches Verhältnis gehabt, bei dem wir einander allerdings immer näher kamen und eines Tages landeten wir dann doch im Bett.

Obwohl ich vorher kein Verständnis für Frauen gehabt hatte, die es mit verheirateten Männern trieben, war ich plötzlich selbst so eine. Aber erstaunlicherweise hatte ich kein schlechtes Gewissen, sondern war einfach nur glücklich. Er hatte mir glaubhaft versichert, dass er schon seit langer Zeit keinen Sex mehr mit seiner Frau gehabt hätte und sich sowieso bald scheiden lassen wollte.

Da ich auf so eine intime Liebe nicht vorbereitet gewesen war und es lange dauerte, bis ich einen Termin beim Frauenarzt hatte, um mir die Pille verschreiben zu lassen, war ich bereits in der sechsten Woche schwanger, als ich zum ersten Mal von einem Gynäkologen untersucht wurde. Natürlich hätte ich in der DDR die Möglichkeit zu einer legalen Abtreibung gehabt, aber weder ich noch mein Freund wollten das. Diese unerwartete Wendung beschleunigte vielmehr seinen Willen, die Scheidung einzureichen und mit mir zusammenzuleben und mich später zu heiraten. Er sagte mir immer wieder, dass so eine Scheidung in Polen nervenaufreibend wäre und lange dauerte, sodass ich viel Geduld haben müsste. Ich wartete auch geduldig und genoss die gemeinsamen Stunden mit ihm in meinem Haus. Mein Bauch und meine Brüste wurden immer größer, aber das störte ihn nicht und so hatten wir weiter Sex, weil wir es uns beide wünschten. Der Termin des Scheidungsprozesses sollte der 1. Dezember 1987 sein. Am Abend des

30. November ging er nach Stulice und wollte erst wiederkommen, wenn er geschieden wäre. Leider sah ich ihn danach nie wieder. Ich wartete vergebens auf seine Rückkehr, aber er kam nicht. Dafür erschien Herbert genau im richtigen Moment und kümmerte sich ganz aufopferungsvoll um mich. Vielleicht wegen all dem Stress während der Schwangerschaft kamst du einen Monat vor dem errechneten Geburtstermin auf die Welt. Herbert brachte mich mit seinem Wartburg bei schlimmstem Schneetreiben in die Entbindungsklinik, als es losging und holte mich und dich ab, als wir das Krankenhaus verlassen durften. Er wurde mir in dieser Zeit eine große Hilfe, denn er konnte alles besorgen und hatte Beziehungen zu allen Ämtern, von denen ich abhängig war. Wenn ich verzweifelt war, reichte ein Anruf von ihm und plötzlich öffneten sich alle Türen für mich. So brach am Ende mein Widerstand gegen sein Werben zusammen und wir heirateten, nachdem er die Vaterschaft für dich, mein Sohn, erklärt hatte. Wir schworen einander, dass niemand je erfährt, dass du nicht Herberts leibliches Kind bist. Ich verstehe deshalb wirklich nicht, wieso Kurt Ogrodnik darüber Bescheid weiß."

Frank hatte die ganze Zeit fassungslos zugehört und konnte kaum glauben, was seine Mutter ihm zu berichten hatte. Sein logisch-analytischer Verstand ließ ihm keine andere Wahl, als die Mutter zu fragen, wer ihr Freund gewesen sei, denn er hatte einen schrecklichen Verdacht. Sie sah ihn mit tränenerfüllten Augen an, als sie die Antwort herausstieß.
„Sein Name war Milan Opalka."
Obwohl Frank es geahnt hatte, war er nun doch schockiert, als er die ganze Wahrheit kannte. Er wagte den Gedanken gar nicht zu Ende zu denken, denn sein Gehirn weigerte sich, anzuerkennen, dass das nicht mehr und nicht weniger bedeutete, als dass Milena seine Halbschwester war.

„Verstehst du jetzt, warum ich nicht wollte, dass du mit Milena zusammen bist?", fragte die Mutter leise. Frank entgegnete: „Dann hättest du es richtig sagen müssen und nicht so tun, als ob du ganz allgemein etwas gegen Polen hast." Die Mutter nickte traurig.

„Ich weiß. Aber zuerst war es ja auch wirklich nur, weil sie Polin ist, als ich dann jedoch den Namen deiner Freundin erfuhr und sogar noch hörte, wer ihr Vater war, wurde es für mich unerträglich." Frank konnte nur immer wieder verzweifelt den Kopf schütteln. Wie konnte ihn die Mutter da hineinschlittern lassen. Sie hätte ihm schon längst die Wahrheit über seine Abstammung sagen müssen, dann wäre es doch nie so weit gekommen. Das Schlimmste für ihn war, dass er jetzt Milena nicht mehr lieben durfte – jedenfalls nicht körperlich. Er wusste noch gar nicht, wie er ihr das beibringen sollte. Der Hinweis, dass sie seine Halbschwester sei und er sie deshalb immer noch brüderlich lieben durfte, würde für sie beide kein wirklicher Trost sein.

Erschöpft legte er sich auf das Sofa in seinem Zimmer. Als er dort die Geschehnisse der letzten Wochen Revue passieren ließ, wurde ihm plötzlich klar, warum er und Milena sich auf Anhieb sympathisch gefunden hatten; sie hatten einfach viele genetische Übereinstimmungen. Außerdem verstand er jetzt auch, warum ihm das Erlernen der polnischen Sprache so leicht fiel. Daran konnten nur seine polnischen Gene schuld sein. Er dachte weiter und fragte sich, ob es denn überhaupt nötig wäre, Milena die volle Wahrheit zu berichten. Zwar war die Eheschließung zwischen Geschwistern und Halbgeschwistern in Deutschland verboten und er nahm an, dass dasselbe auch für Polen galt, aber außer ihm und seiner Mutter wusste doch niemand von seiner Verwandtschaft zu Milena. In seinen Urkunden taucht nirgends Milan Opalka als Vater auf, sodass es eigentlich möglich sein sollte, trotzdem zu heiraten. Allerdings würden sie dann auf Kinder verzichten müssen, denn diese würden mit großer Sicherheit Schädigungen davontragen, wie Frank es immer gehört hatte. Aber es gab heutzutage sehr viele kinderlose Paare, sodass dies keine allzu große Einschränkung für sie sein würde. Er war ausgesprochen glücklich, eine solch einfache Lösung für das Problem gefunden zu haben. Es galt jetzt lediglich Mutti zum Stillschweigen zu verpflichten. Ob er Milena die Wahrheit sagen würde, wusste er auch noch nicht. Das wollte er später entscheiden.

Trotz all dem neuen Ungemach sah Frank auch etwas Gutes in dieser eigentlich traurigen Nachricht, denn auf diese Weise wurde er beruhigt, dass er nicht der Sohn des Säufers und Tyrannen Herbert Schulz war. Frank nahm zwar an, dass dieser erst nach der Wende infolge der Arbeitslosigkeit so asozial geworden war, aber sicher war das nicht.

Da er aus dem Grübelmodus nicht herauskam, schaltete er sein Radio ein, um sich mittels Musik ein wenig abzulenken. Kaum war jedoch ein Titel gespielt, gab es Regionalnachrichten. Frank wollte schon den Sender wechseln, da hörte er zu seinem Erstaunen, dass ein leitender Beamter des Polizeireviers in Fritzfurt vom Dienst suspendiert worden sei. Er stand im Verdacht, Ermittlungsergebnisse und andere vertrauliche Informationen weitergegeben zu haben. Es wurde nicht gesagt, um wen es sich handelte, aber Frank dachte sofort daran, wie ihn der Revierleiter der nahegelegenen Wache anlässlich ihrer beiden Begegnungen behandelt hatte und dass die Anzeige wegen des Steinwurfes offenbar brühwarm an die Nazis weitergegeben worden war. Es konnte sich eigentlich nur um diesen Beamten handeln. Offensichtlich hatte der Kommissar mit dem merkwürdigen Dialekt erfolgreich ermittelt und dann hart durchgegriffen. Es fragte sich nur, ob die übrigen Polizisten des Reviers nicht auch mit den Rechtsradikalen sympathisierten. Aber das würde Ludwig Giersiepen hoffentlich auch noch herausfinden und dann unterbinden können.

Frank stand vom Sofa auf und ging ins Wohnzimmer, wo er seiner Mutter das soeben Gehörte erzählte. Es schien sie nicht so zu freuen, wie ihren Sohn, denn sie machte ein teilnahmsloses Gesicht und gab keinen Kommentar dazu ab. Frank nutzte die Gelegenheit, um ihr seinen Plan bezüglich Milena mitzuteilen. Als er geendet hatte, schaute sie ihn sprachlos an. „Das kannst du doch nicht machen, das ist ungesetzlich!", war ihre erste Reaktion. Er beschwichtigte sie.

„Aber es weiß doch keiner außer dir. Und wenn wir keine Kinder in die Welt setzen, dann schaden wir doch auch niemandem."

Sie war weiterhin skeptisch und weigerte sich dem Vorschlag zuzustimmen. Ein stichhaltiges Argument war, dass sie schließlich Enkelkinder haben wollte. Dieser Einwand schien jedoch Frank nicht so wichtig zu sein, als dass er deswegen von seinem Plan Abstand nehmen wollte. Er vertraute fest darauf, dass seine Mutter zu ihm halten und ihn nicht verraten würde, wenn sie sich auch noch ein bisschen zierte. Immerhin hatte sie ihn und Milena durch das Verschweigen seiner Herkunft erst in diese Bredouille gebracht.

Am Abend las Frank in der Online-Ausgabe des Fritzfurter Tageblatts, dass bei einigen polizeibekannten Rechtsradikalen der Stadt Hausdurchsuchungen durchgeführt worden waren und es sogar Verhaftungen gegeben hätte. Bei einem der Festgenommenen handelte es sich um einen gewissen Herrmann K., dem vorgeworfen wurde, eine Straftat vorgetäuscht zu haben, indem er sein Auto als gestohlen gemeldet habe, es in Wirklichkeit jedoch zwei Freunden für einen Banküberfall überlassen hatte. Frank wusste, dass es sich nur um Herrmann Kowalski handeln konnte. Drei weitere Männer seien ebenfalls festgenommen worden, nachdem bei Hausdurchsuchungen bei ihnen rechtsradikales Material, ein großes Waffenarsenal und Brandbeschleuniger gefunden worden waren. Ihre Namen wurden mit Kurt O., Bernd K. und Peter K. abgekürzt, aber für Frank bestand kein Zweifel daran, dass es sich um seine drei ehemaligen Freunde handelte. Außer einer gewissen Genugtuung, dass sie nun einer gerechten Strafe zugeführt werden würden, wich auch die Angst von ihm, dass sie weitere Anschläge auf ihn, seine Mutter und Milena ausführen würden.

Kapitel 10

Die nächsten Tage verliefen nicht so gut für Anita und Frank Schulz, wie sie es sich gewünscht hatten. Ohne ersichtlichen Grund verzögerte die Versicherungsgesellschaft die Auszahlung der Gelder für ihre beiden Autos, sodass sie sich einen Anwalt nehmen mussten.

Frank musste deshalb jeden Morgen mit der Regionalbahn nach Ofen fahren und abends wieder zurück. Er war seit Jahren nicht mehr mit dem Zug gefahren und stellte sich entsprechend dumm an. Erst gelang es ihm nur mit Mühe, einen Fahrschein aus dem Automaten zu ziehen, dann verstand er nicht, auf welchem Gleis sein Zug einfahren würde. Trotzdem schaffte er es, den gewünschten Zug zu erreichen, der jedoch so voll war, dass aus seinem gewünschten gemütlichen Sitzplatz nichts wurde. Vielmehr stand er eingepfercht in einer Ecke und an Lesen, wie er es sich vorgenommen hatte, war nicht zu denken.

Besonders traurig war es für ihn, dass er Milena zu ihrem 30. Geburtstag am 11. Mai nicht sehen konnte, da er kein Auto hatte und es nicht schaffte, nach der Arbeit mit dem Zug nach Niebieska Góra zu fahren. Er hoffte nur inständig, dass er in der nächsten Zeit keine Dienstreise nach Polen machen müsse, denn dann würde er mit dem Zug fahren müssen, was die Sache ungemein verkomplizierte. Die Bahnverbindungen nach Niebieska Góra und Czarpów Zachodniapolska waren zwar gar nicht so schlecht, aber er würde dort Probleme haben, zur Baustelle zu gelangen. Zu seinem Glück bestand vorerst keine dienstliche Notwendigkeit, nach Polen zu fahren. Zu Frau Opalka konnte er zu Fuß gehen, brauchte allerdings eine Stunde, aber es war ja Arbeitszeit und sein Projekt lag bei seiner jungen Kollegin in besten Händen. Sie stand am Anfang ihrer Karriere und gab sich daher große Mühe, alles außerordentlich schnell und besonders gut auszuarbeiten. Frank tat so, als würde er alle ihre Zeichnungen und Berechnungen genau prüfen, aber in Wirklichkeit war er viel zu sehr mit seinen privaten Problemen beschäftigt, als dass er einen Fehler gefunden hätte. Er vertraute der jungen Ingenieurin blind.

Zu Milenas Geburtstag rief er sie wenigstens an und wünschte ihr viel Glück. Dabei war er nicht ganz uneigennützig, denn er war sich sicher, dass ihr Glück auch sein Glück sei. Von seiner inzwischen bekannt gewordenen Abstammung erzählte er ihr bei diesem Telefonat nichts. Diese Angelegenheit war ihm zu heikel, als dass er sie am Telefon besprechen wollte. Er wollte lieber die Gelegenheit nutzen, mit ihr von Angesicht zu Angesicht darüber zu sprechen, wenn sie sich am Samstag treffen würden.

Als er am Freitag von der Arbeit kam, traute er seinen Augen nicht, denn auf dem Weg vom Bahnhof nach Hause sah er plötzlich Peter Koslowski in der Innenstadt von Fritzfurt. Koslowski sah Frank mit Sicherheit auch, tat aber so, als erkenne er ihn nicht. Frank hatte ebenfalls keine Ambitionen auf eine direkte Begegnung, war aber verwirrt, denn er fragte sich, ob sie den Kerl wieder laufengelassen hatten oder ob er ausgebrochen sei. Das Schlimmste an dieser Beobachtung war allerdings, dass wahrscheinlich die anderen beiden auch wieder auf freiem Fuß waren, was eine erneute Gefahr für Frank und seine Mutter bedeutete.

Am Abend fand Frank einen Artikel im Fritzfurter Tageblatt, in dem mitgeteilt wurde, dass die drei Tatverdächtigen Kurt O., Bernd K. und Peter K. aus der Untersuchungshaft entlassen worden seien, da man ihnen die Tatbeteiligung an den ihnen vorgeworfenen Straftaten nicht zweifelsfrei nachweisen konnte. Lediglich Herrmann K. musste hinter Gittern bleiben. Frank schüttelte den Kopf. Was war das für eine Justiz? Es war doch ganz eindeutig, dass seine drei ehemaligen Freunde Milena und ihn überfallen hatten. An dem Brandanschlag auf das Haus der Familie Schulz waren sie mit Sicherheit auch beteiligt gewesen. Schließlich hatte Kurt die Tat Frank gegenüber mehr oder weniger offen zugegeben. Wahrscheinlich hatten die Nazis gute Anwälte, die sie problemlos wieder aus der Untersuchungshaft geholt hatten. Frank überlegte, ob er jetzt zum Anhänger einer Verschwörungstheorie würde, wenn er annahm, dass der zuständige Richter ebenfalls auf dem rechten Auge blind war? Der Angriff auf Milena und Frank war ganz sicher hieb- und stichfest nachzuweisen, aber vielleicht war so eine versuchte Körperverletzung nicht schlimm genug, um dafür eingesperrt zu werden. Frank hoffte nur, dass die Drei sich jetzt zusammenreißen und harmlose Menschen in Ruhe lassen würden, um nicht wieder in den Knast zu müssen.

Franks Lektionen bei Frau Opalka verliefen etwas anders, seitdem sie wusste, dass er der Freund ihrer Tochter war. Sie war noch freundlicher zu ihm und brachte ihm plötzlich andere Vokabeln bei. So hieß der Freund auf Polnisch nicht mehr „Kolega", sondern „Chłopak" und die Freundin war die „Dziewczyna" und nicht mehr die „Koleżanka". Auf keinen Fall hatte er das Gefühl, dass sie ihn ihrer Tochter abspenstig machen wollte. Wahrscheinlich war sie gar nicht traurig darüber, dass Milena mit 30 Jahren endlich jemanden gefunden hatte, den sie liebte und der sie liebte. Frank war nicht eitel, aber er kannte seine körperlichen Vorzüge und als Bauingenieur war er auch wirklich keine schlechte Partie.

Nachdem er nun schon einige Polnischlektionen hinter sich hatte, wurde ihm immer bewusster, dass diese Sprache ganz und gar nicht die eines unterentwickelten Volkes war, wie sein Vater und seine Freunde es immer behauptet hatten, sondern dass es sich um eine sehr kultivierte Sprache handelte, deren Grammatik genauso schwer oder leicht zu begreifen war, wie die der deutschen Sprache. Er war sich allerdings nicht sicher, ob sich dieser Sinneswandel erst eingestellt hatte, nachdem er wusste, dass er ein halber Pole war. Aber das war ihm egal, denn er liebte jetzt dieses Land, diese Sprache und Milena, wobei er sich fast sicher war, dass er ohne

Milena weiter ein deutscher Nationalist oder Schlimmeres geblieben wäre. Manchmal muss einem das Leben wohl einfach mal ein bisschen in den Arsch treten, damit man einen andern Blick auf die Dinge bekommt, dachte er.

***

Am Sonntag ging Frank zu Fuß nach Stuļice zu dem Restaurant, in dem er mit Milena zum Essen verabredet war. Er hatte sich inzwischen entschieden, ihr seine Abstammung zu offenbaren, denn nur so konnte er versuchen, sie zu überzeugen, auf eigene Kinder zu verzichten und bis zu ihrer Menopause zu verhüten. Er wusste, dass er sehr behutsam vorgehen musste, wenn er diese heikle Angelegenheit mit ihr besprach. Auf keinen Fall wollte er sie verlieren, aber andererseits musste er ihr reinen Wein einschenken.

Da er sie zu ihrem Geburtstag und danach auch noch nicht gesehen hatte, wollte er ihr heute ein außerordentliches Geschenk machen. Seine Mutter hatte einen besonderen Ring in ihrer Obhut, der ein Familienerbstück war. Es bestand seit ewigen Zeiten die Tradition in der Familie Seeliger, dass dieser Ring immer an die älteste Tochter oder die erste Schwiegertochter weitergegeben wurde. Frank hatte seine ganze Überredungskunst aufwenden müssen, um diesen Ring von seiner Mutter zu bekommen, damit er ihn Milena an den Finger stecken konnte.

Frank traf fast gleichzeitig mit Milena vor dem Restaurant ein. Nach einer langen zärtlichen Begrüßung gratulierte er ihr nachträglich und wünschte ihr von ganzem Herzen alles erdenklich Gute, was eine gemeinsame Zukunft mit ihm einschloss. Bei seiner kleinen Ansprache wurde er immer wieder durch ihre Küsse unterbrochen. Dann nahm er den Ring aus dem Kästchen und steckte ihn ihr an den Finger. Sie konnte vor Rührung gar nicht sprechen und umarmte ihn nur sehr lange. Als er wieder Luft bekam, sagte er: „Ich muss dir etwas ganz Wichtiges sagen." Sie antwortete: „Ich muss dir auch etwas sehr Wichtiges sagen." Da er meinte, dass seine Mitteilung länger dauern und eine Diskussion nach sich ziehen würde, ließ er ihr den Vortritt.

„Du zuerst!"

Sie schaute ihn vielsagend an, dann griff sie in ihre Handtasche und holte einen Briefumschlag heraus. Das, was sie diesem entnahm, entpuppte sich als das Ultraschallbild eines Embryos. Obwohl Frank damit keine Erfahrungen hatte, wusste er sofort, was das bedeute. Milena würde ihm wohl kaum das Ultraschallbild einer Freundin zeigen. Es musste sich also um ihr Baby handeln, das mit absoluter Sicherheit auch sein Baby war. Er war wie versteinert, dann stammelte er: „Ich dachte, du nimmst die Pille." Wie aus weiter Ferne hörte er sie sagen: „Natürlich nicht, ich bin doch Katholikin, du weißt, dass wir nicht verhüten dürfen. Freust du dich denn gar nicht?" Als er sich einigermaßen gefangen hatte, nahm er sie bei der Hand und führte sie zu einer Bank, die auf dem Vorplatz des Restaurants stand. Sie setzten sich und als er Milena ansah, bemerkte er, dass sich in ihrem Gesicht eine große Enttäuschung breitgemacht hatte. Mit Sicherheit hatte sie sich vorgestellt, dass er über die Neuigkeit begeistert wäre und seiner Freude über das Baby freien Lauf lassen würde. Nun saß er da wie vom Donner gerührt. Er ahnte, wie dieses Verhalten auf sie wirken musste.

Nachdem er einmal tief durchgeatmet hatte, begann er mit brüchiger Stimme zu sprechen.

„Bitte sei nicht böse, wenn ich nicht begeistert von deiner Mitteilung bin. Meine Mutter hat mir neulich endlich die ganze Wahrheit über mich und meine Entstehung gesagt und was ich da erfahren habe, verträgt sich nicht mit deiner Neuigkeit. Mutti war nämlich mit einem Polen zusammen und hat von ihm ein Kind bekommen. Eines Tages verschwand der polnische Freund und meine Mutter saß allein mit diesem Kind da. Das Kind war ich und der Pole hieß Milan Opalka. Vielleicht verstehst du jetzt, warum ich mich nicht über das Baby freuen kann. Wir beide sind nämlich Halbgeschwister."

Während er sprach, hatte sich ihr Gesicht immer mehr verfinstert und als er geendet hatte, begann sie zu weinen. Frank war hilflos, denn er hatte noch nie mit Tränen von Frauen umgehen können, aber dass Milena weinte, nahm ihn besonders mit, denn das hatte er bisher noch nie erlebt und er hatte es auch nicht erwartet. Sie war doch so eine selbstbewusste, starke Frau, wie er noch keine vorher kennengelernt hatte. Er nahm sie in den Arm, um sie zu trösten, aber er merkte, dass das nicht wirklich funktionierte. Nach einer ganzen Weile fragte sie schluchzend: „Co teraz zrobimy?" Er wusste auch nicht, was sie jetzt tun sollten, dazu war alles zu plötzlich gekommen. Er konnte nur antworten: „Ich bin auch völlig ratlos."

Sie saßen sehr lange vor dem Restaurant und schwiegen. Nach Essen war ihnen beiden nicht zumute. Nach einer langen Denkpause ging ein Ruck durch ihren Körper und sie sagte plötzlich: „Pojadę do Holandii." Er sah sie erstaunt an.
„Was willst du denn in Holland?"
Sie antwortete nur mit einem Wort, das Frank verstand, obwohl es polnisch war und er es nicht bei Frau Opalka gelernt hatte.
„Aborcja."
Er fragte ungläubig: „Abort? Du willst abtreiben?" Sie nickte mit trauriger Entschlossenheit. Ohne zu überlegen versicherte er ihr: „Wenn du dahin fährst, komme ich mit. Ich lasse dich doch nicht im Stich in solch einer Situation." Das war vorerst das Einzige, das er zu ihrem Trost sagen konnte. Nach einer weiteren Weile des Schweigens fragte er, ob sie jetzt noch in das Restaurant gehen wollten, um etwas zu essen. Sie aber schüttelte den Kopf.
„Ich möchte einfach nur mit dir hier sitzen bleiben."

Als es plötzlich anfing zu regnen, liefen sie zu Milenas Auto, um nicht nass zu werden. Da der Regen aber in absehbarer Zeit wohl nicht aufhören würde, brachte Milena Frank, trotz seines Protestes, nach Hause. Unterwegs hingen beide ihren Gedanken nach und Frank dachte über Milenas seltsame Auslegung des katholischen Glaubens nach. Verhütung war für sie verboten, aber Abtreibung schien ein legitimes Mittel zu sein. Er wollte nicht wissen, was der Papst dazu sagen würde. Zusätzlich überlegte er, ob er seiner Mutter von dem Baby erzählen sollte, entschied sich aber dafür, dies vorerst nicht zu tun.

Vor seiner Tür angekommen, fragte er, ob sie Lust habe mit ihm ins Haus zu kommen, aber sie erwiderte, dass sie jetzt nicht in der Stimmung sei, mit seiner Mutter zu sprechen. Sie wollte lieber direkt nach Hause fahren. Mit einem langen zärtlichen Kuss verabschiedeten sie sich, dann ging er ins Haus und sie brauste davon. Frank sah ihr lange nach und hoffte, dass sie trotz ihrer Emotionen keinen Fehler beim Fahren machen würde.

Kapitel 11

In seinen Träumen war Frank schon mehrmals mit Milena verreist. Immer waren es schöne Träume gewesen, an die er sich am nächsten Morgen voller Freude erinnerte. Dass er so bald wirklich mit seiner Geliebten verreisen würde, hatte er nicht gedacht, aber jetzt war es soweit, wenn auch im wahrsten Sinne des Wortes unter ganz anderen Umständen, als er es sich gewünscht hatte. Er war froh, dass Milena die Vorbereitungen traf, denn er wäre sicher nicht in der Lage gewesen, einen Termin in einer einschlägigen Klinik in Amsterdam zu machen und auch eine Hotelreservierung lag außerhalb seiner Möglichkeiten, schon deshalb, weil er nicht englisch sprach, was in diesem Fall nötig war. Zum ersten Mal im Leben musste er sich eingestehen, dass er nur ein ganz kleines armseliges Landei war. Plötzlich wurde ihm mit aller Deutlichkeit bewusst, dass es auch noch eine Welt außerhalb von Fritzfurt gab. Er war nun fast 30 Jahre alt, hatte aber noch nichts von der Welt gesehen, denn er hatte in einer selbstgewählten Isolation gelebt, aus der er nun durch Milenas Liebe herauszukommen begann.

Nachdem Milena die gesamte Reise vorbereitet hatte und sie beide eine Woche Urlaub genommen hatten, ging es am Montagmorgen los. Der Bequemlichkeit wegen fuhren sie mit Milenas großem und komfortablem Auto und nicht mit der Bahn. Sie holte ihn früh am Morgen bei ihm zu Hause ab, dann fuhren sie auf die Autobahn. Zu seiner Verwunderung fuhr Milena nicht so sicher, wie er es von ihr gewohnt war. Er erklärte sich das mit ihrem Gemütszustand, denn es war für sie ganz sicher keine leichte Entscheidung, ihr Kind abzutreiben. Allerdings fuhr sie mit der Absicht nach Amsterdam, genau dies zu tun. Im katholischen Polen gab es keine legale Möglichkeit eines Schwangerschaftsabbruchs und so blieb ihr nichts Anderes übrig, als ins liberalere Ausland zu gehen.

Nach kurzer Zeit fragte sie ihn, ob er Lust hätte, sich ans Lenkrad zu setzen und er nickte erfreut. Er fragte allerdings, ob das denn versicherungsrechtlich in Ordnung gehe, aber Milena lachte nur. „Worüber ihr Deutschen euch Gedanken macht, ist schon komisch."

Am nächsten Parkplatz tauschten sie die Plätze und Frank übernahm das Steuer. Es war tatsächlich eine Freude, dieses Auto zu fahren. Genauso hatte er es sich immer vorgestellt. Er genoss es, beim Überholen immer noch etwas mehr auf die Tube drücken zu können, um schnell an den meist polnischen Lastwagen vorbeizukommen. Auch wurde er mit keiner Lichthupe gedrängelt, denn er konnte bequem auf über 200 Stundenkilometer beschleunigen. Das war nicht zu vergleichen mit seinen alten Autos, die er sich einst gekauft hatte und die beide inzwischen auf dem Schrottplatz gelandet waren.

Milenas Auto hatte selbstverständlich auch ein Navigationsgerät, sodass sie ohne Probleme das Hotel in Amsterdam fanden. Als sie ausgestiegen waren und an der Rezeption standen, begrüßte sie die freundliche dunkelhäutige Hotelangestellte auf Englisch und schaute dabei instinktiv Frank an, da wohl meist die Männer die Formalitäten des Eincheckens übernahmen. In diesem Fall lag sie aber falsch, denn Frank verstand kein Wort. Dafür übernahm Milena diesen Part, denn ihr Englisch klang für Frank genauso perfekt wie ihr Deutsch. Er mischte sich nur ein einziges Mal in den Anmeldevorgang ein, und zwar in dem Moment, als sie um die Vorlage einer Kreditkarte gebeten wurden. Er hatte sich vorgenommen, alle Kosten dieser unfreiwilligen Reise zu übernehmen und Milena hatte das stillschweigend angenommen. Deshalb reichte er der Rezeptionistin seine Kreditkarte. Als alle Formalitäten abgearbeitet waren, fuhren sie in den dritten Stock, wo ihr Zimmer lag.

Nachdem sie ihre Koffer ausgepackt hatten, schauten sie einander traurig an, denn normalerweise wären sie jetzt erst einmal miteinander ins Bett gegangen, hatten sie doch einen großen Nachholbedarf, aber heute war ihnen überhaupt nicht danach zumute. Außerdem war das für Milena vor dem voraussichtlichen Eingriff am nächsten Tag ohnehin nicht ratsam. Deshalb verließen sie das Zimmer gleich wieder, um in der Nähe ein Restaurant für das Abendessen zu suchen. Als sie ein offenbar gutes Restaurant gefunden hatten, übernahm Milena die Bestellung, da Frank die Speisekarte nicht lesen konnte, weil sie in Niederländisch und Englisch verfasst war. Während ihres Aufenthalts in der Gaststätte sprachen sie wenig miteinander, denn es herrschte eine gedrückte Stimmung. Über das wirklich Wichtige – den morgigen Eingriff in der Klinik – konnten sie nicht sprechen und über Belanglosigkeiten wollten sie nicht sprechen. So wurde es ein trister Abend, dem eine unruhige Nacht für beide folgte. Frank sah sich im Traum in einem Operationssaal, wo er der Geburt seines Kindes beiwohnen musste. Als alles erledigt war, zeigten die Ärzte und Schwestern Frank und Milena, dass sie einen Jungen bekommen hatten. Dann warfen sie das Kind in einen großen Abfalleimer, aus dem der Kleine ihnen zuwinkte, bis jemand kam und den Eimer fortbrachte. Frank wachte schweißgebadet auf und schaute auf die Uhr. Es war erst 0:30 Uhr. Auch während der restlichen Nacht fand er keinen erholsamen Schlaf und hatte das Gefühl, dass es Milena genauso erging wie ihm. Allerdings hatte er noch keine großen Erfahrungen, was ihr Schlafverhalten betraf. Wenn sie bisher zusammen im Bett gewesen waren, hatten sie nicht allzu viel geschlafen.

Beide wachten unausgeschlafen auf, als Franks Handy sie weckte. Sie machten sich fertig und fuhren zur Klinik, ohne das bezahlte Frühstück im Hotelrestaurant einzunehmen. Milena durfte nichts essen, wegen des bevorstehenden Eingriffs und Frank hatte keinen Appetit, so aufgeregt wie er war. In Amsterdam herrschte ein solch starker Berufsverkehr, wie Frank und Milena ihn noch nie erlebt hatten. Frank, der am Steuer saß, musste höllisch aufpassen, nur keinen der halsbrecherisch daherkommenden Fahrradfahrer zu überfahren. Endlich bei der Klinik angekommen, suchten sie einen Parkplatz. Als sie ihn endlich gefunden hatten, verließen sie das Auto und betraten das Gebäude. Sie wurden am Empfang freundlich auf Deutsch begrüßt und nach ihren Wünschen gefragt. Milena sagte, dass sie einen Termin hätte und nannte ihren Namen. Die asiatisch aussehende Rezeptionistin schaute auf ihren Computerbildschirm, nickte und bat sie, sich einen Moment zu gedulden, bis sie abgeholt würden.

Sie setzten sich nebeneinander auf eine Ledercouch und warteten. Dabei hielten sie sich an den Händen. Es schien Milena eine gewisse Sicherheit zu geben, dass sie spürte, sie war nicht allein, sondern da war jemand bei ihr, auf den sie sich verlassen konnte und der zu ihr hielt – auch in dieser schweren Stunde. Sie waren entschlossen zusammen notfalls durch die Hölle zu gehen.

Es dauerte nicht lange, da kam eine Frau im weißen Kittel auf sie zu, schaute zu Milena und fragte auf Deutsch: „Frau Milena Opalka?" Als Milena nickte, stellte sich die Ärztin vor, aber weder Frank noch Milena verstanden den fremd klingenden Namen in der Aufregung. Dann fragte die Medizinerin weiter: „Gehören Sie zusammen?" Als auch das bestätigt wurde, bat sie das Paar ihr zu folgen. Es ging einen langen Gang entlang und während ihre Schritte hallten, bemerkte Frank, wie Milenas Hand, die er immer noch hielt, ständig feuchter wurde. Auch er war aufgeregt, übernahm jetzt jedoch die Rolle des coolen Beschützers. Vor einer Tür blieb die Ärztin plötzlich stehen, öffnete sie und bat die beiden einzutreten. In dem großen Behandlungszimmer setzte sich die Ärztin an ihren Schreibtisch, während sie Milena und Frank aufforderte, auf zwei Besucherstühlen gegenüber Platz zu nehmen.

Bevor das eigentliche Gespräch begann, bat die Ärztin Milena um ihren Ausweis, den diese ihr gab. Nachdem die Medizinerin eine Kopie davon gemacht und ihn seiner Besitzerin zurückgegeben hatte, begann das obligatorische Vorgespräch.

„Frau Opalka, Sie wollen hier in unserer Klinik einen Schwangerschaftsabbruch durchführen lassen?"

Milena sagte „Ja", aber es klang sehr gequält. Die Ärztin fragte weiter: „Sie wissen, dass Sie diesen Eingriff selbst bezahlen müssen?" Diesmal übernahm Frank die Antwort.

„Ja, das wissen wir, aber wir wissen noch nicht, wie viel es wirklich kostet."

Die Ärztin führte nun aus, dass der genaue Preis von dem Ergebnis der Untersuchung abhinge, bei der auch festgestellt werden würde, in welcher Schwangerschaftswoche die Patientin sei. Als Faustformel galt offenbar: Je später, desto teurer. Die Ärztin fragte nun nach dem Beratungsformular und der Überweisung durch einen Gynäkologen, die Milena beide nicht hatte, denn in Polen würde wohl kein Frauenarzt eine solche Überweisung ausstellen und Beratungsstellen für Schwangerschaftsabbrüche gab es in ihrem Land überhaupt nicht. Zum Glück hatte die niederländische Ärztin damit jedoch kein Problem. Vielmehr offerierte sie sofort eine Lösung, die sie dem Paar unterbreitete.

„Dann machen wir die Beratung und die Untersuchung hier in der Klinik. Allerdings müssen Sie danach fünf Tage warten, bis wir den Eingriff vornehmen können. Das schreibt das Gesetz vor. Die Beratung und die zusätzliche Untersuchung müssten Sie allerdings auch bezahlen. Sind Sie damit einverstanden?"

Milena und Frank sahen sich an, nickten beide und Milena sagte: „Ja, wir sind damit einverstanden."

Vor dem Beratungsgespräch fragte die Ärztin, ob Milena lieber unter vier Augen mit ihr sprechen wolle, aber diese erwiderte, dass sie Frank unbedingt dabei haben wolle. Das Gespräch begann mit der Frage, warum Milena das Kind nicht haben wollte. Wieder tauschten Milena und Frank vielsagende Blicke. Mit dieser Frage hatten sie nicht gerechnet, obwohl sie eigentlich bei einer Beratung über einen Schwangerschaftsabbruch nahelag. Milena antwortete wahrheitsgemäß: „Mein Freund und ich haben erst vor kurzem erfahren, dass wir Halbgeschwister sind, aber da war ich schon von ihm schwanger." Die Ärztin schaute überrascht von ihrem Formular hoch, das sie ausfüllte.

„Ach es geht um Inzest. Welche Befürchtungen haben Sie denn?"

Frank und Milena schauten sie unsicher an. „Wir machen uns strafbar und das Kind könnte eine Erbkrankheit bekommen", sagte Frank.

Die Ärztin lächelte.

„Da kann ich Sie beruhigen. Weder das Eine noch das Andere ist ganz richtig. In vielen Ländern, auch in den Niederlanden ist Geschwisterliebe erlaubt. Dass die Kinder, die aus solchen Beziehungen hervorgehen, vermehrt krank oder gar behindert sind, ist ein Gerücht. In der Praxis konnte nichts dergleichen festgestellt werden."

Das war für beide eine handfeste Überraschung. In Franks Kopf begann es zu arbeiten. Was die Ärztin gerade gesagt hatte, widersprach allem, was er bisher immer gehört und gelesen hatte. Sollte die ganze Aufregung also umsonst gewesen sein und sie hatten in Wirklichkeit gar kein Problem? Das wäre ja zu schön, um wahr zu sein. Aber konnte man sich auf die Aussage der Ärztin verlassen? Normalerweise wäre Frank skeptischer gewesen, aber wenn man bedachte, dass die Medizinerin eigentlich daran interessiert sein müsste, Milena als Patientin zu behalten, denn das brachte schließlich Geld für die Klinik ein, dann dürfte ihre Aussage durchaus glaubhaft sein.

Milena hatte wahrscheinlich ähnliche Gedanken wie Frank. Sie sah zu ihm herüber und er nickte, obwohl sie noch gar nichts gefragt hatte. Dann sagte sie zur Ärztin: „Ich bin dafür, dass wir das Beratungsgespräch zu Ende führen. Danach haben wir sowieso fünf Tage Bedenkzeit, wie Sie sagten. Wir werden Ihnen spätestens nach fünf Tagen Bescheid geben, ob wir den Eingriff trotzdem durchführen lassen möchten oder nicht." Die Ärztin hatte wohl einen solchen Vorschlag erwartet und war sofort einverstanden. Sie arbeitete alle weiteren Fragen des Beratungsformulars ab, dann brachte sie Milena und Frank zum Ausgang und verabschiedete sich sehr freundlich von den beiden.

Nachdenklich verließ das Paar die Klinik. Während der Rückfahrt zum Hotel herrschte tiefes Schweigen, denn beide hingen ihren Gedanken nach. Im Hotel führte sie ihr erster Weg an die Rezeption, wo sie fragten, ob sie ihren Aufenthalt um vier Tage verlängern könnten, was kein Problem darstellte. Dann gingen sie in ihr Zimmer, um sich ungestört austauschen zu können.

Sie legten sich nebeneinander auf das breite Doppelbett. Frank nahm Milenas rechte Hand in seine linke und beide schauten zur Decke. Nach einer langen Weile begann er zu sprechen.
„Ich finde die Lösung, die du vorgeschlagen hast, sehr gut. So können wir in Ruhe nachdenken und entscheiden, denn die Aussage der Ärztin hat ja vieles verändert."
Sie drehte ihren Kopf so, dass sie zu ihm schaute, als sie fragte:
„Meinst du, wir können uns darauf verlassen, dass wir kein behindertes Kind bekommen, weil wir Halbgeschwister sind?" Er schaute nun auch zu ihr.
„Ich glaube schon. Die Klinik verliert eine Patientin, wenn wir absagen. Die Ärztin hätte also gute Gründe, uns anzulügen und zu behaupten, dass die Abtreibung dringend geboten sei, damit die Klinik an uns Geld verdient."
Milenas Miene hellte sich auf.
„Das ist auch meine Meinung. Eigentlich könnten wir heute gleich in der Klinik absagen und nach Hause fahren. Du glaubst gar nicht, wie glücklich ich wäre, wenn ich nicht abtreiben müsste und wir das Kind bekommen könnten."
Auch Frank war sichtlich erleichtert, denn der Gedanke sein Kind zu verlieren, hatte ihm ebenfalls sehr zugesetzt. Trotzdem wollte er nichts überstürzen.
„Lass uns die Zeit nutzen. Wir sind jetzt hier und können weiter darüber nachdenken, ob wir uns der Meinung der Ärztin anschlie-

ßen sollten oder nicht. Inzwischen können wir uns ein wenig die Stadt ansehen und das Ganze als unseren ersten gemeinsamen Urlaub genießen."

Sie war mit seinem Vorschlag einverstanden, aber bevor sie Amsterdam unsicher machten, holten sie erst einmal das in der letzten Nacht Versäumte nach und hatten ausgiebigen Sex miteinander. Zwar hatte Frank zuerst nicht gewollt, aus Angst, er könne bei ihr oder dem Kind etwas kaputtmachen, aber sie ermutigte ihn und so hatten sie einen sehr schönen Nachmittag.

Nachdem sie abends aufgestanden waren, gingen sie in das Hotelrestaurant zum Essen. Diesmal war die Atmosphäre wesentlich entspannter als am Abend zuvor. Sie konnten schon wieder scherzen und lachen. Das Gespenst der Abtreibung schien verflogen zu sein. Nach dem Essen bezahlte Frank wie gewöhnlich mit seiner Kreditkarte und staunte, wie gut das alles funktionierte. Er verstand zwar kein Wort, von dem, was Milena auf Englisch mit dem Ober besprach, aber die Zahlen konnte er lesen und als er den Betrag des Trinkgeldes auf Deutsch nannte, verstand ihn der Kellner sofort.

***

Am nächsten Morgen machten sie Gebrauch von dem reichhaltigen Frühstücksangebot, welches das Hotel anbot, dann gingen sie in die Stadt. Da sie eigentlich nicht als Touristen nach Amsterdam gekommen waren, hatten sie sich nicht darauf vorbereitet und wanderten deshalb recht ziellos durch die Altstadt. Sie waren sehr beeindruckt von den schmalen hohen Häusern und den zahlreichen Wasserstraßen. Frank staunte über die vielen exotisch aussehenden Menschen, an denen hier niemand Anstoß zu nehmen schien. Er schämte sich einmal mehr, dass er bis vor Kurzem auf Ausländer herabgeschaut hatte.

Nachdem sie eine Weile durch die Stadt spaziert waren, konnte Milena nicht mehr laufen. Da jedoch auch die Mittagspause keine nachhaltige Besserung für ihre Beine brachte, unternahmen sie eine Grachtenfahrt. Dabei konnten sie bequem in einem Schiff sitzen, wurden durch die Stadt gefahren und sahen vieles Interessante vom Wasser aus. Während der Fahrt erklärte der Bootsführer die Sehenswürdigkeiten in Englisch und Frank war erneut auf Milenas Übersetzung angewiesen. Er nahm sich vor, sofort einen Englischkurs an der Volkshochschule zu belegen, wenn er wieder daheim sein würde.

Am frühen Abend kehrten sie ins Hotel zurück, wo sie beim Abendessen endlich wieder auf das Thema ihres Besuchs in Amsterdam zu sprechen kamen. Frank hatte schon den ganzen Tag darüber nachgedacht. Jetzt teilte er Milena seine Überlegungen mit.
„Weißt du, ich würde am liebsten morgen zu der Klinik fahren und absagen."
Milena sah ihn überrascht an, denn sie hätte im nächsten Moment dasselbe gesagt. Deshalb stimmte sie zu, hatte allerdings eine Bedingung.
„Wir sagen dort ab, bleiben aber trotzdem noch so lange hier, wie wir das Hotelzimmer reserviert haben und schauen uns Holland an."
Er nickte. Sie hatten beide die ganze Woche Urlaub genommen und waren gemeinsam verreist. Warum sollten sie das nicht ausnutzen? Er sagte deshalb: „Ja, lass uns unsere Hochzeitsreise daraus machen." Sie sah ihn liebevoll an und streichelte zärtlich seine Hand auf dem Tisch.

Auch diese Nacht begann für das verliebte Pärchen mit wildem Sex, aber irgendwann schliefen sie ein und wachten am folgenden Morgen spät auf. Frank schaute auf die Uhr, die 9:15 Uhr anzeigte. Da er es bei der Anmeldung nicht verstanden hatte, fragte er Milena, wie lange es Frühstück gebe und sie antwortete ihm schelmisch: „Breakfast is from seven o'clock until ten o'clock." Weil er es immer noch nicht verstanden hatte, wiederholte sie es auf Polnisch. „Śniadanie jest dostępne od godziny siódmej do dziesiątej." Das verstand er dank seines Unterrichtes bei Frau Opalka nach kurzem Nachdenken. Er sprang aus dem Bett und rief: „Dann lass uns schnell aufstehen, denn ich habe einen Riesenhunger!"

Sie schafften es auch tatsächlich noch, vor Toresschluss beim Frühstück zu erscheinen. Nachdem sie sich einigermaßen satt gegessen hatten, schmiedeten sie Pläne für den vor ihnen liegenden Tag. Das Wichtigste war, in der Klinik Bescheid zu sagen, dass Milena ihre Schwangerschaft nun doch nicht unterbrechen lassen wollte. Dann könnten sie unbeschwert eine Busrundfahrt durch Holland unternehmen. Werbung dafür hatten sie bei ihrem Stadtbummel überall gesehen.

In der Klinik wurden sie trotz der Absage freundlich behandelt, mussten aber wie vereinbart für die bisher erbrachten Leistungen bezahlen. Frank legte erneut seine Kreditkarte vor und beglich damit die Rechnung. Mit Dank für das Vertrauen und den besten Wünschen für die Zukunft wurden sie von der Klinikmitarbeiterin entlassen, dann waren sie wieder auf dem Parkplatz, der ihnen plötzlich viel größer und freier erschien und sie durchatmen ließ. Diesmal setzte sich wieder Milena ans Steuer, aber bevor sie losfuhren, umarmte sie Frank und ihr war anzumerken, dass eine große Last von ihren Schultern genommen worden war. Unvermittelt fragte sie ihren Freund: „Freust du dich auf das Kind?" Er antwortete wie aus der Pistole geschossen: „Natürlich, ich kann es kaum erwarten!" Sie erwiderte mit gespieltem Bedauern: „Du wirst aber noch mindestens sieben Monate warten müssen." Sie lachten noch, als sie vom Parkplatz auf die Straße einbog, wo sie einem Radfahrer die Vorfahrt nahm. Der schimpfte furchtbar und obwohl er das auf Niederländisch tat, verstanden sie, was er von sich gab und schauten sich schuldbewusst an

Die beiden hatten Glück, denn sie konnten im Hotel noch Tickets für eine Busrundfahrt durch Holland erwerben, die am nächsten Tag stattfinden sollte. Zum wiederholten Mal fühlte sich Frank ziemlich blöd, weil er wegen mangelnder Englischkenntnisse wie ein Trottel danebenstand, wenn Milena irgendwelche Gespräche in Englisch führte. Jetzt tat es ihm leid, dass er damals im Englischunterricht nichts gelernt und das Fach schließlich abgewählt hatte. Er wäre nie auf den Gedanken gekommen, dass er sich irgendwann in seinem Leben auf Englisch unterhalten würde. Überhaupt waren Fremdsprachen für ihn völlig sinnlos gewesen, denn mit Ausländern jeder Art hatte er weder in Deutschland noch im Ausland je irgendetwas zu tun haben wollen. Ihm reichte schon Russisch. Das war Pflichtfach in der Schule gewesen, weil es auch nach der Wende im Osten jede Menge Russischlehrer gab, von denen eine junge und sehr hübsche Lehrerin Frank besonders ins Herz geschlossen hatte, sodass er sich die größte Mühe gab, gute Leistungen im Fach „Russisch" zu erbringen. Lehrer für andere Fremdsprachen mussten in Ostdeutschland hingegen erst ausgebildet werden.

Die Busfahrt kombinierte eine Stadtrundfahrt durch Amsterdam mit einer Fahrt durch Holland. Sie besuchten eine Diamantenschleiferei und kamen auch nach Delft, wo sie durch die Fabrik geführt wurden, in der die weltberühmten Delfter Keramikfliesen hergestellt wurden. Zu Franks Pech wurde jedoch auch die Stadtrundfahrt genauso in Englisch kommentiert, wie die Besichtigungen der Betriebe. Immer musste Milena für ihn übersetzen. Dabei verpasste sie leider auch hin und wieder spaßige Pointen, die die jeweiligen Sprecher in ihre Erklärungen einstreuten. Franks Gewissen wurde immer schlechter, denn er wusste, dass nur seine bis vor kurzem praktizierte Ausländerfeindlichkeit an seiner Unkenntnis fremder Sprachen schuld war. Wie hatte er nur so engstirnig sein können? Er verstand sich selbst nicht mehr. Aber er war ja erst knapp 30 Jahre alt, da war es vielleicht noch nicht zu spät, sein Leben zu ändern und seine Fremdsprachenkenntnisse zu erweitern.

Noch schlimmer kam es für Frank, als sich am nächsten Tag beim Frühstück am Büfett ein Gespräch zwischen einem französischen Paar und Milena entwickelte, bei dem er feststellen musste, dass seine Freundin auch fließend französisch sprach. Als sie danach wieder zusammen am Tisch saßen, fragte er, welche Sprachen sie denn sonst noch konnte. Sie lachte und kokettierte damit, dass Polnisch, Deutsch, Englisch und Französisch leider die einzigen Sprachen waren, die sie beherrschte. Er konnte es einfach nicht fassen, dass ein Mensch so viele Sprachen fließend sprach. Er fragte sich langsam, was Milena an ihm eigentlich liebte. Er hatte letztlich nur sein gutes Aussehen, das er in die Waagschale werfen konnte, während sie neben ihrer Schönheit auch noch super intelligent war und eine Kampfsportart beherrschte, mit der sie ihn schon zwei Mal verteidigt hatte. Eigentlich erwartete man ja von einem Mann, dass er für seine Frau kämpfen sollte, aber bei ihnen war es genau umgekehrt. Er konnte sich diese Liebe auf den ersten Blick nur damit erklären, dass beide instinktiv das Gefühl der Vertrautheit aufgrund der anfangs noch gar nicht bekannten Blutsverwandtschaft hatten. Aber würde das auf die Dauer reichen? Er wusste, dass er viel lernen musste, um ihr ebenbürtig zu werden und er wollte viel lernen.

Am Freitagmorgen checkten sie nach dem Frühstück aus. Frank musste ganz kurz daran denken, dass jetzt fast sein ganzes Geld, das er inzwischen von der Versicherung für sein abgebranntes Auto bekommen hatte, für diese Reise verbraucht worden war. Aber er bedauerte das nicht, sondern er war eigentlich sehr froh, dass alles so gekommen war. Sie hatten ein paar schöne Tage in den Niederlanden gehabt und konnten sich jetzt auf ihr Baby freuen. Darüber hinaus hatte er auch eine Menge dazugelernt. Zum ersten Mal hatte er sich in die weite Welt gewagt. Dabei hatte er festgestellt, dass zumindest in den Niederlanden auch ganz normale Menschen lebten und dass Deutsch wohl doch nicht so eine Weltsprache war, wie er immer angenommen hatte. Es schien ihm so, als wenn die ganze Welt englisch sprach, nur er nicht. Wieder hatte sich sein Weltbild verändert und er musste viel Ballast seiner Erziehung abwerfen, war jedoch froh darüber. Besonders glücklich war er, dass er niemals irgendeinem Ausländer körperliche Gewalt angetan hatte. Er schämte sich aber, wenn er bedachte, wie er über Fremde bis vor kurzem gedacht und gesprochen hatte.

Für die Rückfahrt fühlte sich Milena fit genug, um ihr Auto selbst zu lenken. Sie fuhr wieder sicher und schnell, wie er es von ihr kannte, sodass Frank mit heimlichen Bedauern feststellte, dass er sich nicht einmal damit trösten konnte, besser Auto zu fahren als sie. Er musste bei dieser Frau wirklich aufpassen, keine Minderwertigkeitsgefühle zu bekommen. Er war ihr offensichtlich in allem unterlegen.

Nach drei Stunden machten sie eine Pause an einem Rasthof, wo sie etwas aßen und tranken. Als sie wieder zum Auto gingen, fragte Milena, ob Frank wieder fahren könnte, denn ihr wäre es zu anstrengend. Er wusste nicht, ob das stimmte oder ob sie ihm nur eine Freude machen wollte. Auf jeden Fall übernahm er gern den Platz am Lenkrad und chauffierte sie in Richtung Heimat.

Unterwegs mussten sie mehrmals anhalten, da es Milena nicht gut ging. Jedes Mal, wenn sie fürchtete, sich übergeben zu müssen, versuchte Frank, so schnell wie möglich auf einen Parkplatz zu fahren. Da das nicht immer gelang, besorgte er für Milena eine Plastiktüte, die sie im Bedarfsfall benutzen konnte. Frank hätte nie gedacht, dass er es ertragen könnte, wenn jemand so dicht neben ihm erbricht, aber bei Milena überwog die Sorge um ihr Wohlergehen und der Ekel trat in den Hintergrund. Wenn sie auf einem Parkplatz waren, dann hielt sie sich bei ihm fest, weil ihre Knie schon etwas weich geworden waren und endlich hatte er einmal das gute Gefühl, ihr großer starker Beschützer zu sein, was ihm gut tat.

Am späten Nachmittag trafen sie in Fritzfurt vor Franks Elternhaus ein. Als sie ausstiegen, kam ihnen Franks Mutter entgegen.
Frank hatte sie vorher über den Zweck der Reise informiert und ihr
Gesicht hatte den Ausdruck des Verständnisses der Situation, in
der sich beide ihrer Meinung nach befinden mussten. Sie nahm an,
dass die Abtreibung stattgefunden hätte und bedauerte Milena,
denn sie konnte in etwa nachfühlen, wie sich die junge Frau fühlen
musste. Zu Franks größtem Erstaunen nahm seine Mutter seine
Freundin zärtlich in den Arm und bat sie ins Haus. Milena nahm
die Einladung zögernd an und so gelangten sie alle drei in die große Wohnküche. Dort stand eine Kanne mit Tee auf dem Tisch und
auch für Essen hatte Frau Schulz gesorgt. Sie schien während der
fünf Tage, in der ihr Sohn mit seiner Freundin fort gewesen war,
die ganze Situation noch einmal überdacht zu haben und war dabei offensichtlich zu einem für Milena positiven Ergebnis gekommen.

Während sie aßen, versuchte Frank vorsichtig seine Mutter darüber zu informieren, dass die geplante Schwangerschaftsunterbre-
chung nicht stattgefunden hatte und sie demzufolge in einigen Mo-
naten Großmutter werden würde.
„Mutti, wir müssen dir sagen, dass es in Holland anders gelaufen
ist, als es geplant war."
Frau Schulz schaute erstaunt vom Essen hoch.
„Was ist denn dort geschehen?"
Frank antwortete lakonisch: „Nichts ist geschehen. Wir hatten einen schönen Urlaub." Seine Mutter schaute irritiert, hoffte aber,
nicht richtig verstanden zu haben.
„Wollt ihr mir sagen, dass ihr das Kind doch bekommen wollt?"
Frank und Milena nickten gleichzeitig. Das Gesicht von Anita
Schulz verfinsterte sich und Tränen traten ihr in die Augen.
„Das könnt ihr doch nicht machen, das ist unrecht! Denkt ihr denn
gar nicht an das arme Kind? Ihr wisst doch, dass es wahrscheinlich
geschädigt sein wird."

Demonstrativ warf sie die angebissene Stulle auf den Teller, womit sie zeigen wollte, dass ihr der Appetit vergangen sei. Frank hatte schon geahnt, dass seine Mutter wieder in den Jammermodus verfallen würde und sich vorgenommen, ihr geduldig die getroffene Entscheidung zu erklären. Immerhin brauchten sie ihr Verständnis und ihre Verschwiegenheit, denn im Gegensatz zu anderen Ländern war in Deutschland die Geschwisterliebe immer noch verboten und konnte sogar mit Gefängnis bestraft werden.

„Mutti, denk bitte nicht, dass wir leichtfertig entschieden haben, das Kind zu behalten. Wir wurden in Amsterdam sehr gut beraten und dabei haben wir erfahren, dass es nicht stimmt, dass Kinder, die von Halbgeschwistern abstammen, gefährdeter sind, eine Behinderung zu bekommen als andere Kinder. Das Verbot der Geschwisterliebe hat nur überholte moralische, aber keine sachlichen Gründe. Deshalb haben wir uns nach reichlicher Überlegung entschlossen, das Kind zu bekommen. Wir bitten dich aber, dass du darüber schweigst, dass Milena und ich denselben Vater haben. Wir konnten es schließlich nicht wissen, als wir uns ineinander verliebt haben."

Mutter Schulz schaute müde und traurig, als sie sagte: „Wenn ihr meint, dass es keine Gefahr gibt, dass euer Kind behindert auf die Welt kommt, dann werde ich euch selbstverständlich nicht in den Rücken fallen. Schließlich habe ich durch mein zu langes Schweigen diese Situation mitverschuldet." Dann blickte sie zunehmend freundlich zuerst auf ihren Sohn und dann auf Milena und sagte: „Ich wünsche euch beiden alles erdenklich Gute und freue mich auf mein Enkelkind." Milena war gerührt und erwiderte: „Danke Frau Schulz, Sie werden sicher eine gute Großmutter werden." Die Angesprochene stand auf und umarmte Milena, wobei sie ihr ins Ohr flüsterte: „Sag bitte Anita zu mir, Milena." Nun war auch Milena gerührt, aber ehe sie etwas Freundliches antworten konnte, kam der nächste Brechreiz und Frank konnte sie gerade noch rechtzeitig in das Badezimmer bringen.

Als Milena wieder bei ihnen war, fragte Anita: „Habt ihr es deiner Mutter schon erzählt, Milena?" Das junge Paar schaute sich betroffen an, denn Milena hatte noch nicht den Mut gehabt, mit ihrer Mutter über das erwartete Baby zu sprechen. Sie war davon ausgegangen, dass sie ohne Baby aus Amsterdam zurückkommen werde und dass die Mutter nichts merken würde. Frau Opalka wäre ganz sicher nicht damit einverstanden gewesen, dass ihre Tochter zur Abtreibung nach Holland fahren würde. Als Zweck der Reise hatte Milena deshalb eine Fachtagung in Amsterdam genannt. Hätte Frank Opalka den wahren Grund der Reise erfahren, so hätte sie wahrscheinlich mit allen Mitteln versucht diese Aktion zu verhindern.

„Ich werde sie nachher informieren, wenn ich bei ihr bin", antwortete Milena, aber Frank wollte sie nicht gehen lassen.

„Bleib doch heute Nacht hier, dann kannst du dich nach der langen Fahrt etwas erholen."

Anita schloss sich spontan ihrem Sohn an.

„Ja, Milena, bleib hier. Dann könnten wir uns noch ein bisschen unterhalten und uns besser kennenlernen."

Milena rannte schon wieder zur Toilette, um auch das letzte Häppchen des Abendbrotes, das Franks Mutter so liebevoll zubereitet hatte, von sich zu geben.

Nachdem das geschehen war, trank Milena nur noch Tee und sagte zu Franks Freude, dass sie die Einladung annehme und bei Familie Schulz übernachten werde. Es war Freitagabend und sie musste nicht am nächsten Morgen am Arbeitsplatz sein.

So wurde es ein langer Abend, bei dem Milena viel von ihrer Kindheit erzählte und Anita über ihre Zeit mit Milan redete. Auch für Frank war das meiste neu, denn seine Mutter hatte aus naheliegenden Gründen vorher noch nie mit ihm über diese Zeit gesprochen. Milena war hin- und hergerissen, denn sie war von ihrer Mutter so negativ beeinflusst worden, dass sie ihren Vater als schlechtesten Menschen der Welt betrachtet hatte. Schließlich hatte er seine Familie verlassen, um mit einer anderen Frau zusammenzuleben. Wenn sie nun aber von Anita hörte, was für ein freundlicher und sensibler Mann Milan gewesen sein musste, konnte sie diese widersprüchlichen Informationen nicht in Einklang bringen. Vor allem erwies sich die These von Frau Opalka, dass Milan sie verlassen hätte, um mit einer Deutschen zu leben, offensichtlich als falsch. Da auch die besagte Deutsche, die Milena nun kannte, berichtete, dass Milan an jenem 30. November 1987 von ihr fortgegangen und nie mehr bei ihr aufgetaucht war, musste irgendetwas mit ihm passiert sein. Dass sich ein solcher angeblich liebevoller Mann einfach in den Westen abgesetzt habe, schien ihr sehr unwahrscheinlich zu sein. Ganz unmöglich war es jedoch nicht. Aber dass ihm auf dem kurzen Weg von seiner Geliebten zu seiner Ehefrau auf der anderen Seite der Oder etwas zugestoßen sein konnte, war ebenso unwahrscheinlich. Selbst wenn er unterwegs verunglückt wäre, hätte ja zumindest seine Ehefrau darüber informiert werden müssen. Das Verschwinden von Milan Opalka blieb weiter ein Rätsel.

Nach und nach wurden sie alle müde und so beendeten sie die Gesprächsrunde. Anita Schulz verschwand in ihrem Zimmer, während Milena mit in Franks Zimmer kam. Franks Bett war breit genug für ein Liebespaar, wie er aus Erfahrung mit Milenas Vorgängerinnen wusste. Sie kuschelten sich zusammen und schliefen bald darauf ein. An Sex war schon allein wegen Milenas Befinden nicht zu denken. Außerdem hätte Frank befürchtet, dass seine Mutter sie hören könnte, was ihm sehr unangenehm gewesen wäre.

Milena und Frank verbrachten eine ruhige Nacht, da Milena keine Brechattacken mehr hatte. Als sie aufgestanden waren, hatte Anita bereits für ihr leibliches Wohl gesorgt und wartete mit frischem Kaffee und knusprigen Brötchen auf das Erscheinen des jungen Paares. Frank freute sich sehr über seine Mutter, denn endlich war sie wieder die Gütige und Liebende, die er kannte. Was so ein Baby manchmal ausmacht, dachte er. Milena aß mit gutem Appetit und hatte auch hinterher keine Probleme, das Gegessene bei sich zu behalten.

Die gute Laune verschwand leider schlagartig, als sie Milenas Gepäck zum Auto brachten, denn sie mussten feststellen, dass alle vier Reifen platt waren. Jemand hatte sie offensichtlich mit einem Messer zerstochen. Frank hätte sich vor Wut in den Allerwertesten beißen können, denn er hätte es besser wissen müssen. Schließlich kannte er die Männer, die einst seine Freunde waren, und wusste aus leidvoller Erfahrung, dass Zäune und verschlossene Tore für sie keine Hindernisse waren, wenn es darum ging jemandem zu schaden. Milena schimpfte: „Niech to szlag!". Das verstanden Frank und seine Mutter allein schon aufgrund des Tonfalls auch ohne perfekte polnische Sprachkenntnisse. Frank hatte derweil schon den Telefonhörer in der Hand. Als Erstes rief er bei der Polizei an und schilderte den Vorfall, dann kam seine Autowerkstatt an die Reihe, bei der er fragte, ob sie den Schaden reparieren könnten. Der Meister musste erst im Lager nachsehen, ob entsprechende Reifen vorrätig seien, dann teilte er Frank mit, dass dies nicht der Fall sei, er aber welche bestellen könne, die bis Montagnachmittag geliefert werden würden. Frank fragte Milena, ob sie so lange bei ihnen bleiben könne. Als sie nickte, gab er grünes Licht für die Reparatur. Der Meister teilte ihm noch mit, dass es aber nicht billig werden würde, denn Reifen für den BMW waren sehr teuer. Frank bestätigte, dass er sie bezahlen werde und legte auf.

Eine Stunde später rückte die Polizei an. Wieder dabei war Kommissar Giersiepen mit dem westdeutschen Dialekt. Er wurde begleitet von zwei Uniformierten. Während der Kommissar die Befragung der Hausbewohner übernahm, versuchten seine Kollegen, im Garten und am Zaun Spuren zu finden, die die Täter hinterlassen hatten. Erwartungsgemäß fanden sie nichts und da der Kommissar alles Notwendige erfahren hatte, machte er sich mit den beiden anderen Polizisten daran, die Nachbarn zu fragen, ob sie etwas Verdächtiges gesehen oder gehört hätten. Das schien nicht der Fall zu sein und so verabschiedeten sich die drei Ordnungshüter und fuhren davon. Familie Schulz und Milena ließen sie einigermaßen ratlos zurück.

Nach drei Stunden kam der Abschleppwagen, auf den Milenas BMW aufgeladen wurde, um in der Werkstatt die Reifen zu tauschen. Beim Anblick des abtransportierten Autos traten Milena Tränen in die Augen. Sie fragte sich, in welchem Land und in welcher Zeit die Deutschen eigentlich lebten. Was war hier los, dass solche Idioten ungehindert ihr Unwesen treiben konnten?

Zum Mittagessen blieben sie zu Hause, denn Mutter Schulz hatte lecker gekocht und Milena bekam das Essen erstaunlich gut. Danach schlug Milena vor, dass sie zusammen mit Frank ihre Mutter besuchte, um sie mit der Tatsache vertraut zu machen, dass sie bald eine **Babcia** sein würde. Anita Schulz sollte vorerst noch nicht einbezogen werden, da Milena ihre Mutter behutsam über die neueste Entwicklung informieren wollte, ohne sie zu überfordern. Außer dem Baby gab es ja noch Aufklärungsbedarf darüber, wessen Sohn Frank war. Der heikelste Punkt des Gesprächs bestand darin, sich Jadwiga Opalkas Stillschweigen zu versichern, denn auch in Polen durfte niemand wissen, dass Milena und Frank Halbgeschwister waren. Das würde ein stressiger Nachmittag werden, befürchtete Frank. Milena kannte ihre Mutter besser und war zuversichtlich, dass das Gespräch wunschgemäß verlaufen würde.

Das junge Paar machte sich mangels eines fahrbaren Untersatzes zu Fuß auf den Weg und erreichte bald den Grenzübergang, bei dessen Überquerung Frank immer noch an die Ereignisse nach seiner ersten Polenreise denken musste. Nach einem längeren Fußweg standen sie mit klopfenden Herzen vor Jadwigas Wohnungstür und klingelten. Milena hatte sie nicht telefonisch angekündigt, sodass es eine Weile dauerte, bis ihnen geöffnet wurde. Frau Opalka sah aus, als hätte sie ihretwegen gerade ihr Nachmittagsschläfchen unterbrochen. Dennoch ließ sie beide eintreten, wenn auch erstaunt.

Als sie im Wohnzimmer um den Tisch saßen, fragte Frau Opalka: „Co cię do mnie sprowadza?" Milena antwortete: „Mama, bitte lass uns deutsch sprechen, damit Frank alles versteht." Jadwiga schaute etwas verwundert, nickte aber zustimmend.

„Tak, czemu nie".

Milena räusperte sich noch einmal, bevor sie das Wort ergriff.

„Droga mamo, wir haben eine besondere Nachricht für dich: Wir bekommen ein Kind."

Damit war der erste Teil gesagt und Milena schaute ihre Mutter erwartungsvoll an. Diese schien nicht besonders überrascht zu sein, sondern schaute lächelnd erst auf ihre Tochter, dann auf Frank. Dann sagte sie: „Das ist ja eine gute Neuigkeit. Wann soll das Baby denn kommen?" Frank bekam einen Schreck, denn darüber hatte er überhaupt noch nicht nachgedacht. Milena hingegen war bestens informiert und antwortete wie aus der Pistole geschossen: „Wenn alles gut geht, wird unser Kind noch vor Weihnachten auf die Welt kommen." Die Mutter lachte.

„Dann wird es also ein richtiges Weihnachtsgeschenk für euch und auch für mich."

Milena und Frank nickten ebenfalls lachend. „Wann werdet ihr heiraten und wo werdet ihr wohnen?", wollte Mutter Opalka nun wissen. Milena hatte mit dieser Frage gerechnet und beantwortete sie nur ganz kurz.

„Darüber haben wir uns noch keine Gedanken gemacht, Mama".

Das Gesicht von Frau Opalka verfinsterte sich etwas, aber sie sagte nichts weiter zu diesem Thema. Erneut ergriff Milena das Wort.

„Da ist noch etwas, das du wissen solltest, Mama."

Jadwiga blickte ihre Tochter erstaunt an. Was kam denn jetzt noch? Milena räusperte sich, um dann fortzufahren.

„Es geht um Frank. Du weißt, er ist aus Fritzfurt und seine Mutter ist Anita Schulz, geborene Seeliger. Sagt dir der Name etwas?"

Man sah Jadwiga Opalka an, dass sie nicht wusste, wer Anita Seeliger war und worauf ihre Tochter hinauswollte. Deshalb musste Milena wohl oder übel selbst mit der ganzen Wahrheit herausrücken. „Franks Vater ist Milan Opalka. Er war der Geliebte von Frau Schulz, bis er eines Tages für immer verschwand."

Ungläubiges Erstaunen machte sich jetzt auf Jadwigas Gesicht breit. Weil sie glaubte, sich verhört zu haben, fragte sie ihre Tochter sicherheitshalber auf Polnisch: „Mój mąż Milan był kochankiem matki Franka i ojcem Franka?" Milena und Frank nickten synchron, was irgendwie lustig aussah und absolut nicht zu der Gesamtsituation passte. Die beiden hatten erwartet, Milenas Mutter würde sich darüber aufregen, dass dann ja Milena und Frank Halbgeschwister wären und das Baby gefährdet sein könne, aber da irrten sie sich. Vielmehr interessierte Jadwiga etwas ganz anderes.

„Haben Sie denn meinen Mann, Ihren Vater, noch kennengelernt, Frank?"

Frank registrierte, dass sie ihn plötzlich mit seinem Vornamen ansprach, aber dennoch siezte. Er verneinte die Frage wahrheitsgemäß und berichtete, dass er bis vor kurzem in dem Glauben gewesen sei, dass Herbert Schulz sein Vater gewesen sei. Er erzählte weiter, dass er erst jetzt die ganze Wahrheit von seiner Mutter erfahren habe. Demnach sei sein Erzeuger, Milan Opalka, am 30. November 1987 von Anita Seeliger fortgegangen und nicht mehr wiedergekommen. Frau Opalka hatte erstaunt zugehört, um dann zu sagen: „Am 30.11.1987 ist er auch nicht zu mir nach Hause gekommen, obwohl am 1. Dezember unser Scheidungstermin war und ich habe ihn auch seitdem nie wieder gesehen. Alle meine Nachforschungen waren erfolglos und ich dachte bis eben, dass er mit seiner Geliebten in Deutschland zusammen lebt. Wenn das nicht stimmt, nehme ich an, dass er sich damals in den Westen abgesetzt hat oder tot ist." Milena war erstaunt über die nüchterne Analyse ihrer Mutter. Sicherheitshalber wies sie noch einmal ausdrücklich darauf hin, dass sie und Frank demnach Halbgeschwister seien. Frau Opalka schien das nicht zu stören, denn sie nahm diese Mitteilung regungslos entgegen. Plötzlich sagte sie zu Frank gewandt: „Ich würde gern Ihre Mutter kennenlernen. Geht das, Frank?" Frank war froh, dass sie fragte, denn er war sehr interessiert daran, dass die beiden Frauen einander kennenlernten. So antwortete er schnell: „Natürlich ist das möglich, Frau Opalka. Sagen Sie, wann und wo ein Treffen stattfinden soll und wir werden es arrangieren." Milenas Mutter schien zufrieden. Bevor sie sich zu den Modalitäten eines Treffens mit Frau Schulz äußerte, wollte sie noch ein anderes Anliegen erledigen.

„Frank, ich möchte, dass wir uns duzen. Dass ich Jadwiga heiße, weißt du ja wohl schon."

Frank hatte kaum zugestimmt, da nahm ihn Jadwiga in den Arm und küsste ihn auf beide Wangen. Hätte er es nicht besser gewusst, hätte er gedacht, dass Milena ihn umarmt, denn es fühlte sich genauso an. Nun kam Jadwiga zur Sache.

„Wie wäre es, wenn deine Mutter mich hier in meiner Wohnung besucht, Frank?"

Frank war sich nicht sicher, ob seine Mutter in die Wohnung der Ehefrau ihres damaligen Geliebten kommen würde. Deshalb schlug er vor, dass sie sich in seinem Elternhaus treffen sollten. Er hatte zwar noch gar nicht mit seiner Mutter gesprochen, aber er nahm an, dass sie neuerdings keinen solchen Hass mehr auf alles Polnische hatte, dass sie auch den Besuch von Milenas Mutter ertragen oder bestenfalls sogar genießen könnte.

Mit dem Versprechen sich zu melden, sobald er mit seiner Mutter gesprochen habe, verabschiedete sich Frank mit einer Umarmung von Jadwiga und einem langen Kuss von Milena. Milena hatte nämlich spontan beschlossen bei ihrer Mutter zu übernachten. Nach all der Aufregung würde ihr die mütterliche Fürsorge ganz sicher guttun. Außerdem würde sie sich das Auto ihrer Mutter ausleihen, um am Montag zu ihrer Arbeit nach Niebieska Góra zu gelangen.

Kapitel 12

Auf dem Weg nach Hause dachte Frank darüber nach, warum Jadwiga Opalka nichts zu dem Problem des Inzests gesagt hatte. War es ihr nicht so wichtig oder hatte sie auch schon den Kenntnisstand der Amsterdamer Ärztin? Möglicherweise war die Tatsache, dass er und Milena Halbgeschwister waren infolge der Aufregung auch gar nicht richtig bei ihr angekommen. Er nahm sich vor, sie gemeinsam mit Milena noch einmal darauf hinzuweisen, denn es wäre fatal, wenn sie unbedacht zu Dritten darüber sprechen würde, dass ihr Mann Milenas und Franks Vater sei. Das würde mindestens in Deutschland eine Ermittlung wegen einer Straftat für beide bedeuten und schlimmstenfalls würde Frank ins Gefängnis kommen. Bei dieser Gelegenheit fragte er sich, wem eigentlich mit seiner Inhaftierung geholfen wäre. Das Kind würde sowieso geboren werden, hätte aber keinen Vater und Milena müsste es alleine großziehen, denn man würde ihm mit Sicherheit verbieten, nach Verbüßung der Haftstrafe weiter mit ihr zusammenzuleben. Wenn die niederländische Ärztin recht hatte, dann war die ganze Verteufelung der Geschwisterliebe nichts weiter, als ein Festhalten an überholten Moralvorstellungen. Die Analogie zum Verbot der Homosexualität lag auf der Hand. Außer Franks früheren Freunden schien heutzutage kein Mensch mehr an Schwulen und Lesben Anstoß zu nehmen.

Franks Grübelei endete vor seiner Haustür. Er schloss auf und betrat das Haus. Schon auf dem Flur hörte er Stimmen und hoffte sich zu irren, denn er meinte seine drei früheren Freunde zu hören, an die er eben noch gedacht hatte. Als er die Küche betrat, sah er mit Schrecken, dass er sich nicht getäuscht hatte. Sie saßen zusammen mit seiner Mutter Bier trinkend um den großen Küchentisch und diskutierten lautstark. Sehr schnell wurde ihm klar, dass es um sein Verhältnis zu Milena ging, das wieder einmal die Gemüter erhitzte. Frank war wütend, dass seine Mutter diesen Nazis immer wieder nachgab und sie in ihr Haus ließ. Da ihn niemand beachtete und sie so weiterdiskutierten, als sei er abwesend, meldete er sich energisch zu Wort.

„Was wollt ihr hier? Wer hat euch eingeladen? Ich wünsche nicht mehr von euch belästigt zu werden. Dafür habt ihr uns zu viel Schaden zugefügt."

Dann wandte er sich an seine Mutter.

„Mutti, ich verstehe dich nicht. Warum lässt du diese schrecklichen Menschen immer wieder in unser Haus, nach allem, was sie uns angetan haben."

Die drei Nazis hatten ihn nicht unterbrochen, aber kaum hatte er geendet, da starteten sie ein Dauerfeuer an Beschimpfungen und Verunglimpfungen. Weil sie alle durcheinander schrien, verstand Frank nur einige Wörter, wie „Rassenschande", „Polenschlampe" und „Untermenschen". Ihm reichte es jetzt endgültig. Er schlug mit der Faust auf den Tisch, dass die Bierflaschen in die Luft sprangen, dann hielt er eine flammende Rede, wie er sie noch nie zuvor in seinem Leben gehalten hatte.

„Ihr Vollidioten, ihr habt doch keine Ahnung, wie es in der Welt da draußen zugeht. In Polen und überall auf der Erde gibt es freundliche und kluge Menschen und überall gibt es leider solche Arschlöcher wie euch. Wisst ihr guten Deutschen eigentlich, wo eure Namen herkommen. Kein Germane hieß je Ogrodnik, Kaczmarek oder Koslowski. Das sind slawische Namen und genauso heißen meine Kollegen in Polen. Eure Vorfahren sind wahrscheinlich auch irgendwann aus Polen nach Deutschland gekommen und gerade ihr habt kein Recht, irgendetwas gegen Polen und andere Ausländer zu sagen oder zu unternehmen."

Frank beendete seinen Vortrag, aber bevor die ungebetenen Gäste etwas sagen konnten, war er an der Tür, öffnete sie und schrie: „Raus ihr Nazis und ich will euch nie wieder in diesem Haus sehen, sonst zeige ich euch an wegen Hausfriedensbruch!" Mutter

Schulz hatte ihrem Sohn fassungslos zugehört. So energisch hatte sie ihn noch nie erlebt. In ihrem immerwährenden Bestreben, alle Probleme und Konflikte friedlich zu lösen, hatte sie Kurt Ogrodnik angerufen und ihn und die anderen beiden Freunde ihres verstorbenen Mannes eingeladen. Sie wollte versuchen, endlich Frieden und Ruhe zu bekommen. Dann war Frank viel zu früh zurückgekehrt und hatte alle ihre Bemühungen zunichte gemacht. Allerdings musste sie zugeben, dass die Diskussion nicht so gelaufen war, wie sie es sich vorgestellt hatte. Von den drei Kerlen war kein Signal der Verständigung ausgegangen. Außer weiteren ausländerfeindlichen Phrasen und Verunglimpfungen war nichts von ihnen zu hören gewesen. Sie hatte gehofft, dass es die Gemüter beruhigen würde, wenn sie denen erzählte, dass Milena und Frank ein Baby bekommen würden. Leider war genau das Gegenteil eingetreten, denn die Männer hatten sich nun erst recht überboten in rassistischen Äußerungen und anderen Beleidigungen. Mutter Schulz wurde an das Gedicht „Der Zauberlehrling" erinnert, das sie einst in der Schule gelernt hatte und in dem es heißt
„Die ich rief, die Geister werd ich nun nicht los".
Wenn sie ehrlich war, musste sie zugeben, dass sie in Wirklichkeit ganz froh gewesen war, als Frank zur Tür hereingekommen war und das Heft des Handelns in die Hand genommen hatte.

Da die Bande immer noch keine Anstalten machte, sich zu erheben und Franks Aufforderungen Folge zu leisten, griff Anita Schulz zum Telefon. Bevor sie die Polizei anrief, forderte sie die Kerle ultimativ auf, das Haus zu verlassen. Andernfalls drohte sie mit einer Anzeige. Wie schon einmal, erhoben sich die Drei langsam und gingen unter Ablassen von verächtlichen und drohenden Äußerungen zur Tür.

Als sie draußen waren, schloss Frank die Tür hinter ihnen zu und schaute seine Mutter strafend an.
„Hast du diese Typen etwa wieder eingeladen? Du weißt doch, dass mit denen nicht zu reden ist."

Seine Mutter schaute schuldbewusst.

„Ja, du hast recht, aber ich dachte, wenn ich ihnen sage, dass ihr ein Kind bekommt, dann werden sie friedlicher."

Frank erstarrte.

„Was hast du denen erzählt? Was geht denn die das an? Hast du auch gleich mitgeteilt, dass Milena und ich Halbgeschwister sind?"

Frau Schulz schüttelte energisch den Kopf.

„Nein, natürlich nicht! Was denkst du denn von mir?"

Das, was Frank im Moment von seiner Mutter dachte, behielt er lieber für sich, denn er wollte sie nicht beleidigen. Er nahm sich allerdings vor, ihr in Zukunft nicht mehr so viel Persönliches zu erzählen, nachdem sie ihm schon mehrfach gezeigt hatte, dass sie das Wasser nicht halten konnte.

Frank fiel ein Spruch ein, den er vor ein paar Tagen im Internet gelesen hatte. Den wollte er seiner Mutter unbedingt weitergeben, um ihr klar zu machen, dass sie keine Chance hatte mit den Nazis vernünftig zu sprechen.

„Mit Rassisten diskutieren ist, wie mit einer Taube Schach spielen. Egal wie gut du bist, egal wie sehr du dich anstrengst, die Taube wird alle Figuren umschmeißen und am Schluss aufs Spielfeld kacken, um dann umherzustolzieren, als hätte sie gewonnen."

Als Frank nach einiger Zeit aus dem Fenster blickte, bemerkte er zu seinem Schrecken, dass sich dort inzwischen mehrere Männer vom Kaliber seiner früheren Freunde versammelt hatten. Sie diskutierten angeregt, wobei sie ständig auf das Haus von Familie Schulz schauten und zeigten. Frank machte sich Sorgen und legte sein Handy nicht mehr aus der Hand, um notfalls sofort bei der Polizei anrufen zu können. Er konnte es sich kaum vorstellen, dass die drei vor kurzem Verhafteten und wieder Entlassenen es wagen würden, ihn und seine Mutter tätlich anzugreifen. Sie mussten befürchten, in diesem Fall sofort wieder ins Gefängnis zu wandern. Nach einer Weile entfernten sich dann auch die drei Bekannten und zurück blieben drei fremde Männer, deren Aussehen und Gebaren auch nicht gerade vertrauenerweckend wirkten. Frank begriff, dass die eben des Hauses Verwiesenen ihre Freunde herbeizitiert hatten, damit diese für sie ein Bedrohungspotenzial für Familie Schulz aufbauten. Die Freunde der Freunde waren vermutlich noch nicht vorbestraft und wähnten sich in Sicherheit vor der Polizei. Solange die Typen vor der Tür blieben, konnte man ihnen nichts anhaben, denn die Straße war schließlich öffentlicher Raum, auf dem sich jeder nach Belieben aufhalten durfte. Sorgen machte ihm allerdings der Ausblick auf die Nacht. Die Kerle würden dort wohl kaum bis morgen stehen bleiben, sondern womöglich im Dunkeln einen Anschlag auf das Haus der Familie Schulz unternehmen. Er nahm sich vor, nicht zu schlafen, sondern mit dem Handy in der Hand Wache zu schieben.

Eigentlich hatte Frank seiner Mutter vorschlagen wollen, Milena zusammen mit deren Mutter in ihr Haus einzuladen, aber solange diese finsteren Gestalten vor ihrem Gartentor patrouillierten, wagten sie es kaum selbst, das Grundstück zu verlassen, geschweige denn Besuch aus Polen einzuladen.

Frank raffte sich nach langem Zögern schließlich auf und ging auf die Straße zu den dort versammelten Männern. Laut und mit fester Stimme fragte er: „Was soll diese Versammlung vor unserem Haus?" Die Typen grölten vor Lachen, aber eine Antwort bekam er nicht. Einer kam auf Frank zu und schubste ihn, wobei er rief: „Va- zieh dir in dein Haus du Polenficker!" Um zu sehen, wie weit die Gemeinheit ging, versuchte Frank zwischen den Männern hindurchzugehen, aber das war nicht möglich. Ihre großen kräftigen Körper bildeten einen undurchdringlichen Wall vor dem Gartentor. Damit war Franks Ziel erreicht, denn nun hatte er eine Handhabe, um bei der Polizei anzurufen.

Zurück im Haus wählte er die Nummer des Kommissars mit dem komischen Dialekt. Dieser hatte ihnen seine Visitenkarte dagelassen und sie ausdrücklich dazu aufgefordert, ihn persönlich anzurufen, wenn sie sich bedroht fühlten. Als sich Ludwig Giersiepen meldete, schilderte Frank die Situation vor ihrem Grundstück. Herr Giersiepen versprach sofort zu kommen, dann beendeten sie ihr Telefongespräch.

Es dauerte tatsächlich nicht lange, da erschien zuerst ein Streifenwagen mit zwei uniformierten Polizisten, dem kurz darauf ein Privatwagen mit dem Kommissar folgte. Auf Anweisung von Kommissar Giersiepen kontrollierten die beiden Uniformierten die Ausweise der Herumstehenden, dann erteilte der Kommissar einen Platzverweis für die gesamte Mannschaft und die Verwiesenen trollten sich weisungsgemäß. Der Streifenwagen fuhr davon, aber der Kommissar blieb und kam auf Frank und seine Mutter zu, die das Geschehen von ihrem Grundstück aus verfolgt hatten.

Herr Giersiepen bemerkte lakonisch, dass Familie Schulz neuerdings zu seinen besten Kunden zählte, dann wurde er ernst. „Wissen Sie, warum es zu dieser Zusammenrottung vor Ihrem Grundstück gekommen ist?"
Anita schaute betreten zu Boden, bevor sie erzählte, dass sie die drei ehemaligen Freunde eingeladen hätte, um zu versuchen, endlich wieder zu einem friedlichen Miteinander zu kommen. Sie erzählte weiter, dass ihre Bemühungen nicht gefruchtet hätten und sie die Männer nicht mehr losgeworden wäre. Zum Glück sei aber ihr Sohn nach Hause gekommen und habe die Kerle rausgeschmissen. Zum Schluss berichtete sie noch über den Austausch der Personen vor ihrer Tür. Der Kommissar nickte verständnisvoll, um sie schließlich zu belehren.
„Frau Schulz, es hat keinen Zweck, mit diesen Leuten zu diskutieren. Bessern werden Sie sie auf keinen Fall. Sie geben sich nur noch mehr Blößen und machen sich angreifbarer. Mein Rat ist, dass Sie sich von diesen Menschen fernhalten. Die sind unberechenbar und zu allem bereit. Lassen Sie sie nicht auf Ihr Grundstück oder gar in Ihr Haus, und wenn sie sich gewaltsam Zugang verschaffen wollen, dann rufen Sie bitte sofort die 110 an."

Anita nickte stumm und Frank sagte zur Bestätigung: „Alles klar, Herr Kommissar." Dann verabschiedete sich Herr Giersiepen, stieg in sein Auto und fuhr davon. Zurück ließ er die ratlose Familie Schulz.

Nachdem der Schreck über die Belagerung und den anschließenden Polizeieinsatz abgeklungen war, berichtete Frank seiner Mutter, wie das Gespräch mit Milenas Mutter verlaufen war. Er schloss damit, dass Frau Opalka seine Mutter gern kennenlernen würde. Anita Schulz war nicht begeistert von diesem Vorschlag. Schließlich war sie vor etwa dreißig Jahren die Geliebte von Milan Opalka gewesen und seine damalige Frau hatte jedes Recht der Welt, auf sie zornig zu sein. Frank beruhigte sie jedoch, indem er ihr seine Beobachtung mitteilte, dass Frau Opalka anscheinend nicht mehr wütend war. Sie fühlte sich genauso betrogen wie Anita, nachdem ihr Mann von einem Tag auf den anderen verschwunden war.

Als Ort für ein Kennenlernen der beiden Mütter kam das Haus der Familie Schulz sowie das gesamte Stadtgebiet von Fritzfurt vorerst nicht infrage. Das schien zu gefährlich, nach allem, was sie erlebt hatten. So blieb eigentlich nur ein Treffpunkt in Stułice. Frank versuchte vorsichtig, seine Mutter mit diesem Gedanken vertraut zu machen. Entgegen seinen Befürchtungen war sie nicht mehr grundsätzlich dagegen, die Stadt jenseits der Oder zu besuchen. Fast schien es ihm, als sei sie ein bisschen neugierig darauf geworden, das neue Polen kennenzulernen.

Frank rief Milena an und schlug vor, dass sie alle sich in Stułice in dem Restaurant treffen könnten, das auch Milena und ihm schon als Treffpunkt gedient hatte. Es bot sich an, dort am Sonntagmittag essen zu gehen. Milena beratschlagte sich kurz mit ihrer Mutter, dann stimmte sie zu.

Im Haus der Familie Schulz herrschte eine angespannte Situation. Frank befürchtete, dass sich die Rowdys wieder ihrem Grundstück nähern könnten und schaute fortwährend aus dem Fenster. Selbst in der Nacht wagte er es kaum zu schlafen, sondern setzte sich auf einen Sessel, den er so aufgestellt hatte, dass er das Fenster zur Straße im Blick behielt. Zwar fielen ihm vor Müdigkeit von Zeit zu Zeit die Augen zu, aber sobald sich draußen etwas bewegte, war er hellwach und beobachtete, was da vor sich ging.

***

Hundemüde und wie gerädert stand Frank am Sonntagmorgen von seinem Sessel auf. Am Ende war er doch noch fest eingeschlafen, aber der Sessel hatte sich als kein guter Bettersatz erwiesen. Als er sich reckte und streckte, gab sein Körper einige unübliche Geräusche von sich und Frank fragte sich, ob er nun schon zu den alten Knackern zählte. Auch seine Mutter hatte nicht gut geschlafen, stand aber mit ihm auf und so konnten sie gemeinsam frühstücken. Nach dem Frühstück blieben sie noch eine Weile sitzen, um sich zu unterhalten. Frank erzählte, was er von Frau Opalka wusste und beichtete seiner Mutter bei dieser Gelegenheit, dass er schon länger Polnischunterricht bei Milenas Mutter nahm. Anita Schulz staunte, war aber durch nichts mehr zu erschüttern.

Als die beiden um 11 Uhr zu Fuß den Weg über die Grenze antraten, merkte Frank seiner Mutter die Aufregung an. Die hielt er für verständlich, denn er dachte daran, dass sie so viele Jahre schlecht über Polen und seine Bewohner gedacht und gesprochen hatte. Wenn sie heute allen Mut zusammennahm, um mit ihm in das nur wenige Minuten entfernte Nachbarland zu gehen, so war das ein großer Schritt für sie. In der Mitte der Brücke, da wo die Grenzlinie war, blieb sie stehen und schaute sich um. Zum ersten Mal sah sie ihre Heimatstadt aus östlicher Richtung. Dann schaute sie nach vorn auf Stułice und durch ihren Körper ging ein Ruck. Entschlossen setzte sie den Weg fort und Frank bewunderte sie dafür, dass sie mit ihm diesen Ausflug wagte. In Stułice schaute sie sich neugierig um und es lag so etwas wie Bewunderung in ihren

Augen. So hatte sie sich Polen wahrlich nicht vorgestellt. Je näher sie dem Treffpunkt kamen, desto aufgeregter wurden beide. Frank hatte Angst, dass sich die Mütter am Ende doch in die Wolle kriegen würden und Anita schämte sich für den Ehebruch, den sie vor 30 Jahren begangen hatte. Sie hatte noch keinen Plan, wie sie sich bei der damals betrogenen Ehefrau entschuldigen sollte.

Vor dem Restaurant angekommen, setzten sie sich auf die Bank, auf der auch Frank und Milena schon gesessen hatten und warteten. Es dauerte nicht lange, da erschienen Jadwiga und Milena Opalka zu Fuß und Anitas Herz klopfte bis zum Hals. Die Begrüßung war sehr freundlich. Milena und Frank küssten sich. Frank und Jadwiga sowie Milena und Anita umarmten einander. Die beiden Mütter gaben sich höflich, aber noch etwas distanziert die Hand, dann betraten alle vier das Restaurant.

Im Restaurant gab es einen Moment der Konfusion, als es um die Sitzordnung ging. Nach einigem Hin und Her setzten sich Milena und ihre Mutter auf die eine Seite des Tisches und Frank und seine Mutter gegenüber. Wichtig war den beiden Verliebten, dass sie einander gegenübersaßen, damit sie sich mit den Beinen berühren konnten. Gerade wollte Frank eine kleine Ansprache halten, da kam auch schon der Kellner mit der Speisekarte und fragte nach den gewünschten Getränken. Er tat das in Polnisch und Anita schaute betreten drein, denn sie verstand als Einzige nichts. Da Frank das Restaurant kannte, wusste er, dass das Personal auch deutsch sprach. Deshalb bat er den Kellner: „Proszę Pana mówić po niemiecku. Moja matka nie mówi po poslsku." Der Kellner nickte freundlich und wiederholte seine Frage auf Deutsch.

Nachdem die Getränke bestellt waren, schauten alle in die Speisekarten, in denen zu Anitas Freude alle Gerichte auch ins Deutsche übersetzt waren. So konnte die Bestellung sofort nach dem Servieren der Getränke erfolgen. Als sich der Kellner entfernt hatte, begann Frank erneut zu sprechen: „Liebe Mutti, liebe Jadwiga, liebste Milena, ich danke euch, dass ihr es möglich macht, dass wir uns heute hier zusammenfinden können. Bis jetzt war es ein steiniger Weg, da einige Probleme und Missverständnisse aus dem Weg geräumt werden mussten. Umso schöner ist es, dass wir jetzt als Familie hier sitzen und uns über Vergangenheit, Gegenwart und Zukunft unterhalten können." Sowohl Mutter Schulz, als auch Milena waren erstaunt über diese kurze aber gelungene Rede. Lediglich Jadwiga schien es ganz normal zu finden, dass Frank so ein toller Redner war. Sie stießen mit ihren Getränken an und Jadwiga bot bei dieser Gelegenheit Anita das Du an, was diese auch gern annahm.

Da weder Jadwiga noch Anita etwas sagten, ergriff Milena das Wort.
„Liebe Mama, liebe Anita, liebster Frank, auch ich freue mich, euch hier so einträchtig zu sehen. Wie ihr wisst, werdet ihr bald die Großmütter unseres Kindes sein. Ich hoffe, ihr seid euch der Verantwortung bewusst. Wir werden unser Kind zweisprachig erziehen und ihr habt die große Aufgabe, uns dabei zu unterstützen. Außerdem habe ich nicht die Absicht, meine Arbeit aufzugeben, sondern ich werde weiter meinen Beruf ausüben. Vielleicht können sich die Omas die Betreuung ihres Enkelkindes teilen."
Die beiden Angesprochenen schauten überrascht, nickten aber nach kurzer Zeit zustimmend.

Das Essen kam und man wünschte sich einen guten Appetit oder **Smacznego** auf Polnisch. Beim Essen wurde nur Belangloses gesprochen, aber als der Tisch abgeräumt war, begann doch endlich ein intensiveres Gespräch. Die Mütter wollten wissen, ob das Geschlecht des Kindes schon bekannt sei und wenn ja, ob sich die zukünftigen Eltern schon einen Namen ausgesucht hätten. Ferner war von Interesse, ob eine Hochzeit geplant wäre und wie der Familienname des Ehepaars dann lauten würde. Zuletzt stellte Anita noch die Frage nach dem Wohnsitz. Natürlich wünschte sie sich insgeheim, ihr Enkelkind in Fritzfurt zu haben, aber wenn sie an die Übergriffe der Rechten dachte, verspürte sie Angst, das Kind durch einen Aufenthalt in ihrem Haus zu gefährden. Milena und Frank beantworteten alle Fragen ihrer Mütter sehr vage, denn sie hatten selbst noch nicht entschieden, wo sie wohnen und ob sie heiraten würden.

Nachdem noch mit Sekt angestoßen worden war, wobei Milena nur anstieß und nichts davon trank, verließ die Familie das Restaurant und setzte sich auf die Bank davor. Anita konnte es kaum noch aushalten, denn die Frage, die ihr am wichtigsten war, hatte sie Jadwiga im gut besuchten Restaurant nicht stellen wollen. Jetzt aber gab es kein Halten mehr.

„Du weißt, dass Frank der Sohn von deinem Mann ist?"

Jadwiga nickte.

„No tak, ale wszystko jedno."

Anita verstand nicht, weshalb Frank übersetzte, dass Jadwiga das zwar wüsste, es ihr aber egal sei. Anita bohrte nach, da sie annahm, Frank habe Milenas Mutter falsch verstanden.

„Aber Milena und Frank sind Halbgeschwister und wenn sie jetzt ein Kind kriegen, macht dir das keine Sorgen?"

Jadwiga war die Ruhe selbst.

„Ich weiß das, aber es ist nicht wichtig. Ich bin ganz sicher, unser Enkel wird ein schönes und gesundes Kind werden."

Anita staunte, wie sicher Jadwiga dabei war. Hatte sie mehr oder neuere Informationen über Kinder von Halbgeschwistern oder warum machte es ihr nichts aus?

Während eines anschließenden Spaziergangs bei bestem Wetter durch Stulice gab es ein weiteres wichtiges Gesprächsthema: Die Rechtsradikalen in Fritzfurt. Frank und seine Mutter versuchten das Problem etwas herunterzuspielen, aber ihren Gesprächspartnerinnen blieb nicht verborgen, wie sehr Familie Schulz unter den Attacken der neuen Nazis litt. Immerhin waren ihnen durch diese schon drei Autos zerstört worden und Milenas Auto war ebenfalls beschädigt worden. Dass dies alles an die Substanz ging, lag auf der Hand. Hinzu kam die Angst vor weiteren Übergriffen.

Im Verlauf des Nachmittags kamen sich die beiden Mütter näher und sie begannen, über ihre gemeinsamen Erfahrungen mit Milan Opalka zu sprechen. Anita war erleichtert, von Jadwiga zu hören, dass Milan nicht ihretwegen seine Frau verlassen wollte, sondern dass es tatsächlich bereits vorher in seiner Ehe mit Jadwiga nicht näher genannte Probleme gegeben hatte, wie er es damals behauptet hatte. Beide stimmten darin überein, dass Milan nicht der Typ war, der einfach alles hingeschmissen und sich in den Westen abgesetzt hätte. So blieb die Frage offen, was denn dann geschehen war, dass er von einem Moment auf den anderen verschwunden war. Beide Frauen waren jedoch nicht mehr wütend auf ihn, nachdem ihnen klar geworden war, dass er keine von ihnen einfach sitzengelassen hatte, um bei der anderen zu bleiben. Sie waren versöhnt mit Milan und vereint in den schönen Erinnerungen, die sie an ihn hatten. Sie ahnten nicht, dass sie in gar nicht so ferner Zukunft erfahren sollten, welches schlimme Ereignis sein Verschwinden verursacht hatte.

Als sie genug gelaufen waren, suchten sie sich ein nettes Restaurant, in dem sie Kaffee tranken und Kuchen aßen. Einmal mehr war Anita Schulz erstaunt, wie großartig es in Polen war. Sie verstand sich selbst nicht mehr, dass sie diese schrecklichen Vorurteile über so viele Jahre mit sich herumgetragen hatte. Dabei wäre es ein Leichtes gewesen, sich zu informieren, denn Polen war nur einen Katzensprung entfernt von ihrem Zuhause.

Nach dieser netten Zusammenkunft trennte man sich gegen Abend und Frank machte sich zusammen mit seiner Mutter auf den Weg über die Grenze. Je näher sie ihrem Domizil kamen, desto mehr wich die Unbeschwertheit des Nachmittags der Angst vor einer unerfreulichen Überraschung zu Hause. An der Stadtbrücke erwartete sie zum Glück keine Bande wildgewordener Schläger, sodass Frank schon mal aufatmete. Auch ihr Haus war unversehrt, wie sie befriedigt feststellten.

Am Abend besprachen Frank und seine Mutter die Ereignisse und Gespräche des Tages. Frank war glücklich, dass seine Mutter es endlich begriffen hatte, dass Polen nicht der Vorhof der Hölle und Milenas Mutter ein Mensch war, mit dem sie sich wahrscheinlich gut verstehen würde. Dass Jadwiga nicht in Panik geraten war, als sie erfahren hatte, dass Milena und Frank Halbgeschwister waren und ein gemeinsames Baby erwarteten, beruhigte Anita sehr. Ganz offensichtlich hatte sie noch eine ganze Menge von weiteren Vorurteilen und gefährlichem Halbwissen, das sie dringend über Bord zu werfen hatte, wozu sie aber jetzt bereit war. Vor allem aber fühlte sie sich zurückversetzt in die Zeit, in der sie mit Milan glücklich gewesen war. Der polnische Akzent von Jadwiga und Milena und die aufgefrischten Erinnerungen an Milan hatten sie in eine angenehme nostalgische Stimmung versetzt.

Kapitel 13

Die neue Woche begann und damit auch für Frank das Problem, dass er wieder mit der Bahn nach Hochofenstadt zu seinem Arbeitsplatz fahren musste. Er stand besonders früh auf, um nicht allzu spät bei der Arbeit zu erscheinen, denn er wusste, dass es sehr viel in der letzten Woche Liegengebliebenes nachzuarbeiten geben würde. Andererseits wollte er auch nicht zu spät zurückkommen, denn er musste an diesem Abend noch Milenas Auto aus der Werkstatt holen.

Im Büro gab es tatsächlich den erwarteten Stress. Seine Kollegin, die sein Projekt während seiner Abwesenheit bearbeitet hatte, war in vielen Punkten unsicher und hatte gewartet, bis er wieder da war, um alle Fragen gemeinsam mit ihm zu klären.

Um 17 Uhr machte er Feierabend, denn nur so konnte er es schaffen, in der KFZ-Werkstatt zu sein, bevor sie schloss. Im Zug war es wieder krachend voll. Diesmal stand neben ihm ein dunkelhäutiger sehr gut gekleideter Mann, der ihn freundlich anlächelte. Frank lächelte zurück und so kam es zu einem Gespräch zwischen den beiden. Darin erfuhr Frank, dass sein Gesprächspartner Professor für Literatur war und in Fritzfurt an der River University unterrichtete. Er hatte einen Ausflug nach Cottbus unternommen und wollte nun wieder zu seiner vorübergehenden Wohnung in Fritzfurt zurückkehren. Vor einigen Wochen hätte Frank diesen Mann wahrscheinlich „Neger" genannt und nicht einmal mit dem Allerwertesten angeschaut. Vor allem hätte er kein Wort mit ihm gewechselt. Inzwischen war er aber um Einiges schlauer geworden und bemerkte wieder einmal, wie viel schöner die Welt war, wenn man ohne Vorurteile durchs Leben ging. Der Professor sprach sehr gut deutsch, sodass es keine Verständigungsschwierigkeiten gab. Er erzählte Frank, dass er aus den USA komme und eigentlich in

Berlin lebe und arbeite, aber für ein halbes Jahr im Rahmen einer Gastprofessur Vorlesungen an der Fritzfurter River University hielt. Beide verabschiedeten sich überaus freundlich voneinander, als der Zug in den Bahnhof von Fritzfurt einfuhr.

Als der Zug gehalten hatte, stiegen sowohl Frank als auch der Professor aus. Frank beeilte sich, den Bahnhof zu verlassen, war aber zu ungeübt, um sich schnell in dem zähen Menschenstrom zu bewegen. Zu seinem Ärger geriet er sogar auf die falsche Seite, sodass ihm die Menschenmassen entgegenkamen, die zum Bahnsteig wollten. Endlich hatte er den Bahnhofsvorplatz erreicht und wollte nun schnellen Schrittes zur Autowerkstatt gehen, da erblickte er seine drei früheren Freunde und noch einige andere schwarz Gekleidete. Sie hatten einen Halbkreis um den Bahnhofsausgang gebildet und musterten die herausströmenden Menschen. Als einer von ihnen den Afroamerikaner erblickte, war die Sache klar. Der Schläger pfiff seine Freunde zu sich und schnell hatten sie den Schwarzen eingekreist, sodass sie ihn herumschubsen konnten. Jedes Mal, wenn das Opfer einen Stoß bekam und gegen einen der Raufbolde geschleudert wurde, schrie dieser: „Habt ihr das gesehen? Der Neger hat mich angegriffen!" Dann schlug der Vermummte kräftig zu und schubste den Professor gegen einen anderen schwarz Gekleideten. Die übrigen Passanten machten einen großen Bogen um die Gruppe und taten so, als ob sie nichts bemerkten. Obwohl Frank es eilig hatte, konnte er nicht anders, als sein Handy zu zücken und die Polizei zu rufen.

Nachdem der Amerikaner mehrmals hingefallen war und im Gesicht schon stark blutete, konnte es Frank nicht mehr ertragen, dem schrecklichen Geschehen untätig zuzuschauen, bis die Polizei eintreffen würde. Er ging beherzt auf die Rowdys zu, durchbrach den Ring, den sie gebildet hatten und packte den Amerikaner am Arm, um ihn aus dem Kreis zu ziehen. Nach einem kurzen Moment der Verblüffung richteten die Schläger ihre Wut nun auch gegen Frank und ehe er den Kreis verlassen konnte, wurde er genau wie der Professor herumgestoßen und geschlagen.

Frank kam es wie eine Ewigkeit vor, während der er wie ein Spielball hin- und hergeworfen wurde, dann ertönte endlich das Martinshorn eines Polizeiwagens. Die Nazis machten sich so schnell wie möglich davon; zurück blieben Frank und der Professor. Frank konnte gerade noch denken, wie ärgerlich es war, dass die Schläger das Weite gesucht hatten, da wurde er von einem Polizisten auf den Boden geworfen und seine Hände wurden hinter seinem Rücken mittels Handschellen gefesselt. Gleiches sah er aus den Augenwinkeln auch bei dem Professor. Dann wurden beide zum Polizeiauto geschleift und sehr unsanft hineingestoßen. Als sie beide nebeneinander auf der Rückbank des Streifenwagens saßen, versuchte Frank die Polizisten darauf aufmerksam zu machen, dass sie die Falschen geschnappt hatten und dass die tatsächlichen Täter über alle Berge waren. Die Polizisten ignorierten ihn jedoch. Der Amerikaner neben ihm sagte mit schmerzverzerrtem Gesicht zu Frank: „Thank you, my friend." Trotz der widrigen Umstände musste Frank lächeln. Das Lächeln ging schließlich in irres Lachen über, als er darüber nachdachte, wie oft er in den letzten Wochen schon in Handschellen abgeführt worden war. Hatte er sich in den mehr als 29 Jahren seines bisherigen Lebens nicht das Geringste zuschulden kommen lassen und daher nie Ärger mit der Polizei bekommen, so saß er neuerdings ständig in irgendwelchen Polizeirevieren. Er konnte sich vorstellen, schon eine beachtliche Akte bei der Polizei zu haben. Zwar war er stets wieder auf freien Fuß gesetzt worden, aber das konnte sich ändern, wenn er immer wieder auffällig wurde. Am meisten ärgerte er sich, dass er jedes Mal unschuldig verhaftet worden war, während die tatsächlichen Kriminellen unbehelligt davongekommen waren.

In seiner Grübelei wurde Frank unterbrochen, als sie vor dem ihm nun schon zur Genüge bekannten Polizeirevier hielten. In barschem Ton wurden sie aufgefordert, das Auto zu verlassen und als das wegen der Handschellen und der Verletzungen nicht schnell genug ging, halfen die Polizisten bei dem Amerikaner mit brutalen Griffen und Tritten nach. Frank wusste, wem er über dieses Vorgehen berichten würde und er hoffte inständig, dass dieses Verhalten der beiden Polizisten Konsequenzen haben würde.

Im Gebäude wurden beide Delinquenten in verschiedene Zimmer gebracht und verhört. Frank hörte, wie nebenan jemand schrie und es hörte sich an, als ob es Schmerzensschreie seines neuen Bekannten aus der Bahn waren. Als kurz danach ein Polizist in den Raum kam, um Frank zu verhören, sagte dieser ganz leise aber bestimmt: „Ich will sofort mit Herrn Giersiepen sprechen und außerdem verlange ich, dass Ihre Kollegen aufhören, den Amerikaner zu misshandeln." Dem Polizisten verschlug es einen Moment lang die Sprache bei so viel Frechheit. Als er sich gefangen hatte, herrschte er Frank an: „Sie haben hier überhaupt nichts zu verlangen. Sie sind nicht das erste Mal wegen einer Schlägerei aufgefallen und verhaftet worden, also halten Sie gefälligst Ihre Schnauze!" Frank ließ sich jedoch nicht einschüchtern.

„Ich werde mich über die Übergriffe der Polizisten bei Ihren Vorgesetzten beschweren. Zum wiederholten Mal wurde ich festgenommen, statt dass die tatsächlichen Schläger verhaftet wurden. Mir kommt das wie eine Schikane vor. Ihr Revierleiter musste ja schon den Dienst quittieren, wie ich hörte und wahrscheinlich werden Sie und Ihre unfähigen oder korrupten Kollegen die nächsten sein."

Während Frank sprach, war der verhörende Polizist um den Tisch herumgegangen und schlug nun dem immer noch gefesselten Frank die Faust mit voller Wucht ins Gesicht. Frank fiel mitsamt dem Stuhl, auf dem er saß, hintenüber und schlug hart mit dem Hinterkopf auf den Betonfußboden.

***

Als Frank aufwachte, hörte er jemanden seinen Namen sagen. Er hatte keine Handschellen mehr an den Armen und lag auf einer Trage. Neben ihm stand auf der einen Seite ein weißgekleideter Mann mit einer Warnweste und auf der anderen Seite Kommissar Giersiepen. Frank versuchte zu sprechen, aber seine Lippen waren zu stark geschwollen. Durch die schmerzende Nase bekam er keine Luft, denn sie war mit irgendetwas zugestopft. Der Mann im weißen Kittel sagte zu dem Kommissar: „Höchstens fünf Minuten, Herr Kommissar." Ludwig Giersiepen nickte, dann wandte er sich an Frank.

„Können Sie sagen, was passiert ist?"

Frank versuchte zu sprechen, schämte sich jedoch, dass er fast unverständliches Zeug lallte.

„Die Nazis haben am Bahnhof den Amerikaner angegriffen. Ich habe die Polizei angerufen und dann versucht, ihm zu helfen. Als die Polizei kam, hat sie mich und den Ami mitgenommen. Beim Verhör hat mich der Polizist zusammengeschlagen."

Giersiepen nickte traurig. Was Frank ihm soeben gesagt hatte, deckte sich mit seinen schlimmsten Befürchtungen. Seine folgende Frage bezog sich auf die Täter und Frank zögerte diesmal nicht, seine drei früheren Freunde zu nennen. Die anderen Schläger kannte er nicht namentlich.

Der Arzt kam zurück und brach das Verhör ab.

„Ich werde Herrn Schulz jetzt ins Krankenhaus bringen lassen, um auszuschließen, dass er innere Verletzungen erlitten hat."

Giersiepen nickte, wünschte Frank gute Besserung und wollte den Raum verlassen. Bevor er ging, bat Frank ihn jedoch, seiner Mutter Bescheid zu sagen, wo er sei und wie es ihm ginge. Der Kommissar versprach das und verschwand nun endgültig. Kurz danach wurde Frank mit der Trage in einen bereitstehenden Rettungswagen geschoben und ins nächste Krankenhaus gebracht. Während der Fahrt machte er sich Gedanken darüber, wer jetzt Milenas Auto aus der Werkstatt holen sollte. Er hoffte, dass seine Mutter daran denken würde. Der Werkstattchef kannte sie beide und würde ihr das Auto ganz sicher herausgeben, auch wenn sie nicht gleich bar bezahlen würde. Die Rechnung könnte er ihr mitgeben, damit Frank sie später bezahlte. Sein Kopf dröhnte, sodass er nicht weiter nachdenken konnte, sondern in einen Halbschlaf versank. Dann trafen sie im Krankenhaus ein.

Im Krankenhaus wurden glücklicherweise keine schwerwiegenden Verletzungen bei Frank festgestellt. Trotzdem musste er eine Nacht zur Beobachtung dort verbleiben. Als endlich alle Untersuchungen abgeschlossen waren und er in seinem Krankenbett lag, rief er seine Mutter an, um sie zu informieren.

Am nächsten Morgen brachte seine Mutter ihn mit Milenas Auto nach Hause, nachdem sie es aus der Werkstatt abgeholt hatte.

Anita stellte Milenas Auto da ab, wo bis vor kurzem ihr eigenes Auto gestanden hatte. So war es zwar aus Franks Zimmer gut zu sehen, aber dennoch wollten sie das wertvolle Fahrzeug nicht über Nacht dort stehen lassen. Deshalb rief Frank Milena an und fragte, wie sie die Übergabe bewerkstelligen wollten. Nach einer kurzen Überlegung bat sie darum, dass er ihr das Auto bei ihrer Mutter vor die Tür stellte. Er versprach, das zu tun, obwohl ihm wegen der Kopfschmerzen gar nicht nach Autofahren zumute war. Es bestand ja die Hoffnung, dass sich sein Zustand bis zum Nachmittag bessern würde. Eigentlich wollte er sich sofort hinlegen und schlafen, aber davor musste er noch eine unangenehme Pflicht erfüllen, nämlich seinen Chef anrufen und sich krankmelden. Er ahnte, dass er damit bei diesem keine Freude auslösen würde und seine Ahnung wurde mehr als erfüllt. Sein Vorgesetzter war erwartungsgemäß ausgesprochen sauer, dass sein Mitarbeiter schon wieder abwesend war. Frank konnte nichts daran ändern, versprach aber, so schnell wie möglich wieder zur Arbeit zu kommen, was sein Chef mit der nicht gerade freundlich klingenden Bemerkung „Das will ich auch hoffen" quittierte. Nachdem Frank aufgelegt hatte, geriet er in eine ausgesprochen depressive Phase. Seitdem er das erste Mal in Polen gewesen war, hatte sich sein ganzes Leben verändert. Das Gute daran war, dass er Milena kennengelernt hatte und sie jetzt ein Paar waren. Das Schlechte war, dass ihn seine alten Freunde einfach nicht in Ruhe ließen, sondern ihn ständig piesackten. Er hatte dadurch schon zwei Autos eingebüßt, war zweimal verletzt worden, und wenn es so weiterginge, könnte er noch seinen Arbeitsplatz verlieren. Am meisten aber wurmte ihn, dass die Polizei automatisch auf der Seite der Nazis war und stets Partei gegen Ausländer ergriff. Die Übergriffe der verhörenden Polizisten auf ihn und den schwarzen Amerikaner waren der vorläufige Höhepunkt der Gemeinheit. Frank hoffte inständig, dass diese Tat ernste Konsequenzen für die betreffenden Polizisten haben würde.

Am Nachmittag suchte Kommissar Giersiepen einmal mehr die Familie Schulz in ihrem Haus auf. Er wollte sich von Frank über den genauen Hergang der Verhaftung und des Verhörs am Vortag informieren lassen. Frank erzählte, was vorgefallen war und der Kommissar schrieb mit. Als er geendet hatte, fragte Frank nach dem Befinden des amerikanischen Professors. Herr Giersiepen sah ihn traurig an, als er antwortete: „Der liegt mit einer ganz schweren Kopfverletzung auf der Intensivstation des Krankenhauses. Ich fürchte, dass diese Angelegenheit noch diplomatische Verwicklungen nach sich ziehen wird, der Mann ist schließlich US-Bürger." Obwohl er es eigentlich schon wusste, fragte er Frank: „War der Amerikaner im Polizeiwagen noch ansprechbar?" Frank nickte, so heftig es ihm wegen seiner Verletzungen möglich war.
„Ja, er sprach mit mir und machte auf mich den Eindruck, als sei er derartige Behandlungen gewohnt."
Der Kommissar schaute wieder sehr traurig, dann sagte er: „Wir müssen das ärztliche Gutachten abwarten, um genau zu wissen, wann ihm die schwere Kopfverletzung beigebracht wurde. Ich fürchte allerdings, dass wieder einige Polizisten aus dem Amt ent-

fernt werden müssen. Zumindest in Ihrem Fall scheint mir die Sache eindeutig zu sein."

Frank wollte noch wissen, ob denn diesmal etwas gegen die Schläger unternommen werden konnte. Kommissar Giersiepen ermunterte ihn daraufhin, Anzeige zu erstatten. Da angeblich niemand sonst etwas von der Schlägerei mitbekommen habe, brauche man die Aussage von Frank und dem Professor, um gegen die Schläger vorzugehen. Frank war dazu sofort bereit, zumal er daran interessiert war, dass diese Verbrecher endlich in den Knast kämen. Der Kommissar versprach, bald mit dem Protokoll und einer vorgefertigten Anzeige zurückzukehren, damit Frank beides unterschreiben könne.

Nachdem er sich wieder ein wenig ausgeruht hatte, rief Frank seine Freundin an. Er bat sie, ihr Auto bei ihm abzuholen, denn mit seinem Brummschädel wagte er nicht, sich ans Steuer zu setzen. Da er ihr noch gar nicht mitgeteilt hatte, was ihm am Vortag zugestoßen war, musste er jetzt ausführlich darüber berichten. Als er das Verhalten der Polizisten schilderte, war Milena nicht verwundert, denn sie wusste ja inzwischen aus eigener Erfahrung, dass im Zweifelsfall immer die Ausländer und ihre Unterstützer verhaftet wurden. Sie versprach am Abend selbst ihr Auto abzuholen, denn sie war auch nicht daran interessiert, es wieder über Nacht vor dem Haus der Familie Schulz stehenzulassen. Sie wünschte Frank gute Besserung und widmete sich dann wieder ihrer Arbeit, während er sich in einen Sessel fallenließ, den er vorher so hingestellt hatte, dass er das Fenster und damit Milenas Auto sehen konnte. Zur Sicherheit hatte er sich einen Spaten bereitgestellt, den er im Ernstfall als Waffe einsetzen wollte, falls es jemand wagen sollte, sich an dem Auto zu vergreifen. Von Zeit zu Zeit döste Frank ein, wurde aber immer hellwach, wenn draußen irgendein Geräusch zu hören war. Als die Schatten länger wurden, schaltete er die Außenbeleuchtung ein, damit sich niemand unbemerkt an das Auto heranschleichen konnte.

Am späten Abend kam Herr Giersiepen wieder und brachte das Protokoll sowie die Anzeige, wie er es versprochen hatte. Frank las sich alles gründlich durch und unterschrieb dann beide Dokumente. Danach unterhielten sich die beiden Männer noch über die Vorfälle der letzten Wochen und kamen zu dem übereinstimmenden Resultat, dass etwas gegen die neuen Nazis getan werden müsse und dass einige Polizisten mit denen unter einer Decke steckten. Die beiden Polizisten, die Frank und den Afroamerikaner verhört und misshandelt hatten, waren sofort vom Dienst suspendiert worden, und ihnen drohte außer einem Disziplinarverfahren auch noch ein Strafprozess. Der Professor war, wie Kommissar Giersiepen berichtete, erst beim Verhör so schwer verletzt worden, dass er auf die Intensivstation gebracht werden musste. Trotzdem wollte Herr Giersiepen auch die Schläger vom Bahnhof belangen, denn auch sie hatten ihre beiden Opfer nicht unerheblich verletzt.

Kaum hatte der Kommissar den Rückweg angetreten, da erschien Milena. Sie erschrak, als sie Frank sah, denn er war immer noch gezeichnet von den Vorkommnissen des vergangenen Tages. Sie machte ihm Vorwürfe, weil er sich eingemischt hatte, als die Schläger über den Ausländer hergefallen waren, aber tief in ihrem Inneren bewunderte sie ihn für sein Eintreten. Seine Parteinahme für den Schwächeren zeigte ihr erneut, dass sie sich bei der Wahl ihres Partners nicht getäuscht hatte. Frank nutzte ihre Nähe, um zärtlich ihren Bauch zu streicheln, in dem sein Kind heranwuchs. Auch das Wachstum ihrer Brüste versuchte er durch ausführliches Abtasten festzustellen. Zwar spürte er noch keine Veränderung bei ihr, aber er nahm sich dennoch viel Zeit dazu. Er sagte ihr, dass er sich vorgenommen hatte, jede Phase ihrer Schwangerschaft mitzuerleben. Leider hatte er dazu wegen der räumlichen Trennung nur selten Gelegenheit. Milena hatte nichts dagegen, dass seine Hände unter ihrem T-Shirt waren, denn auch sie vermisste das intime Zusammensein mit ihm.

Nachdem sie zusammen Abendbrot gegessen hatten, stieg Milena in ihr Auto und fuhr davon. Kurz danach kam Franks Mutter von der Arbeit nach Hause. Zusammen sahen sie die Spätabendschau, in der über den gestrigen Vorfall am Bahnhof berichtet wurde. Ein Polizeisprecher kam zu Wort und sagte, dass gegen eine unbestimmte Anzahl von Hooligans, von denen drei inzwischen in Untersuchungshaft säßen, ermittelt würde, und dass außerdem einige Polizisten vorübergehend vom Dienst suspendiert worden seien, da gegen sie ebenfalls ermittelt werde. Frank und seine Mutter hofften, dass es diesmal nicht wieder so glimpflich für die drei früheren Freunde ausgehen würde. Irgendwann musste ihr Verhalten doch mal ernste Konsequenzen haben.

***

Frank wurde am nächsten Morgen zur üblichen Zeit von seinem Handy geweckt. Er stand auf, ging ins Bad und schaute als Erstes in den Spiegel. Auf diese Weise wollte er feststellen, ob sein Anblick für andere Menschen zumutbar sei. Als er konstatierte, dass er wieder einigermaßen zivilisiert aussah, entschied er sich dazu, zur Arbeit zu fahren. Er hatte Angst, dass sein Chef sonst die Geduld mit ihm verlieren würde. Also machte er vorsichtig Morgentoilette, zog sich an und verließ nach einem kurzen Frühstück das Haus, nachdem er sich von seiner Mutter verabschiedet hatte. Auf dem Bahnhofsvorplatz war alles ruhig, aber es war ja auch noch früher Morgen, da schliefen die Nazis gewöhnlich noch.

Am Bahnhof von Hochofenstadt gab es ebenfalls kein Problem, sodass Frank pünktlich an seinem Arbeitsplatz erscheinen konnte. Notgedrungen musste er an diesem Morgen seinen Kollegen sein doch noch etwas ramponiertes Aussehen erklären. Er berichtete von den Nazis am Bahnhof und bevor er zu dem Verhalten der Polizisten kam, wurde er von seinen Zuhörern lautstark kritisiert. Sie waren einhellig der Meinung, dass so ein Neger, der den Deutschen den Arbeitsplatz wegnähme, es auch verdient hätte, verprügelt zu werden. Schließlich sei Deutschland kein Schlaraffenland, in dem es sich die Faulpelze und Taugenichtse aus aller Welt gemütlich machen könnten. Frank war erschüttert über diese Meinung, musste aber insgeheim zugeben, dass er selbst bis vor einiger Zeit auch noch so gedacht hatte, was er heute überhaupt nicht mehr begreifen konnte. Als sich seine laut diskutierenden Kollegen einigermaßen beruhigt hatten, fuhr er mit seinem Bericht fort, indem er seine Behandlung bei der Polizei schilderte. Nun sah er sich ungläubigem Erstaunen gegenüber. Er konnte in den Gesichtern seiner Kollegen förmlich die Skepsis ablesen, mit der sie seine Worte angehört hatten. Die Polizei, dein Freund und Helfer sollte einen Deutschen grundlos schlagen? Das hielten alle anderen für völlig abwegig. Schließlich gab Frank auf, die Zuhörer von der Richtigkeit seiner Erzählung zu überzeugen. Er endete mit den Worten „Glaubts oder glaubts nicht", dann setzte er sich an seinen Arbeitsplatz, wo er den Computer einschaltete. Nach Sichtung der E-Mails vom Vortag informierte er sich darüber, wie weit seine Kollegin das Projekt, für das er zuständig war, schon vorangebracht hatte. Wie er sah, war seine Vermutung richtig gewesen, denn sie setzte ihren ganzen Ehrgeiz in eine schnelle und exakte Bearbeitung der ihr übertragenen Aufgabe.

Nachdem Frank die Zeichnungen und Berechnungen überprüft hatte, dankte er der jungen Ingenieurin für die gute und schnelle Arbeit. Er besprach mit ihr das weitere Vorgehen und zusammen legten sie einen voraussichtlichen Termin für die Fertigstellung fest, den Frank dem Chef mitteilte. Er vergaß dabei nicht, seine fleißige Kollegin zu loben und berichtete anschließend von seinen Erlebnissen am letzten Montag. Der Chef hätte wahrscheinlich ohnehin gefragt, wer Frank so schrecklich zugerichtet habe. Als er Franks Geschichte gehört hatte, schüttelte er nur den Kopf.
„Wo leben wir denn hier? Gibt es denn nur noch Nazis um uns herum?"

Er drückte Frank kräftig die Hand, um seine Freude darüber zum Ausdruck zu bringen, dass dieser so mutig eingeschritten war. Der gestrige Fehltag schien keine Rolle mehr zu spielen. Frank freute sich, dass wenigstens einer in dieser Firma kein Rassist war. Dass es ausgerechnet der Chef war, der vernünftig dachte, machte es für Frank leichter, nicht zur Mehrheit zu gehören. Er überlegte insgeheim, wie er den Chef dazu bringen könnte, gegenüber der Belegschaft auch mal seine Meinung zu sagen. Vielleicht würde der ein oder andere dann selbstkritisch in sich gehen und darüber nachdenken, ob wirklich eine Notwendigkeit dafür bestehe, dass Menschen aus anderen Ländern zusammengeschlagen werden.

Nach Feierabend fuhr Frank zurück nach Fritzfurt. Der Zug war wieder so voll wie gestern, aber es gab diesmal niemanden, mit dem er sich unterhalten konnte oder wollte. Am Bahnhof von Fritzfurt stieg er aus und verließ vorsichtig das Bahnhofsgebäude. Es war alles ruhig und niemand schien Leute verprügeln zu wollen. Den Weg vom Bahnhof zu seinem Elternhaus legte er innerhalb einer halben Stunde zu Fuß zurück. Als er am Gartentor stand, sah er die Schmiererei an der Hauswand. In großen ungeschickten Lettern stand da:

Fareta! Wir kriejen dich!

Obwohl er sich über die erneute Verunstaltung der Hauswand und den Inhalt des Spruchs maßlos ärgerte, musste Frank doch schmunzeln, dass diese Idioten bei all den orthografischen Fehlern am Ende den richtigen Fall benutzt hatten. Spontan zückte er sein Smartphone, um ein Bild von der Inschrift zu machen. Dann ging er ins Haus und zog sich seine Arbeitsklamotten an. Danach schnappte er sich im Schuppen Farbeimer und Rolle und übermalte die Schmiererei an der Hauswand. Er war froh, dass von der weißen Fassadenfarbe noch so viel übriggeblieben war. Allerdings musste die Farbschicht auf der Hauswand schon eine beachtliche

Stärke angenommen haben, so oft, wie er sie in der letzten Zeit überstrichen hatte.

Als seine Mutter nach ihrer Arbeit nach Hause kam, sah sie mit einem Blick, dass die Farbe der Fassade ausgebessert worden war und ihre Frage an ihren Sohn klang eher wie eine Feststellung.
„Haben sie wieder etwas an die Wand geschmiert?"
Frank nickte nur müde, dann zog er sich in sein Zimmer zurück und telefonierte ausgiebig mit seiner Milena. Eine wichtige Frage, die er mit ihr erläuterte, war die, wo sie beide als deutsch-polnisches Paar friedlich zusammenleben könnten. Fritzfurt schlossen sie kategorisch aus, auch wenn die Nazis eingesperrt werden würden. Niemand wusste, wie lange sie tatsächlich hinter Gittern bleiben müssten und wie viele andere Rechtsextreme es noch gab. Dass mindestens noch einer frei herumlief, sah man ja an der Bemalung der Hauswand. Aber wie war es in Polen? Frank hatte das Land bei seinen bisherigen Besuchen stets als offen und gastfreundlich kennengelernt. Er konnte es kaum glauben, als Milena ihm sagte, dass es auch in Polen Rechtsradikalismus und Ausländerfeindlichkeit gebe. Sie wollte auf keinen Fall in Polen mit ihrem deutschen Mann zusammenleben. Sie konnte sich vorstellen, dass man sie ebenso wenig in Ruhe lassen würde wie in Fritzfurt. Ohne eine Lösung für ihr Problem gefunden zu haben, beendeten sie ihr Gespräch und verabschiedeten sich in der üblichen Weise mit vielen telefonischen Küssen.

***

Der nächste Tag war arbeitsfrei, denn man feierte in Deutschland Christi Himmelfahrt. Leider war dieser Tag in Polen ein Arbeitstag, weshalb Frank allein zu Hause herumsaß und nur am Abend mit Milena telefonieren konnte.

Als er am Freitagmorgen in den Spiegel schaute, war Frank mit seinem Anblick schon fast wieder zufrieden. Er fuhr erneut mit der Bahn zur Arbeit – was blieb ihm auch anderes übrig? Wie er traurig feststellte, würde er wohl auch in absehbarer Zeit keinen neuen fahrbaren Untersatz erwerben können, denn seine Entschädigung für das abgefackelte Auto war für die Reise nach Amsterdam und Milenas Reifen weitestgehend aufgebraucht. Trotzdem war er froh, dass er das Geld gehabt hatte und es für diese Zwecke einsetzen konnte.

Im Büro widmete er sich ganz seiner Arbeit. Seine Kolleginnen und Kollegen ignorierte er, bis auf die Kollegin, die an seinem Projekt mitarbeitete. Zum Glück hatte sie sich an der Ausländerhetze nicht beteiligt, sodass er kein Problem damit hatte, weiterhin mit ihr zusammenzuarbeiten.

Nach der Arbeit fuhr er zurück nach Fritzfurt, ging aber nicht sofort nach Hause, sondern ins Krankenhaus. Er hoffte, den amerikanischen Professor besuchen zu dürfen und es wurde ihm erlaubt. Der Patient hatte inzwischen die Intensivstation verlassen können und lag in einem ganz normalen Krankenzimmer. Er schien Privatpatient zu sein, denn er hatte ein Einzelzimmer. Nachdem Frank an die Tür geklopft hatte, trat er ein und ging zum Bett, in dem der Professor lag. Dieser bot einen für Frank sehr ungewöhnlichen Anblick, denn seine schwarze Hautfarbe kontrastierte in starkem Maß mit dem Weiß der Bettwäsche. Der Patient schaute zur Seite, um erkennen zu können, wer ihn besuchte. Als er Frank erkannte, brachte er seine Freude über den Besuch zum Ausdruck, indem er rief: „Hi, my friend, nice to see you! How are you doing?" Frank verstand kein Wort außer Hi, konnte sich aber vorstellen, was der Mann zu ihm gesagt hatte. Er antwortete: „Hallo, wie geht es Ihnen?" Der Amerikaner lächelte, soweit das mit den Schwellungen und geklammerten Platzwunden möglich war.
„Mir geht es gut. Ich hoffe Ihnen auch."
Frank nickte, zeigte aber auf sein ebenfalls noch nicht vollständig wiederhergestelltes Gesicht. Der Amerikaner grinste, streckte Frank die Hand entgegen und sagte: „Call me Jerry. What's your name?" Frank ergriff die Hand, wobei er sich bewusst war, dass er

es bis vor einem Vierteljahr strikt abgelehnt hätte, einem Neger, wie er ihn damals genannt hätte, die Hand zu geben. Nun tat er genau das und es machte ihn glücklich. Er kramte seine alten fast vergessenen Englischkenntnisse hervor und sagte: „My name is Frank." Das wurde leider von dem Amerikaner völlig falsch gedeutet, denn er begann sofort in Englisch auf Frank einzureden. Frank musste ihn unterbrechen und darauf hinweisen, dass er nur wenig englisch sprach. Der Amerikaner lachte.

„Sorry, my fault. Dann lass uns deutsch miteinander reden, Frank." Frank nickte und schämte sich insgeheim, dass er nicht besser englisch sprach. Der Professor fragte nun, was Frank bei der Polizei erlebt hätte und dieser berichtete ihm in allen Einzelheiten, was vorgefallen war. Dann erzählte Jerry, wie er sein Verhör erlebt hatte.

„Ich habe den Polizisten darauf hingewiesen, dass ich Professor und US-Staatsbürger bin und das Opfer der Schlägerei am Bahnhof war. Deshalb verlangte ich, sofort freigelassen zu werden, aber der Polizist brüllte mich an und schlug dann mehrmals zu, bis ich vom Stuhl fiel. Danach weiß ich nichts mehr. Ich bin erst im Krankenhaus wieder aufgewacht."

Der Amerikaner musste erst einen Schluck Wasser trinken, bevor er weitersprechen konnte.

„Sag mal Frank, ist das bei euch so üblich? Ich dachte, eure Polizei ist nicht rassistisch."

„Ja", erwiderte Frank traurig, „das dachte ich auch immer." „Was meinst du denn, werden die policemen bestraft?", wollte Jerry wissen. Frank erzählte ihm von dem Kriminalkommissar aus Westdeutschland, auf den er große Hoffnung setzte. „Damit kommen die nicht durch!", brachte er seine Hoffnung zum Ausdruck. Aber ganz sicher war er nicht.

Mit einem weiteren Händedruck verabschiedete sich Frank von seinem neuen Freund und verließ nachdenklich das Krankenhaus. Er zweifelte an seinem eigenen Verstand, wenn er darüber nachdachte, dass er bis vor wenigen Monaten Menschen wie Jerry gehasst hatte. Nicht einmal ansatzweise hatte er darüber nachgedacht, mit Ausländern in Kontakt zu treten, um mehr von ihnen und über sie zu erfahren. Er war nun fast 30 Jahre alt und hatte das Gefühl, sein ganzes bisheriges Leben auf der falschen Seite gestanden zu haben. Aber es war noch nicht zu spät, um sich zu ändern. Er fühlte, dass er schon auf dem besten Weg war.

Zu Hause wartete er auf seine Mutter, mit der er nach ihrem Eintreffen gemeinsam Abendbrot aß und über die Ereignisse des Tages sprach. Sie hatte nichts Neues zu berichten. In ihrem Supermarkt gab es jeden Tag denselben Wahnsinn. Frank dagegen hatte eine Menge mehr zu erzählen. Er berichtete von seiner Arbeit und der Kollegin, die so fleißig an seinem Projekt gearbeitet hatte. Dann sprach er über den Krankenhausbesuch bei dem Amerikaner. Er war erstaunt und zugleich stolz, dass er nicht einmal das Wort „Neger" benutzt hatte. Auch seiner Mutter gegenüber brachte Frank zum Ausdruck, wie glücklich er jetzt ohne Ausländerhass und Vorurteile sei. Sie schwieg dazu und er wusste nicht, ob das heimlichen Widerspruch oder stille Zustimmung bedeutete. Vielleicht, so hoffte er, ging sie jetzt in sich und dachte darüber nach, was in ihrem bisherigen Leben schiefgelaufen war. Er war ihr mittlerweile schon ziemlich böse, dass sie ihn derartig rassistisch erzogen hatte. Wenn man an ihre Affäre mit Milan Opalka dachte, konnte man doch annehmen, dass sie damals nicht so engstirnig gewesen war. Frank hatte die Vermutung, dass ihr Mann Herbert, den er so lange als seinen Vater angesehen hatte, sie so negativ beeinflusst hatte.

Im Regionalprogramm des Fernsehens konnte Frank zu seiner Freude hören, dass zwei Polizisten der Stadt aus dem Dienst entfernt worden waren, da gegen sie Anklage wegen Körperverletzung im Amt erhoben worden war. Außerdem konnte man in der Sendung erfahren, dass drei Rechtsextremisten und Schläger in Untersuchungshaft bleiben müssten, da ihre Haftbeschwerde abgewiesen worden sei. Zu Franks Überraschung war Kommissar Giersiepen Gast in der Sendung. Er berichtete über die Misshandlung eines schwarzen Amerikaners und eines jungen Deutschen vor dem Fritzfurter Bahnhof und bat Zeugen dieses Vorfalls, sich bei der Polizei zu melden.

Zufrieden mit sich und der Welt rief Frank Milena an, um mit ihr ein wenig zu turteln – wenn schon nicht direkt, so wenigstens per Telefon. Nach diesem fast endlosen Telefonat ging er schlafen und freute sich auf ein weiteres Wochenende mit ihr, denn sie hatten spontan beschlossen, das Wochenende an der polnischen Ostsee zu verbringen.

Kapitel 14

Wie schon so oft wachte der Mann schweißgebadet auf. Er hatte erneut diesen furchtbaren Traum gehabt, der ihn seit seinem Koma fast jede Nacht heimsuchte. In diesem Traum passierte jedes Mal dasselbe, und es war, als würde er einen Film immer und immer wieder anschauen.

Im Traum befand er sich in einem Zimmer, das nur von einer Kerze beleuchtet wurde. Eine schwangere Frau lag nackt auf dem Bett. Ihre Brüste schienen mit ihrem Babybauch in einem Wettbewerb um das maximale Volumen zu stehen. Sie schaute liebevoll zu, wie er sich anzog. Dabei fragte sie: „Wann kommst du wieder?" Er zuckte mit den Schultern.
„Nie wiem. Vielleich in eine Woche. Wenn Scheidung vorbei. Aber dann für immer."
Er lächelte sie glücklich an und sie lächelte ebenso glücklich zurück.

Sie stand recht mühsam auf und umarmte ihn, soweit es mit ihrem Bauch möglich war.
„Wir warten auf dich. Bitte komm, bevor das Baby da ist, und dann geh nie wieder fort."
Er nickte zustimmend, während sie die Tür aufschloss. Sie küssten sich noch einmal lange und ausgiebig. Mit den Worten „Kocham cię" verschwand er in der Dunkelheit. „Ich liebe dich auch!", rief sie ihm hinterher, dann ging sie ins Haus zurück.

Bis zum Grenzübergang waren es nur etwa zehn Minuten Fußweg. Die Straße verengte sich zu einem schmalen Pfad, der direkt neben einem Fluss verlief. Außer dem trüben Mondlicht gab es keine Beleuchtung auf diesem einsamen Weg. Der Fluss neben ihm schien dunkel und drohend, hatte aber noch keine Eisschicht, denn die Temperatur lag noch nicht lange unter null Grad. Während seine Schritte auf dem Asphalt hallten, fuhren in seinem Kopf die Gefühle Achterbahn. Die Gedanken an seine deutsche Geliebte und die Zukunft mit ihr und ihrem gemeinsamen Kind verblassten langsam, während sich das Unbehagen breitmachte, das er empfand, wenn er an seine Noch-Ehefrau in Polen dachte. Die bevorstehende Scheidung machte ihm schwer zu schaffen. Seine größte Sorge war, wie es mit ihrer wundervollen Tochter weitergehen würde, wenn er mit seiner neuen Familie in der DDR lebte? Würde seine geschiedene Frau ihm erlauben, die Tochter jemals wiederzusehen?

Urplötzlich tauchten vor ihm ein paar dunkle Gestalten auf, die die gesamte Breite des schmalen Pfades einnahmen und ihm damit den Weg versperrten. Sie waren etwa in seinem Alter, aber größer und kräftiger als er. Alle drei hatten Glatzen und trugen Springerstiefel an den Füßen. Er hatte keine Chance, an ihnen vorbeizukommen, sodass er stehenbleiben musste. Seine Frage „Czego chcecie?" wurde mit höhnischem Lachen beantwortet. Einer der Männer schrie: „Lerne erst mal Deutsch, du scheiß Polacke und lass jefällichst unsere Frauen in Ruhe!" Der Mann hielt es für besser zu schweigen, aber das nützte ihm nichts. Die drei anderen Männer begannen auf ihn einzuprügeln und als er auf der Erde lag, traten sie ihn. Nachdem er sich nicht mehr bewegte, leerten sie seine Taschen aus und nahmen alles an sich, was er bei sich trug. Dann warfen sie ihn unter grölendem Gelächter ins Wasser und gaben ihm einen Stoß, sodass er auf den Fluss hinaustrieb, wo er sofort von der Strömung erfasst und zur Flussmitte gezogen wurde. Einer der Skinheads schrie ihm hinterher: „Komm jut nach Hause du Arschloch!" Die drei Typen schüttelten sich aus vor Lachen, als hätte jemand einen besonders lustigen Witz erzählt.

Er träumte weiter, dass er vor Kälte wieder wach wurde, aber nichts dagegen tun konnte, dass er immer schneller von der Strömung mitgerissen wurde. Er war sich sicher, dass das sein Ende sein würde. Seine Gedanken galten seiner Geliebten sowie seinen beiden Kindern, dann wurde es dunkel um ihn.

Auch an diesem Morgen machte er sich wieder bewusst, dass dies alles nur ein schlechter Traum war, der leider immer wieder kam. Er hätte zu gern gewusst, ob sein Traum einen realen Hintergrund hatte. Er spielte manchmal mit dem Gedanken einen Traumdeuter aufzusuchen. Besonders wunderte es ihn, dass er im Traum polnisch sprach.

Er stand auf, machte Morgentoilette und frühstückte. Danach ging er zur Arbeit. Er schuftete im Stahlwerk in Hochofenstadt. Da er keine Ausbildung hatte, beziehungsweise sich an keine erinnern konnte, musste er die schwersten und unangenehmsten Arbeiten verrichten, die es in diesem Werk gab.

Obwohl er manchmal mit dem Schicksal haderte, war er alles in allem ganz froh darüber, wie gut er damals versorgt worden war, nachdem sie ihn halbtot, in einem vollgelaufenen Ruderkahn liegend, aus dem Wasser gezogen hatten und wie fürsorglich man ihn in der DDR behandelt hatte. Als er aus einem langen Koma erwacht war, hatte er keine Erinnerung an sein bisheriges Leben mehr. Da er alle Fragen der Rettungskräfte und der Volkspolizei in Deutsch mit „Ich weiß nicht" beantwortete und recht gut deutsch sprach, wurde angenommen, dass er Staatsbürger der Deutschen Demokratischen Republik sei. Zwar hatte er einen ausgeprägten Akzent, aber das war nichts Besonderes, denn in der DDR gab es viele Spätaussiedler, die aus Polen in die DDR gekommen waren und auch einen solchen Akzent hatten. Verdächtig war, dass man bei ihm keine Papiere gefunden hatte und in der DDR auch niemand vermisst wurde, mit dessen Beschreibung er übereinstimmte. Dass er sich an nichts erinnern konnte, nicht einmal an seinen Namen, hielt die Deutsche Volkspolizei für sehr unglaubwürdig. Eine Zeitlang verdächtigte sie ihn sogar, ein feindlicher Spion zu sein.

Nach langem Hin und Her bekam er endlich einen Deutschen Personalausweis der DDR. Der erste Arbeiter- und Bauernstaat auf deutschem Boden konnte jeden arbeitsfähigen Menschen gebrauchen, denn Arbeitskräfte waren Mangelware. Ihm wurde der Name Klaus Labus amtlich zugeordnet, da man ihn nahe der gleichnamigen Stadt aus einem fast vollständig mit Wasser gefüllten Ruderkahn, der auf der Oder geschwommen war, geborgen hatte. Nach Erhalt seines Ausweises und vollständiger Genesung konnte er endlich arbeiten gehen und verdiente sich sein Geld vorerst als Erntehelfer in der örtlichen Landwirtschaft. Weil er nicht weit von Hochofenstadt entfernt wohnte, versuchte er sein Glück später im dortigen Stahlwerk im inzwischen wiedervereinigten Deutschland, wo er tatsächlich auch einen Job als Hilfsarbeiter bekam. Er musste alle Tätigkeiten verrichten, die die Facharbeiter nicht machen wollten, aber er bekam jeden Monat seinen Lohn, was bei den Bauern nicht immer der Fall gewesen war.

Er suchte sich ein möbliertes Zimmer bei einer alten alleinstehenden Frau in Grasenau. Da er bescheiden lebte und nicht viel Miete bezahlen musste, konnte er jeden Monat ein kleines Sümmchen zur Seite legen. Er fühlte sich dadurch direkt ein bisschen privilegiert.

Sein Glück wäre vollkommen gewesen, wenn er gewusst hätte, wer er wirklich war und ob sein immer wiederkehrender Traum irgendetwas mit seinem damaligen Leben und der unfreiwilligen Bootsfahrt im eiskalten Wasser mit anschließendem Koma zu tun hatte. Um diesem Ziel näher zu kommen, setzte er sein Erspartes ein und heuerte einen Privatdetektiv namens Albert Senf aus Köln an, dessen Annonce er in einer Zeitung gesehen hatte. Dieser Detektiv machte ein zuversichtliches Gesicht, als er den Auftrag bekam und versprach mit allen ihm zur Verfügung stehenden Mitteln nach der Herkunft von Klaus Labus zu forschen. Er hatte nicht viele Anhaltspunkte. Bekannt war lediglich, dass man seinen Auftraggeber in der Nacht des 1. Dezembers 1987 in einem Ruderboot liegend aus der eiskalten Oder gefischt hatte. Dann hatte dieser lange im Koma gelegen und nachdem er aufgewacht war, konnte er sich an nichts mehr erinnern.

Seinen immer wiederkehrenden Traum verschwieg Klaus dem Detektiv lieber, da es ihm peinlich war, davon zu erzählen.

Der Detektiv ging mit diesen wenigen Informationen und einem Foto seines Auftraggebers an die Arbeit. Er hatte sich überlegt, dass Klaus nur flussaufwärts von Labus in das Boot geraten sein konnte. Die Wahrscheinlichkeit, dass sein Klient von einem Schiff oder von einer Brücke gefallen oder auch gesprungen sein könnte, schien für Herrn Senf nahezu ausgeschlossen zu sein. Wäre er von einem Schiff gekommen, hätte die Besatzung sicherlich eine Meldung bei den Behörden gemacht. Wäre er von einer Brücke gefallen, war es mehr als unwahrscheinlich, dass er genau auf einem gerade vorbeitreibenden Boot gelandet wäre und sich dabei nicht das Genick gebrochen hätte. Möglich wäre es nur, dass er ins Wasser gefallen wäre und sich auf ein zufällig in seiner Nähe schwimmendes Boot gerettet hätte. Er schloss auch aus, dass sein Klient ins Eis eingebrochen sein könnte, denn nach seinen Informationen war die Oder Ende November 1987 noch nicht zugefroren, auch nicht teilweise.

Die größte Hoffnung auf Informationen zu seinem Fall setzte der Detektiv auf Fritzfurt. In einer Stadt gab es viele Menschen und vielleicht hatte jemand damals etwas gesehen oder gehört, das Herrn Senf jetzt weiterhelfen konnte. Für Fritzfurt sprach auch, dass Herr Labus gar nicht länger in dem eiskalten Wasser gewesen sein konnte, ohne zu erfrieren. Also machte sich der Detektiv auf den Weg nach Fritzfurt.

Als er am späten Nachmittag dort angekommen war, schaute er sich ausgiebig um, fand zwar die Brücke, aber nichts, was ihn bei seiner Suche weiterbrachte. Deshalb wandte er sich dem deutschen Ufer zu und ging am Fluss entlang in Richtung der Strömung. An allen Häusern hielt er an und klopfte oder klingelte in der Hoffnung, dass die Bewohner damals von einem Sturz von der Brücke oder irgendeinem anderen Vorfall etwas mitbekommen hatten. Bei den meisten Häusern öffnete niemand die Tür. Wahrscheinlich waren ihre Bewohner bei der Arbeit oder öffneten aus Prinzip nicht für Fremde. Wenn doch jemand öffnete, so konnte er oder sie sich an nichts erinnern.

Nach einigen Minuten erreichte Albert eine Gaststätte, um die er normalerweise einen großen Bogen gemacht hätte, denn ihr Äußeres war in einem schrecklichen Zustand. Abblätternde Lettern über der Eingangstür ließen nur noch erahnen, dass ihr Name „Zum Oderdampfer" lautete. Er trat trotzdem ein, denn er hoffte, hier Informationen zu bekommen. Zuerst konnte er wegen der Dunkelheit im Inneren kaum etwas erkennen. Der Gestank nach kaltem Rauch und schalem Bier, der ihm entgegenschlug war fast unerträglich und nur zu gern hätte er wieder kehrtgemacht, aber er war dienstlich unterwegs und da durfte er nicht zimperlich sein.

Bald hatten sich seine Augen an die Dunkelheit gewöhnt und er erkannte einen Tresen, hinter dem ein feister alter Mann stand, der vermutlich der Wirt war. An einem runden Tisch saßen einige dunkle Gestalten, die kaum zu sehen, aber dafür umso besser zu hören waren. Allesamt trugen sie schwarze Kapuzenjacken mit allerlei Runen und schwarze Hosen. Sie hatten Glatzen, von denen einige mit den seltsamsten Tattoos versehen waren. Nicht nur wegen deren Äußerem war Albert schnell sicher, dass es sich bei den Männern am Stammtisch um Neonazis handelte. Er grüßte freundlich, setzte sich an einen freien Tisch in ihrer Nähe und bestellte ein Bier. Er musste diese Bestellung nicht weiter präzisieren, denn es gab nur eine Sorte. Als der Kneipier das Bier brachte, verkniff es sich der Detektiv, ihn zu fragen, ob er vor 30 Jahren etwas von einem Mann, der ins Wasser gestürzt war, gesehen oder gehört hatte. Er widmete sich vielmehr dem Gespräch am benachbarten Stammtisch, dem er wegen der Lautstärke, in dem es geführt wurde, sehr gut folgen konnte. Da die Männer schätzungsweise 50 Jahre alt waren, bestand die Möglichkeit, dass sie damals etwas davon mitbekommen hatten, wenn hier in der Nähe jemand ins Wasser gefallen sein sollte. Seine langjährige Berufserfahrung sagte ihm sogar, dass die Typen an dem unfreiwilligen Bad seines Klienten möglicherweise beteiligt gewesen sein könnten.

Man konnte fast sagen, dass die Männer am Nebentisch eine Tagesordnung hatten, die sie abarbeiteten. Zuerst ging es um mehrere ihrer Kameraden, wie sie sie nannten, die sich derzeit in Untersuchungshaft befanden. Irgendein Scheißwessibulle hatte diese wohl hinter Gitter gebracht und war so unverfroren, auch gleich noch die aufrechten Deutschen in den Reihen der Polizei auszusortieren. Die vier Männer waren sich darin einig, dass dieser Wessi unschädlich gemacht werden müsse. Der nächste Tagesordnungspunkt war ein deutsch-polnisches Pärchen. Das hatte sich trotz mehrmaliger Warnungen und Drohungen immer noch nicht getrennt, sondern erwartete sogar ein Kind. Auch da war man sich einig, dass dem unbedingt ein Riegel vorgeschoben werden müsse. Allerdings hatten die Männer wohl schlechte Erfahrungen mit der Polin gemacht, die bei einem früheren Überfall drei ihrer Kameraden zu Boden gestreckt hatte. Man wollte abwarten, bis sie hochschwanger wäre, um sie dann anzugreifen. In diesem Zustand sollte ihre Wehrfähigkeit nicht mehr allzu hoch sein. Ihr deutscher Partner war indessen nicht so gefährlich und man war sich sicher, dass vier Kameraden ausreichen würden, um ihn unschädlich zu machen. Der Privatdetektiv am Nebentisch war erstaunt, in welcher Offenheit die Nazis ihre Pläne diskutierten. Entweder waren sie sich so sicher, dass ihnen nichts passieren konnte oder sie waren einfach zu blöd, um vorsichtig zu sein. Albert Senf tippte auf die Summe von beidem multipliziert mit der großen Menge konsumierten Alkohols.

Nachdem die Männer am Stammtisch zum wiederholten Mal auf den Führer angestoßen hatten, ging Albert zu ihnen und fragte, ob er sich dazusetzen dürfe. Sie sahen ihn erstaunt an und er hatte den Eindruck, dass sie seine Anwesenheit bisher gar nicht wahrgenommen hatten. Ohne die Antwort abzuwarten, nahm er auf dem einzigen noch freien Stuhl Platz und signalisierte dem Wirt, eine Runde Bier zu bringen. Die Nazis schienen diese Geste so zu verstehen, wie sie gemeint war, denn sie wandten sich durchaus wohlwollend dem Neuling an ihrem Tisch zu und fragten, was ihn in diese Gegend verschlagen hätte. Dass er nicht von hier war, hörten sie sofort an seinem Dialekt. Der Detektiv sah seine Chance gekommen, an Informationen zu gelangen. Deshalb schlüpfte er in die Rolle eines Rechtsradikalen und führte aus: „Isch suche Anschluss an aufreschte Deutsche, die sisch den Kameltreibern und Kümmeltürken entjejenstellen und da dachte isch, dat isch hier im Osten auf jeden Fall Jleischjesinnte finde."

Inzwischen war die bestellte Runde Bier serviert worden und die Männer stießen auf den seligen Adolf an. Die Runde hatte viele Fragen an den Neuling.
„Wie heeßtn du?"
„Wo kommstn her?"
„Haste ooch schon wat jejen det Asylantenpack jemacht gehabt? Feuer jelecht oder so?"
„Weeßte schon wode hier wohn tust?"
Auf keine der Fragen antwortete Albert wahrheitsgemäß, sondern immer so, dass er zu den Nazis kompatibel war und von ihnen als ihresgleichen anerkannt wurde. So log er frisch von der Leber weg, dass er Konrad Kunz aus Köln sei, der sich dort schon als Demonstrant gegen die Flüchtlingspolitik der Bundesregierung engagiert hätte. Leider seien jedoch im Rheinland die Gutmenschen in der Überzahl, sodass er dort nichts erreicht hätte. Obwohl Albert Senf weder im Aussehen, noch in seiner Ausdrucksweise zu den Typen passte, mit denen er sich gerade verbündete, schienen sie doch von seinem Auftreten beeindruckt zu sein und als er noch eine Runde

Bier und dazu Schnäpse für alle bestellte, war er schon so gut wie in die Clique aufgenommen.

Im Laufe der Unterhaltung erfuhr er die Namen seiner vier neuen Freunde und bekam einen tieferen Eindruck von ihrer unglaublichen Primitivität. Als er fragte, was sie denn als Nächstes geplant hätten, bekam er zur Antwort, dass sie unbedingt einen gewissen Kommissar Giersiepen ausschalten müssten. Bei ihm handele es sich um einen Wessi, den nur die sogenannte Buschzulage in den Osten gelockt haben konnte. Sie beschrieben ihn als ein riesengroßes Arschloch, das vier ihrer Kameraden in den Knast gebracht hatte und alle Polizisten mit der richtigen Meinung aus dem Polizeidienst entfernen wolle. Zwei Polizisten und sogar der Chef der Wache seien diesem Vollidioten bereits zum Opfer gefallen. Alberts naheliegende Frage war: „Und wie wollt ihr dat machen?" Die Kerle sahen sich vielsagend an, antworteten aber nicht. Albert hatte das Gefühl, dass sie schon einen konkreten Plan hatten, diesen aber ihm gegenüber nicht erläutern wollten. So weit ging die Freundschaft doch noch nicht.

Der Privatdetektiv saß mit seinen neuen Freunden ein paar Stunden und mindestens sieben Runden Bier und Schnaps zusammen, bis sie ihn schließlich doch in ihre Pläne einweihten. Und die sahen folgendermaßen aus:

Sie beabsichtigten, zwei Fliegen mit einer Klappe zu schlagen, indem sie erst den jungen Mann, der die polnische Freundin hatte, vor seinem Haus attackieren wollten, um dann, wenn der Kriminalkommissar an den Tatort käme, diesen ebenfalls zu überfallen und krankenhausreif zu schlagen. „Würdeste da mitmachen?", fragte einer der Schwarzgekleideten. Albert alias Konrad nickte eifrig. „Sischer dat!", rief er begeistert, „Natürlisch bin isch dabei. Isch habe sowieso eine riesije Wut auf diese Sesselfurzer, die im Westen nix werden konnten, und die dann in den Osten jejangen sind, um noch Karriere zu machen und die Buschzulare zu kassieren. Et wird mir eine jroße Freude sein, dem Kerl ein paar reinzuhauen." Die Kameraden nickten erfreut. Einer fragte noch: „Und der mit die polnische Freundin? Hauste den ooch jerne uff de Fresse?" Albert ging ganz in seiner neuen Rolle auf.

„Na dem erst rescht. Wie kann denn eene deutsche Mann sisch mit so eene Polenschlampe einlassen?"

Er hatte damit alle Sympathien gewonnen und wollte nun wissen, wann die Aktion starten sollte. Die Nazis wussten es selbst noch nicht oder wollten es noch nicht verraten. Sie ließen sich seine Handynummer geben, um ihn kurz vor der Aktion anzurufen. „Wo wohnste denn eijentlich?", war die Frage, die er anfangs noch nicht beantwortet hatte. Albert antwortete diesmal ausnahmsweise wahrheitsgemäß, dass er ein Wohnmobil hätte, in dem er schlafe.

Nachdem sich die Männer getrennt hatten, war es zu spät für den Privatdetektiv weitere Nachforschungen anzustellen. Außerdem durfte er sich nicht als Schnüffler outen, wo er doch jetzt zu den Nazis gehörte. Vielmehr hoffte er, von ihnen alles Wichtige für die Erledigung seines Auftrags zu erfahren. Sie waren in dem Alter, dass sie damals durchaus etwas von einem Mann, der ins Wasser gefallen war, mitbekommen haben konnten. Albert Senf konnte sich jetzt sogar sehr gut vorstellen, dass seine neuen Freunde etwas damit zu tun haben könnten, so primitiv und brutal, wie sie waren.

Er schlenderte durch das nächtliche Fritzfurt zu seinem Wohnmobil. Dabei achtete er sorgfältig darauf, dass ihm niemand folgte. In seiner fahrbaren Unterkunft wählte er mit seinem zweiten Handy die Nummer der örtlichen Polizei. Ohne seinen Namen zu nennen, verlangte er Herrn Giersiepen zu sprechen. Leider war es dafür schon zu spät, denn der Kommissar hätte schon Feierabend gemacht, wie man ihm sagte. Die Polizistin am anderen Ende wollte weder seine Privatadresse noch seine Handynummer herausgeben, sondern fragte nach Alberts Namen, den dieser mit Müller angab.

Er bat sie, Herrn Giersiepen auszurichten, dass er sich am nächsten Tag bitte bei ihm melden möge. Es sei sehr wichtig.

Kapitel 15

Milena und Frank waren auf dem Weg zur Ostsee. Wieder einmal hatte sie ihm den Fahrersitz überlassen, was er sehr genoss. Sie fuhren über die polnischen Landstraßen, die ausnahmslos in sehr gutem Zustand waren. Vor Antritt der Reise hatte er gefragt, ob sie denn schon irgendwo eine Unterkunft gebucht hätte, aber sie hatte nur gelacht.

„Das ist wieder typisch deutsch. So macht man das in Polen nicht. Wie kann ich wissen, ob später schönes Wetter ist, wenn ich schon vorher buche?"

Frank war erneut überrascht, wie unkompliziert man Dinge sehen konnte.

In Międzowanie fanden sie auch tatsächlich ein sehr gutes Quartier, in dem sie sich für das Wochenende einrichteten. Danach machten sie einen ersten Spaziergang durch die Stadt, gingen gut essen und schauten sich dann den Strand an. Er war breit und weiß, sodass er förmlich zum Baden und Sonnen einlud, zumal die Sonne strahlte wie im Hochsommer. Schnell kehrten sie in ihr Hotelzimmer zurück, um sich ihre Badekleidung anzuziehen und die anderen Strandutensilien zu holen, dann ging es ab ans Wasser. Sie breiteten ihre Decke aus und entledigten sich dann der Oberbekleidung, um die Sonne an ihre Körper zu lassen. Frank war erstaunt, dass man bei Milena noch gar nichts von der Schwangerschaft sah, obwohl sie einen sehr knappen Bikini trug.

Nachdem sie das erste Mal zusammen in der Ostsee geschwommen waren und dabei herumgetollt hatten wie kleine Kinder, cremten sie sich am Strand gegenseitig ein und legten sich zum Sonnen auf die Decke. Nach einer Weile mit süßem Nichtstun und Dösen unterbrach Frank die Stille plötzlich, indem er fragte: „Sag mal, mein lieber Schatz, kannst du mir nicht ein paar Tricks zur

Selbstverteidigung beibringen. Schließlich muss ich bald dich verteidigen und nicht du mich." Sie lachte, fand den Vorschlag aber gar nicht so schlecht.

So verbrachten sie ihre Zeit am Strand mit Baden, Sonnen und Übungen zur Selbstverteidigung. Sie zeigte ihm, wie man Fausthiebe, Stockschläge und Messerattacken abwehrt. Frank war ein gelehriger Schüler und da er sehr sportlich war, fiel es ihm nicht schwer, die Griffe und Würfe zu erlernen.

Wenn sie nicht am Stand waren, verbrachten sie ihre Zeit beim Promenieren in der Stadt sowie beim Essen in einem hübschen Restaurant. In der Nacht hatten sie herrlichen Sex. Danach schliefen sie sanft und selig und wachten erst am Sonntagvormittag wieder auf.

Auf der Rückfahrt konstatierte Frank, dass das wieder einmal das beste Wochenende seines bisherigen Lebens gewesen war. Er war überglücklich, Milena seine Lebensgefährtin nennen zu dürfen, und konnte sich keine schönere und klügere Frau vorstellen. In Fritzfurt setzte sie ihn am Sonntagabend wieder vor seinem Haus ab, dann fuhr sie nach einem langen Abschiedskuss zu ihrer Wohnung nach Niebieska Góra.

Frank begrüßte seine Mutter, dann aßen sie zusammen Abendbrot, wobei er über den tollen Kurzurlaub erzählte. Inzwischen war auch sie sehr glücklich, dass ihr Sohn eine so tolle Frau gefunden hatte und freute sich mit ihm über jede schöne Stunde, die die beiden hatten.

Kapitel 16

Der Montagmorgen schlug unbarmherzig zu. Nach dem großartigen Wochenende hieß es für Frank wieder, sich in den vollen Zug nach Ofen zu quetschen und zur Arbeit zu fahren. Seine Kollegin war auch wieder da und zusammen besprachen sie die weiteren Schritte, die noch nötig waren, um das Projekt zu vollenden. Wegen des großen Fleißes der jungen Bauingenieurin war gar nicht mehr allzu viel zu tun, sodass sich Frank bereits Gedanken über den Termin der Fertigstellung der Unterlagen machte. Er freute sich schon sehr darauf, bei der praktischen Bauausführung oft anwesend zu sein, denn das hieß für ihn, dass er sich in Polen aufhalten würde.

Am frühen Nachmittag verließ er das Architektenbüro, um mit der Bahn zurück nach Fritzfurt zu fahren. Da angekommen, führte ihn sein Weg direkt zum Grenzübergang nach Stułice. Dort ging er zum Haus, in dem seine künftige Schwiegermutter wohnte, denn er war sich ganz sicher, dass sein Polnisch noch lange nicht ausreichen würde, um mit den Bauleitern zu fachsimpeln und erst recht nicht, um mit den Bauarbeitern zu sprechen.

Frau Opalka öffnete die Tür und begrüßte ihn herzlich, indem sie ihn umarmte und an sich drückte. Es war fast dasselbe Gefühl, das er bei Milena hatte. Wie schon so oft vorher setzte er sich ihr gegenüber an den Wohnzimmertisch und brachte sein Anliegen zum Ausdruck. Jadwiga verstand zwar, was er wollte, konnte ihm aber doch nicht recht helfen, denn sie hatte keine Ahnung vom Bau und den dazugehörigen Fachbegriffen. Noch weniger kannte sie sich mit dem Jargon der Bauarbeiter aus. Dazu sollte er besser ihre Tochter fragen, war ihr Vorschlag.

So wurde es wieder eine übliche Lektion, in der er umgangs-sprachliche Begriffe und Redewendungen lernte, was selbstver-ständlich auch nicht unnütz war. Am Ende der Stunde verabschie-deten sie sich wieder mit einer Umarmung, dann trat Frank den Heimweg an.

Er trabte in Richtung Grenzbrücke. Als er sie erreicht hatte, überquerte er die Oder und wandte sich dann seinem Elternhaus zu, das ja genau genommen nur sein Mutterhaus war. Als er es schon sehen konnte, bemerkte er zu seinem Schrecken fünf dunkle Gestalten, die vor seiner Einfahrt herumlungerten. Nichts Gutes ahnend, nahm er sein Handy aus der Tasche und rief Kommissar Giersiepen an. Dieser nahm ziemlich schnell ab und versprach, sich sofort auf den Weg zu machen. Er bat Frank, in sicherer Entfer-nung abzuwarten, bis er mit einigen Polizisten in der Nähe sei und ihn anriefe. Dann erst sollte sich Frank zu seinem Grundstück be-geben.

In der Hoffnung, dass die Nazis ihn noch nicht gesehen hatten, ging Frank hinter einer Hecke in Deckung und wartete auf die Nachricht des Kommissars. Diese kam nach schier unendlich lan-ger Zeit. Frank wurde von Herrn Giersiepen aufgefordert, nun zum Haus zu gehen. Der Kommissar versicherte, mit einigen Poli-zisten ganz in der Nähe zu sein. Er erklärte diese eigenartige Maß-nahme damit, dass er die Schläger diesmal in flagranti erwischen wollte.

Frank tat, was ihm gesagt worden war und stiefelte mit etwas wackligen Knien auf seine Einfahrt zu. Die fünf Typen sahen ihn kommen und nahmen Aufstellung zum Kampf. Diesmal schienen sie ihn nicht nur erschrecken zu wollen, sondern hatten offenbar Schlimmeres im Sinn. Besonders beunruhigte Frank, dass die Kerle Holzlatten und Baseballschläger in den Händen hielten. Aus Erfah-rung wusste er, welche Schmerzen und Verletzungen die Schläge damit anrichten konnten. Ohne das Wissen, dass die Polizei hinter irgendeiner Ecke lauerte und ihm sofort helfen würde, wenn es zu einem Übergriff auf ihn kommen würde, wäre er keinen Schritt weitergegangen. So aber näherte er sich unaufhörlich dem Pulk der gewaltbereit aussehenden Männer. Schließlich stand er direkt vor ihnen. Obwohl er es besser wusste, fragte er höflich, ob sie ihn freundlicherweise zu seinem Grundstück durchlassen würden, aber da lachten sie nur höhnisch und einer gab das Zeichen zum Losschlagen. Frank konnte gerade noch reaktionsschnell zurückspringen, sonst hätte er sich sofort einen Hieb mit einer Holzlatte eingefangen. Der Typ, der eben zugeschlagen hatte, kam ihm hinterher und versuchte erneut sein Opfer zu treffen. Während Frank sich fragte, worauf die Polizei noch wartete, bevor sie endlich eingreifen würde, fielen ihm seine Übungen mit Milena am Ostseestrand ein. Er blieb also stehen, bis der Gegner erneut zum Schlag ausholte, dann ging alles sehr schnell. Der Typ lag wimmernd auf der Erde und Frank war sich fast sicher, ihm den Arm ausgekugelt zu haben. Wenn er ehrlich war, hoffte er es sogar. Er hatte nun den Vorteil, es nur noch mit vier Raufbolden zu tun zu haben und war außerdem mit einer erbeuteten Latte bewaffnet. Bei seinen Gegnern hatte er sich offenbar schon einigen Respekt verschafft, denn sie hielten sich erst einmal zurück. Trotzdem war die Schlacht noch nicht gewonnen. Die verbliebenen Angreifer formierten sich zu einem Halbkreis und rückten auf Frank vor, bis dieser mit dem Rücken am Gartenzaun stand, was den Vorteil hatte, dass er nicht von hinten attackiert werden konnte. Der Nachteil war jedoch, dass ein weiteres Zurückweichen nicht möglich war. Frank war sich darüber im Klaren, dass er gegen diese Übermacht keine Chance hatte. Früher oder später würden sie ihn entwaffnen und bestenfalls so zusammenschlagen, wie vor einigen Wochen an der Stadtbrücke. Warum griff denn nur der Kommissar mit seinen Leuten nicht ein? Er hatte doch Frank zugesagt, ihn zu schützen.

Es kam, wie es kommen musste: Der Ring um Frank wurde immer enger. Nun gab es kein Entrinnen mehr und Frank fürchtete, dass sein letztes Stündlein geschlagen hätte. Wenn die Hiebe mit den Schlagwaffen losgingen, wollte er wenigstens versuchen, seinen Kopf und sein Gesicht zu schützen. Deshalb hielt er die Latte waagerecht vor seinen Kopf, wohl wissend, dass er auch damit nicht wirklich geschützt war. Der Kerl, der direkt vor Frank stand, holte mit seinem Baseballschläger weit aus und Frank wusste, dass dessen Hieb seine Holzlatte durchschlagen und ihn umbringen würde, wenn nicht ein Wunder geschehe. Plötzlich drehte sich der Angreifer verwundert um, denn irgendetwas hinderte ihn am Zuschlagen. Wie er zu seinem größten Erstaunen feststellte, stand einer seiner Kumpels hinter ihm und hielt sein Schlaginstrument fest, um ihm gleich darauf dermaßen in die Kniekehlen zu treten und dadurch zu Fall zu bringen, dass dieser winselnd liegenblieb. Dann rief der Retter in der Not den beiden noch kampffähigen Angreifern zu: „Sofort aufhören!" Alle blickten entgeistert auf den Rufenden, aber die Schläger hielten wenigstens einen Moment lang inne. Nach einer Schrecksekunde fragte einer von ihnen: „Wat soll'n ditte? Bist du blöde oder wat?" Der Angesprochene antwortete: „Lasst den Mann in Ruhe, er hat euch nichts getan." Er hatte sich ein wenig von den anderen entfernt und als sie nun auf ihn losgehen wollten, befanden sie sich zwischen den Fronten, denn hinter ihnen war Frank immer noch mit der Holzlatte bewaffnet, womit er einem der beiden verbliebenen Angreifer einen Schlag auf den Rücken versetzte. Der ging ebenfalls jammernd zu Boden. Der dritte Raufbold gab auf und ließ seinen Baseballschläger fallen. Nun durchsuchte der Mann, der zum Deus ex Machina für Frank geworden war, die Besiegten nach weiteren Waffen. Er fand zwei Messer sowie einen Elektroschocker und warf alles über den Zaun in Franks Garten. Dann nahm er zwei Handschellen, mit denen er vier der Schläger, an Franks Gartenzaun fesselte. Der Fünfte lag immer noch kampfunfähig auf der Straße und schrie vor Schmerzen. Danach wählte der unbekannte Retter eine Nummer und fragte nach einer Weile: „Was ist los, Herr Kommissar? Wo bleiben Sie denn? Wir haben Sie hier sehr vermisst." Er lauschte einen Moment, dann sagte er lachend: „Na dann kommen Sie mal her, hier ist alles bereit zum Abtransport der Straftäter." Die überwältigten Schläger blickten wutentbrannt auf ihren abtrünnigen Kumpan und einer schimpfte: „Ick hab et ja jleich jewusst, det der Wessi nich janz reene is."

Nach einer Weile kam Herr Giersiepen mit zwei uniformierten Polizisten um die Ecke gelaufen. Ein Vierter folgte langsam gehend etwas später. Auf Franks Frage, warum er nicht eher gekommen sei und ob er kein Auto hätte, antwortete der Kommissar ausweichend, er hätte erst ein Problem lösen müssen. Nachdem der Kriminalist die Delinquenten gemustert hatte, rief er seine Zentrale an, denn die Täter mussten schließlich zur Wache transportiert werden. Zusätzlich bestellte er auch einen Krankenwagen für den offensichtlich recht schwer Verletzten, der immer noch mitten auf der Straße lag und vor sich hin wimmerte. Frank fragte erstaunt: „Aber Herr Kommissar, haben Sie denn daran nicht vorher gedacht?" Der Gefragte antwortete nur ganz kurz und ziemlich gereizt: „Doch, natürlich." Mehr war aus ihm derzeit nicht herauszuholen.

Während sie auf das Polizeifahrzeug und den Krankenwagen warteten, unterhielten sich der Kommissar und Franks Retter miteinander. Der Kommissar sagte: „Gut, dass Sie hier waren, Herr Müller. Ohne Sie wäre die ganze Aktion wohl so richtig in die Hose gegangen." Der angebliche Herr Müller antwortete: „Da haben Sie wohl recht, Herr Giersiepen, aber das Problem ist, dass jetzt meine Tarnung aufgeflogen ist und ich nichts mehr aus den Burschen herausbekommen werde. Ich hoffe deshalb sehr auf Ihre Hilfe." Der Kommissar nickte zustimmend, als er versprach: „Die werden Sie bekommen, Herr Müller. Das verspreche ich Ihnen."

Frank war äußerst verwirrt von den Ereignissen und wusste nicht, was er denken sollte. Hatte Herr Giersiepen einen verdeckten Ermittler ins Rennen geschickt oder war es ein Zufall, dass in der größten Not für Frank plötzlich ein Retter aufgetaucht war? Er hoffte auf baldige Aufklärung.

Nach kurzer Zeit kam endlich ein großer Polizeiwagen, den man mit Fug und Recht als Grüne Minna bezeichnen konnte. Die drei Überwältigten wurden eingeladen und dann fuhr der Gefangenentransporter in Richtung Polizeirevier davon. Kurz danach traf der bestellte Rettungswagen ein, der den von Frank Verletzten in ein Krankenhaus bringen sollte.

Als alle Verbrecher weg waren, erklärte Herr Giersiepen dem erstaunt lauschenden Frank, was in der letzten Zeit geschehen war.

„Der Privatdetektiv hat sich den Neonazis angeschlossen, um für seinen Auftrag wichtige Informationen zu bekommen und auf diese Weise erfahren, dass sie vorhatten, sowohl Sie, Herr Schulz, als auch mich zu überfallen und zusammenzuschlagen. Deshalb hat er Kontakt mit mir aufgenommen, um mich zu warnen. Wir beide waren übereingekommen, dass Herr Müller alias Albert Senf alias Konrad Kunz weiter bei den Nazis mitmacht, um auf diese Weise Kenntnisse über Art und Zeitpunkt der geplanten Aktion zu bekommen. Genau das hat der Spion, der bei der Bande unter dem Namen Konrad Kunz bekannt war, getan. Die Verbrecher vertrauten ihrem neuen Kumpan so blindlings, dass sie ihn direkt zu der geplanten Aktion mitnahmen. Möglicherweise war es auch ein Test, um herauszufinden, wie weit Konrad zu gehen bereit war. Egal, was der Grund für seine geplante Beteiligung war, auf jeden Fall wusste Herr Senf, dass die Schläger an diesem Montag vor dem Haus der Familie Schulz lauern würden und dass sich ein anderer Trupp bereithalten würde, um über mich herzufallen, wenn ich mich zum Tatort begebe. Den genauen Zeitpunkt meines Eingreifens sollten die Nazis von gleichgesinnten Polizisten erfahren. Davon scheint es leider immer noch einige zu geben."

Das Folgende war nicht nur für Frank neu, sondern auch für den Privatdetektiv.

„Als der Anruf von Frank Schulz bei mir einging, stellte ich einen Trupp aus drei zufällig gerade verfügbaren Polizisten zusammen, von denen ich hoffte, dass sie keine Verbindungen in die rechtsradikale Szene hätten. Dann bestieg ich gemeinsam mit diesen ein Einsatzfahrzeug der Polizei, das sich auch gut dazu eignen würde, die Gefangenen später zur Polizeiwache zu transportieren. Ich setzte mich vorne neben den Fahrer, während zwei weitere Polizisten im hinteren Teil des Wagens Platz nahmen. Am Ziel der Fahrt angekommen, hatte ich die Absicht zusammen mit den Polizisten auszusteigen, um den Kampf am Gartentor zu beenden, bevor er richtig begonnen hatte. Dann wollte ich die Schläger festnehmen und zur Wache bringen lassen. Ich rief Herrn Schulz an, um ihm mitzuteilen, dass ich mit meinen Leuten in der Nähe sei. In Anbetracht der schmalen Straße hatte unser Fahrer den Polizeiwagen mit der rechten Seite sehr dicht an eine Grundstücksmauer herangefahren, um einen hinter uns auftauchenden großen LKW vorbeizulassen. Als der LKW direkt neben uns war, rammte er den Polizeiwagen seitlich und klemmte ihn zwischen sich und der Mauer ein. Dabei wurde der Fahrer des Polizeiwagens leicht verletzt. Dermaßen eingeklemmt, konnten weder ich noch die übrigen Polizeibeamten das Auto verlassen und es ließ sich auch keinen Zentimeter mehr bewegen. Der vermummte Fahrer des LKW kletterte aus dem Fahrerhaus und gesellte sich zu einer Gruppe von anderen Vermummten, die wahrscheinlich von der Ladefläche des Lastwagens herabgesprungen waren und sich nun vor dem Polizeiwagen aufstellten.

Die Lage wurde für uns äußerst bedrohlich, als die Vermummten einen brennenden Molotow-Cocktail unter unser Fahrzeugs rollten. Das Ziel war ganz offensichtlich, uns mitsamt unserem Auto in die Luft zu jagen.

Die Verbrecher verzogen sich sehr schnell, wohl um nicht von herumfliegenden Trümmerteilen getroffen zu werden. Als sie weg waren, schaute ich besorgt zu meinem verletzten Fahrer. Der gab mir jedoch zu verstehen, dass alles halb so schlimm sei. So war er auch in der Lage, sich an einer Befreiungsaktion aus dem Polizeiwagen zu beteiligen. Wir stemmten uns beide mächtig in die Sitze und traten mit ganzer Kraft gegen die Windschutzscheibe, bis diese laut krachend auf die Straße vor dem Polizeiauto fiel. Dann kletterte ich durch die entstandene Öffnung heraus. Der Fahrer gab mir den Feuerlöscher und ich konnte das Feuer unter dem Auto löschen, bevor es auf das Fahrzeug übergegriffen hatte. Danach stiegen alle Polizisten auf die gleiche Art wie ich aus. Mit gezückten Pistolen umrundeten wir den LKW, aber da waren die Vermummten natürlich schon längst über alle Berge.

Da wir viel Zeit verloren hatten, befürchtete ich das Schlimmste für Herrn Schulz. Deshalb befahl ich den mich begleitenden Polizisten, bis auf den verletzten, mir schnellstens zu folgen und sprintete los. Als wir fast den Ort des Überfalls auf Sie erreicht hatten, kam zum Glück der Anruf von Herrn Senf, der die Lage durch sein beherztes Eingreifen bereits geklärt hatte."

Was er da eben gehört hatte, passte zu Franks neuem Weltbild wie die Faust aufs Auge. Die Nazis wurden immer frecher und waren stets gut informiert, weil sie Unterstützer bei der Polizei hatten. Jetzt war es sogar schon so weit, dass sie nicht einmal vor der Ermordung von Polizeibeamten zurückschreckten.

Frank bemerkte, dass er sich noch gar nicht bei dem Privatdetektiv bedankt hatte. Da er nicht wagte zu fragen, welchen Auftrag dieser ausführte und welche Art von Hilfe er sich nun von Herrn Giersiepen erhoffte, wollte Frank das in einem Gespräch herausfinden und begann mit dem bisher ausgebliebenen Dank.
„Wenn Sie nicht gewesen wären, hätte die ganze Sache hier ein schlimmes Ende für mich nehmen können. Herzlichen Dank für Ihre Hilfe."
Der Angesprochene winkte ab.

„Das war doch selbstverständlich. Ich kann ja nicht zulassen, dass ein Mensch zusammengeschlagen wird."
Die beiden Männer reichten sich die Hand, dann fragte der Detektiv: „Sagen Sie, Herr Schulz, wohnen Sie schon lange hier?" Frank nickte und antwortete: „Das kann man wohl sagen. Ich wohne seit meiner Geburt vor 29 Jahren hier." Der Detektiv schaute traurig.
„Schade, denn mir geht es um einen Vorfall, der fast 30 Jahre zurückliegt. Ein Mann wurde in die Oder geworfen oder ist vielleicht auch selbst von einer Brücke ins Wasser gesprungen. Haben Sie zufällig schon einmal etwas davon gehört?"
Frank schüttelte bedauernd den Kopf.
„Nein, davon ist mir nichts bekannt. Ich kann nachher meine Mutter fragen, wenn sie von der Arbeit kommt, aber ich glaube nicht, dass sie etwas darüber weiß. Das hätte sie mir ganz sicher schon mal erzählt."

Frank zeigte sich als guter Gastgeber, indem er den Kommissar und seinen Retter in das Haus bat. Er hoffte nur, dass es einigermaßen aufgeräumt sei. Als er die Tür öffnete und voranging, war er erleichtert, denn alles war sauber und ordentlich. Das war eigentlich klar, denn Mutti hatte das Haus nach ihm verlassen und sie sorgte immer dafür, dass nichts herumlag.

Die drei setzten sich an den Küchentisch und Frank stellte eine Flasche Wasser und drei Gläser auf den Tisch. Als er einen Schluck getrunken hatte, begann Herr Giersiepen das Gespräch.
„Meine Herren, ich werde die heutigen Vorfälle zu Papier bringen und Sie beide später bitten, diese Protokolle zu unterschreiben."
Die beiden nickten. Dann fragte der Kommissar den Privatdetektiv: „Wie kann ich Ihnen denn nun helfen, Herr Müller?" Der Angesprochene lachte, als er erwiderte: „Mein tatsächlicher Name ist Albert Senf und ich bin hier im Auftrag eines Klienten, der vor etwa 30 Jahren flussabwärts in einem Ruderboot voller Wasser aus der Oder gefischt wurde. Infolge von Verletzungen sowie der Kälte des Wassers und anschließendem Koma hat er sein Gedächtnis verlo-

ren. Nun möchte er unbedingt seine wirkliche Identität und seinen Lebenslauf bis zu der wahrscheinlich unfreiwilligen Bootsfahrt auf der eisigen Oder erforschen. Deswegen bin ich hierhergekommen, um Menschen zu finden, die damals schon hier lebten und gesehen oder gehört haben, wie jemand ins Wasser gefallen ist oder geworfen wurde." Der Kommissar zuckte bedauernd die Schultern, denn er war zu dieser Zeit noch in einem beschaulichen Ort im tiefsten Westdeutschland zur Schule gegangen. Er versprach jedoch, sich umzuhören und auch alte Akten aus dieser Zeit herauszusuchen, die möglicherweise Licht in die Geschichte bringen konnten. Frank wiederholte seine Zusage, seine Mutter zu fragen, wenn sie vom Dienst komme. Um genau zu wissen, wonach er fragen sollte, bat er um weitere Einzelheiten. Die gab ihm Herr Senf, indem er erläuterte, dass der Betreffende am 1. Dezember 1987 in Labus aus dem Wasser gezogen worden und völlig unterkühlt und schwer verletzt in ein Krankenhaus gekommen sei, wo er über einen sehr langen Zeitraum im Koma gelegen habe. Er könne sich nicht einmal mehr an seinen Namen erinnern, weshalb ihm von Amts wegen ein neuer Name gegeben worden sei.

Als Frank das genaue Datum erfahren hatte, kam ihm sofort der Gedanke, dass diese Geschichte etwas mit seinem biologischen Vater zu tun haben könnte. Der war, wie er wusste, seit dem späten Abend des 30. November 1987 spurlos verschwunden und dieser Klient von Herrn Senf war am 1. Dezember 1987 flussabwärts geborgen worden. Der zeitliche Zusammenhang war nicht zu übersehen. Trotzdem wollte er nicht voreilig sein und schon die Pferde scheu machen. Allerdings nahm er sich vor, mit seiner Mutter sowie Milena und deren Mutter über dieses Thema zu sprechen.

Kurz nachdem die beiden Besucher Frank verlassen hatten, kam seine Mutter von der Arbeit nach Hause. Nachdem sie ein wenig zu sich gekommen war, berichtete Frank über die Ereignisse dieses Nachmittags. Frau Schulz schüttelte nur den Kopf, als sie hörte, wie es vor ihrem Gartentor zugegangen war. Dann kam Frank auf das Thema zu sprechen, das ihn am meisten bewegte. Er begann damit, dass er erzählte, dass der Detektiv, der ihn gerettet hatte, für einen Mann arbeitete, der sein Gedächtnis verloren hätte. „Ich würde dem keine Bedeutung beimessen, wenn das Datum, an dem dieser Mann in Labus aus der Oder gerettet wurde, nicht der 1. Dezember 1987 wäre. Ich musste sofort an Milenas und meinen Vater denken, der nach euren Angaben genau am 30. November 1987 spät abends verschwunden ist. Könnte Milan nicht hier ins Wasser gefallen sein?", fuhr er fort. Frau Schulz blickte erstaunt auf ihren Sohn.

„Du hast recht, das könnte so gewesen sein. Aber warum soll er ins Wasser gefallen sein?"

Frank wusste es natürlich auch nicht, hatte aber schon eine Idee, wie es weitergehen sollte, die er sogleich seiner Mutter mitteilte.

„Was meinst du, Mutti, wollen wir uns diesen Herrn nicht mal ansehen und schauen, ob es Milan Opalka sein könnte?"

Anita war kurzzeitig unfähig zu reagieren. Sollte nach so langer Zeit tatsächlich ein Lebenszeichen von Milan auftauchen? Nachdem sie sich etwas gefangen hatte, nickte sie schwach. Frank war Feuer und Flamme und machte sofort Nägel mit Köpfen. Als Erstes rief er Milena an und berichtete ihr vom Verlauf dieses Tages. Sie war erschrocken darüber, dass er erneut Opfer eines Angriffs geworden war, aber andererseits stolz, dass ihr Unterricht in Kampfsport schon so schnell Früchte getragen hatte. Die Mitteilung über den Klienten des Privatdetektivs machte sie ebenfalls neugierig. Sie wollte bei nächster Gelegenheit mit ihrer Mutter sprechen und ihr vorschlagen, diesen ominösen Herrn aufzusuchen.

Dann verabredeten sie sich noch für Pfingsten. Obwohl der Pfingstmontag in Polen kein arbeitsfreier Tag war, beschlossen sie, wieder einen Kurzurlaub an der Ostsee zu machen. Vielleicht würde es Milena ja sogar gelingen, am Pfingstmontag einen Urlaubstag zu bekommen.

Familie Schulz beendete diesen Tag mit einem einfachen Abendbrot, dann gingen beide in ihre Zimmer. Frank hörte noch ein wenig Radio, aber seine Gedanken schweiften immer wieder ab. Die mögliche Spur zu seinem Vater ließ ihm keine Ruhe. Er wäre lieber heute als morgen mit seiner Mutter nach Labus gefahren, um Gewissheit zu erhalten, ob es sich bei dem Mann wirklich um Milan Opalka handelte. Er wusste aber, dass er Geduld aufbringen musste, denn es wäre besser, wenn Jadwiga und Milena dabei sein würden.

Der nächste Arbeitstag brachte eine äußerst positive Überraschung für Frank. Gleich nach seinem Eintreffen in der Firma rief ihn der Chef zu sich, um ihm mitzuteilen, dass er ab sofort einen Dienstwagen zur freien Verfügung hätte. Frank schaute ihn ungläubig an, aber der Chef schien nicht zu spaßen. Er übergab Frank die Autoschlüssel und die Papiere sowie ein Fahrtenbuch, dann gingen beide zusammen auf den Parkplatz vor dem Haus. Dort stand ein schwarzer Audi, der tatsächlich auf die Betätigung der Fernbedienung in Franks Hand reagierte. Frank wusste gar nicht, wie ihm geschah. Das war ja die Lösung eines großen Problems. Er war nun nicht mehr auf die Bahn angewiesen und brauchte kein Geld für ein neues Auto auszugeben, wobei er sich einen solchen offenbar fabrikneuen Audi sowieso nicht angeschafft hätte. Dazu würden seine finanziellen Möglichkeiten in absehbarer Zeit nicht ausreichen.

Der Chef erläuterte: „In Anbetracht der Tatsache, dass Sie jetzt öfter nach Polen müssen und wie ich festgestellt habe, kein eigenes Auto mehr besitzen, dachte ich mir, es ist gut, wenn ich Sie mit einem repräsentativen Firmenwagen ausstatte." Frank bedankte sich artig, aber der Chef winkte ab.
„Kein Problem. Ich halte Sie für einen sehr guten Mitarbeiter, der auch gut mit den Polen kann. Apropos, was macht eigentlich Ihr Polnischunterricht?"

Frank erwiderte, dass er große Fortschritte mache, lediglich bei den Fachbegriffen müsse er noch Zusatzstunden bei einer polnischen Kollegin nehmen."
Der Chef sah ihn schmunzelnd an, als wisse er, welche Kollegin Frank meinte. Dann sagte er: „Na dann viel Glück bei, äh mit der polnischen Kollegin."

Gemeinsam kehrten sie zurück ins Büro und Frank entging nicht, dass die Kollegen merkwürdig schauten. Wahrscheinlich hatten sie mitbekommen, zu welchem Zweck Frank und der Chef das Gebäude verlassen hatten und ärgerten sich nun, dass Frank dermaßen privilegiert wurde. Er tat so, als ob er es nicht bemerkte und setzte sich wieder an seinen Schreibtisch, um zusammen mit seiner Kollegin weiter an dem Projekt zu arbeiten.

In der Pause konnte er es sich nicht verkneifen, Milena anzurufen, um ihr die Neuigkeit mitzuteilen. Sie freute sich mit ihm, warnte ihn aber davor, das gute neue Auto nachts vors Haus zu stellen, denn da wäre es erneut gefährdet, zur Zielscheibe seiner Lieblingsfeinde zu werden. Daran hatte er auch schon gedacht und sich überlegt, den Wagen lieber in eine etwas entfernte Seitenstraße zu stellen, wenn er nach Hause kam. Als er fragte, ob Milena schon mit Jadwiga über den vermeintlichen Milan Opalka gesprochen habe, verneinte sie dies. Sie wollte aber deswegen auf jeden Fall noch vor dem Wochenende mit ihrer Mutter telefonieren. Frank war gespannt, wie dieses Gespräch verlaufen würde und bat Milena darum, ihm sofort davon zu berichten, was sie ihm auch versprach.

Nach Feierabend fuhr Frank nicht direkt nach Hause, sondern besuchte seinen neuen Freund im Krankenhaus. Dem ging es schon wesentlich besser, sodass er aufstehen und herumlaufen konnte. Für den nächsten Tag war bereits seine Entlassung aus der Klinik vorgesehen. Frank war froh, dass er noch rechtzeitig gekommen war, denn er hatte gar keine Adresse des Amerikaners und womöglich wäre die Verbindung abgebrochen. Deshalb holten sie es sofort nach, ihre Adressen und Handynummern auszutauschen. Der Amerikaner hatte eine kleine Wohnung unweit von Franks Elternhaus, sodass es ihnen leichtfallen sollte, einander zu besuchen.

Bevor Frank ging, nahm ihn sein schwarzer Freund zur Verabschiedung in den Arm und Frank war erstaunt, wie angenehm diese Berührung für ihn war. Sie klopften sich gegenseitig auf die Rücken, dann ging Frank, nicht ohne Jerry zu versichern, dass er sich bald bei ihm melden würde.

Bei seinen früheren Freunden gab es niemals Umarmungen. Sie hätten ein solches Verhalten mit Sicherheit als schwul bezeichnet.

In seiner Straße angekommen, stellte Frank seinen Dienstwagen tatsächlich eine Ecke weiter an den Straßenrand. Die Gefahr, dass dort jemand das Auto beschädigte, schien kleiner zu sein, als wenn es auf dem umzäunten Grundstück der Familie Schulz stünde.

Zu Hause berichtete Frank seiner Mutter über seinen Firmenwagen und sie war sehr stolz auf ihren Sohn, der es so weit gebracht hatte. Während sie zusammen aßen, klingelte Franks Handy. Milena rief an und teilte ihm mit, dass sie mit ihrer Mutter gesprochen habe und diese Feuer und Flamme wäre, den Mann, der Milan sein könnte, zu sehen. Sie beschlossen, den Pfingstausflug zur Ostsee zugunsten eines Besuchs bei Herrn Labus ausfallen zu lassen. Frank musste nur noch die genaue Adresse von Herrn Labus herausfinden, was aber kein Problem sein sollte. Er brauchte nur den Privatdetektiv zu fragen.

Der Rest der Woche verging mit den Vorbereitungen auf den Ausflug. Diese bestanden aus dem Besorgen der Adresse ihres vermeintlichen Vaters vom Detektiv und der Verabredung für den Pfingstsamstag. Frank bestand darauf, die Fahrt mit seinem neuen Auto durchzuführen. Er wollte zusammen mit seiner Mutter nach Stułice fahren, um Milena und Jadwiga abzuholen. Dann wollten sie gemeinsam die Reise ins Ungewisse starten. Aus den verschiedensten Gründen waren alle vier sehr aufgeregt.

Der Privatdetektiv war hocherfreut, als er Einzelheiten von Frank hörte, denn es schien so, als ob sich sein Auftrag ziemlich schnell und unkompliziert erledigt hätte. Er wollte seinen Klienten jedoch vorher aufsuchen, um ihn auf das bevorstehende Ereignis vorzubereiten. Allerdings durfte er nicht zu viel verraten, um die Unvoreingenommenheit von Herrn Labus nicht zu zerstören. Er würde lediglich sagen, dass jemand aus Fritzfurt käme, der ihn möglicherweise von früher kenne.

Kapitel 17

Der Pfingstsamstag war da und somit der Tag, an dem die Familien Schulz und Opalka den Mann sehen würden, der möglicherweise der Vater von Milena und Frank sowie der Mann von Jadwiga und der Geliebte von Anita war. Am frühen Vormittag fuhr Frank mit seinem neuen Auto über die Grenze nach Polen. Diesmal musste er sich keine Sorgen machen, dass er das Lichteinschalten vergessen könnte, denn dieser Wagen hatte automatisches Fahrlicht. Anscheinend hatte sich auch in Deutschland herausgestellt, dass beleuchtete Autos sicherer waren. Mit seiner Mutter auf dem Beifahrersitz hielt er vor dem Haus, in dem Milenas Mutter wohnte. Er stieg aus, ging zur Haustür, klingelte und bald darauf traten Milena und ihre Mutter aus der Haustür. Beide hatten sich für diesen Ausflug besonders schick gemacht und Anita ärgerte sich, sich nichts Besonderes angezogen zu haben.
„Und ich nur in meinem Alltagsdress!"
Frank beruhigte sie, indem er sagte: „Mutti, du siehst toll aus, mach dir keine Sorgen."

Nach der Begrüßung einigte man sich schnell auf die Sitzordnung. Das junge Paar saß vorn, die Mütter auf der sehr bequemen Rückbank. Darüber, wer der Fahrer war, gab es keine Diskussion, denn Frank hatte unterschreiben müssen, dass nur er allein diesen Dienstwagen lenken durfte.

Die Fahrt dauerte nicht lange, dann waren sie in Grasenau, dem derzeitigen Aufenthaltsort von Klaus Labus, angekommen. Der Ort war klein und so mussten sie nicht lange suchen, um das Haus, in dem er wohnte, zu finden. Als Frank angehalten hatte, stieg er aus, um zu klingeln oder klopfen, aber das war nicht nötig, denn an der Haustür erschien ein Mann und begrüßte ihn. Inzwischen hatten auch die Damen das Auto verlassen. Als Anita den Mann sah, schrie sie: „Mein Gott, das ist er wirklich!" Kurz darauf hatte Jadwiga freie Sicht und rief: „Boże mój, on to naprawdę jest!" Der Mann blieb stehen und starrte auf die beiden Frauen, die sich ihm schnell näherten. Er schien verzweifelt zu versuchen, herauszufinden, ob und wenn ja, woher er sie kannte.

Frank und Milena hielten sich zurück, während die beiden Frauen auf den Mann einredeten. Anita sagte immer wieder „Du bist Milan Opalka" und Jadwiga bestätigte dasselbe auf Polnisch. Der Mann war verwirrt und schämte sich wohl auch ein bisschen, dass er sie nicht erkannte. Dass abwechselnd deutsch und polnisch gesprochen wurde, trug auch nicht gerade zu seiner Beruhigung bei. Außerdem schien ihn die Anwesenheit der beiden jungen Leute, die bis dahin gar nichts gesagt hatten, zu irritieren.

Nachdem das Durcheinander etwas abgeebbt war, ging Milena auf den Mann zu und stellte sich vor. Dann zeigte sie auf Frank und nannte seinen Namen. Sie erläuterte einstweilen nur, dass sie ihre jeweiligen Mütter hierher begleitet hätten. Mehr wollte sie zu diesem Zeitpunkt noch nicht preisgeben, denn erst einmal mussten die Beziehungen ihrer Mütter zu dem Unbekannten geklärt werden.

Als sich Klaus Labus alias Milan Opalka wieder einigermaßen unter Kontrolle hatte, bat er seine Gäste in den Garten, der sich hinter dem Haus befand. Dort standen um einen Tisch herum mehrere Gartenstühle. Eine große Kiefer spendete ausreichenden Schatten. Es war sehr heiß und so war dieser Platz ideal geeignet, um sich zusammenzusetzen und zu sprechen. Aus dem Haus trat eine Frau, die eine Karaffe mit Fruchtsaft brachte und die Gesellschaft begrüßte. Milan stellte sie als die Hausbesitzerin und seine Vermieterin vor. Wenn Frank nicht gewusst hätte, dass sie sich auf der deutschen Seite der Oder befanden, hätte er sie für eine Polin gehalten, wie er sie sich immer vorgestellt hatte. Sie war alt, hatte ein Kopftuch um und ihr Mund war fast zahnlos. Es handelte sich eben um eine einfache Frau vom Land, wie er messerscharf schloss. Wenn er ehrlich war, musste er zugeben, dass er bisher gar nicht gewusst hatte, wie alte deutsche Landfrauen aussahen.

Die beiden Mütter waren aufgeregt wie Schulmädchen, wenn ihr Lieblingssänger vor ihnen steht. Dem Mann, der diese Aufregung verursachte, war die ganze Sache scheinbar peinlich. Er besann sich jedoch, warum seine Besucher bei ihm waren und fragte die älteren Damen: „Sie sagen, dass Sie mich von früher kennen. Sagen Sie mir bitte, woher Sie mich kennen." Die beiden Angesprochenen schauten sich vielsagend an, dann begann Jadwiga.
„Jesteś moim mężem Milan Opalka. Mieszkaliśmy w Stułicach."
Der Mann schaute erstaunt auf Jadwiga. Er schien sie verstanden zu haben, obwohl er seit seinem Koma vor 30 Jahren nicht polnisch gesprochen hatte, außer in seinem Traum. Jetzt wollte Anita nicht zurückstehen und ebenfalls ihren Beitrag leisten, indem sie sagte: „Du bist mein Geliebter gewesen. Ich wohnte in Fritzfurt." Nun schaute der Mann, dessen Identität jetzt festzustehen schien, äußerst verwundert auf Anita. Auch an sie schien ihm jede Erinnerung zu fehlen. Sein Blick ging zu den jungen Leuten, als er fragte: „Und wer seid ihr?" Zuerst antwortete Milena: „Nazywam się Milena i jestem twoją córką." Bevor Milan realisieren konnte, dass er eine Tochter hatte, schloss sich Frank an, indem er sagte: "Ich bin dein Sohn und heiße Frank."

Die vier Besucher hatten einen Moment lang Angst, sie könnten Milan überfordern, denn der saß völlig regungslos auf seinem Stuhl. Dann versuchte er das Gehörte für sich noch einmal zusammenzufassen und dabei sprach er aus heiterem Himmel plötzlich polnisch.
„Nazywam się Milan Opalka, miałem żonę i kochankę. Mam polską córkę i niemieckiego syna. Mieszkałem z żoną i córką w Stułicach a mója kochanka mieszkała z moim synem we Fritzfurcie. Czy to prawda?"

Anita verstand kein Wort, weshalb Milena seine Worte übersetzte: „Ich heiße Milan Opalka, habe eine Ehefrau und eine Geliebte. Ich lebte mit Frau und Tochter in Stułice und meine Geliebte wohnte mit meinem Sohn in Fritzfurt. Ist das richtig?" Jetzt nickte auch Anita, denn sie stellte fest, er hatte alles richtig verstanden. Milan wollte aber mehr wissen, weshalb er fragte: „Gdzie pracowałem i jaką miałem pracę?" Die Frage nach der Arbeitsstelle beantwortete Jadwiga ihm auf Polnisch, indem sie ihm erklärte, dass er Ingenieur im Glühlampenwerk in Fritzfurt gewesen war.

Nachdem er nun Informationen über seine Vergangenheit erhalten hatte, wollten Jadwiga und Anita von ihm wissen, warum er damals so plötzlich verschwunden sei und was er inzwischen gemacht hätte. Er sprach nun wieder deutsch, weil er bemerkt hatte, dass Anita Polnisch nicht verstand. Er berichtete, dass er am 1. Dezember 1987 aus dem eisigen Wasser der Oder gezogen worden war. Wie er da hineingekommen sei, wusste er nicht. Dann erzählte er von seiner Rehabilitation und über sein Leben sowie seine Arbeit hinterher.

Nach einer Weile stoppte er plötzlich mit seiner Erzählung. Ihm war aufgefallen, dass es seltsam war, dass seine Frau und seine Freundin so einträchtig nebeneinander saßen, nachdem sie anscheinend gemeinsam nach ihm gesucht hatten. So versuchte er vorsichtig den Grund für diese Friedfertigkeit der beiden Damen zu ergründen.
„Habt ihr euch damals schon gekannt?"
Die beiden Gefragten schüttelten die Köpfe und antworteten mit „Nein" und „Nie".
„Aber wie habt ihr euch denn kennengelernt?"
Anita war schneller mit der Beantwortung dieser Frage als Jadwiga.
„Unsere Kinder Milena und Frank haben sich ineinander verliebt. Dadurch erfuhr ich Milenas Nachnamen und musste sofort an dich denken. Als sie mir dann deinen Vornamen verriet, war die Sache

klar. Du warst der Milan Opalka, der damals über Nacht verschwand, und du bist der Vater meines Sohnes Frank."

Damit war jedoch Milans Wissensdurst noch nicht gestillt.

„Aber warum vertragt ihr euch? Jadwiga müsste doch wütend sein auf Anita?"

Beide Frauen lächelten gleichzeitig. Diesmal antwortete Jadwiga auf Deutsch, damit auch Anita sie verstehen konnte.

„Warum soll ich mit ihr böse sein? Ich war wütend auf dich und die deutsche Frau, als du nicht nach Hause kamst, weil ich dachte, du gehst einfach weg, ohne dich von mir zu verabschieden. Aber als ich vor kurzem Anita kennengelernt habe, erfuhr ich von ihr, dass du bei ihr auch nicht geblieben bist. Da war ich nur noch ein bisschen böse auf dich, weil du mich betrogen hast."

Nachdem sie lange beieinander gesessen und Informationen ausgetauscht hatten, bei denen sich stets zeigte, dass Milan sich an nichts erinnern konnte, schlug Milena vor, dass sie alle zusammen nach Stulice und dann nach Fritzfurt fahren könnten. Vielleicht würde ihrem Vater doch noch etwas einfallen, wenn er die damals vertraute Umgebung um sich hätte. Der Vorschlag wurde einstimmig angenommen, denn die Idee schien nicht schlecht zu sein. So erhoben sich alle von den etwas unbequemen Gartenstühlen und stiegen ins Auto. Zum Glück war der Audi so groß, dass er ausreichend Platz für drei Erwachsene auf den Rücksitzen bot. Jadwiga und Anita nahmen Milan in die Mitte und obwohl es damit auf der Rückbank etwas enger wurde, schien ihm das nicht unangenehm zu sein.

In Stulice angekommen, wollte Frank zur Wohnung von Jadwiga fahren, aber Milena wies ihm einen anderen Weg. Zur Erklärung erläuterte sie ihm, dass die Familie Opalka früher in einem eigenen Haus am Stadtrand gewohnt hätte. Erst nachdem Milena ausgezogen war und Jadwiga nicht mehr mit der Rückkehr ihres Mannes gerechnet habe, sei sie in die kleine Wohnung in der Innenstadt gezogen und habe das Haus verkauft.

Als sie vor Opalkas früherem Wohnhaus hielten, stiegen sie aus und schauten sich das Gebäude von außen an. Jadwiga schien lange nicht dort gewesen zu sein, denn sie war überrascht, wie viel sich inzwischen verändert hatte. Das Haus und das Grundstück waren kaum noch wiederzuerkennen. Die neuen Besitzer hatten vieles umgebaut, sodass der ursprüngliche Charakter gänzlich verlorengegangen war. Deshalb war es als mögliche Erinnerungshilfe für Milan völlig ungeeignet. Es war ganz klar, dass er nichts erkannte.

Nachdem sie sich eine Weile umgeschaut hatten, kam plötzlich ein Mann auf sie zugestürmt, eine Mistforke drohend erhoben, wobei er auf Polnisch schimpfte. Weder Frank noch seine Mutter verstanden ihn, sahen aber, dass er wütend war. Jadwiga gelang es schließlich, ihn zu beruhigen, indem sie sich als die frühere polnische Hauseigentümerin zu erkennen gab. Dann erklärte sie denen, die nichts oder nicht alles verstanden hatten, dass der Mann Angst gehabt habe, weil ein deutsches Auto vor seiner Tür parkte, dessen Insassen das Haus genau betrachtet hatten. Man kannte hier die Ambitionen von Deutschen, die das Eigentum ihrer Eltern und Großeltern zurückhaben wollten, zur Genüge.

Nachdem dieses Missverständnis ausgeräumt war, verabschiedete man sich freundlich voneinander. Mit dem Auto ging es weiter nach Fritzfurt, wo sie vor dem Haus der Familie Schulz anhielten. Als sie ausgestiegen waren, schien es so, als ob sich bei Milan tatsächlich so etwas wie eine Erinnerung einzustellen begann. Er schaute sich lange das Haus an, das zwar jetzt eine andere Farbe als früher hatte, aber sonst noch im ursprünglichen Zustand war. Dann ging er plötzlich die Straße entlang, die zum Grenzübergang führte und seine Begleiter folgten ihm. Dort, wo sich die Straße als schmaler Weg fortsetzte, blieb er plötzlich aufgeregt stehen. Er drehte sich um und erzählte den anderen von seinem immer wiederkehrenden Albtraum.

„Dieser Weg sieht aus, wie der in mein Traum, den ich immer habe. Links ist Wald und rechts ist Fluss, Odra. Im Traum es ist dunkel. Da stehen drei Männer, die mich schlagen und dann in Wasser werfen."

Alle schauten sich erschrocken an. Sollte das die Ursache des plötzlichen Verschwindens von Milan Opalka sein? Frank war der Erste, der die Sprache wiederfand.

„Wie sehen die Männer aus, die dich im Traum immer überfallen?"

„Nie wiem. Alle schwarz angezogen, Alter wie ich."

Es herrschte betretenes Schweigen. Frank fielen auf Anhieb seine einstigen Freunde und heutigen Feinde ein. Die Beschreibung war zwar vage, hätte aber ohne Weiteres auf diese zutreffen können. Inzwischen traute Frank denen auch zu, dass sie schon damals Nazis oder zumindest Ausländerfeinde gewesen waren, wenn sie es auch nicht so offen zur Schau getragen hatten wie heute. Er nahm sich vor, bei nächster Gelegenheit Kommissar Giersiepen zu fragen, ob er irgendwelche Hinweise auf ein fast 30 Jahre zurückliegendes Gewaltverbrechen der drei inzwischen Inhaftierten gefunden hätte.

Milan hatte sich inzwischen wieder etwas beruhigt und sie gingen weiter. Immer wieder murmelte er: „Hier war ich schon." Als sie an der Stadtbrücke angelangt waren, kam ihm eine weitere Erinnerung.

„Da geht nach Hause und da ist die Arbeit."

Dabei zeigte er zum Erstaunen aller genau in die korrekten Richtungen. Milan schaute sich suchend um, dann fragte er: „Wo ist Konsum?" Anita antwortete: „Der Konsum von damals ist längst abgerissen. Da drüben siehst du ein Wohnhaus mit einem Supermarkt im Erdgeschoss. Dort war damals der Konsum und in dem Supermarkt arbeite ich jetzt wieder als Verkäuferin."

Nach diesem kleinen, aber erfolgreichen Exkurs kehrte das Trüppchen zurück zu Anitas Haus. Sie gingen hinein und es schien, als ob Milan sich darin gleich zurechtfand. Als er zur Toilette musste, fand er sie auf Anhieb, ohne Anita nach dem Weg fragen zu müssen.

Da vorher niemand wusste, dass sie alle zur Familie Schulz nach Hause gehen würden, hatte Anita nichts vorbereitet. Sie schnappte sich Jadwiga und zusammen zauberten sie ein passables Mittagessen aus den vorhandenen Vorräten. Inzwischen ergriffen die drei anderen die Gelegenheit miteinander zu sprechen. Milena erzählte von ihrer Kindheit und Jugend, dann kam Frank zum selben Thema an die Reihe. Milan hörte zu und begriff mehr und mehr, dass sie beide seine Kinder waren und er nicht für sie da gewesen war. Allerdings waren sich nun alle darüber einig, dass es nicht seine Schuld war. Natürlich blieb es nicht aus, dass Milena und Frank ihm erzählten, dass sie einander liebten und Milena schwanger sei. Ihn schien es überhaupt nicht zu stören, dass die beiden Halbgeschwister ein gemeinsames Kind bekamen, aber Frank hielt es für notwendig, Milan darum zu bitten, dies für sich zu behalten. Milan nickte zustimmend. Wahrscheinlich dämmerte es ihm langsam, dass diese Geschwisterliebe nicht gesetzeskonform war. Er versprach, Stillschweigen zu bewahren, denn er hatte nicht die Absicht, seine Kinder noch einmal unglücklich zu machen.

Eine interessante Frage war auch, wo eigentlich sein Geld und sein Ausweis sowie seine übrigen persönlichen Dinge geblieben waren. In seinem Traum lag er am Boden und die Angreifer räumten seine Taschen aus. Ob das damals tatsächlich so passiert war oder ob es sich nur um den Inhalt seines Traumes handelte, war nicht feststellbar.

Nach dem Mittagessen machten sie einen weiteren Ausflug. Frank hatte die Idee, Milan mit dem Weg von Anita zu seinem damaligen Haus zu konfrontieren. Vielleicht schlossen sich damit wieder einige Erinnerungslücken. Als sie spazierten, nahmen die beiden älteren Damen Milan in die Mitte und schritten mit ihm voran. Milena und Frank folgten ihnen. Plötzlich fragte Frank Milena: „Was meinst du, wer wird denn jetzt Milan bei sich aufnehmen, deine oder meine Mutter?" Sie lachte schelmisch, als sie antwortete: „Vielleicht beide" Frank nickte zustimmend.

„Warum eigentlich nicht? Viele Männer wünschen sich zwei Frauen."

„Du etwa auch?", war Milenas berechtigte Nachfrage, aber er beruhigte sie.

„Natürlich nicht, mein Liebling. Ich möchte nur mit dir allein glücklich sein."

„Das möchte ich dir auch raten", war die mit einem zauberhaften Lächeln ausgesprochene Drohung Milenas.

Inzwischen hatten sie die Grenze nach Polen überschritten. Ursprünglich wollte Jadwiga zu ihrem früheren Haus wandern, aber dann entschied sie, zu ihrer Wohnung zu gehen. Dort hatte sie noch viele Unterlagen und Bilder aus der Zeit mit Milan. Eigentlich hatte sie den ganzen Kram schon längst wegwerfen wollen, aber irgendetwas hatte sie immer daran gehindert. Sie betraten die Wohnung und während Jadwiga in Schubladen kramte, setzten sich die anderen an den Tisch im Wohnzimmer. Nach und nach landeten Fotoalben und Mappen mit Dokumenten auf dem Wohnzimmertisch, wo sie von allen bestaunt wurden. Unter den Papieren war auch eine Geburtsurkunde von Milan sowie sein Diplom der Technischen Hochschule Poznań, welches ihn als Elektroingenieur auswies. Milan kam aus dem Staunen nicht heraus. Da hatte er all die Jahre als Hilfsarbeiter im Stahlwerk gearbeitet und war doch eigentlich ein Ingenieur. Er musste jedoch zugeben, dass er nichts mehr über sein Studium und das Erlernte wusste. Allerdings hatte er immer ein großes Verständnis für technische Probleme gehabt und oft auch eine Lösung dafür gefunden, wenn seine qualifizierten Kollegen schon aufgegeben hatten. Milena fragte, ob er denn jetzt vielleicht wieder als Ingenieur arbeiten wolle. Er traute sich jedoch auch jetzt, nachdem er wusste, welche Qualifikation er hatte nicht zu, als Ingenieur zu arbeiten. Dazu war sein Wissen zu gering. Abgesehen von dem Gedächtnisverlust, war er auch seit fast 30 Jahren nicht mehr in dem Metier tätig gewesen.

Die Fotoalben, die Jadwiga aus der Versenkung geholt hatte, sahen sich alle mit Interesse an, aber bei Milan dämmerte nichts. Er erkannte weder sich noch seine Frau oder Milena auf den Bildern wieder. Frank war jedoch von den Bildern der kleinen und der heranwachsenden Milena fasziniert.

Jadwiga machte Tee und dazu gab es Kekse. Die Diskussion ging inzwischen darum, wie es weitergehen sollte. Fest stand, dass Milan einen neuen Ausweis beantragen würde, um wieder seinen richtigen Namen tragen zu können. Dabei wusste niemand, ob das so einfach möglich sein würde. Zwar hatte Jadwiga ihn nie für tot erklären lassen, aber er hatte ja inzwischen einen deutschen Ausweis bekommen. Es folgte die Überlegung, ob er wieder nach Stułice zu Jadwiga ziehen sollte. Dazu war jedoch die Frage zu klären, ob sie ihn wieder aufnehmen würde, nachdem die beiden sich damals scheiden lassen wollten und er mit Anita leben wollte. Jadwiga wollte es langsam angehen lassen und erst einmal prüfen, ob es noch Gemeinsamkeiten gab. Außerdem war da ja auch noch Anita. Vielleicht würde er ja viel lieber zu ihr ziehen. Diese hatte ihm schließlich nichts zu verzeihen, denn er hatte sie nicht böswillig verlassen, wie sie es die ganzen Jahre vermutet hatte. Außerdem hatte Anita ein Haus, in dem es mehr als ein freies Zimmer gab. Trotzdem wollte auch sie nichts überstürzen, denn sie war es gewohnt, allein mit Frank zu leben und wusste nicht, ob sie sich auf ihre alten Tage noch umstellen könnte.

Am Abend schlug Frank vor, dass er und Milena ihren Vater allein nach Grasenau bringen und die beiden Mütter im Haus der Familie Schulz bleiben könnten, aber da hatte er sich verrechnet. Die beiden Damen bestanden darauf, mitzufahren, um Milan zu Hause abzuliefern. Frank schaute Milena an und sah, dass auch sie verstehend lächelte, weil beide dasselbe dachten. Die beiden Frauen kämpften bereits um Milan. Beide schienen immer noch an ihm interessiert zu sein und wollten ihn für sich gewinnen. Nach den 30 Jahren waren infolge seiner Amnesie die Karten neu gemischt worden.

Auf dem Weg zu Milans Wohnort schmiedeten sie Pläne. Sie wollten alle so oft wie möglich zusammen sein, um einander besser kennenzulernen. Der Pfingstsonntag bot dazu schon die nächste Gelegenheit. Also beschlossen sie, Milan abzuholen und mit ihm einen Ausflug zu machen. Er aber war gar nicht so begeistert von dieser Idee. Ihm wäre es lieber gewesen, wieder in seiner alten Heimat zu sein, um möglichst viele seiner verschütteten Erinnerungen zu reaktivieren. Man gab nach und so wurde beschlossen, dass Milan auch am nächsten Tag wieder von seinem derzeitigen Wohnort abgeholt und mit nach Fritzfurt gebracht werden sollte.

Auch am Pfingstsonntag holte Frank zusammen mit dem Rest der Familie Milan ab. Sie verbrachten gemeinsam einen weiteren schönen Tag diesseits und jenseits der Oder. Man sah Milan an, dass er sehr darunter litt, so viele Jahre nichts von seinen Kindern und Frauen gewusst zu haben. Umso glücklicher war er, dass sie ihn gefunden und aufgenommen hatten. Der einzige Wermutstropfen, der die Idylle trübte, war die Tatsache, dass er nun plötzlich zwei Frauen hatte, aber nicht wusste, warum. Auch Milena und Frank versuchten herauszufinden, was der Grund für die damalige Scheidungsklage gewesen war. Milan konnte sich an nichts erinnern und Jadwiga wollte sich offenbar an nichts erinnern. Anita wusste von der seinerzeit beabsichtigten Scheidung, aber Einzelheiten des Zerwürfnisses hatte ihr Milan damals auch nicht mitgeteilt.

Die Familie hielt es für angebracht, darüber zu beraten, wie es nun weitergehen sollte. Sie wollten Milan auf keinen Fall noch lange in seinem möblierten Zimmer lassen, sondern ihn zu sich nehmen. Allerdings war nicht klar, was das genau hieß. Gern hätte Jadwiga ihn aufgenommen, aber ihre Wohnung schien ihr zu klein für zwei Personen. Anitas Haus hätte gereicht, aber da wäre Jadwiga eifersüchtig geworden, wie man ihren wenig sachlichen Argumenten dagegen entnehmen konnte. Milan äußerte keine Wünsche und sagte, dass er mit allem einverstanden wäre. Er fand wahrscheinlich beide Frauen nett und attraktiv und wollte es sich mit keiner von ihnen verscherzen.

Am Pfingstmontag musste nur Milena wieder arbeiten gehen, während sich die anderen erneut mit Milan trafen. Sie saßen diesmal bei Kaffee und Kuchen im Garten hinter dem Haus, in dem er derzeit lebte. Wieder gab es Gespräche zu dem Thema, wie es weitergehen sollte. Zum Glück war Milan kein neues Verhältnis mit einer Frau eingegangen, denn das hätte die Situation noch komplizierter gemacht. Da er nur ein möbliertes Zimmer bewohnte, sollte es recht einfach werden, seine wenigen Habseligkeiten einzupacken und mitzunehmen. Die weitere Beratung ging darum, wo er denn wohnen würde – bei Jadwiga oder bei Anita. Nun tat es Jadwiga leid, dass sie damals das Haus verkauft hatte. Sie hatte nicht allzu viel dafür bekommen und das Geld war längst ausgegeben, aber jetzt hätte sich ein eigenes Haus als sehr nützlich erwiesen. Da es auf die Schnelle keine allseits zufriedenstellende Lösung für das Unterbringungsproblem von Milan gab, beschloss man, vorerst alles beim Alten zu lassen. Die Beschaffung der neuen Dokumente würde ohnehin noch eine ganze Weile in Anspruch nehmen.

Beim Abschied drückte Milan erst Anita und dann Jadwiga fest an sich und Frank konnte nicht erkennen, bei welcher der beiden Frauen er es lieber tat.

Kapitel 18

Die Feiertage waren nun endgültig vorbei und auch Frank musste wieder arbeiten. Das tat er auch mit Inbrunst. Zum Feierabend verabschiedete er sich von seiner fleißigen Kollegin und trat den Heimweg an.

In seiner Straße angekommen, stellte er das Auto wieder ein Stück entfernt ab, dann ging er zum Haus. Seine Mutter war schon da und verbreitete eine ungewohnte Hektik. Sie war anscheinend an diesem Tag gar nicht arbeiten gewesen, sondern hatte das ganze Haus geputzt und etliche Gegenstände vor die Haustür gelegt. Als sie Franks fragenden Blick sah, sagte sie mit fester Stimme: „Ja, dieses ganze alte Gerümpel soll jetzt weg." Frank war erstaunt, denn er bemerkte jetzt erst, dass es sich ausschließlich um die Hinterlassenschaften ihres verstorbenen Mannes Herbert handelte. Wann immer der Sohn bisher vorgeschlagen hatte, sich von solchen Dingen zu trennen, hatte er stets eine Abfuhr erhalten. Mit Milans Wiederkehr brach für seine Mutter offenbar ein neues Zeitalter an. Er nahm diese Veränderung lächelnd zur Kenntnis. Vielleicht wollte Mutti Platz schaffen, um ihren früheren Geliebten nach all den Jahren doch noch bei sich aufzunehmen.
„Soll ich das Zeug zum Recyclinghof bringen, Mutti?"
Sie nickte zustimmend.
„Ja, bloß weg damit! Ich will das alles nicht mehr sehen."

Frank hatte eigentlich nicht vorgehabt, noch einmal loszufahren, aber nun beschloss er, das Angenehme mit dem Nützlichen zu verbinden. So fuhr er das Auto doch direkt vor das Haus und schleppte die dicken alten Bücher von Marx, Engels und Lenin, die hässliche Schreibtischlampe, die Arbeiterbilder, aber auch die Anzüge und Schuhe sowie die Kampfgruppenuniform seines Pseudovaters zu seinem Auto. Er schaffte es gerade noch vor der Schließung des

Wertstoffhofs dort einzutreffen. Dort sortierte er seine Mitbringsel in die entsprechenden Tonnen und Container.

Nachdem er das geschafft hatte, rief er Kommissar Giersiepen an. Das tat er nicht nur, um ihm die neueste Entwicklung in seiner Familie mitzuteilen, sondern er bat den Kriminalisten zu prüfen, ob irgendetwas darauf hindeutete, dass die drei inhaftierten früheren Freunde an dem Überfall auf den Polen Milan Opalka vor 30 Jahren beteiligt waren. Der Kommissar versprach ihm, sich darum zu kümmern.

Nach dem Telefonat startete Frank seinen Motor und fuhr zu seinem neuen Freund, dem amerikanischen Professor. Er hatte zwar dessen Telefonnummer, aber Jerry war nicht an sein Telefon gegangen, sodass Frank sich nicht vorher anmelden konnte, sondern auf gut Glück dorthin fuhr.

Trotz Franks unverhofftem Auftauchens, schien sich der Amerikaner über den Besuch zu freuen und rief: „Come in my friend, welcome to my home!" Frank verstand zwar nicht viel, aber Jerrys Gestik und Gesichtsausdruck zeigten ihm, dass er willkommen war. Er betrat die kleine Wohnung und schaute sich um. Es sah tatsächlich aus, wie man es sich bei einem Professor vorstellt. Auf dem Tisch, auf Stühlen und sogar auf dem Fußboden lagen Bücher. Allerdings waren das nicht alle Bücher, des Professors, denn an der Wand gab es ein großes Bücherregal mit Hunderten von Büchern. Frank verglich sein häusliches winziges Bücherregal mit dem seines neuen Freundes und ahnte, woher seine eigenen Wissensdefizite kamen.

Jerry machte einen Stuhl frei, indem er das darauf befindliche Buch ebenfalls auf den Fußboden legte, dann forderte er Frank auf: „Take a seat." Frank verstand wieder nur Bahnhof, deutete aber die einladende Geste richtig und setzte sich. Er war verwirrt, denn so wie er sich erinnerte, hatte der Englischlehrer in einer solchen Situation immer gesagt: „Sit down!" Vielleicht lag die andere Ausdrucksweise daran, dass Jerry Amerikaner war. Frank hatte schon gehört, dass man dort ein etwas anderes Englisch sprach.

Zum Glück schaltete der Professor beim weiteren Gespräch auf die deutsche Sprache um. Frank erzählte von seinem verlorenen und wiedergefundenen Vater und der Professor hörte mit wachsender Begeisterung zu. Das war eine Story nach dem Geschmack eines Literaturprofessors. In seinem Kopf entstand sofort die Idee, ein Buch mit dieser Handlung zu schreiben.

Am Ende überlegten beide, inwieweit Milans Traum auf tatsächlichem Geschehen basieren könnte. Wenn Frank an die Taten seiner früheren Freunde dachte, dann konnte er sich deren Übergriff auf den Polen vor 30 Jahren sehr gut vorstellen und Jerry gab ihm recht. Beide hofften sehr, dass Kommissar Giersiepen irgendetwas Belastendes bei den Inhaftierten finden würde.

Nachdem Frank so viel über sein Leben erzählt hatte, berichtete auch der Amerikaner von sich. Als Afroamerikaner hatte er leidvolle Erfahrungen in den Vereinigten Staaten gemacht und sich sein Studium und seine weitere akademische Laufbahn mühselig erkämpfen müssen. Frank verstand nicht, warum man Jerry so unterdrückt hatte, aber dann dachte er an seine eigene frühere Einstellung Ausländern und vor allem Dunkelhäutigen gegenüber und ahnte, dass auch er ein Rassist gewesen war, der in den USA wahrscheinlich die schwarzen Mitbürger ebenfalls unterdrückt hätte.

Nach zwei Stunden verabschiedete sich Frank von seinem neuen Freund und trat frohgemut den Heimweg an. Er war glücklich darüber, Jerry kennengelernt zu haben und nicht minder glücklich darüber, kein Rassist mehr zu sein. Er bemerkte, wie glücklich man sein konnte, wenn man Menschen vorurteilsfrei betrachtete. Es war eine Art der Befreiung. So ähnlich stellte er sich den Fall der Mauer für die Ostdeutschen vor. Er hatte ihn nur als Kleinkind erlebt, aber für die meisten Erwachsenen schienen sich damals neue Horizonte eröffnet zu haben – genau wie für ihn jetzt.

Am nächsten Vormittag bekam Frank einen Anruf von Herrn Giersiepen, der ihm andeutete, dass er etwas bei den Inhaftierten gefunden hätte, das mit einem Überfall auf Milan Opalka vor 30 Jahren in Verbindung stehen könne. Einzelheiten wollte der Kriminalbeamte am Telefon nicht mitteilen. Vielmehr wollte er am Abend zu Frank und seiner Mutter nach Hause kommen.

Damit war Franks Arbeitstag gelaufen. Er war nicht mehr in der Lage, sich auf sein Projekt zu konzentrieren, sondern dachte ständig nur darüber nach, was der Kommissar gefunden haben könnte. Ein Tagebuch würden die Verbrecher wohl kaum geführt haben, in das sie alle ihre Missetaten eintrugen.

Der ersehnte Feierabend kam und Frank fuhr im Eiltempo nach Hause. Mutti hatte an diesem Tag Spätdienst, aber Frank hoffte, dass sie rechtzeitig von der Arbeit nach Hause kommen würde, um mitanzusehen, was Herr Giersiepen gefunden hatte und ihnen präsentieren würde.

Seine Hoffnung wurde nicht enttäuscht, denn erst kurz nachdem Frau Schulz das Haus betreten hatte, erschien der Kommissar bei ihnen. Frank hatte keine Zeit mehr gehabt, seine Mutter auf den Zweck des Besuches vorzubereiten, sodass sie unvorbereitet zusah, wie Herr Giersiepen den Inhalt seiner Aktentasche ausbreitete. Da lag plötzlich eine Brieftasche auf dem Küchentisch, deren Anblick Anita Schulz einen Schrei entlockte, denn die erkannte Milans damalige Brieftasche. Dieser Bestätigung hätte es gar nicht bedurft, denn in der Brieftasche befand sich ein polnischer Personalausweis, ausgestellt auf den Namen Milan Opalka. Anita begann zu weinen, als sie das Bild sah. So hatte sie Milan all die Jahre im Gedächtnis gehabt. Außer dem Ausweis enthielt die Brieftasche auch einige polnische Geldscheine und Münzen, die seit 1993 nicht mehr gültig waren. Weiterhin gab es Fotos von Anita als junge Frau und von einem Baby. Dass es sich dabei mit Sicherheit um ein Bild der kleinen Milena handelte, verschwieg Frank und sendete seiner Mutter einen warnenden Blick zu, damit sie sich nicht verplapperte.

Zusätzlich zur Brieftasche und ihrem Inhalt hatte Herr Giersiepen noch andere Dinge ausgepackt. Da waren ein Schlüsselbund und ein Betriebsausweis des Glühlampenwerkes, ebenfalls für Milan Opalka ausgestellt. Besonders interessant erschien den Anwesenden jedoch ein vergrößertes Passfoto des jungen Milan. Als der Kommissar es umdrehte, sahen sie den Namen und die Adresse von Anita Seeliger sowie eine Datums- und Zeitangabe. Das Datum war der 30. November und die Uhrzeit war mit 20 Uhr angegeben. Wieder begann Anita zu weinen, denn wie sie unter Tränen sagte, erkannte sie die Handschrift ihres verstorbenen Mannes Herbert Schulz.

Für Frank und seine Mutter schien die Sache nun klar zu sein. Herbert Schulz hatte sich in die hübsche Anita Seeliger verliebt, ohne jedoch auf Gegenliebe zu stoßen. Er hatte offensichtlich beobachtet, dass ein Pole, der im Glühlampenwerk arbeitete, bei Anita ein- und ausging. Deshalb hatte er wohl beschlossen, sich dieses Rivalen mittels seiner drei Freunde zu entledigen. Wenn sie schon immer den Hang zur Ausländerfeindlichkeit gehabt hatten, sollte es für ihn keiner großen Überredungskunst bedurft haben, sie auf den Polen anzusetzen. Damit sie wussten, wie das Opfer aussah, hatte Herbert offenbar das Passbild aus Milans Personalakte abfotografiert, entsprechend beschriftet und den Schlägern gegeben.

„Bei wem von den Dreien haben Sie es gefunden?", war Franks naheliegende Frage. Der Kommissar antwortete ausweichend. Er schien sich noch nicht ganz sicher zu sein, dass es sich damals genauso zugetragen hatte, wie man es vermuten könnte. Er versprach aber, den Verdächtigen intensiv auf den Zahn zu fühlen und war sehr zuversichtlich, dass er die Wahrheit erfahren würde. Er hätte da so seine Tricks, sagte er. Anitas Frage, ob sie einige der gefundenen Gegenstände behalten dürfe, musste er leider verneinen, denn sie würden mit Sicherheit noch als Beweismittel gebraucht werden.

Als er gegangen war, blieben Frank und seine Mutter eine ganze Weile schweigend zurück. Irgendwann begann Frank zu sprechen. „Da hat Herbert Schulz also dein ganzes Leben manipuliert und meines gleich mit. Er hat aus Eigennutz dein Glück zerstört und uns auch noch mit einem schrecklichen Ausländerhass geimpft. Ich bin so froh, dass er nicht mein leiblicher Vater war. Ich habe nur noch Abscheu und Ekel für ihn übrig."

Nach diesen harten Worten holte Frank die Flasche Cognac aus dem Schrank, die er zu Weihnachten bekommen hatte. Im Hause Schulz wurde normalerweise kein Schnaps getrunken, aber jetzt gab es eine Gelegenheit, von diesem Prinzip abzuweichen. Frank goss zwei große Gläser voll, dann umarmte er seine Mutter, bevor er ihr eins der Gläser in die Hand gab. Es erforderte von Anita eine gewisse Überwindung, das scharfe Zeug zu trinken, aber sie tat es dennoch. Nachdem sie sich kräftig geschüttelt hatte, stieg eine wohlige Wärme in ihrem Körper auf und nach kurzer Zeit sah sie die Welt in rosarotem Licht. Der zweite Cognac, den Frank ihr eingoss, brannte schon weitaus weniger.

Zum Glück hatten sie nur zwei Gläser von dem Schnaps getrunken, sonst hätte Frank am nächsten Morgen mit Restalkohol zur Arbeit fahren müssen. So kam er jedoch problemlos an und arbeitete weiter an seinem Projekt. Wie am Vortag war er jedoch nicht hundertprozentig bei der Sache und seine Kollegin schaute ihm mehrmals fragend in sein ausdrucksloses Gesicht, wenn er Löcher in die Luft starrte. Er war damit beschäftigt, zu verarbeiten, was Herbert Schulz ihm und seiner Mutter sowie Milena und ihrer Mutter angetan hatte, ganz abgesehen von den körperlichen und seelischen Schäden, die Milan genommen hatte. Wie konnte ein Mensch nur so rücksichtslos seine eigenen Ziele verfolgen? Aber irgendwie passte das alles zu dem, was Frank mit seinem angeblichen Vater erlebt hatte. Eigentlich hätte ihn das, was jetzt so nach und nach ans Licht kam, gar nicht wundern dürfen. Nachträglich ärgerte sich Frank darüber, dass er den Kommissar nicht gefragt hatte, ob die Täter von damals für die Tat, die sie begangen hatten, heute noch bestraft werden können. Er wollte diese Frage unbedingt beim nächsten Mal nachholen.

Am Abend rief er Milena an, um sie über die neueste Entwicklung zu informieren. Auch sie war fassungslos. Alles war wie in einem schlechten Film. Es gab einen Bösewicht, der sich über alle moralischen Grenzen hinwegsetzte und damit unglaubliches Leid bei seinen Opfern hervorrief. Gemeinsam bedauerten sie es, dass Herbert Schulz schon tot war. Sie hätten ihm nur zu gern ihre Verachtung gezeigt und erlebt, wie er vergeblich versucht hätte, sich vor Gericht für seine Tat zu rechtfertigen. Milena wollte unbedingt auch ihrer Mutter mitteilen, was der Kommissar herausgefunden hatte. Milan wollten sie die Neuigkeit bei ihrem nächsten Treffen mitteilen.

Später fragte Frank, ob Milena eigentlich inzwischen erfahren hätte, warum sich Milan und Jadwiga damals scheiden lassen wollten. Er verwies darauf, dass die beiden jetzt eigentlich ganz gut miteinander harmonierten. Frank äußerte die Vermutung, dass Milans damaliger Zorn seiner Amnesie zum Opfer gefallen sein könnte und Jadwiga die Scheidung noch nie gewollt hätte. Leider musste Milena passen, denn ihre Mutter schwieg beharrlich zu diesem Thema.

Das nächste Wochenende stand vor der Tür und Frank und Milena machten Pläne dafür. Es war zwar gutes Badewetter, aber sie wollten doch lieber mit ihrem neuen, alten Vater zusammen sein als an die Ostsee zu fahren. Deshalb beschlossen sie, Milan für das gesamte Wochenende nach Fritzfurt zu holen, um ihn bei Anita Schulz einzuquartieren. Damit Jadwiga nicht eifersüchtig werden würde, planten sie, sie ebenfalls in Fritzfurt im Hause Schulz unterzubringen. Um das Haus nicht zu überfüllen, würden Milena und Frank für das Wochenende in Jadwigas Wohnung einziehen und auf diese Weise schon mal das Familienleben üben.

Natürlich war ihnen beiden klar, dass sie dafür die Zustimmung aller Beteiligten brauchten, aber sowohl Frank, als auch Milena waren ganz zuversichtlich, dass der Vorschlag von ihren Müttern angenommen werden würde. Milan, da waren sie sich sicher, würden sie nicht betteln müssen, denn er hatte schon die ganze Zeit signalisiert, dass er mit beiden Frauen gern zusammen war.

Wie erwartet, hatten die Mütter der Unterbringung am Wochenende zugestimmt. Beide mussten nur noch einige Vorbereitungen in ihren jeweiligen Wohnstätten treffen, dann stand der von Milena und Frank geplanten Umquartierung nichts mehr im Wege. Milena kam abends zu ihrer Mutter, um sie abzuholen und zu Franks Mutter zu bringen, während Frank nach Grasenau fuhr, um den Vater nach Fritzfurt zu bringen. Da Milan weder ein Handy noch einen Festnetz-Telefonanschluss in dem alten Haus, in dem er wohnte, hatte, kam Franks Auftauchen und das Angebot, das dieser unterbreitete, für ihn sehr überraschend. Als Frank die genauen Modalitäten der Unterbringung erklärte, war er jedoch sofort Feuer und Flamme, sein Wochenende mit der neu entdeckten Familie zu verbringen.

Sie fuhren nach Fritzfurt, wo alles für Milans Ankunft vorbereitet war. Jadwiga sah so gut wie immer aus und auch Anita hatte sich ihr tollstes Kleid angezogen. Milan wusste gar nicht, wo er mehr hinschauen sollte. Beide Frauen nahmen ihn in den Arm und er genoss es sichtlich, aber auch die Frauen schienen dabei glücklich zu sein.

Die Fünf verbrachten einen schönen Samstag zusammen. Als es Abend wurde, verabschiedeten sich Milena und Frank, um zu Jadwigas Wohnung zu fahren, wo sie verabredungsgemäß übernachten sollten. Sie fuhren mit Franks Dienstwagen und erreichten schnell ihr Ziel.

Für Frank war es ein eigenartiges Gefühl, in der Wohnung seiner Lehrerin und vermutlich baldigen Schwiegermutter zu wohnen, aber Milena fühlte sich wie zu Hause. Sie hatte schon oft bei ihrer Mutter geschlafen und kannte sich in deren Wohnung bestens aus. Sie wusste auch, wo es einen Schlummertrunk für Frank gab. Sie selbst verzichtete auf jeglichen Alkohol, seitdem sie beschlossen hatten, ihr Kind zu bekommen.

Als sie ins Bett gingen, war Frank auch nicht nach Sex zumute, sondern sie beschränkten sich aufs Kuscheln. Dicht aneinandergeschmiegt schliefen sie ein und hatten einen guten Schlaf.

Am Morgen wurde Frank durch unbekannte Geräusche geweckt. Verwundert schaute er um sich und bemerkte, dass Milena eine Schublade des Schranks ihrer Mutter nach der anderen durchsuchte. Er wollte protestieren, aber dann musste er daran denken, dass er ebenfalls kürzlich die Unterlagen seiner Mutter durchsucht hatte. Er nahm an, dass auch Milena sich für die Vergangenheit ihrer Mutter interessierte. Er beobachtete sie eine Weile und sah, wie sie plötzlich bei einem Dokument lange verweilte. Sie las es in aller Ausführlichkeit und schüttelte dann den Kopf.

„Na, hast du etwas Wichtiges gefunden?", fragte Frank unvermittelt. Sie zuckte erschrocken zusammen und wurde rot. Frank beruhigte sie, indem er ihr erzählte, dass auch er die Unterlagen seiner Mutter durchsucht hatte. Beide waren sich darin einig, dass die Mütter selbst schuld seien. Warum rückten sie nicht freiwillig mit der Wahrheit heraus? Nach dieser Klärung, fragte Frank: „Hast du denn nun etwas gefunden, das uns in Bezug auf Milan weiterhelfen könnte?" Sie nickte und fasste das Gelesene folgendermaßen zusammen.
„Ich habe hier die Scheidungsklage meines Vaters. Es gibt da ein interessantes Detail:

Er und nicht meine Mutter hat die Scheidung eingereicht mit der Begründung, dass es zwischen ihm und seiner Frau seit Anfang August 1986 keinerlei intime Beziehungen mehr gab. Sie hatten keinen Sex mehr und er durfte sie nicht einmal mehr berühren. Als sie ihm sagte, dass sie schwanger war, dachte er, dass dies der Grund für ihre sexuelle Unlust wäre und nahm Rücksicht. Aber als sie ihn auch zwei Monate nach der Geburt ihrer Tochter immer noch abwies, wenn er zu ihr zärtlich sein wollte, hatte er genug von ihr. Auf seine Fragen und Vorhaltungen wegen ihres ungewöhnlichen Verhaltens reagierte sie nur aggressiv, sodass er es schließlich aufgab, mit ihr zu diskutieren. Stattdessen reichte er die Scheidung ein, denn er war fest davon überzeugt, dass sie ihn nicht mehr liebte."

Milena und Frank schauten sich fragend an. Was mag da bloß los gewesen sein, dass Jadwiga plötzlich so abweisend war? Aus eigener Erfahrung konnte Milena nicht bestätigen, dass eine Schwangerschaft sexuelle Unlust erzeugt. Und nach der Geburt? Damit hatte sie natürlich noch keine Erfahrung. Sie mutmaßten gemeinsam, dass es der sogenannte Baby Blues gewesen sein musste, von dem beide schon etwas gehört hatten. Allerdings hatten sie auch gehört, dass diese Phase gewöhnlich zwei Wochen nach der Geburt wieder abklingt. Leider würden sie ihr neues Wissen nicht dazu benutzen können, Jadwiga gezielt danach zu fragen, was damals der Grund für ihre schlechte Stimmung Milan gegenüber gewesen war, denn damit würden sie preisgeben, dass sie heimlich bei ihr herumgeschnüffelt hatten.

Milena hatte eine Idee, wie sie versuchen könnte, mehr aus der Mutter herauszuholen. Sie würde in einer stillen Stunde von Frau zu Frau fragen, wie es Jadwiga denn nach der Geburt ihrer Tochter gegangen sei, um sich besser auf die eigene Entbindung und die Zeit danach vorbereiten zu können. Sie hoffte, dass ihre Mutter bei dieser Gelegenheit ein bisschen aus dem Nähkästchen plaudern würde, um ihrer Tochter zu helfen. Dieser Gedanke fand Franks

Beifall und er hoffte, dass auf diese Weise etwas Licht ins Dunkel gebracht werden konnte.

Außer der Scheidungsklage hatte Milena auch noch zahlreiche andere Dokumente gefunden, die etwas mit Milan zu tun hatten. Jadwiga hatte sich an alle möglichen polnischen Behörden und das Glühlampenwerk gewandt, um Informationen über den Verbleib ihres Ehemanns zu erhalten, aber es war alles vergebens. Entweder hatte sie gar keine oder eine nichtssagende Antwort erhalten. Ihr wurde von den Behörden geraten, Milan für tot erklären zu lassen, aber das schien sie nicht versucht zu haben, denn sonst wäre sicherlich eine amtliche Bestätigung oder Ablehnung dieses Antrags bei den Akten. Sie hatte offenbar noch lange gehofft, dass Milan lebte und dass er eines Tages zu ihr zurückkommen würde. Der Nachteil, den diese abwartende Haltung hatte, war der, dass sie keine Witwenrente erhielt und Milena keine Waisenrente bekam. Jadwiga schien also ihren Mann doch noch geliebt zu haben. Dafür hatte sie in Kauf genommen, dass sie neben ihrem Beruf als Lehrerin eine zweite Stelle als Putzfrau annehmen musste, um genügend Geld für sich und Milena zu haben. Dass Jadwiga ihren Mann noch liebte, konnte man ja auch nach seiner Wiederentdeckung deutlich spüren. Milena und Frank konnten sich jedoch nicht erklären, warum Jadwiga damals nach Milenas Geburt so abweisend zu Milan gewesen war. Die beiden jungen Menschen konnten sich ein Zusammenleben ohne Sex überhaupt nicht vorstellen und waren automatisch auf Milans Seite.

Sie beendeten ihre Mutmaßungen, denn sie wussten, dass sie zum Frühstück bei ihren beiden Müttern und ihrem Vater erwartet wurden. Deshalb machten sie schnell Morgentoilette und dann gingen sie zum Parkplatz, auf dem Frank sein schickes neues Auto abgestellt hatte. Als es in Sicht kam, trauten sie ihren Augen nicht, denn es war über und über mit Farbe besprüht. Auf der Windschutzscheibe prangte eine Inschrift.

niemiecki bastard odejdź!

Frank war erschüttert. Er kannte zwar das Wort odejdź noch nicht, ahnte aber, dass es keine Freundlichkeit bedeutete. Sollte es etwa auch in Polen solche Rassisten und Nationalisten geben wie in Deutschland? Milena nickte traurig. Sie hatte es ihm ja schon bei einer früheren Gelegenheit gesagt und wiederholte es jetzt.

„Darum möchte ich auf keinen Fall mit dir und unserem Kind in Polen leben. Du siehst ja, dass es auch hier nicht nur gute und freundliche Menschen gibt."

„Aber wo können wir denn unbehelligt leben? Wollen wir nach Kanada auswandern und hoffen, dass es da besser ist?"

Sie nickte begeistert.

„Das ist keine schlechte Idee. Aber erst musst du einigermaßen englisch oder französisch sprechen, sonst hat das keinen Zweck."

Frank ärgerte sich insgeheim, dass sie seine wunde Stelle getroffen hatte. Allerdings gab er sich auch selbst die Schuld daran. Warum hatte er auch ausgerechnet Kanada als Auswanderungsland genannt? Für ihn käme eigentlich nur Österreich infrage, wie er selbstkritisch zugeben musste.

Um trotz allem erst mal nach Hause fahren zu können, versuchte Frank mit einem Lappen aus Jadwigas Besenschrank wenigstens die Windschutzscheibe zu reinigen, aber die Farbe war schon zu trocken. So mussten sie Milenas Auto benutzen, um zur Familie auf der anderen Seite der Grenze zu fahren. Später wollten sie wiederkommen, um die Polizei zu holen, denn wie Frank aus Erfahrung wusste, brauchte man eine Anzeige bei der Polizei, um eine Entschädigung von der Versicherung zu bekommen. Mit Grauen dachte er schon an den Moment, an dem er das Vorkommnis seinem Chef beichten musste.

Bei der Familie angekommen, wurde umarmt und geküsst, was das Zeug hielt. Frank war direkt ein bisschen eifersüchtig, denn Milan nahm seine Vaterrolle Milena gegenüber sehr ernst, was er damit ausdrückte, dass er sie minutenlang umarmte und küsste. Frank bekam nur einen warmen Händedruck, aber das reichte ihm eigentlich auch zum Glücklichsein.

Beim Essen erzählte Frank von seinem Problem mit dem Auto, schaute aber seine Mutter sofort streng an, um zu verhindern, dass sie gleich wieder pauschal auf die Polen schimpfte. Alle Anwesenden bedauerten ihn, aber das änderte nichts an dem Ärger, den er hatte.

Nach dem Frühstück ging es wieder um die alten Zeiten, wobei die beiden Mütter sprachen und Milan nur staunend zuhörte. Alles klang nach heiler Welt, bis Milan die naheliegende Frage an Jadwiga stellte: „Sag mal Jadwiga, warum wollten wir uns denn damals eigentlich scheiden lassen?" Sie schaute ihm direkt in die Augen, während sie log: „Weil du mit Anita zusammen sein wolltest." Milena und Frank schauten sich heimlich entrüstet an, wagten aber nicht zu intervenieren, denn dann hätten sie zugeben müssen, dass sie die Scheidungsklage gelesen hatten.

Da Milan und seine beiden Frauen auch gut ohne ihre Nachkommen zurechtkamen, verabschiedeten sich diese, um die Farbschmiererei an Franks Firmenwagen anzuzeigen. Während sie das kurze Stück fuhren, ließen sie ihrem Ärger freien Lauf, über die Unwahrheit, die Jadwiga ihrem Mann gesagt hatte. Damit hatte sie ihm die ganze Schuld gegeben und gleichzeitig ein schlechtes Gewissen erzeugt, anstatt über die damaligen Eheprobleme zu sprechen.

Am verunstalteten Auto angekommen, rief Milena die Polizei, dann warteten sie im BMW, bis das Auto mit der Aufschrift Policja eintraf. Die Beamten sahen sich den Fall an, schüttelten die Köpfe und nahmen ein Protokoll auf, dann bekam Frank sein gewünschtes Aktenzeichen. Er versuchte gleich vor Ort bei der Versicherung anzurufen, um den Schaden zu melden. Er nahm an, dass diese auch am Wochenende einen Notdienst hätte. Zum Glück handelte es sich nicht um die Gesellschaft, bei der Franks frühere Autos versichert gewesen waren. Die dritte Schadensmeldung bei derselben Versicherung hätte vermutlich dazu geführt, dass der Bearbeiter ausgerastet wäre und eine weitere Geschäftsbeziehung mit Frank ausgeschlossen hätte. Leider kam bei der Versicherungsgesellschaft des Dienstwagens nur der telefonische Hinweis, dass er außerhalb der Geschäftszeiten anriefe, dann wurde das Gespräch beendet. So musste das Auto also weiter beschmiert auf dem Parkplatz stehengelassen werden.

Sie fuhren zurück nach Fritzfurt und verlebten einen schönen Samstag mit der Familie. Am Abend fuhren sie wieder in Jadwigas Wohnung, wo sie weiter in deren Unterlagen schnüffelten, bevor sie schlafen gingen. Vergeblich suchten sie Hinweise auf die Ursache der eigenartigen Unlust von Jadwiga. Sie blätterten in mehreren Ordnern, aber außer Jadwigas Zeugnissen und Auszeichnungen fanden sie nichts, was sie weiterbrachte. Frank hielt ein Blatt Papier in der Hand, auf dem Jadwigas Name stand und welches sehr kunstvoll gestaltet war. Er verstand nicht, worum es sich handelte. Deshalb fragte er Milena. Die warf einen kurzen Blick darauf, dann erklärte sie ihm, dass es sich um eine Einladung für die Beschäftigten der Landmaschinenfabrik in Stułice zu einem Freundschaftstreffen mit den Mitarbeitern des Glühlampenwerks in Fritzfurt handelte. Frank staunte: „Und was hatte deine Mutter damit zu tun?" Milena schaute noch einmal auf das Blatt.
„Sie war sicher zusammen mit Milan dort. Der arbeitete ja im Glühlampenwerk. Vielleicht hat sie gedolmetscht, denn nicht alle Polen sprachen deutsch und so gut wie kein Deutscher verstand Polnisch – genau wie heute."
Weder Frank noch Milena sahen einen Sinn darin, dass Jadwiga diese Einladung zusammen mit ihren wichtigen Dokumenten aufbewahrte. Vielleicht hatte sie nur vergessen, dieses Blatt auszusortieren und wegzuwerfen. Während sie die Einladung wieder so zu den Akten legten, wie sie sie vorgefunden hatten, fiel Frank das

Datum ins Auge. Die Veranstaltung fand demnach am 10. August 1986 statt. Er zeigte auf das Datum und sagte: „Das könnte ungefähr der Termin deiner Zeugung gewesen sein. Vielleicht waren deine Eltern so beschwingt von der Veranstaltung, dass sie alle guten Vorsätze vergessen haben." Milena sah ihn missbilligend an.

„Was für gute Vorsätze meinst du denn? Denkst du vielleicht, sie haben sonst verhütet? Das hätte meine Mutter auf keinen Fall getan."

Frank gab seinen Gedanken Ausdruck, indem er sagte: „Ich frage mich dann aber doch, warum du Jadwigas und Milans erstes Kind bist, wenn sie nie verhütet haben." Milena antwortete nachdenklich: „Ja, stimmt. Aber nicht jede Frau wird gleich auf Anhieb schwanger. Ich bin da vielleicht eine Ausnahme."

Frank wollte nun aber endlich ins Bett. Er war zwar noch gar nicht müde, hatte aber eine Riesensehnsucht, Milena wenigstens ganz nah zu spüren, wenn sie schon keinen Sex haben wollten. So kuschelten sie sich in den Schlaf und schliefen am nächsten Morgen bis Franks Handy tönte. Als er auf die Uhr schaute, bekam er einen Schreck, denn es war bereits 10 Uhr. Am Telefon war seine Mutter, die fragte, wann die Herrschaften denn zum Frühstück zu kommen gedachten. Frank versprach, dass sie sich beeilen würden. Inzwischen war auch Milena wach geworden und beide machten sich fertig, zum erneuten Familientreffen.

Die älteren Herrschaften waren bereits mit dem Frühstück fertig, als Milena und Frank eintrafen, aber dennoch mussten die beiden nicht hungern, denn es war noch genug von allem da. Beim Essen wurde geplaudert und wieder ging es um alte Zeiten. Milena fragte Milan beiläufig: „Stimmt es, dass du hier in Fritzfurt im Glühlampenwerk gearbeitet hast?" Milan schaute hilflos, als er antwortete: „Ich weiß es leider nicht mehr, aber die beiden Frauen haben es mir erzählt." Frank setzte nach, indem er Jadwiga fragte: „Warst du auch mal hier im Werk?" Sie schaute ihn erstaunt an, dann antwortete sie: „Ja, es gab manchmal Betriebsvergnügen oder

Freundschaftstreffen. Ich habe Milan meist dahin begleitet, denn die Deutschen hatten immer gutes Essen und viel zu trinken. Warum fragst du?" Frank antwortete ausweichend: „Ich wollte mir nur mal vorstellen, wie das früher so war. Bei uns gibt es kein Betriebsvergnügen und Freundschaftstreffen schon mal gar nicht. Es scheint damals eine bessere Zeit gewesen zu sein."

Als sie später für ein paar Minuten allein waren, fragte Milena, warum Frank nach Jadwigas Besuchen im Glühlampenwerk gefragt hatte, worauf er antwortete: „Ich wollte herausfinden, ob diese Veranstaltung am 10. August 1986 die einzige war, an der deine Mutter teilgenommen hatte. Wie wir jedoch erfuhren, war sie öfter im Betrieb ihres Mannes. Warum hat sie dann aber nur diese eine Einladung aufgehoben?" Milena wusste darauf auch keine Antwort.

Kapitel 19

Das schöne Wochenende mit Milan war vergangen und der Alltag kehrte wieder ein im Hause Schulz. Der Montag begann damit, dass Frank die Farbschmiererei bei der Versicherung meldete. Er gab den genauen Standort des Fahrzeugs an und die Versicherungsgesellschaft versprach, einen Abschleppwagen dorthin zu beordern, der das Auto in eine Werkstatt bringen sollte.

Gerade wollte sich Frank auf den ihm nun schon hinlänglich bekannten Weg zum Bahnhof machen, um zur Arbeit zu fahren, da rief Kommissar Giersiepen an und fragte, ob Frank einen Moment Zeit für ihn habe. Er hätte neue Erkenntnisse zum Überfall auf Milan Opalka. Eigentlich passte es Frank gar nicht, denn er hatte schon einen riesigen Bammel davor, seinem Chef zu beichten, dass das nagelneue Dienstauto beschädigt worden war und ahnte, dass die Stimmung nicht besser werden würde, wenn er erst so spät zur Arbeit kam. Andererseits war er sehr neugierig darauf, zu erfahren, was der Kommissar herausgefunden hatte.

Also rief er seinen Chef an, berichtete über den Schaden am Auto und begründete sein Später-Kommen mit seiner angeblich notwendigen Anwesenheit beim Abtransport des Fahrzeugs. Er hörte genau, wie der Chef mühsam um Fassung rang. Langsam schien ihm sein Mitarbeiter Frank Schulz gewaltig auf die Nerven zu gehen mit seinen ständigen Problemen. Aber er machte gute Miene zum bösen Spiel und gab Frank frei, bis die Angelegenheit geklärt sein würde.

Es dauerte gar nicht lange, da erschien der Kommissar bei Frank und seiner Mutter, die an diesem Montag Spätdienst hatte und deswegen noch zu Hause war. Herr Giersiepen berichtete knapp, was er in den gezielten Verhören von den drei inhaftierten ehemaligen Freunden erfahren hatte.

„Ich habe mir alle drei Verdächtigen einzeln vorgeknöpft. Als ich den Fall des damals schwer misshandelten polnischen Staatsbürgers Milan Opalka ansprach, sah ich ein großes Erschrecken in allen drei Gesichtern. Mit Tricks, die ich hier nicht nennen will, habe ich erreicht, dass alle drei gestanden haben, an dem Überfall auf Herrn Opalka beteiligt gewesen zu sein. Allerdings bestreiten sie, ihn schwer verletzt zu haben. Vielmehr behaupten sie, ihm nur eine Abreibung gegeben zu haben, damit er Sie, Frau Schulz, in Ruhe lässt. Wie er auf das Boot gekommen ist, wissen sie angeblich nicht. Was sie aber noch genau wissen, ist, dass Herbert Schulz sie nicht nur zu der Tat angestiftet hat, sondern ihnen auch noch Vorteile in Form von Prämien und Lohnerhöhungen im Glühlampenwerk, wo sie als Transport- und Lagerfacharbeiter beschäftigt gewesen waren, verschaffte.

Nach der Tat haben sich die drei in der HO Gaststätte 'Zum Oderdampfer' getroffen und Herr Schulz sorgte für jede Menge Bier und Schnaps, um ihre Tat angemessen zu feiern.

Ich werde noch versuchen, herauszufinden, wer derjenige war, der das Opfer in den halb mit Wasser gefüllten Kahn gelegt und vom Ufer weggeschoben hat."

Frank und seine Mutter schauten sich betroffen an. Dass Herbert die Freunde zu dem Überfall auf Milan angestiftet hatte, war ihnen ja schon bekannt, aber dass er seine leitende Stellung im Werk dazu benutzt hatte, die Verbrecher zu belohnen, war ungeheuerlich. Herbert Schulz hatte immer vorgegeben, überzeugter Kommunist zu sein. Nur wegen seiner Parteizugehörigkeit war er schließlich so hoch in der Hierarchie des Glühlampenwerks gestiegen. Aber anstatt seine ganze Kraft für den Aufbau des Sozialismus einzusetzen, hatte er seine Leitungsfunktion für seine schäbigen persönlichen Interessen missbraucht.

Der Kommissar informierte Frank und seine Mutter auch darüber, dass einer der Polizisten, der ebenfalls beinahe Opfer der Flammen geworden war, als die Verbrecher den Molotow-Cocktail unter das Polizeiauto gelegt hatten, inzwischen ausgesagt hatte, dass er Dienstgeheimnisse an die Nazis weitergegeben hatte. Nachdem sie ihn fast umgebracht hatten, packte er umfangreich aus und nannte Namen. Dadurch konnten weitere Täter ermittelt und inhaftiert werden.

Bevor sich der Kommissar verabschiedete, fügte er noch hinzu, dass er auch den Wirt der Gaststätte „Zum Oderdampfer" vorladen und verhören werde. Wie er erfahren hatte, war der jetzige Besitzer damals der Objektleiter der gleichnamigen HO Gaststätte gewesen. Vielleicht war es möglich durch ihn noch weitere Informationen über das Verhältnis von Herbert Schulz zu den drei Tätern zu bekommen. Das bezweifelte Frank stark, denn aus eigener Erfahrung wusste er, dass der Kneipier auf dem rechten Ohr taub und ebenfalls ein Nazi war. Wenn die Verschwiegenheit des Wirts verlässlich war, wie anzunehmen, dann bestand berechtigte Hoffnung, dass sie sich auch auf Franks langjährige Teilnahme an den Stammtischrunden beziehen möge. Es wäre ihm schon peinlich gewesen, wenn herauskäme, dass er, Frank, über lange Zeit mit den Nazis sympathisiert hatte.

Nachdem der Polizeibeamte das Haus verlassen hatte, sprachen Frank und seine Mutter noch eine Weile über das soeben Gehörte. Sie waren sich nun einig, dass Herbert Schulz von Anfang an ein schlechter Mensch war und dass er nicht erst durch seine Arbeitslosigkeit nach der Wende zu einem solchen geworden war. Anita weinte vor Enttäuschung, aber auch vor Wut darüber, dass sie auf diesen Kerl reingefallen war.

Nachdem sich die Mutter einigermaßen beruhigt hatte, verabschiedete sich Frank, um nun endlich zur Arbeit zu fahren. In erneuter Ermangelung eines Autos musste er dies wieder mit der Bahn tun.

Der Chef war erstaunlich gelassen, als Frank ihm die näheren Umstände der Beschädigung des Dienstwagens erläuterte, bat aber darum, über den weiteren Verlauf der Schadensregulierung informiert zu werden. Dass sein Mitarbeiter Frank Schulz eine polnische Freundin hatte, erfuhr der Chef auf diese Weise nun endlich auch offiziell. Er freute sich, genau diesen Ingenieur mit den Bauvorhaben in Polen betraut zu haben. Der brachte schließlich die allerbesten Voraussetzungen dafür mit, die Projekte erfolgreich abzuschließen.

Nach der Arbeit drängelte sich Frank wieder in der vollbesetzten Bahn. Am Bahnhof von Fritzfurt gab es keine Probleme und so gelangte er sicher und schnell nach Hause. Dort blinkte schon die rote LED des Anrufbeantworters. Als er den gespeicherten Anruf abhörte, erfuhr er, wo sich das beschmierte Auto derzeit befand, und dass er mit dem Schlüssel und den Autopapieren dorthin kommen sollte.

Also machte er sich zu Fuß auf den Weg, denn die angegebene Adresse war in Fritzfurt, gar nicht weit von seinem Domizil entfernt. Bei der von der Versicherung autorisierten Werkstatt erfuhr er, dass er in einer Woche sein Auto wiederbekommen würde. Er musste einige Unterschriften leisten, dann war die Sache erledigt.

Kaum war Frank zu Hause, da klingelte das Telefon. Am anderen Ende war sein neuer Freund Jerry.
„Hi Franky Boy, how are you doing?"
Jerry hatte wieder vergessen, dass Franks englische Sprachkenntnisse gering waren. Trotzdem versuchte Frank, die Frage zu verstehen und zu beantworten.
„Thank you, it go me good."
Jerry musste lachen.
„Sorry my friend, I forgot."
Danach sagte er auf Deutsch, warum er angerufen hatte.
„Ich veranstalte am Samstag eine Gartenparty in meinem Haus in Berlin. Hast du Lust zu kommen?"

Frank war erstaunt und erfreut zugleich. Neugierig fragte er nach dem Grund und erfuhr von Jerry: „Meine Zeit in Fritzfurt ist um. Das Semester ist vorbei und ich feiere meine Rückkehr nach Berlin." Frank war einverstanden unter einer Bedingung.

„Darf ich meine Freundin mitbringen?"

Jerry stimmte sofort zu und gab Frank die nötigen Informationen, wie Zeit und Ort der Party, dann beendeten sie das Gespräch.

Frank war sichtlich gerührt, dass ihn der amerikanische Professor einlud. Schnell rief er Milena an und teilte ihr die Neuigkeit mit. Sie war Feuer und Flamme, wusste nur nicht, was sie anziehen sollte. Frank war sicher, dass sie das Richtige im Schrank hätte. Die Schwangerschaft hatte noch keine zusätzlichen beziehungsweise vergrößerten Rundungen hervorgerufen, sodass sie in ihre Garderobe problemlos hineinpassen würde. Er dachte an den ersten Morgen bei ihr und ihre Suche nach dem richtigen Outfit. Er konnte sich jetzt schon vorstellen, wie sie stundenlang vor dem Spiegel stehen würde, um ein Kleid nach dem anderen zu probieren und wieder zurückzuhängen.

***

Der Samstag war da und am frühen Nachmittag erschien Milena pünktlich mit ihrem Auto vor dem Grundstück der Familie Schulz. Sie sah so umwerfend aus, dass Frank am liebsten gleich mit ihr in sein Bett gegangen wäre, anstatt zu der Gartenparty zu fahren. Da machte Milena aber nicht mit, denn sie wollte sofort zur Gartenparty aufbrechen. So setzte sich Frank wieder artig auf den ihm schon vertrauten Beifahrersitz und los ging die Fahrt.

Sie fuhren auf die Autobahn und waren nach etwa 90 Minuten in Berlin. Das Haus des Professors lag im Stadtteil Wannsee, sodass es nach dem Verlassen des Berliner Autobahnrings nur noch ein kurzer Weg innerhalb der Stadt war, dann waren sie ein bisschen später als geplant angekommen. War schon der Begriff „Gartenparty" vielversprechend gewesen, so staunten Milena und Frank, in welcher herrlichen Umgebung Jerry wohnte. Das Grundstück war eher ein Park und das Haus konnte man gut und gerne eine Villa nennen. Vor der Tür standen schon jede Menge Autos der Oberklasse. Eine solche Häufung von hochpreisigen Limousinen hatte Frank noch nie gesehen. Dagegen wirkte Milenas BMW wie ein Kleinwagen.

Als sie ausstiegen schallte ihnen laute Musik entgegen. Am Eingang wurden sie kontrolliert und nur eingelassen, weil Frank Schulz und seine Begleitung auf der Gästeliste standen. Nachdem sie auf dem Grundstück waren, folgten sie dem geschmückten Weg und erreichten bald eine Bühne, auf der eine leibhaftige Kapelle spielte. Vor der Bühne waren viele Menschen versammelt, von denen Frank einige aus dem Fernsehen kannte. Es handelte sich um Politiker, Künstler und Journalisten. Andere sahen auch sehr reich und wichtig aus, waren Frank jedoch unbekannt.

Als der Gastgeber sie sah, kam er erfreut auf sie zu. Er schüttelte Frank die Hand und der stellte Milena vor. Nun ergriff der Professor auch Milenas Hand und sagte: „How do you do?" Zu Franks Verwunderung antwortete Milena: „How do you do." Jerry erkannte auf diese Weise, dass Milena gut englisch sprach und es entspann sich ein Dialog in Englisch, dem Frank nicht folgen konnte. Er stand lediglich daneben wie ein dummer Junge. Plötzlich kam eine gutaussehende schwarze Dame dazu, die der Professor ihnen als seine Frau Mary vorstellte. Sie sprach überhaupt nicht deutsch und so führte Milena erneut ein Gespräch, bei dem Frank kein Wort verstand. Er sah nur, dass es um ihn ging, denn die beiden schauten wohlwollend lachend auf ihn.

Nach einer Weile verstummte plötzlich die Musik und der Professor, der inzwischen auf die Bühne gegangen war, hielt eine kleine Rede auf Deutsch. Er bedankte sich bei allen Anwesenden für ihr Kommen und erzählte dann von seinem halben Jahr in Fritzfurt. Er berichtete auch von dem Überfall vor dem Bahnhof und der anschließenden Behandlung durch die örtliche Polizei. Die Zuhörer reagierten erschrocken und manche pfiffen und buhten. Dann sagte er plötzlich: „Ich möchte es nicht versäumen, Ihnen meinen hier anwesenden Retter und Freund Frank Schulz vorzustellen. Bitte Frank, komm auf die Bühne!"

Frank wusste gar nicht, wie ihm geschah. Alle blickten auf ihn und wie in Trance stieg er die Treppe zur Bühne empor. Die Gäste applaudierten kräftig und erst, als Jerry weitersprach, wurde es wieder ruhig. Jerry lobte Franks Einsatz und erzählte, dass beide erst von den Nazis und dann von der Polizei krankenhausreif geschlagen worden waren. Er ließ seine Zuhörer wissen, dass er fest davon überzeugt war, dass der Übergriff vor dem Bahnhof ohne Franks Eingreifen wesentlich schlimmer für ihn ausgegangen wäre. Wieder klatschten die Gäste und die anwesenden Journalisten wurden nicht müde, Fotos von Frank zu machen. Frank spürte, wie sein Blut pulsierend in den Ohren rauschte. Er befürchtete jeden Moment in Ohnmacht zu fallen. Sein Blutdruck musste für ihn bisher unbekannt hohe Werte angenommen haben.

Als Frank nach einer gefühlten Unendlichkeit mit wackligen Knien wieder von der Bühne herabgestiegen war, fiel ihm Milena um den Hals und küsste ihn, was den Reportern ebenfalls viele Bilder wert war. Wenn er nun aber gedacht hatte, dass es damit erledigt war, hatte er sich gewaltig geirrt. Jetzt drängten sich plötzlich viele Menschen um ihn und schüttelten ihm die Hand. Einiges erinnerte ihn an die Einweihungsfeier in Niebieska Góra, nur dass es hier noch mehr Leute waren, die unbedingt seine Bekanntschaft machen wollten. Einer der Gratulanten stellte sich als Baudezernent Meier aus Berlin vor. Nachdem auch er dem Geehrten seine Hochachtung für dessen mutiges Eingreifen ausgesprochen hatte, fragte er nach dessen Beruf. Als er Franks Beruf kannte und im weiteren Gespräch mehr über ihn in Erfahrung gebracht hatte, ließ er die Bemerkung fallen, dass er solche couragierten und engagierten Mitarbeiter in seinem Dezernat sehr gut gebrauchen könnte. Er gab Frank seine Visitenkarte und bat ihn, es sich zu überlegen, ob er sich nicht vielleicht beruflich verändern und beim Baudezernat in Berlin arbeiten wolle. Frank war total verwirrt. Deshalb bemerkte er gar nicht, dass sich auch hier die anwesenden Herren kaum an Milena sattsehen konnten.

Eine Party wie diese hatten weder Frank noch Milena je erlebt. Es gab gute Musik am laufenden Band, das Essen war erstklassig und erlesene Getränke flossen in Strömen. Frank war froh, dass Milena nichts Alkoholisches anrührte, denn so konnte er das eine oder andere gute Bier trinken, da sie auch auf der Rückfahrt am Steuer sitzen würde.

Nach Einbruch der Dunkelheit wurde ein Feuerwerk abgebrannt. Danach rüsteten Milena und Frank sich zur Heimfahrt. Sie bedankten sich bei ihren Gastgebern. Jerry und seine Frau ließen es sich nicht nehmen, sie bis zu ihrem Auto zu bringen. Bevor sie einstiegen gab es noch ausgiebiges Händeschütteln und diverse Umarmungen zum Abschied. Jerry dankte für den Besuch und gab seiner Hoffnung Ausdruck, dass er die beiden bald einmal wieder bei sich zu Gast haben würde. Auch gab er Frank seine Visitenkarte, damit dieser ihn jederzeit anrufen könne.

Dann fuhren sie hinaus in die dunkle Nacht. Zum Glück war Milena fit genug, um die Strecke zu bewältigen und so trafen sie lange nach Mitternacht wohlbehalten in Fritzfurt ein. Frank hielt es für besser, wenn Milena nicht allein weiterfahren würde. Sie sah es auch so und blieb für den Rest der Nacht bei Frank. Dass er auf diese Weise wieder einmal mit Milena schlafen konnte, war für ihn eine angenehme Begleiterscheinung der Vorsichtsmaßnahme, schien aber auch ihr zu gefallen.

Es war Sonntagmittag, als Frank und Milena aufstanden. Franks Mutter hatte schon vor Stunden Frühstück vorbereitet, das sie jetzt servierte. Trotz ihres Hungers hatte sie gewartet und aß nun zusammen mit den jungen Leuten. Frank erzählte von der Gartenparty und seiner Bühnenerfahrung. Dabei fiel ihm ein, dass er die Visitenkarte des Baudezernenten Meier in der Tasche hatte. Unvermittelt fragte er: „Was meint ihr, soll ich in Berlin für den Senat arbeiten?" Mutter und Freundin schauten sich erschrocken an. Als Erste antwortete Milena mit einer Gegenfrage: „Würdest du mich denn dahin mitnehmen?" Frank nickte enthusiastisch.

„Na klar kommst du mit. Ohne dich gehe ich nirgendwo hin."

Milena stimmte nun zu.

„Ich bin dafür, denn ich glaube, in Berlin hätten wir nicht so viele Probleme mit Ausländerfeindlichkeit wie hier."

Plötzlich sprang sie erschrocken auf und rannte aus der Haustür. Frank und seine Mutter dachten, dass ihr wieder schlecht geworden sei, wunderten sich allerdings, dass sie nicht die Toilette aufsuchte. Als sie zum Tisch zurückkehrte, erklärte sie: „Ich wollte schnell nach meinem Auto sehen. Zum Glück ist alles in Ordnung damit."

Nun konnte auch endlich Anita auf die Frage ihres Sohnes antworten.

„Ich habe zwar immer gedacht, dass du hier bleibst und eines Tages das Haus erbst, um darin zu wohnen, aber nach allem, was hier geschehen ist, habe ich Verständnis dafür, dass du weg willst. Wichtig ist mir aber, dass ich mein Enkelkind so oft wie möglich sehen kann."

Frank schaute seine Mutter dankbar an. Sie war wieder die Alte, die ihre Belange stets hintanstellte.

Kapitel 20

Der Montag brachte viel Arbeit für Frank, denn sein Projekt stand kurz vor dem Abschluss. Wie jeder weiß, wird es immer kurz vor dem Abschluss einer großen Arbeit noch mal richtig stressig. Zusammen mit seiner Kollegin arbeitete er deshalb ohne Pause und weit über den sonst üblichen Feierabend hinaus.

Als das Werk vollbracht war, hielt Frank es für angemessen, die junge Kollegin zum Essen einzuladen. Sie war einverstanden und so suchten beide ein gutes italienisches Restaurant auf, in dem sie vorzüglich speisten. Frank kannte seine körperlichen Vorzüge und vermied deshalb alles, was angetan war, bei seiner Begleiterin eine falsche Hoffnung zu erwecken. Um Missverständnissen vorzubeugen erzählte er ihr beim Essen, dass er seine große Liebe in Polen gefunden hätte und mit ihr sehr glücklich sei. Das Gesicht der Kollegin wurde danach tatsächlich etwas traurig, aber sie sagte nichts. Frank bedankte sich noch einmal in aller Form bei ihr für ihre gute und schnelle Arbeit.

Nach dem Essen wollte sich Frank eigentlich ganz seriös von seiner Kollegin verabschieden, aber diese umarmte ihn und gab ihm einen Kuss auf die Wange, nachdem sie sich für die Einladung bedankt hatte. Dann fragte sie ihn, ob er noch Lust hätte, auf eine Tasse Kaffee mit zu ihr zu kommen. Sie wohnte ganz in der Nähe. Frank dankte lächelnd für das Angebot, lehnte es aber ab. Er hatte nicht die geringste Lust, Milena zu betrügen. So strebten beide in unterschiedliche Richtungen auseinander. Sie ging zu ihrer Wohnung in Hochofenstadt und Frank marschierte zum Bahnhof.

Der Zug nach Fritzfurt war gerade weg und so musste er lange auf den nächsten warten. Deshalb hatte er Zeit, über dies und das nachzudenken. Seine Kollegin, die er eben verabschiedet hatte, wäre für ihn sicher auch als neue Freundin infrage gekommen, nachdem sich Nicole von ihm getrennt hatte. Sie war sehr hübsch und ebenso klug wie fleißig. Aber er hatte ja Milena und die war einsame Spitze. Außerdem bekam sie ein Kind von ihm. Darum war er völlig immun gegen jegliche Versuchung. Die nächste Überlegung galt dem Jobangebot aus Berlin. Das hörte sich verdammt gut an. In Berlin würde er sich hoffentlich nicht mehr mit seinen alten Freunden und ihresgleichen herumschlagen müssen. Außerdem bot so eine große Stadt ganz andere Möglichkeiten zum Ausgehen und Shoppen als Fritzfurt. Seine einzige Sorge war, dass er für sich und seine Familie keine angemessene Wohnung in Berlin finden würde. Man hörte ja schlimme Dinge über die Auswirkungen der Wohnungsnot. Natürlich war es ihm auch nicht egal, wie seine Mutter sich fühlen würde, wenn ihr Sohn mit Frau und Kind 100 Kilometer entfernt lebte. Zu dem Thema hatte er einen verwegenen Plan im Kopf, den er demnächst mit Milena besprechen wollte. Sollte diese den Plan gut finden, würde er ihn seiner Mutter, Jadwiga und Milan unterbreiten.

Der Zug kam und die Grübelei hatte ein Ende. Frank stieg ein, fand zu dieser späten Stunde sogar einen Sitzplatz und nach einer knappen Stunde hatte er sein Zuhause erreicht. Nach einem kurzen Plausch mit seiner Mutter zog er sich in sein Zimmer zurück, wo er noch eine Weile mit Milena telefonierte. Bei diesem Gespräch erläuterte er ihr seinen Plan, der das Zusammenleben von Milan mit Jadwiga und Anita betraf. Als er fertig war, sagte Milena kichernd: „Na du hast vielleicht Ideen! Ich bin gespannt, wie dieser Vorschlag bei unseren Eltern ankommt." Frank war ganz zuversichtlich, als er behauptete, dass dies der beste Plan seines bisherigen Lebens sei. Nachdem sie das Gespräch beendet hatten, dachte er noch einmal stolz über seinen Einfall nach und musste grinsen bei dem Gedanken, wie sie wohl schauen würden, wenn sie von ihm hörten, wie er sich die Zukunft vorstellte. Allerdings musste er erst einmal die Stelle und eine Wohnung in Berlin haben. Wenn er an den freundlichen Baudezernent dachte, war er jedoch sehr zuversichtlich. Mit diesen Gedanken ging er zu Bett und schlief schnell ein.

***

Am nächsten Morgen im Büro empfand Frank die Stimmung noch schlechter als zuvor. Die Kollegen grüßten ihn kaum und mieden jeden Blickkontakt mit ihm. Seine junge Kollegin, die ihn bisher so tatkräftig unterstützt hatte, hatte eine neue Aufgabe bekommen, sodass sie nicht mehr mit ihm zusammenarbeitete. Auch sie war sehr kühl bei der Begrüßung, was im krassen Gegensatz zur gestrigen Verabschiedung stand. Er lieferte das ausgearbeitete Projekt beim Chef ab, wobei er nicht vergaß, die Kollegin noch einmal zu loben. Der Chef freute sich über die pünktliche Fertigstellung und gab Frank den Auftrag, die Arbeiten wieder von der Firma durchführen zu lassen, die das Wasserwerk gebaut hatte. Frank war mehr als einverstanden, denn auf diese Art würde er wieder mit Milena zusammenarbeiten müssen oder besser gesagt, dürfen.

Deshalb nutzte Frank die Gelegenheit, sich sofort vom Arbeitsplatz zu entfernen, um die Unterlagen und den Auftrag zu der Firma zu bringen. Da er zurzeit kein Auto hatte, wollte er Milena bitten, die Unterlagen bei ihm daheim abzuholen.

Er fuhr mit dem Zug nach Fritzfurt und ging nach Hause. Milena konnte erst abends kommen, wie sie ihm telefonisch mitgeteilt hatte.

Die Wartezeit nutzte er, um bei dem Baudezernenten Meier anzurufen, der ihm auf der Party die Stelle angeboten hatte. Jetzt würde es sich zeigen, ob Herr Meier ohne Party und Alkohol zu seinem Wort stand.

Frank hatte Glück und erreichte Herrn Meier auf Anhieb. Der wusste sogar noch, wer der Anrufer war und freute sich über dessen Kontaktaufnahme. Nach einigen Floskeln kam der Senatsbeamte zur Sache.

„Also Herr Schulz, ich würde mich sehr freuen, wenn Sie mir Ihre Bewerbungsunterlagen zukommen lassen würden."

Frank freute sich, wollte aber auch gleich Nägel mit Köpfen machen, weshalb er gleich die Frage nach einer Wohnung stellte. Der Dezernent antwortete, dass es für einen Mitarbeiter des Baudezernats selbstverständlich kein Problem darstellen würde, eine geeignete Wohnung in Berlin zu finden. Frank war zufrieden und versprach, seine Bewerbung so schnell wie möglich einzureichen.

Nach diesem Telefonat überlegte er, wie er es am besten bewerkstelligen könnte, ein Arbeitszeugnis von seinem derzeitigen Chef zu bekommen, ohne dass dieser sofort wüsste, dass sich sein Mitarbeiter bei einer anderen Firma bewerben möchte. Auf diese Frage fand er keine Antwort. Er beschloss, sich ohne das Zeugnis zu bewerben. So begeistert, wie der Dezernent von ihm war, sollte er sich doch auch mit einer Bewerbung ohne aktuelles Arbeitszeugnis begnügen. Wenn die Sache einigermaßen sicher war, konnte Frank dieses immer noch nachliefern.

Gegen 20 Uhr kam Milena. Nach einer ausführlichen Begrüßung erzählte Frank von seinem Telefongespräch. Milena fragte, ob er eigentlich auch an sie gedacht hätte. Schließlich würde sie mit nach Berlin ziehen und sei ebenfalls Bauexpertin. Sie dächte aber nicht daran, nach der Geburt ihres Kindes lange zu Hause zu bleiben. Daran hatte Frank überhaupt noch nicht gedacht. Für ihn war klar, dass er arbeiten gehen würde und Milena bis auf Weiteres nur noch Hausfrau und Mutter sei. Er bemerkte, dass er in Sachen Emanzipation auch noch nicht in der Neuzeit angekommen war. Natürlich sah Frank ein, dass auch Milena ein Recht auf Selbstverwirklichung hatte, aber wie das in der Praxis werden würde, konnte er sich noch nicht vorstellen. Er versprach jedoch, in Berlin zu fragen, ob auch für seine Lebensgefährtin eine Beschäftigungsmöglichkeit bestünde. Das reichte Milena nicht. Vielmehr wollte sie, dass er seine Arbeitsaufnahme davon abhängig machte, dass auch sie eingestellt werden würde. Um des lieben Friedens willen versprach er ihr auch das. Zwar hatte er einen Moment lang das Gefühl, dass ja eigentlich **er** sich so hervorgetan hatte, dass man **ihm** eine Stelle anbot, aber dann meldete sich sein schlechtes Gewissen. Wenn er ganz ehrlich war, musste er zugeben, dass er die positive Entwicklung seines Lebens nur Milena zu verdanken hatte.

Nachdem sie eine Weile miteinander geschmust hatten, wobei sich Frank wieder ausgiebig über das Wachstum bestimmter Körperregionen Milenas informiert hatte, verabschiedeten sie sich voneinander und sie fuhr nach Hause.

Auch am nächsten Arbeitstag fühlte sich Frank unwohl in seinem Kollegenkreis. Er wurde von allen gemieden und nicht einmal die Kollegin, die er zum Essen eingeladen hatte, weil sie so gut für ihn gearbeitet hatte, verhielt sich freundlich. In einem unbeobachteten Moment fragte er sie, was denn eigentlich los sei, aber sie zuckte nur mit den Schultern und tat, als wenn sie von nichts wüsste. Frank wusste nicht, wie er mit dieser Stimmung umgehen sollte und zog sich zurück.

Im weiteren Verlauf der Woche musste Frank am eigenen Leib erfahren, was Mobbing ist. Einmal war der Netzwerkstecker von seinem Computer locker, sodass er keine Verbindung zum Internet hatte und lange suchen musste, bis er die Ursache gefunden hatte. Ein anderes Mal hatte jemand das Schloss seiner Schreibtischschublade verklebt und er kam nur mit einem Brecheisen unter Anwendung roher Gewalt an seine Unterlagen.

Langsam kam in ihm der Verdacht auf, die junge Kollegin hätte seine Einladung zum Essen ohne anschließenden Hausbesuch übelgenommen. Aber warum war dann die gesamte Belegschaft auf ihn sauer? Die Kollegin würde wohl kaum erzählt haben, dass sie bei ihm abgeblitzt war. Irgendwann dämmerte es bei ihm, dass sie aus Rache wahrscheinlich allen von seiner polnischen Freundin erzählt hatte. Bei der Ausländerfeindlichkeit der übrigen Kollegen musste es ein Leichtes gewesen sein, schlechte Stimmung gegen ihn zu machen.

Frank ärgerte sich, war aber andererseits auch ganz froh. Unter diesen Umständen würde es ihm nicht schwerfallen, zu kündigen und in Berlin neu anzufangen.

Seine Bewerbungsunterlagen waren fertig und auch Milena hatte alles für ihre Bewerbung vorbereitet. Frank war stolz, denn wenigstens dieses eine Mal konnte er ihr helfen, indem er ihre selbstverfassten Dokumente durchsah und da, wo es nötig war, korrigierte. Sie sprach zwar sehr gut deutsch, aber beim schriftlichen Formulieren machte sie einige Fehler, die Frank nur zu gern ausmerzte.

Frank schlug vor, die Bewerbungen am Freitag persönlich abzugeben. Er war sicher, dass es dem Baudezernenten leichter fallen würde, auf Franks neue Bedingung einzugehen, wenn er Milena sehen würde.

***

Wie geplant, traten beide den Weg nach Berlin an. Sie benutzten Milenas Auto, da Franks Dienstwagen erst am Montag fertig werden sollte. Nach etwa einstündiger Fahrt erreichten sie die Stadtgrenze und brauchten noch einmal eine Stunde, um zum Dienstsitz des Baudezernenten zu gelangen. Frank hatte sich in Schale geworfen und seinen besten Anzug angezogen. Milena war wohl extra shoppen gewesen, denn sie trug ein Kleid, das Frank an ihr noch nie gesehen hatte. Sie sah so hinreißend sexy aus, dass Frank befürchtete, dass sie die Stelle bekommen würde und er nicht. Vorsichtshalber fragte er deshalb: „Gilt unsere Vereinbarung immer noch, dass wir nur zusammen dort anfangen zu arbeiten?" Sie nickte verwundert und antwortete: „Jak najbardziej."

Da sie einen Termin beim Behördenchef hatten, ließ sie der Sicherheitsdienst auf den Hof des Gebäudes fahren, wo sie das Auto abstellen konnten. Als sie ausgestiegen waren, machte sich Milena wieder so zurecht, dass sie unwiderstehlich war, während Frank sich lediglich den Schlipsknoten zurechtrückte. Er hatte dem Amtsleiter verraten, dass er seine Lebensgefährtin mitbringen würde, die sich ebenfalls bewerben wollte, und der hatte keine Einwände dagegen gehabt.

Ihre Unterlagen unterm Arm tragend, marschierten sie ins Gebäude. Mithilfe einiger Mitarbeiter des Hauses, die sie auf dem Gang antrafen, fanden sie schließlich auch das gesuchte Zimmer. Sie klopften an und warteten mit dem Öffnen der Tür, bis von innen ein deutliches „Herein" ertönte.

Frank ließ Milena den Vortritt und so betraten beide das Dienstzimmer. Herr Meier schaute nicht schlecht, als er Milena, die ihm bei der Gartenparty bereits sehr angenehm aufgefallen war, wiedersah. Er erhob sich und ging auf die beiden zu, schüttelte ihre Hände und bedankte sich für das Kommen. Frank bedankte sich seinerseits für die Einladung. Dann bat der Dezernent sie, sich mit ihm an den runden Klubtisch zu setzen, der in einer Ecke des Zimmers stand. Die Sekretärin brachte Kaffee und Kekse nebst zugehörigem Geschirr, dann verschwand sie wieder.

Frank erklärte noch einmal, warum Milena ihn begleitete und was sie beide erreichen wollten. Herr Meier nickte wohlwollend und schien gar nicht böse zu sein, dass er zwei Bewerber vor sich hatte. Frank und Milena wussten nicht, dass der Berliner Senat schon lange händeringend Fachleute für alle Ressorts suchte, aber nicht fand. Die Gehälter waren viel niedriger als in der freien Wirtschaft und die Arbeitsbedingungen waren wegen der Personalknappheit sehr schlecht. So kamen ihm die beiden Bewerber gerade recht.

Wie am Anfang von Vorstellungsgesprächen üblich, wurden Milena und Frank gefragt, ob sie eine gute Fahrt gehabt hätten. Dies bejahten beide. Frank erwartete, dass es nun richtig zur Sache gehen würde und machte sich auf komplizierte Fragen aus seinem Fachgebiet gefasst, aber ihr Gastgeber dachte gar nicht daran, sie zu grillen. Vielmehr erzählte er über das Amt, das er leitete, und dann über den amerikanischen Professor, den er schon seit langem kannte und sehr schätzte. Schließlich warf er erst einen kurzen Blick in Franks Bewerbungsmappe, dann studierte er etwas intensiver Milenas Unterlagen. Es schien alles nach seinem Geschmack zu sein und so unterbreitete er seine Vorschläge.

„Ich hielte es für besser, wenn Sie nicht beide in derselben Abteilung arbeiten würden. Da Sie, Herr Schulz, Bauingenieur sind, würde ich Sie gern in der Bauverwaltung einsetzen. Sie, Frau Opara äh Opalka, sind Architektin und so würde es sich anbieten, dass Sie sich mit der Städteplanung befassen."

Frank und Milena schauten sich erfreut an und stimmten dann beide zu. Mit einer so schnellen und unkomplizierten Einstellungsprozedur hatten sie nicht gerechnet. Herr Meier fragte: „Wann können Sie anfangen?" Frank und Milena wussten es nicht, denn sie mussten es erst mit ihren jeweiligen Chefs besprechen und außerdem brauchten sie eine Wohnung in Berlin. Herr Meier versprach, ihnen eine Wohnung zu besorgen, sobald sie ihm den Termin ihrer Arbeitsaufnahme mitteilen würden.

Nachdem alles geklärt war, verließ das junge Paar überglücklich den Baudezernenten. Sie hatten alles erreicht, was sie sich gewünscht hatten. Milena hatte allerdings noch eine Frage, als sie wieder im Auto saßen.

„Hätte ich ihm nicht sagen müssen, dass ich schwanger bin?"

Frank wusste es besser, denn er hatte sich vorher über dieses Problem informiert.

„Nein, ich habe gelesen, dass das bei einem Bewerbungsgespräch nicht nötig ist. Hätte Herr Meier danach gefragt, hättest du sogar lügen dürfen, denn diese Frage ist unzulässig."

Einmal in Berlin, nutzten sie die Gelegenheit und schauten sich ein wenig um. Beide waren erstaunt über die Größe der Stadt und deren Vielfalt. Sie waren sehr zuversichtlich, hier unbehelligt als deutsch-polnisches Paar leben zu können.

Am späten Nachmittag fuhren sie zu Franks neuem Freund, dem amerikanischen Professor. Der hatte sie spontan eingeladen, als Frank ihm telefonisch von ihrer Fahrt nach Berlin erzählt hatte. Jerry war zu Hause und freute sich sehr, die beiden wiederzusehen. Seine Frau Mary war ebenfalls sehr freundlich, konnte sich jedoch nur mit Milena unterhalten. Das gab Frank die Möglichkeit, dem Professor über die weiteren Vorkommnisse in Fritzfurt zu berichten. Er erwähnte auch die Verunstaltung seines Autos in Polen und zusammen waren sie sehr unglücklich darüber, dass es immer mehr Rassisten und Nationalisten in der Welt zu geben schien. Als Frank über das Vorstellungsgespräch bei Herrn Meier sprach, war sein Freund sehr zufrieden mit dessen Verlauf. Zu allem Überfluss bot er Frank an, dass beide bei ihm wohnen könnten, bis sie eine Wohnung gefunden hätten. Frank wusste gar nicht, wie er sich bedanken sollte. Er war einfach gerührt. Als er Milena über dieses Angebot informierte, fiel sie vor Freude Jerry und Mary um den Hals und rief: „Thank you so much! That's so nice of you." Mary schien gar nicht zu wissen, warum sie umarmt wurde, aber Jerry erklärte es ihr sogleich.

Am Abend gab es ein typisch amerikanisches Dinner, zu dem Milena und Frank blieben, da sie ihre Freunde nicht verletzen wollten. Es schmeckte alles vorzüglich und dazu gab es einen guten Wein, den nur Frank genoss. Milena lehnte ab und sah sich verpflichtet, das zu begründen.

„Thank you, but I shouldn't drink. I'm pregnant."

Nun war es an Mary und Jerry, Milena zu umarmen und Frank zu beglückwünschen.

Es wurde spät, denn es gab so viel zu erzählen. Besorgt schaute Frank auf die Uhr, weil er Milena nicht überfordern wollte. Schließlich musste sie ans Steuer, wenn es nach Hause ging. Als ob das Maß ihrer Güte noch nicht voll genug war, boten die Gastgeber jedoch Frank und Milena an, dass sie bei ihnen übernachten könnten, um nicht mitten in der Nacht nach Hause fahren zu müssen.

Die beiden waren überwältigt von der Gastfreundschaft und nahmen die Einladung dankend an. Frank telefonierte schnell mit seiner Mutter, damit sie sich keine Sorgen machte. Dann wurde ihnen das Gästezimmer gezeigt. Es war luxuriös eingerichtet und ließ es an nichts fehlen. Sogar ein Schlafanzug für Frank und ein traumhaftes Negligee für Milena lagen bereit.

Als sie geduscht waren und ins Bett gingen, konnte sich Frank nicht länger beherrschen und nachdem Milenas geringer Widerstand gebrochen war, hatten sie endlich wieder einmal richtig guten Sex.

Der nächste Tag begann mit leckerem amerikanischen Frühstück, das ganz nach Franks Geschmack war. Dann wurde noch ein wenig geplaudert, aber vor dem Mittag verabschiedeten sich Milena und Frank schließlich, um die Heimfahrt anzutreten. Es wurde noch einmal umarmt und gedankt, dann brauste das junge Paar davon.

Unterwegs zogen die beiden eine Bilanz ihres Berlin-Besuchs und waren sich einig, dass alles ganz nach Wunsch verlaufen war. Außer der gelungenen Bewerbung war auch der Besuch bei den Amerikanern ein unvergessliches Ereignis gewesen. Frank freute sich immer mehr, dass er damals versucht hatte, den ihm unbekannten schwarzen Professor zu beschützen. Manchmal, so dachte er, zahlen sich gute Taten doch aus. Jetzt schien er Freunde fürs Leben gefunden zu haben. Sobald sie sich in Berlin eingerichtet haben würden, wollte er wieder Englisch lernen. Jetzt wusste er wenigstens, warum er das tun sollte.

Kapitel 21

Wieder in Fritzfurt angekommen, wurden Milena und Frank von dem Rest der Familie begrüßt. Jadwiga und Anita hatten Milan mit dem Auto abgeholt. Am Mittagstisch teilte Frank den Eltern mit, dass es nur noch an ihren jeweiligen Arbeitgebern läge, wann sie kündigen könnten, um in Berlin die Arbeit aufzunehmen. „Und wo werdet ihr in Berlin wohnen?", war die besorgte Frage von Franks Mutter. Frank antwortete, dass sie bei Freunden unterkommen würden, bis sie eine eigene Wohnung hätten. Das waren zwar gute Nachrichten für das junge Paar, aber die Mütter und der Vater waren nicht sehr begeistert. Anita war traurig, weil sie dann allein in dem großen Haus wohnen würde und Jadwiga hatte Angst, ihr Enkelkind nicht oft genug sehen zu können. Nur Milan war die Ruhe selbst. Für ihn hatte sich schon alles so sehr zum Guten gewendet, dass es keiner Steigerung mehr bedurfte.

An diesem Punkt hielt es Frank für richtig und nötig, der Familie zu unterbreiten, wie er über das weitere Zusammenleben der älteren Generation dachte. Er erläuterte den staunenden Eltern, dass er es sich gut vorstellen könne, dass Anita mit Jadwiga und Milan im Haus der Familie Schulz zusammenlebten. Jadwiga und Milan könnten dann ihre Wohnungen aufgeben und Anita wäre nicht allein in dem großen Haus. Damit sollte eigentlich allen gedient sein. Die Reaktion war jedoch erst einmal großes Erstaunen vermischt mit Ablehnung, aber Frank war nicht zu beirren.
„Ihr wohnt doch schon einige Wochenenden zusammen. Hat das denn nicht gut geklappt? Soweit ich weiß, hat es noch keine Probleme gegeben. Warum also wollt ihr dieses gelungene Experiment nicht zum Dauerzustand machen?"

Sie diskutierten noch eine Weile, fanden aber keine vollständige Übereinstimmung. Anita fragte: „Wie können wir hier als zwei

Frauen mit einem Mann zusammenleben?" Frank hatte mit diesem Einwand gerechnet.

„Das habt ihr damals doch auch, aber heimlich. Warum soll es heute nicht funktionieren, wenn ihr drei es akzeptiert?"

Die Angesprochenen schauten betreten, wussten aber nicht, was sie antworten sollten.

Nach einer Weile verlegenen Schweigens ergriff Milena plötzlich das Wort. Was sie äußerte, kam für ihre Mutter wie ein Blitz aus heiterem Himmel.

„Warum wolltet ihr euch damals eigentlich scheiden lassen, Mama?"

Jadwiga schaute verärgert auf ihre Tochter.

„Weil Milan fremdgegangen ist, das weißt du doch."

Milena gab sich mit dieser Antwort jedoch nicht mehr zufrieden.

„Warum hat Milan dann von Anfang an Anita erzählt, dass er sich scheiden lassen wollte und dass zwischen euch in puncto Sex nichts mehr lief?"

Anita schaute peinlich berührt zum Holzfußboden der Küche in der sie saßen, während Jadwiga nach Fassung rang. Endlich konnte sie wieder sprechen.

„Du bist noch jung und naiv, mein Kind, denn sonst wüsstest du, dass alle Männer so etwas sagen, wenn sie Ehebruch begehen."

Mit dieser Erklärung war Milena aber noch nicht einverstanden. Sie wollte zwar nicht zugeben, dass sie die Scheidungsklage kannte, aber trotzdem holte sie noch ein Ass aus dem Ärmel.

„Wer hat denn damals die Scheidung eingereicht – du oder Milan?"

Jetzt wurde es Jadwiga aber zu bunt. Sie stand wütend auf und verließ nicht nur die Küche, sondern auch das Haus. Kurz darauf hörte man draußen einen Automotor anspringen. Kurz danach war das Motorgeräusch nicht mehr zu hören. Jadwiga war weg und die Zurückgebliebenen schauten sich betreten an. Anita schüttelte den Kopf.

„War das nötig, Milena? Ihr wollt, dass wir hier friedlich zusammenleben und du stiftest so einen Unfrieden."

Milena blickte trotzig in die Runde.

„Ich finde, es ist wichtig, dass alle Unklarheiten beseitigt werden, bevor ihr zusammenzieht. Ich kann es nicht ertragen, dass meine Mutter unserem Vater und dir schlechte Gewissen macht, weil er damals mit dir fremdgegangen ist. Sie war nämlich selbst schuld daran, verschweigt das aber heute."

Milan wollte wissen, wie Milena das meinte. Sie fuhr deshalb fort.

„Nicht meine Mutter, sondern du hast die Scheidung eingereicht. Der Grund war, dass sie jeden sexuellen Kontakt mit dir abgelehnt hatte, seitdem sie mit mir schwanger war. Dass sich ein Mann dann irgendwann eine andere Partnerin sucht, ist doch menschlich verständlich."

Nach einer kurzen Pause wandte sie sich erneut an Milan.

„Kannst du dich denn an gar nichts mehr erinnern, was damals geschah?"

Er blickte sie hilflos an und schüttelte den Kopf. Von ihm war also tatsächlich immer noch kein erhellender Beitrag zu erwarten. Die Atmosphäre war aber nachhaltig gestört und wurde bis zum Abend nicht besser.

Jadwiga meldete sich auch am Sonntag nicht mehr und so blieb die Stimmung im Hause Schulz weiter im Keller. Bevor Milena nach Hause fuhr, brachte sie noch Milan in sein Dorf, wo er sich liebevoll mit den Worten „Moja umiłowana córko" von ihr verabschiedete. Sie versuchte ihm zu erklären, dass es gerade weil sie seine geliebte Tochter war, in seinem Interesse war, dass sie Jadwiga am Vortag so hart angegriffen hatte. Er verstand es jedoch nicht und war nur traurig, dass das Wochenende, das so gut begonnen hatte, derartig schlecht endete. Außerdem tat ihm Jadwiga leid. Er wollte Frieden mit allen Mitgliedern der neuen Familie haben.

***

Auch Milena wollte nicht, dass ihre Mutter unglücklich war und beschloss daher, auf dem Weg nach Niebieska Góra noch einen Abstecher zu ihr zu machen.

Als sie an der Wohnungstür der Mutter klingelte, klopfte ihr Herz, denn sie wusste nicht, wie sie der Mutter erklären sollte, warum sie sie so sehr gedrängt hatte, die Wahrheit zu sagen. Es würde ein ausgesprochener Drahtseilakt werden, die Balance zwischen Insistieren und Rücksichtnahme auf die Gefühle der Mutter zu finden. Nach ungewöhnlich langer Zeit wurde die Tür geöffnet und Milena stand ihrer Mutter gegenüber. Jadwiga sah schrecklich aus. War sie sonst stets auf ihr Äußeres bedacht, so bot sie jetzt ein Bild des Jammers. Ihre Haare hingen ungekämmt in ihr übernächtigt aussehendes Gesicht. Bekleidet war sie mit einem Bademantel, unter dem sie ein Nachthemd trug. Im Normalfall hätte sie in diesem Aufzug niemals die Tür geöffnet. Dass sie es heute tat, war ein Alarmsignal.

Nachdem Milena eingetreten war, nahm sie gleich ihre Mutter in den Arm. So standen sie eine Weile, während der Jadwiga hemmungslos weinte. Irgendwann schloss Milena die Wohnungstür mit dem Fuß, ohne die Umarmung zu lösen. Als sich die Mutter einigermaßen beruhigt hatte, gingen die beiden Frauen gemeinsam ins Wohnzimmer und setzten sich. Nach einigen Minuten des Schweigens entschuldigte sich Milena dafür, ihre Mutter am Vortag so brüskiert zu haben. Sie versuchte noch einmal zu erklären, dass es für alle besser wäre, wenn die ganze Wahrheit ans Licht käme und dadurch Milan und Anita nicht mehr mit der Schuld leben müssten, die bösen Ehebrecher zu sein. Jadwiga hörte der Tochter zu und nickte. Dann stand sie auf und ging an einen Schrank, um eines seiner Schubfächer zu öffnen. Dem entnahm sie eine Mappe, die sie Milena stillschweigend überreichte. Milena war im ersten Moment überrascht, dass sie bei ihrer Durchsuchung nicht selbst auf diese Mappe gestoßen war, aber schon beim ersten Satz, den sie las, war ihr diese Ungenauigkeit egal, denn sie traute ihren Augen nicht. Was sie da las, war einfach ungeheuerlich.

Nachdem Milena zu Ende gelesen hatte, nahm sie erneut ihre Mutter in den Arm und beide Frauen weinten um die Wette. Sie wollte ihre Mutter jetzt nicht allein lassen, weshalb sie bei ihr blieb und erst am nächsten Morgen von dort zur Arbeit nach Niebieska Góra fuhr.

Bevor Milena am Montagmorgen aufbrach, fragte sie ihre Mutter, ob sie ihre Geschichte der Familie erzählen wolle. Jadwiga wusste es noch nicht, bat aber ihre Tochter, vorerst auch mit niemanden darüber zu sprechen, einschließlich Frank.

***

Nach einem tränenreichen Abschied fuhr Milena los. Unterwegs versuchte sie, sich von dem gestern Erfahrenen zu lösen, um bereit für die nächste Herausforderung zu sein. Immerhin musste sie so schnell wie möglich ihre Kündigung einreichen. Sie plagten keine Skrupel, ihre Kollegen und Vorgesetzten damit zu konfrontieren, denn sie glaubt nicht, diesen etwas schuldig zu sein. Sie hatte ihre Arbeit immer zur Zufriedenheit erledigt und war dafür angemessen bezahlt worden. Ewige Treue hatte sie ihrem Arbeitgeber nicht geschworen. Sie hoffte nur, dass der Chef nicht auf der dreimonatigen Kündigungsfrist bestehen werde.

Kaum in ihrem Baubüro eingetroffen, verlor sie keine Zeit, sondern verkündete sofort, dass sie eine neue Stelle habe und deshalb ihren Arbeitsvertrag kündige. Die Kollegen waren ausgesprochen erschrocken darüber, denn sie waren sehr angetan von ihrer hübschen und fleißigen Kollegin, konnten sie jedoch nicht mehr umstimmen. Später verkündete ihr der Chef, dass sie bis zum 31. Juli noch für seine Firma arbeiten müsse, dann sei sie frei für die neue

Stelle. Damit war für Milena die Angelegenheit erledigt und sie widmete sich voll und ganz ihrer Arbeit.

***

Frank holte zuerst das Auto aus der Werkstatt, das inzwischen fertig war, dann fuhr er damit zur Arbeit. Er hatte kein gutes Gefühl, denn er konnte sich vorstellen, dass sein Chef ziemlich sauer sein würde, wenn er ihn von seinen Plänen in Kenntnis setzen würde. Franks schlechtes Gewissen resultierte insbesondere daraus, dass sein Chef ihn vor allem in der letzten Zeit sehr gefördert hatte. Das fing mit der Sonderaufgabe „Polen" an, ging weiter über den Polnischunterricht bis hin zum Dienstwagen. Es war nicht schwer, sich vorzustellen, wie der Boss auf Franks Kündigung reagieren würde.

Im Büro ging er erst einmal an seinen Arbeitsplatz, um seine E-Mails zu checken. Obwohl der Chef allein im Büro war, zögerte Frank seine unerfreuliche Mitteilung immer weiter hinaus. Er war jedoch ganz fest entschlossen, noch vor der Mittagspause auszupacken. Dann aber überlegte er sich, dass er dem Chef nicht den Appetit verderben wollte und so wartete er bis nach der Pause. Als er sich endlich durchgerungen hatte, sah er den Chef plötzlich das Büro verlassen. Auch gut, dachte Frank erleichtert, dann eben morgen. Er arbeitete bis zum offiziellen Feierabend, denn zum Polnischunterricht traute er sich nicht mehr zu gehen, da er doch drauf und dran war, das Arbeitsverhältnis zu kündigen.

Am nächsten Tag war es dann soweit. Frank nahm sein Herz in beide Hände und klopfte an die Tür des Chefbüros. Im ersten Moment sah er in ein wohlwollendes Gesicht seines Vorgesetzten. Das änderte sich aber schlagartig, als Frank sein Anliegen vorbrachte und sein Kündigungsschreiben übergab. Auf der Stirn des Chefs bildete sich eine steile Zornesfalte, wie Frank sie noch nie gesehen hatte. Dann kam das, was Frank erwartet hatte, nämlich eine Schimpfkanonade. Als sich beim Boss der größte Zorn verzogen hatte, fragte er: „Wohin wollen Sie denn wechseln?" Frank antwortete wahrheitsgemäß, dass er in Berlin beim Baudezernat beginnen werde. Da wurde der Chef plötzlich hellhörig. Vielleicht war es gar nicht so schlecht für die Firma, wenn sie einen Vertrauten im Berliner Baudezernat hätte. Auf diese Weise würde es vielleicht Möglichkeiten geben, an Aufträge aus diesem Haus zu kommen. So dämpfte der Chef seine Wut und schaltete auf freundliche Worte um. Er räumte Frank eine extrem kurze Kündigungsfrist ein und versprach, ihm ein sehr gutes Zeugnis auszustellen. Den Dienstwagen durfte Frank bis zum Ende seines Arbeitsverhältnisses behalten.

Frank war erleichtert, als er das Büro seines Chefs verließ. Er hatte keinen nachhaltigen Ärger bekommen und konnte ebenfalls zum 31. Juli sein Arbeitsverhältnis beenden, sodass er mit Milena zusammen in Berlin beginnen konnte.

**

Nach Feierabend saßen Mutter und Sohn zusammen, als der Kommissar ihnen wieder einmal einen Besuch abstattete. Er hatte bei seinen Verhören einiges erfahren, das er den Betroffenen mitteilen wollte.

Nach übereinstimmenden Aussagen der drei Beschuldigten hätte Herbert Schulz sie angeheuert, um den polnischen Freund seiner Angebeteten zu töten. Die Drei behaupteten jetzt, dass sie nicht so weit gehen wollten, sondern dem Polen nur eine gehörige Abreibung verpasst hätten. Dann hätten sie ihn in das Boot gelegt und auf die offene Oder geschoben, da sie hofften, dass er irgendwo ans Ufer getrieben würde, wo er Hilfe bekommen könne. Der Kommissar machte keinen Hehl daraus, dass er diese Version nicht glaubte. Allerdings konnte er sie zurzeit noch nicht widerlegen. Demzufolge sah er auch keine Möglichkeit, die Schuldigen von damals jetzt noch vor Gericht zu stellen. Einen Mord konnte man den Tätern zweifellos nicht vorwerfen und alle anderen Straftaten verjährten nach spätestens 25 Jahren. Kommissar Giersiepen führte jedoch weiter aus, dass es genügend neue Straftaten gebe, sodass die Herren auf jeden Fall für einige Jahre ins Gefängnis gehen würden. Auch die übrigen Verhafteten würden bald vor Gericht stehen, denn auch ihnen könnte gefährliche Körperverletzung in mehreren Fällen nachgewiesen werden.

Außerdem hatte sich der Kommissar die Akten der Volkspolizei kommen lassen, in denen das damalige Verfahren der Auffindung des Unbekannten in Labus niedergelegt war. Nachdem dieser aus dem Koma erwacht war, hatte die Volkspolizei demnach zuerst den Eindruck, dass es sich bei dem Mann um einen polnischen Staatsbürger handelte, da er mit polnischem Akzent deutsch sprach. Allerdings sprach die Kleidung, die der Mann getragen hatte, für einen DDR-Bürger. Die eingenähten Etikette wiesen alle ausschließlich auf DDR-Produktion hin. Da es auch viele DDR-Bürger gab, die mit starkem polnischen Akzent sprachen, weil es sich um in Polen Geborene handelte, wurde schließlich entschieden, dass der Unbekannte ein DDR-Bürger sei. Da er sich nicht einmal an seinen Namen erinnern konnte, bekam er von Amts wegen nach dem Ort, an dem er gefunden worden war, den Nachnamen Labus. Weil derjenige, der ihn aus der Oder geholt hatte mit Vornamen Klaus hieß, erhielt der Gerettete ebenfalls den Vornamen Klaus.

Nach diesen Informationen hatte Herr Giersiepen aber noch ein ganz großes Ass im Ärmel, das er jetzt ausspielte. Er berichtete, dass wegen der Zeugenaussagen der Inhaftierten ein ganz großer Coup gegen die Neonazi-Szene in Fritzfurt ausgeführt werden konnte. Dabei waren noch weitere Anhänger verhaftet worden, sodass man hoffte, vorerst Ruhe vor diesen Verbrechern zu haben. Außerdem seien einige Polizisten aus dem Dienst entfernt worden, da sie sich der Verletzung des Dienstgeheimnisses schuldig gemacht hätten. Ganz zum Schluss erwähnte der Kommissar eher beiläufig, dass er ab dem nächsten Ersten die Leitung der Fritzfurter Polizeidienststelle übernehmen werde. Anita und Frank Schulz freuten sich, gratulierten ihm zu dieser Beförderung und dankten ihm für seinen Einsatz für sie. Ihre Freude über seinen Aufstieg kam von Herzen. Sie verbanden damit die Hoffnung, dass sie sich zukünftig in Fritzfurt sicherer fühlen würden.

***

Das nächste Wochenende wollten Frank und seine Mutter unbedingt wieder mit der gesamten neuen Familie verbringen. Frank hatte mit Milena verabredet, dass sie ihre Mutter überzeugen sollte, wieder nach Fritzfurt zu kommen. Er hatte sie auch noch gebeten, sich bei Jadwiga zu entschuldigen, aber sie sagte ihm, dass sie das bereits getan hätte.

Tatsächlich waren Milena und Jadwiga bereits im Haus, als Frank mit Milan, den er abgeholt hatte, eintraf. Es herrschte eine etwas gedrückte Stimmung, denn die Ereignisse des vorigen Samstags klangen noch nach. Man aß zusammen und lediglich Frank und Milena versuchten immer wieder ein Gespräch zu beginnen, scheiterten aber jedes Mal. Als Frank von den Neuigkeiten berichtete, die der Kommissar ihnen erzählt hatte, stieß er immerhin auf Interesse bei den anderen.

Nach dem Essen gingen sie aus dem Haus, denn es war herrliches Wetter. Anita machte eine kleine Führung durch den Garten, der in einem so wunderbaren Zustand war wie noch nie. Nicht zuletzt war das das Verdienst von Milan. Er schien einen grünen Daumen zu haben und alles, was er gepflanzt hatte, war angewachsen. Besonders schön waren die Rosen, die er kürzlich beschnitten hatte.

Irgendwann begann Jadwiga unvermittelt zu reden und Milena ahnte, was sie mitteilen würde. Die Mutter sprach deutsch, damit sie von allen verstanden wurde.

„Ich werde dieses Datum niemals vergessen. Es war der 10. August 1986, an dem mein Mann Milan zu einem Freundschaftstreffen im Glühlampenwerk mit den Beschäftigten der Landmaschinenfabrik in Stułice eingeladen war. Ich war Deutschlehrerin und hatte schon öfter als Dolmetscherin für beide Firmen gearbeitet und so wurde ich ebenfalls eingeladen, um im Bedarfsfall zu übersetzen. Die Veranstaltung begann mit einer Begrüßung durch einen leitenden Mitarbeiter des Glühlampenwerkes, dann folgte eine lange Rede des Werkdirektors der Landmaschinenfabrik und in beiden Fällen musste ich dolmetschen. Nach diesen Reden nahm das Fest seinen Lauf. Es gab viel zu essen und zu trinken und die Stimmung wurde immer gelöster. Irgendwann kam ein Chef vom Glühlampenwerk zu mir und fragte, ob ich Lust hätte, einen Vertrag über weitere Dolmetschereinsätze mit ihm abzuschließen. Ich war begeistert, denn er stellte mir ein gutes Honorar in Aussicht. So ging ich mit ihm in sein Büro, um den Vertrag zu unterschreiben, aber da wurde er plötzlich zudringlich und als ich nicht freiwillig mitmachte, vergewaltigte er mich auf seinem Schreibtisch. Danach war ich nicht mehr an einem Vertrag mit ihm und seiner Firma interessiert, ich wollte nur noch weg. Ich bat Milan mit mir nach Hause zu gehen und täuschte starke Kopfschmerzen vor.

Ich war zu diesem Zeitpunkt schon einige Jahre mit Milan verheiratet, aber wir hatten noch kein Kind. Nach der Vergewaltigung wurde ich aber schwanger und bekam neun Monate später Milena. Ich wagte nicht zu irgendjemanden über meine Vergewaltigung zu sprechen, nicht einmal zu Milan. Ich fürchtete, er würde hingehen und seinen Betriebsleiter totschlagen. Ich schrieb eine Anzeige, wagte aber nicht, sie wirklich bei der Polizei abzugeben. Ich fürchtete, dass mir niemand glauben würde.

Leider stellte sich auch nach Milenas Geburt nicht wieder der Wunsch nach Sex bei mir ein. Nicht einmal die Berührungen meines Mannes konnte ich ertragen. Ich war wahrscheinlich zu schwer traumatisiert. So kam es denn, dass sich Milan immer mehr von mir zurückzog und ich konnte ihm nicht sagen, warum ich mich so verhielt.

Den Rest kennt ihr ja."

Die Zuhörer schwiegen betreten, während Jadwiga in Tränen ausbrach. Milena nahm ihre Mutter in den Arm, um sie zu trösten. Milans Gesichtsausdruck zeigte, wie unglücklich er war, dass er sich an all das nicht erinnern konnte. Frank und seine Mutter sahen sich an und wussten, dass sie in diesem Moment dasselbe dachten. Sollte es etwa Herbert Schulz gewesen sein, der Jadwiga vergewaltigt hatte? Zuzutrauen war es ihm, nach allem, was sie jetzt über ihn wussten. Sie wagten nicht, Jadwiga zu fragen, ob sie sich noch an den Namen des Betriebsleiters erinnern könne, denn sie befürchteten, ihren schlimmen Verdacht bestätigt zu bekommen. Plötzlich erhellte sich Franks Gesicht und seine Stimme klang wie eine Erlösung, als er sagte: „Liebe Jadwiga, so traurig dein Schicksal auch ist, hat das ganze Drama doch auch etwas Gutes. Milena und ich sind keine Geschwister." Milena ließ ihre Mutter los, um ihr ins Gesicht sehen zu können, als sie fragte: „Warst du deshalb so gleichgültig, als wir dir erzählten, dass Frank und ich Geschwister sind und wir ein Kind bekommen?" Jadwiga konnte nur schwach nicken. Frank war ziemlich aufgebracht.

„Wisst ihr beiden Mütter eigentlich, in welche Situation ihr uns gebracht habt? Erst verschweigt mir meine Mutter, dass ich der Sohn von Milan bin. Als wir davon ausgingen, dass wir Geschwister sind und Milena schwanger ist, hatte es Jadwiga nicht nötig, uns mitzuteilen, dass Milena nicht die Tochter von Milan ist. So sind wir nach Amsterdam gefahren, um abzutreiben. Zum Glück kam dort alles ganz anders und wir haben es nicht getan."

Nun hatte aber auch Jadwiga etwas zu sagen.

„Wenn mir meine Tochter mitgeteilt hätte, zu welchem Zweck ihr nach Holland fahrt, hätte ich ihr ganz sicher gesagt, dass das nicht nötig ist."

Anita fasste alles zusammen mit den Worten „Also haben wir drei Frauen den Fehler gemacht, zu schweigen, wo Offenheit notwendig gewesen wäre."

Kapitel 22

Das Wetter war alles andere als weihnachtlich, als Jadwiga, Anita und Milan auf das große Gartengrundstück in Berlin-Wannsee einbogen. Nach dem Aussteigen nahmen alle drei ihre unzähligen Geschenkpakete von den Rücksitzen und aus dem Kofferraum. Es schien so, als wollten sie sich gegenseitig beim Beschenken ihres ersten Enkels überbieten.

An der Tür des Hauses wurden die Gäste von Milena und Frank, der den kleinen Marius auf dem Arm trug, begrüßt. Bei der Begrüßung wurde geküsst und umarmt und die drei Neuankömmlinge wurden nicht müde immer wieder zu betonen, wie groß der Kleine inzwischen geworden war. Sie hatten ihn schließlich bisher nur kurz nach seiner Geburt gesehen.

Die Großeltern folgten ihren Kindern ins Haus, wo sie eine große Halle durchquerten, um dann in einen Raum zu gelangen, in dem ein Tisch und sieben Stühle standen. Es war offensichtlich alles für ein gemeinsames Weihnachtsessen vorbereitet.

Nachdem sich die Gäste nacheinander frischgemacht hatten, öffnete sich plötzlich eine Tür und Jerry betrat zusammen mit seiner Frau das Zimmer. Jadwiga, Anita und Milan wussten zwar, dass ihre Kinder und ihr Enkel quasi zur Untermiete bei einem schwarzen Ehepaar wohnten, aber als dieses plötzlich auftauchte, waren sie doch ein wenig verwundert. Sie hatten nicht erwartet, dass die Beziehung ihrer Kinder zu deren Vermietern so eng war, dass sie zusammen Weihnachten feierten.

Man begrüßte sich höflich, dann setzten sich alle an den Tisch. Frank legte Marius in einen Stubenwagen. Somit konnte er bei der Familie sein, ohne dass ihn jemand die ganze Zeit halten musste. Zur Verwunderung der Gäste tauchte plötzlich ein schwarzes

Dienstmädchen auf und goss in die bereitstehenden Gläser Rotwein ein. Frank erhob sein Glas und brachte einen Toast aus, in dem er sich bei den Eltern für ihren Besuch und bei den Vermietern für die außerordentliche Gastfreundschaft bedankte. Auch Jerry ließ es sich nicht nehmen, einige überaus freundliche Worte über seine Untermieter zu sagen. Besonders wichtig war es ihm, darauf hinzuweisen, dass das Buch über die Geschichte der Familien Schulz und Opalka eingeschlagen hatte, wie eine Bombe. Die Verkaufszahlen der ersten Wochen waren enorm. Er beendete seine Rede mit „Merry Christmas my dear friends".

Nachdem angestoßen worden war und alle wieder saßen, brachte das Dienstmädchen einen großen gebratenen Truthahn in das Esszimmer und Jerry tranchierte ihn fachmännisch, sodass alle ein Stück ihrer Wahl von dem Braten bekamen.

Beim Essen wurde viel geredet. Jerry erwies sich als Meister im Smalltalk und brachte Anita und Jadwiga wiederholt zum Lachen. Die beiden Frauen tauten immer mehr auf und unterhielten sich prächtig. Milena sprach mit Mary, weil sie als einzige über die notwendigen Englischkenntnisse verfügte. Irgendwann wandte sich Jerry an Milan.
„Sag mal, wie ist es denn so mit zwei Frauen zusammenzuleben? Bist du nicht manchmal ein bisschen gestresst?"
Während er antwortete, lächelte Milan selig.
„Ich bin der glücklichste Mann auf der Welt. Ich weiß wieder, wer ich bin und habe die zwei Frauen, die ich liebe immer an meiner Seite, ohne dass eine davon eifersüchtig ist. Besser kann es einem Mann nicht gehen."
Der Professor schaute nachdenklich auf seine Frau, die nichts von dem Gespräch verstanden hatte, da sie nicht deutsch sprach. Er machte ein betont harmloses Gesicht, als er sie fragte: „Hey darling, what do you think of asking your sister, if she would like to move to Berlin?" Mary schaute ihren Mann erstaunt an. Milena lachte, weshalb sich die Gesichter der Gäste, die nicht englisch

sprachen, ihr zuwandten. Deshalb fühlte diese sich verpflichtet das Gehörte auf Deutsch zu übersetzen und das klang so: „Sag mal, Liebling, was hältst du eigentlich davon, deine Schwester zu fragen, ob sie zu uns nach Berlin ziehen will?"

Erhältlich im Online-Shop von tredition.de sowie bei Amazon und in jeder beliebigen Buchhandlung.

Inhalt

Wenn einer eine Reise tut
Wernigerode (Harz)
Grünheide (Berliner Umland)
Breege (Rügen)
Mielno (Polen)
Schweriner See (Berliner Umland)
Konopiště (ČSSR)
Chałupy (Polen)
Börnichen (Erzgebirge)
Achtopol (Bulgarien)
Westberlin
Železná Ruda (ČSSR)
Frammersbach (Spessart)
Amsterdam
Pfronten (Allgäu)
London
Genf
Stockholm
Port Leucate (Frankreich)
Euronat Grayan (Frankreich)
Sliema (Malta)
Toronto
Humboldt (Kanada)
Banff (Kanada)

Verlag: tredition GmbH, Hamburg

ISBN		Preise
Paperback	978-3-7345-8306-3	12,99 €
Hardcover	978-3-7345-8307-0	20,99 €
e-Book	978-3-7345-8308-7	2,99 €

Marion Bergsdorf schrieb für die Märkische Allgemeine Zeitung u.a.

„Reisebeschreibungen sind nicht meine Sache, obwohl ich gerne reise. Entsprechend lustlos ging ich ans Lesen dieses Buches. Schon nach der ersten Geschichte entpuppte sich „Reisehusten" von Wilfried Hildebrandt als amüsante Abendunterhaltung. …"

Lesermeinungen bei Amazon

„Ich bin absolut begeistert, selten hat mich ein Buch so zum Lachen gebracht. Man kann sich richtig gut reinversetzen."

Erhältlich im Online-Shop von tredition.de sowie bei Amazon und in jeder beliebigen Buchhandlung.

Wilfried Hildebrandt
Wer nicht fährt, der fliegt
Mit Jetlag und Sicsac

○ tredition

Verlag: tredition GmbH, Hamburg
ISBN
Paperback 978-3-7439-5584-4 12,99 €
Hardcover 978-3-7439-5585-1 20,88 €
e-Book 978-3-7439-5586-8 2,99 €

Inhalt
Reisen will gelernt sein
Estepona (Spanien)
Vielle-Saint-Girons (Frankreich)
Bonaire (Niederländische Antillen)
Teneriffa (Kanarische Inseln)
St. Martin / St. Maarten (Kleine Antillen)
El Portus (Spanien)
Le Porge (Frankreich)
Guadeloupe (Kleine Antillen)
Gdańsk (Polen)
Fuerteventura (Kanarische Inseln)
Tulum (Mexiko)
La Réunion (Indischer Ozean)
Gran Canaria (Kanarische Inseln)
Tavira (Portugal)
Korsika
Charlotte (USA)
Curaçao (Niederländische Antillen)
Alfarim (Portugal)
Antigua (Kleine Antillen)
Was sonst noch so passierte
Karte: Reiseziele in Nord- und Mittelamerika

Lesermeinungen bei Amazon

„Gern mehr davon, z.B vom Alltag/Arbeitsleben."

„Empfehlenswertes Buch, um dem Alltag zu entfliehen und über Urlaubsmissgeschicke lachen zu können. Denn das sind doch die Erinnerungen, die uns ein Schmunzeln aufs Gesicht zaubern. Lob an den Autor."

„Es hat Spaß gemacht, das Buch zu lesen. Ich hatte das Gefühl selbst alles miterlebt zu haben. Hoffentlich schreibt der Autor noch mehr Bücher!"

Erhältlich im Online-Shop von tredition.de sowie bei Amazon und in jeder beliebigen Buchhandlung.

Inhalt

Wilfried Hildebrandt

ER WAR STETS BEMÜHT

Wie man 50 Arbeitsjahre überlebt

tredition

Verlag: tredition GmbH, Hamburg
ISBN

Paperback	978-3-7469-6314-3	12,99 €
Hardcover	978-3-7469-6315-0	20,88 €
e-Book	978-3-7469-6316-7	2,99 €

In der Kindheit
Lehrjahre
Bei einem Genie
An der Uni
Bei den Elektronikern
Als Freiberufler
Im Lager
Strippen ziehen
Am Computer
Weiterbildung
In der Anstalt
Ende gut, alles gut

Lesermeinung bei Amazon

Das Buch war wieder einmal köstlich zu lesen. Lothar Löwes Erleben hat mich in vielen Situationen an meinen eigenen Arbeitsalltag nur zu gut erinnert. Die Namen der Charaktere habe ich meinen ehemaligen Kollegen und Vorgesetzten zugeordnet. Herrlich.

Helge Treichel in der Märkischen Allgemeinen vom 04.10.2018:
Lächerliche Vorgesetzte und mehr

Einen humoristischen und satirischen Rückblick auf sein 50-jähriges Berufsleben hat Wilfried Hildebrandt vorgelegt. Es ist das dritte Buch des 70-jährigen Autors nach zwei Reiseerinnerungen.

CPSIA information can be obtained
at www.ICGtesting.com
Printed in the USA
BVHW031510260919
559523BV00001B/25/P